Jennifer Lynn Barnes

COLD CASE ACADEMY

Eine riskante Entscheidung

Jennifer Lynn Barnes

COLD Case ACADEMY

EINE RISKANTE ENTSCHEIDUNG

Aus dem Amerikanischen
von Sascha Wander

cbt

2. Auflage 2026
Erstmals als cbt Taschenbuch Oktober 2024

Die amerikanische Originalausgabe erschien 2015
unter dem Titel »All In« bei Hyperion Books for Children,
einem Imprint der Disney Book Group

Neumarkter Straße 28, 81673 München
produktsicherheit@penguinrandomhouse.de
(Vorstehende Angaben sind zugleich
Pflichtinformationen nach GPSR.)

Übersetzung: Sascha Wander
Überarbeitung: Melanie Hartmann
Umschlaggestaltung: Carolin Liepins
Umschlagmotiv: © 2022 by Katt Phatt
Illustrationen: Adobe Stock/Illustratoren vikusha_art, UA Creative
SKN · Herstellung: DiMo
Satz: Buch-Werkstatt GmbH, Bad Aibling
Druck: GGP Media GmbH, Pößneck
ISBN 978-3-570-31587-3
Printed in Germany

www.cbj-verlag.de

Für Anthony, meinen Komplizen,
jetzt und für immer.

DU

Alles kann gezählt werden. Die Haare auf ihrem Kopf. Die Worte, die sie zu dir gesagt hat. Die Anzahl der Atemzüge, die ihr noch verbleiben.

Das alles ist so wunderschön. Die Zahlen. Das Mädchen. Die Dinge, die du geplant hast.

Das, was du zu werden bestimmt bist.

KAPITEL 1

Silvester fiel auf einen Sonntag. Was vermutlich weiter kein Problem gewesen wäre, wenn es meine Großmutter nicht als ein in Stein gemeißeltes Gebot betrachtet hätte, regelmäßig die ganze Familie zum Sonntagsessen einzuladen. Oder wenn Onkel Rio sich nicht selbst zum Weinausschenker ernannt hätte.

Der Wein floss in Strömen.

Beim Abräumen der Teller war bereits klar, dass keiner der Erwachsenen so bald selbst nach Hause fahren würde. Und da mein Vater sieben Geschwister hatte, die alle verheiratet waren und von denen einige Kinder hatten, die mindestens zehn Jahre älter waren als ich, gab es eine Menge »Erwachsener«. Als ich einen Stapel Teller in die Küche trug, wurden die lautstarken Diskussionen hinter mir von ausgelassenem Gelächter übertönt.

Von außen betrachtet war es ein Chaos. Aber aus Sicht einer Profilerin war es leicht zu durchschauen. Es war eine Familie. Was für eine *Art* von Familie es war, ihre einzelnen Persönlichkeiten – das war an den Details zu erkennen: Hemden, die in die Hose gestopft waren oder lässig heraushingen, leicht angestoßenes Geschirr, das trotzdem wertgeschätzt und liebevoll behandelt wurde.

»Cassie.« Mein Onkel schenkte mir ein seliges Lächeln mit vom Alkohol feuchten Augen, als ich die Küche betrat. »Hast deine Familie vermisst, was? Kommst zurück, um deinen alten Onkel Rio zu besuchen!«

Alle hier im Haus gingen davon aus, dass ich die letzten sechs Monate an einem staatlich geförderten Begabtenprogramm teilgenommen hatte. Einem Internat, mehr oder weniger. Was zum Teil stimmte.

Mehr oder weniger.

»Bah.« Meine Großmutter schnaubte missbilligend in Onkel Rios Richtung, während sie mir den Stapel Teller aus der Hand riss und ihn in die Spüle stellte. »Cassie ist nicht wegen alter Narren zurückgekommen, die zu viel trinken und zu laut reden.« Nonna krempelte die Ärmel hoch und drehte den Wasserhahn auf. »Sie ist gekommen, um ihre Nonna zu besuchen. Als Wiedergutmachung dafür, dass sie nicht angerufen hat, wie sie es hätte tun sollen.«

Zwei Vorwürfe, die wie ein Stein auf meinem Herzen lasteten. Onkel Rio verzog keine Miene. Ich hingegen fühlte das von ihnen beabsichtigte schlechte Gewissen und gesellte mich zu Nonna an die Spüle. »Bitte«, sagte ich. »Lass mich das machen.«

Nonna brummte unwirsch, trat aber beiseite. Es hatte etwas Beruhigendes, dass sie immer noch dieselbe war, halb Glucke, halb Diktatorin, die ihre Familie mit *Baked Ziti*, dem typischen süditalienischen Nudelauflauf, und eiserner Faust regierte.

Aber ich bin nicht mehr dieselbe. Dieser Gedanke ließ sich nicht verdrängen. *Ich habe mich verändert*. Die neue Cassandra Hobbes hatte mehr Narben – im übertragenen und im buchstäblichen Sinne.

»Sie wird launisch, wenn sie zu lange nichts von dir hört«, sagte Onkel Rio und nickte in Richtung Nonna. »Aber vielleicht bist du ja anderweitig gebunden?« Sein Gesicht erhellte sich und er musterte mich mehrere Sekunden lang. »Herzensbrecherin!«, sagte er. »Wie viele Freunde verheimlichst du uns?«

»Ich habe keinen Freund.«

Onkel Rio unterstellte mir schon seit Jahren, dass ich Freunde vor ihm verheimlichen würde. Diesmal traf er zum ersten Mal ins Schwarze.

»Du.« Nonna richtete einen Pfannenwender auf Onkel Rio, der wie aus dem Nichts in ihrer Hand aufgetaucht war. »Raus.«

Er beäugte besorgt den Pfannenwender, blieb aber standhaft.

»Raus!«

Drei Sekunden später waren Nonna und ich allein in der Küche. Sie musterte mich mit scharfem Blick, dann wurde ihre Miene etwas weicher. »Der Junge, der dich letzten Sommer hier abgeholt hat«, sagte sie, »der mit dem schicken Auto … kann er gut küssen?«

»Nonna!«, stotterte ich.

»Ich habe acht Kinder«, sagte Nonna zu mir. »Ich kenne mich mit dem Küssen aus.«

»Nein«, entgegnete ich rasch, schrubbte die Teller und versuchte, nicht darüber nachzudenken, was genau das bedeuten sollte. »Michael und ich sind nicht … Wir haben keine …«

»Ahh«, sagte Nonna wissend. »Er küsst nicht so gut.« Sie klopfte mir tröstend auf die Schulter. »Er ist jung. Er kann sich noch verbessern!«

Dieses Gespräch war mir in mehrfacher Hinsicht peinlich, nicht zuletzt, weil es nicht *Michael* war, den ich geküsst hatte. Aber wenn Nonna unbedingt glauben wollte, dass ich so selten zu Hause anrief, weil ich in eine heiße Romanze verstrickt war, dann sollte sie ruhig.

Diese Pille war leichter zu schlucken als die Wahrheit: Ich war eingetaucht in eine Welt von Motiven und Opfern, Mördern und Leichen. Ich war gefangen gehalten worden. Zweimal. Noch immer wachte ich nachts auf und erinnerte mich an die Kabelbinder, die in meine Handgelenke geschnitten hatten, das Echo von Schüssen hallte in meinen Ohren wider. Manchmal, wenn ich die Augen schloss, sah ich eine blutige Klinge aufblitzen.

»Bist du glücklich in dieser Schule?« Nonna bemühte sich, beiläufig zu klingen. Ich ließ mich nicht täuschen. Ich hatte fünf Jahre lang bei meiner Großmutter väterlicherseits gelebt, bevor ich in das Naturtalente-Programm aufgenommen worden war. Sie wollte, dass ich in Sicherheit war, und sie wollte, dass ich glücklich war. Sie wollte mich *bei sich* haben.

»Das bin ich«, sagte ich zu meiner Großmutter. »Sehr glücklich.« Das war keine Lüge. Zum ersten Mal in meinem Leben hatte ich das Gefühl, irgendwo hinzugehören. Bei den anderen Naturtalenten musste ich nie vorgeben, jemand anders zu sein. Das wäre unmöglich gewesen, selbst wenn ich es gewollt hätte.

In einem Haus voller Menschen, die Dinge sahen, die der Rest der Welt nicht sah, war es unmöglich, sich zu verstecken.

»Du siehst gut aus«, gab Nonna widerstrebend zu. »Besser, jetzt, nachdem ich dich eine Woche lang gefüttert habe.« Sie brummte erneut, dann schob sie mich sanft zur Seite und übernahm den Abwasch. »Ich packe dir Proviant ein«, verkündete sie. »Der Junge, der dich abgeholt hat, ist viel zu dünn. Vielleicht küsst er besser, wenn er etwas Fleisch auf den Knochen hat.«

Ich räusperte mich verlegen.

»Was höre ich da von wegen Küssen?«, fragte eine Stimme von der Tür. Ich drehte mich um und erwartete, einen meiner Onkel zu sehen. Stattdessen stand da mein Vater. Ich erstarrte. Er war in Übersee stationiert und wir hatten erst in ein paar Tagen mit ihm gerechnet.

Ich hatte ihn seit über einem Jahr nicht gesehen.

»Cassie.« Mein Vater begrüßte mich mit einem steifen Lächeln.

Ich musste an Michael denken. Er hätte die Anspannung auf dem Gesicht meines Vaters lesen können. Ich dagegen war Profilerin. Ich konnte aus wenigen Details – dem Inhalt des Koffers einer Person, den Worten, die sie bei der Begrüßung wählte – ein Gesamtbild erstellen: wer sie war, was sie wollte, wie sie sich in einer bestimmten Situation verhalten würde.

Aber was genau bedeutete dieses verkrampfte Lächeln? Welche Gefühle verbarg mein Vater? Empfand er einen Funken Anerkennung oder Stolz oder überhaupt etwas Väterliches, wenn er mich ansah?

Ich hatte keine Ahnung.

»Cassandra«, schimpfte Nonna, »begrüße deinen Vater.« Bevor ich etwas sagen konnte, hatte Nonna ihre Arme um ihn geschlungen und drückte ihn fest an sich. Sie küsste ihn, ohrfeigte ihn ein paar Mal und küsste ihn erneut.

»Du bist zu früh zurück.« Endlich riss Nonna sich von ihrem verlorenen Sohn los. Sie musterte ihn mit einem Blick, den sie ihm wahrscheinlich auch zugeworfen hatte, wenn er als kleiner Junge ihren Teppich schmutzig gemacht hatte. »Warum?«

Der Blick meines Vaters huschte zu mir zurück. »Ich muss mit Cassie reden.«

Nonnas Augen verengten sich. »Und worüber musst du mit unserer Cassie sprechen?« Nonna stieß ihm den Zeigefinger in die Brust. Mehrfach. »Sie ist glücklich auf ihrer neuen Schule, mit ihrem dünnen Freund.«

Ich hörte diese Behauptung nur mit halbem Ohr. Meine ganze Aufmerksamkeit galt meinem Vater. Er wirkte leicht zerknittert. So als hätte er die letzte Nacht überhaupt nicht geschlafen. Er konnte mir kaum in die Augen schauen.

»Was ist los?«, fragte ich.

»Nichts«, sagte Nonna mit der Entschlossenheit einer Herrscherin, die das Kriegsrecht verhängt. »Alles ist in Ordnung.« Sie wandte sich wieder meinem Vater zu. »Sag ihr, dass alles in Ordnung ist«, befahl sie.

Mein Vater durchquerte den Raum und legte seine Hände sanft auf meine Schultern.

Normalerweise bist du nicht so sanft.

In meinem Kopf ging ich alles durch, was ich über ihn wusste – unsere Beziehung, was für ein Mensch er war, die Tatsache, dass er überhaupt hier war. Mein Magen zog sich zusammen. Plötzlich wusste ich, was er sagen würde. Das Wissen lähmte mich. Mein Atem stockte. Meine Augen waren weit aufgerissen.

»Cassie«, sagte mein Vater leise. »Es geht um deine Mutter.«

KAPITEL 2

Es gab einen Unterschied zwischen *mutmaßlich tot* und *tot*, einen Unterschied zwischen dem Betreten einer Garderobe, die mit dem Blut meiner Mutter besudelt war, und der Nachricht, dass nach fünf langen Jahren eine Leiche gefunden worden war.

Mit zwölf, dreizehn, vierzehn Jahren hatte ich jede Nacht gebetet, dass man meine Mutter finden würde, dass die Polizei sich täuschen und dass sie trotz all der Spuren, trotz all des verlorenen Blutes irgendwann wieder auftauchen würde. Lebendig.

Irgendwann hatte ich aufgehört zu hoffen und darum gebetet, dass man die Leiche meiner Mutter finden würde. Ich hatte mir vorgestellt, wie ich gerufen würde, um ihre sterblichen Überreste zu identifizieren. Ich hatte mir gewünscht, mich von ihr verabschieden, sie beerdigen zu können.

Aber das hier hatte ich mir nicht vorgestellt.

»Ist die Polizei sicher, dass sie es ist?«, fragte ich mit leiser, aber fester Stimme.

Mein Vater und ich saßen uns auf der Veranda gegenüber. Nur wir beide, das Maximum an Privatsphäre, das Nonnas Haus zu bieten hatte.

»Der Ort passt.« Er sah mich nicht an, sondern starrte in die Nacht hinaus. »Der Zeitpunkt auch. Sie versuchen, die zahnärztlichen Unterlagen abzugleichen, aber ihr beiden seid so oft umgezogen.« Ihm schien aufzugehen, dass er mir damit nichts Neues erzählte.

Die zahnärztlichen Unterlagen meiner Mutter würden schwer aufzutreiben sein.

»Das haben sie gefunden.« Mein Vater reichte mir eine dünne Silberkette.

An ihrem Ende hing ein kleiner roter Stein.

Meine Kehle war wie zugeschnürt.

Ihre.

Ich schluckte und versuchte den Gedanken zu verdrängen, als würde reine Willenskraft dazu ausreichen. Mein Vater wollte mir die Kette geben. Ich schüttelte den Kopf.

Ihre.

Mir war klar gewesen, dass meine Mutter mit an Sicherheit grenzender Wahrscheinlichkeit tot war. Ich hatte es *gewusst*. Ich hatte es geglaubt. Aber jetzt, beim Anblick der Kette, die sie in jener Nacht getragen hatte, rang ich um Atem.

»Das ist Beweismaterial.« Ich presste die Worte heraus. »Die Polizei hätte es dir nicht geben dürfen. Es ist ein Beweisstück.«

Was hatten sie sich nur dabei gedacht? Ich arbeitete erst seit einem halben Jahr für das FBI. Die meiste Zeit hatte ich hinter den Kulissen verbracht, aber selbst ich wusste, dass man Beweise nicht aus der Hand geben durfte, nur damit ein halb verwaistes Mädchen etwas bekam, das seiner Mutter gehört hatte.

»Es waren keine Fingerabdrücke darauf«, versicherte mir mein Vater. »Auch keine Spuren.«

»Sag ihnen, sie sollen sie behalten«, warf ich ein, stand auf und ging an den Rand der Veranda. »Sie werden sie vielleicht brauchen. Zur Identifizierung.«

Fünf Jahre waren seither vergangen. Wenn sie schon nach zahnärztlichen Unterlagen suchten, gab es wahrscheinlich nichts mehr für mich zu identifizieren. *Nichts außer Knochen.*

»Cassie ...«

Ich schaltete auf Durchzug. Von einem Mann, der meine Mutter kaum gekannt hatte, wollte ich nicht hören, dass die Polizei keine konkreten Spuren hatte und bedenkenlos Beweismittel herausgab, weil sie offenbar nicht damit rechneten, dass dieser Fall jemals gelöst würde.

Nach fünf Jahren hatte man endlich eine Leiche gefunden. Das war eine Spur. *Kerben in den Knochen. Die Art ihrer Bestattung. Der Ort, an dem ihr Mörder sie beerdigt hatte.* Es musste *etwas* geben. Einen Anhaltspunkt für das, was geschehen war.

Er ist mit einem Messer auf dich losgegangen. Ich schlüpfte in die Rolle meiner Mutter, und wie schon so oft zuvor versuchte ich zu verstehen, was an diesem Tag geschehen war. *Er hat dich überrascht. Du hast gekämpft.*

»Ich will den Ort sehen.« Ich wandte mich wieder meinem Vater zu. »Den Ort, an dem sie die Leiche gefunden haben.«

Mein Vater hatte damals meine Bewerbung für das Begabtenprogramm von Agent Briggs unterschrieben, aber er hatte keine Ahnung, welche Art von »Ausbildung« ich erhielt. Er hatte keinen Schimmer, worum es bei dem Programm wirklich ging. Er wusste nicht, über welche Fähigkeiten ich verfügte. Mörder und Opfer, Täter und Leichen – das war meine Welt. *Meine.* Und was war mit meiner Mutter passiert?

Auch das war meine Welt.

»Ich halte das für keine gute Idee, Cassie.«

Das hast du nicht zu entscheiden, dachte ich, ohne es laut auszusprechen. Ich hatte keine Lust, mit ihm zu diskutieren. Wenn ich Zugang zu dem Ort, den Fotos und möglichen Beweisstücken haben wollte, dann war Vincent Battaglia nicht der richtige Ansprechpartner.

»Cassie?« Mein Vater erhob sich und machte einen zögerlichen Schritt auf mich zu. »Wenn du darüber reden möchtest ...«

Ich wandte mich ab und schüttelte den Kopf. »Mir geht es gut«, unterbrach ich ihn. Ich schluckte den Kloß in meinem Hals hinunter. »Ich will einfach nur zurück in die Schule.«

»Schule« war leicht übertrieben. Das Naturtalente-Programm umfasste insgesamt fünf Schülerinnen und Schüler und unser Unterricht bestand hauptsächlich aus *praktischen Übungen.* Wir waren nicht nur Schüler. Wir waren wertvolle Ressourcen, die genutzt wurden.

Ein Eliteteam.

Alle fünf besaßen wir je eine besondere Fähigkeit, eine Begabung, die durch unsere Kindheitserfahrungen bis zur Perfektion geschärft worden war.

Wir hatten alle keine normale Kindheit. Diese Worte gingen mir wieder und wieder durch den Kopf, als ich vier Tage später am Ende der Einfahrt meiner Großmutter stand und auf meine Mitfahrgelegenheit wartete. *Denn sonst wären wir keine Naturtalente.*

Um nicht an meine eigene Kindheit denken zu müssen, mit einer Mutter, die von Stadt zu Stadt gezogen war und den Leuten vorgegaukelt hatte, sie sei Hellseherin, dachte ich an die der anderen – an Deans psychopathischen Vater und wie Michael lernen musste, Gefühle zu lesen, um zu überleben. Ich dachte an Sloane und Lia und daran, was ich über ihre Kindheit vermutete.

Eine besondere Art von Heimweh überkam mich, als ich an die anderen Naturtalente dachte. Ich wollte sie hier um mich haben, alle, jeden Einzelnen von ihnen, so sehr, dass ich fast keine Luft mehr bekam.

»Tanz dich frei.« Ich hörte die Stimme meiner Mutter in meiner Erinnerung. Ich sah sie vor mir, in einen königsblauen Schal gehüllt, das rote Haar feucht von Kälte und Schnee, wie sie das Autoradio einschaltete und aufdrehte.

Das war unser Ritual gewesen. Jedes Mal, wenn wir umzogen – von einer Stadt in die nächste, von einer Gemeinde in die nächste, von einer Show zur nächsten –, drehte sie die Musik auf, und wir tanzten auf unseren Sitzen, bis wir alles und jeden vergessen hatten, den wir zurückgelassen hatten.

Meine Mutter war niemand, der Dingen oder Menschen lange nachtrauerte.

»Du siehst so nachdenklich aus.« Eine tiefe, nüchterne Stimme holte mich in die Gegenwart zurück.

Ich kämpfte gegen die Erinnerungen an – und gegen die mit ihnen aufsteigende Flut von Gefühlen. »Hey, Judd.«

Der Mann, den das FBI angeheuert hatte, um auf uns aufzupassen, musterte mich einen Moment, dann hob er meine Tasche hoch und wuchtete sie in den Kofferraum. »Willst du dich verabschieden?«, fragte er und nickte in Richtung Veranda.

Ich drehte mich um und sah Nonna dort stehen. Sie liebte mich. Wild. Entschlossen. *Von dem Moment an, als du mich das erste Mal gesehen hast.* Das Mindeste, was ich ihr schuldete, war ein Lebewohl.

»Cassandra?« Nonna klang resolut, als ich näher kam. »Hast du etwas vergessen?«

Jahrelang hatte ich geglaubt, meine Fähigkeit, leidenschaftlich und frei zu lieben, sei mit meiner Mutter gestorben.

Die letzten Monate hatten mich eines Besseren belehrt.

Ich umarmte meine Großmutter, und sie schlang ihre Arme um mich, hielt mich fest, als ginge es um Leben und Tod.

»Ich muss gehen«, sagte ich nach einer Weile.

Sie tätschelte meine Wange mit etwas mehr Schwung als nötig. »Ruf an, wenn du etwas brauchst«, befahl sie. »Egal, was.«

Ich nickte.

Sie zögerte einen Moment. »Es tut mir leid«, sagte sie vorsichtig. »Das mit deiner Mutter.«

Nonna war meiner Mutter nie begegnet. Sie wusste nichts über sie. Ich hatte der Familie meines Vaters nie von dem Lachen meiner Mutter erzählt, oder von den Spielen, mit denen sie mir beigebracht hatte, Menschen zu lesen, oder davon, wie wir *»Egal, was passiert«* gesagt hatten, statt *»Ich liebe dich«*, weil sie mich nicht nur liebte – sie liebte mich für immer und ewig, egal, was kommen mochte.

»Danke«, sagte ich zu meiner Großmutter. Meine Stimme klang ein wenig heiser. Ich unterdrückte die emporquellende Traurigkeit. Früher oder später würde sie mich einholen.

Ich war schon immer besser darin gewesen, meine Gefühle in Schubladen zu stecken, statt mich ganz von ihnen zu befreien.

Als ich mich von Nonnas forschendem Blick abwandte und zu Judd und dem Auto zurückging, konnte ich die Erinnerung an die Stimme meiner Mutter nicht abschütteln.

»Tanz dich frei.«

KAPITEL 3

Judd fuhr schweigend. Er wartete darauf, dass ich die Stille durchbrach, sobald ich dazu bereit war.

»Die Polizei hat eine Leiche gefunden.« Ich brauchte zehn Minuten, um die Worte über meine Lippen zu bringen. »Sie glauben, dass es die Leiche meiner Mutter ist.«

»Ich habe davon gehört«, sagte Judd. »Briggs hat einen Anruf bekommen.«

Special Agent Tanner Briggs war einer der beiden Führungsbeamten des FBI bei den Naturtalenten. Er war derjenige, der mich rekrutiert hatte, und er hatte den Fall meiner Mutter dazu benutzt.

Natürlich hatte er einen Anruf bekommen.

»Ich will die Leiche sehen«, sagte ich und starrte auf die Straße vor uns. Später würde ich es verarbeiten können. Später würde ich trauern können. Jetzt brauchte ich Antworten, Fakten. »Fotos vom Tatort«, fuhr ich fort, »alles, was Briggs von den örtlichen Behörden bekommen kann.«

Judd wartete einen Moment. »Ist das alles?«

Nein. Das war nicht alles. Ich wünschte mir verzweifelt, dass es nicht die Leiche meiner Mutter war. Und gleichzeitig wollte ich genau das. Natürlich war das alles völlig widersprüchlich. Ich bereitete mich darauf vor, auf jeden Fall zu verlieren, egal, was am Ende herauskommen würde.

Meine Zähne gruben sich in die Innenseite meiner Wange und ich biss fest zu. Nach einer Weile antwortete ich laut auf Judds Frage. »Nein, das ist nicht alles. Ich will auch die Person zur Strecke bringen, die ihr das angetan hat.«

Wenigstens das war einfach. Das war klar. Ich war dem Naturtalente-Programm beigetreten, um Mörder hinter Gitter zu bringen. Meine Mutter hatte Gerechtigkeit verdient. Ich verdiente Wiedergutmachung für alles, was ich verloren hatte.

»Ich sollte dir an der Stelle wohl erklären, dass das Aufspüren der Person, die sie getötet hat, sie nicht zurückbringen wird.« Judd wechselte die Spur und schien mehr auf die Straße als auf mich zu achten. Ich ließ mich nicht täuschen. Judd war ein ehemaliger Scharfschütze der Navy, der immer auf seine Umgebung achtete. »Und ich sollte dir wahrscheinlich erklären«, fuhr er fort, »dass es nicht weniger wehtut, wenn du von diesem Fall besessen bist.«

»Aber das werden Sie nicht tun«, sagte ich.

Du weißt, wie es ist, wenn deine Welt in Fetzen zerrissen wird. Du weißt, wie es ist, jeden Tag aufzuwachen und zu wissen, dass das Monster, das sie zerstört hat, immer noch da draußen ist und es wieder tun kann.

Judd wollte mir nicht sagen, dass ich das loslassen sollte. Er konnte es nicht.

»Was würden Sie tun«, sagte ich leise, »wenn es Scarlett wäre? Wenn es in ihrem Fall eine Spur gäbe, und sei sie noch so klein?«

Ich hatte den Namen von Judds Tochter noch nie in seiner Gegenwart ausgesprochen. Bis vor Kurzem hatte ich nicht einmal gewusst, dass sie existierte. Ich wusste nicht viel über sie, außer dass sie das Opfer eines Serienmörders namens Nightshade gewesen war.

Ich ahnte, wie Judd sich gefühlt hätte, wenn es Fortschritte in diesem Fall gegeben hätte.

»Bei mir war es anders«, sagte Judd schließlich, den Blick auf die Straße gerichtet. »Es gab eine Leiche. Ich weiß nicht, ob das besser oder schlechter ist. Besser vielleicht, weil es mir das Rätselraten erspart hat.« Für einen Moment biss er die Zähne zusammen. »Schlimmer«, fuhr er fort, »weil kein Vater so etwas je sehen sollte.«

Ich versuchte mir vorzustellen, was Judd hatte durchmachen müssen, als er die Leiche seiner Tochter gesehen hatte, und wünschte mir sofort, ich könnte damit aufhören. Judd war ein Mann mit einer hohen

Schmerztoleranz und einem Gesicht, das einen Großteil dessen verbarg, was er fühlte. Aber als er den leblosen Körper seiner Tochter betrachtet hatte, hatte es kein Verstecken mehr gegeben, kein Zusammenbeißen der Zähne – nur noch das Klingeln in seinen Ohren und eine Verzweiflung, die ich nur zu gut kannte.

Wenn es Scarlett gewesen wäre, deren Leiche gerade gefunden worden wäre, Scarlett, deren Halskette gerade aufgetaucht wäre, könntest du auch nicht tatenlos abwarten. Das könntest du nicht – unter keinen Umständen.

»Werden Sie Briggs und Mullins bitten, mir die Akten zu besorgen?«, fragte ich. Judd war kein FBI-Agent. Seine oberste und einzige Aufgabe war das Wohlergehen der jungen FBI-Agenten. Er hatte das letzte Wort, wenn es um unsere Beteiligung an einem Fall ging.

Auch im Fall meiner Mutter.

Du verstehst mich, dachte ich, während ich ihn anstarrte. *Ob du willst oder nicht, du verstehst mich.*

»Du kannst die Akten einsehen«, sagte Judd zu mir. Er lenkte den Wagen auf eine private Landebahn und warf mir einen Blick zu. »Aber du machst das nicht allein.«

KAPITEL 4

Der Privatjet hatte zwölf Sitze, aber als ich an Bord ging, waren nur fünf davon besetzt. Die Agenten Mullins und Briggs saßen im vorderen Teil des Flugzeugs, auf gegenüberliegenden Seiten des Ganges. Sie studierte eine Akte. Er sah auf seine Uhr.

Sehr geschäftsmäßig, dachte ich. Andererseits, wenn es wirklich nur ums Geschäft gegangen wäre, hätte es den freien Platz am Gang nicht gebraucht.

Hinter ihnen saß Dean mit dem Rücken zum Cockpit. Vor ihm auf dem Tisch lag ein Kartenspiel. Lia saß ihm schräg gegenüber und hatte sich auf zwei Sitzen breitgemacht. Sloane hockte im Schneidersitz auf der Tischkante, ihr weißblondes Haar war zu einem schiefen Pferdeschwanz zusammengebunden. Bei jemand anderem hätte ich mir ernsthaft Sorgen gemacht, dass sie gleich herabfallen würde, aber Sloane hatte sich ihre aktuelle Position wahrscheinlich genau ausgerechnet und alles Nötige veranlasst, damit die Gesetze der Physik zu ihren Gunsten wirkten.

»Schau an«, sagte Lia und schenkte mir ein träges Lächeln, »wer sich endlich herabgelassen hat, uns mit seiner Anwesenheit zu beehren.«

Sie wissen es nicht. Offenbar hatte Briggs dem Rest des Teams nichts von meiner Mutter – vom Fund ihrer Leiche – erzählt. Dann sonst hätte Lia nicht nur leicht gestichelt, sie hätte mich förmlich gelöchert. Manche Menschen trösten einen in solchen Fällen. Lia war stolz darauf, für Ablenkung zu sorgen – aber sie tat es nicht unbedingt auf eine Art, für die man ihr dankbar war.

Meine Vermutung bestätigte sich, als Dean sich umdrehte und mich ansah. »Beachte Lia nicht weiter«, sagte er. »Sie hat schlechte Laune, weil ich sie beim Leiterspiel geschlagen habe.« Ein leichtes Lächeln umspielte seine Mundwinkel.

Dean eilte nicht durch das Flugzeug auf mich zu. Er legte keine beruhigende Hand auf meine Schulter oder meinen Nacken. Also wusste er *definitiv* nichts davon.

Ich hätte es in dem Moment auch nicht gewollt.

Das Lächeln auf seinem Gesicht, die Art, wie er Lia neckte – Dean tat mir gut. Jeden Tag, den wir zusammen waren, fielen die Barrieren ein wenig. Jeden Tag trat er ein wenig mehr aus dem Schatten heraus und wurde ein wenig mehr er selbst.

Das wünschte ich mir für ihn.

Er sollte nicht daran denken, dass meine Mutter ermordet worden war. Er sollte nicht daran erinnert werden, dass sein Vater ein Mörder war.

Dieses Lächeln wollte ich mir bewahren.

»Leiterspiel?«, wiederholte ich.

Lias Augen funkelten. »Meine Version ist *viel* interessanter.«

»Klingt vielversprechend«, sagte ich.

»Willkommen zurück«, sagte Agent Briggs zu mir. Ihm gegenüber blickte Agent Mullins von ihrer Akte auf, Briggs' Ex-Frau war Profilerin. Sie war meine Mentorin.

Wenn Briggs es weiß, weiß es Mullins auch. Sofort fiel mein Blick auf die Akte in ihrer Hand.

»Setz dich«, sagte sie zu mir.

Was wohl heißen sollte: *Wir reden später.* Mullins überließ es mir, was ich den anderen erzählen wollte – und wann. Natürlich konnte ich es nicht ewig geheim halten. Lia war Spezialistin darin, Täuschungen aufzuspüren. Lügen kam nicht infrage, und egal, wie gut ich es verbarg, auch Dean würde bald spitzkriegen, dass etwas vorgefallen war.

Ich musste es ihnen erzählen. Aber vielleicht könnte ich es ein paar Stunden hinauszögern, zumal der Einzige, der sofort gespürt hätte, dass etwas nicht stimmte, nicht mit im Flugzeug saß.

»Wo ist Michael?«, fragte ich und ließ mich auf den Sitz neben Dean gleiten.

»Fünfzehn Meilen südöstlich von Westchester, ein Stück nördlich des Long Island Sounds.« Sloane neigte den Kopf zur Seite, als würde ihr schief sitzender Pferdeschwanz ihn nach unten ziehen.

»Er ist über Weihnachten nach Hause gefahren«, übersetzte Dean. Unter dem Tisch suchte seine Hand meine. Es fiel Dean nicht leicht, Körperkontakt herzustellen, aber langsam begann er, mehr danach zu suchen.

»Michael ist über Weihnachten nach Hause gefahren?«, wiederholte ich. Ich drehte mich zu Lia. Sie und Michael hatten eine On-off-Beziehung gehabt, schon lange bevor ich auf der Bildfläche erschienen war. Wir beide wussten – *alle* in diesem Flugzeug wussten –, dass »Zuhause« kein guter Ort für Michael war.

»Michael wollte über die Feiertage nach Hause.« Agent Briggs mischte sich in das Gespräch ein und stellte sich direkt hinter Sloane in den Gang. »Es war sein Wunsch und seine Entscheidung.«

Natürlich war es das. Mir drehte sich der Magen um. Michael hatte mir einmal erklärt, wenn man jemanden nicht davon abhalten könne, einen zu schlagen, wäre es das Beste, ihn dazu zu bringen zuzuschlagen. Wenn Michael verletzt war, wenn er fürchtete, verletzt zu werden, suchte er den Konflikt.

Meine Entscheidung für Dean musste wie ein Schlag ins Gesicht für ihn gewesen sein.

»Er wollte seine Mutter besuchen«, zwitscherte Sloane unschuldig. »Er meinte, er habe sie lange nicht gesehen.«

Wir anderen hatten einen besonderen Sinn für Menschen. Sloane hatte einen Sinn für Fakten. Was immer Michael ihr erzählte, sie würde es glauben.

»Ich habe ihm eine Liste mit möglichen Gesprächsthemen mitgegeben«, sagte Sloane ernst. »Für den Fall, dass er und seine Mutter etwas Gesprächsstoff brauchen.«

So wie ich Sloane kannte, hatte sie Michael wahrscheinlich ermutigt, das Eis zu brechen, indem er seiner Familie mitteilte, dass das letzte Wort im Wörterbuch *Zyzzyva* war, eine Art tropischer Rüsselkäfer.

»Michael schafft das schon«, schaltete sich Briggs ein. Etwas an der Art, wie sich der Kiefer des Agenten anspannte, verriet mir, dass Briggs Vorsichtsmaßnahmen getroffen hatte: Vermutlich wusste Michaels Vater, dass sein weiterer Aufenthalt in Freiheit von Michaels Wohlergehen abhing.

Wir waren alle auf unterschiedliche Weise zum Naturtalente-Programm gekommen. Michaels Vater – der ihm alles über das Geschlagen-Werden beigebracht hatte – hatte seinen Sohn gegen Straffreiheit bei Wirtschaftsverbrechen beim FBI eingetauscht.

»Wie schön«, mischte sich Lia trocken ein, »dann geht es uns ja allen wieder bestens, Kumbaya. Wenn der Tröstet-Cassie-Teil unseres täglichen Rituals vorbei ist, können wir dann mit etwas weniger Langweiligem weitermachen?«

Eine gute Eigenschaft von Lia: Sie ließ nicht zu, dass man lange in Sorgen und Ängsten schmorte.

»In fünf Minuten starten wir«, antwortete Briggs. »Und Sloane?«

Unsere Zahlenexpertin legte den Kopf in den Nacken und sah Briggs an. »Sie werden mir jetzt höchstwahrscheinlich mitteilen, dass ich runter vom Tisch soll«, sagte sie.

Briggs lächelte *fast*. »Runter vom Tisch.«

KAPITEL 5

Wir waren etwa zwanzig Minuten in der Luft, als Briggs und Mullins uns informierten, wohin wir flogen – und warum.

»Wir haben einen Fall.« Mullins' Stimme klang ruhig und kühl. Vor nicht allzu langer Zeit hätte sie noch darauf bestanden, dass es kein *Wir* gab, dass Minderjährige, egal, wie talentiert, bei FBI-Ermittlungen nichts zu suchen hatten.

Vor nicht allzu langer Zeit war das Naturtalente-Programm auf ungelöste Fälle beschränkt gewesen.

In der Zwischenzeit hatte sich manches geändert.

»Drei Leichen in drei Tagen.« Briggs fuhr fort, wo Mullins aufgehört hatte. »Die örtliche Polizei hatte keinen Schimmer, dass sie es mit einem einzigen Täter zu tun hatte, bis heute Morgen eine erste Autopsie des dritten Opfers durchgeführt wurde. Sie haben sofort das FBI um Hilfe gebeten.«

Warum? Ich stürzte mich auf die Frage. *Warum hatte die Polizei keine Verbindung zu den ersten beiden Opfern hergestellt? Und warum haben sie nach dem dritten Opfer so schnell das FBI angefordert?* Je mehr mein Gehirn gefordert war, desto weniger konnte es zu der kürzlich entdeckten Leiche zurückkehren.

Zurück zu den tausend und einen Erinnerungen an meine Mutter.

»Unsere Opfer haben auf den ersten Blick wenig gemeinsam«, fuhr Briggs fort, »abgesehen von der räumlichen Nähe und dem, was die Visitenkarte unseres UNSUBs zu sein scheint.«

Profilerinnen und Profiler verwenden den Begriff »Modus Operandi« – oder »M. O.« –, um die notwendigen und funktionalen Aspekte eines Verbrechens zu beschreiben. Aber eine Visitenkarte zu hinterlassen? Das war nicht funktional. Es war nicht notwendig. Und das machte es zu einem Teil der Handschrift unseres Unbekannten Subjekts, unseres UNSUBs.

»Was für eine Art Visitenkarte?«, fragte Dean. Seine Stimme war sanft, hatte aber diesen leichten Summton, also wechselte er bereits in den Profiling-Modus. Es waren die kleinen Details – die Art Visitenkarte, wo die Polizei sie gefunden hatte, was darauf stand –, die uns das UNSUB verstehen lassen würden. Signierte unser Mörder damit sein Werk oder übermittelte er eine Botschaft? Markierte er seine Opfer als seinen Besitz oder eröffnete er eine Kommunikation mit der Polizei?

Agent Mullins hob eine Hand, um Fragen abzuwehren. »Klären wir zunächst die Hintergründe.« Sie wandte sich an Briggs. »Fangen wir ganz von vorne an.«

Briggs nickte knapp, dann betätigte er einen Schalter. Ein Monitor im vorderen Teil des Flugzeugs leuchtete auf. Briggs drückte eine Taste und ein Tatortfoto erschien. Es zeigte eine Frau mit langen dunklen Haaren, die auf einem Betonboden lag. Ihre Lippen schimmerten bläulich. Ihre Augen waren glasig. Ein durchnässtes Kleid klebte an ihrem Körper.

»Alexandra Ruiz«, sagte Agent Mullins. »Zweiundzwanzig Jahre alt, Studentin der Beschäftigungstherapie an der Universität von Arizona. Sie wurde etwa zwanzig Minuten nach Neujahr mit dem Gesicht nach unten im Pool auf dem Dach des Apex-Casinos gefunden.«

»Das Apex-Casino.« Sloane blinzelte. »Las Vegas, Nevada.«

Ich wartete darauf, dass Sloane uns die Quadratmeterzahl des Apex oder das Gründungsjahr nennen würde. Fehlanzeige.

»Teuer.« Lia füllte die Lücke. »Vorausgesetzt, unser Opfer hat überhaupt im Apex gewohnt.«

»Hat sie nicht.« Briggs rief ein weiteres Foto auf, das neben dem von Alexandra eingeblendet wurde, diesmal von einem Mann Anfang vierzig. Er hatte dunkles Haar mit einem silbergrauen Schimmer. Es war ein Schnappschuss. Der Mann schaute nicht in die Kamera, aber ich hatte das Gefühl, dass er ihre Anwesenheit gespürt hatte.

»Thomas Wesley«, erklärte Briggs. »Ehemaliger Internetmogul, amtierender Pokerweltmeister. Er ist wegen eines bevorstehenden Pokerturniers in der Stadt und hat die Penthouse-Suite im Apex gemietet, mit exklusivem Zugang zum Pool auf dem Dach.«

»Ich nehme an, Wesley feiert gern?«, fragte Lia. »Besonders an Silvester?«

Ich löste mich von dem Bild Thomas Wesleys und mein Blick wanderte zurück zu dem Alexandras. *Du und ein paar Freundinnen, ihr dachtet, es wäre ein Riesenspaß, Silvester in Vegas zu verbringen. Du warst zu einer Party eingeladen. Vielleicht sogar zu der Party.* Ihr Kleid war türkis. Sie trug schwarze, hochhackige Schuhe. Ein Absatz war abgebrochen. *Wie ist der Absatz abgebrochen?*

Bist du gerannt? Hast du dich gewehrt?

»Hat sie blaue Flecken?«, fragte ich. »Irgendwelche Anzeichen, dass sie unter Wasser gehalten wurde?«

Irgendwelche Anzeichen, dass sie sich gewehrt hat?

Agent Mullins schüttelte den Kopf. »Es gab keine Anzeichen für einen Kampf. Ihr Alkoholspiegel war so hoch, dass die Polizei von einem Unfall ausging. Tragisch, aber strafrechtlich nicht relevant.« Das würde erklären, warum die Polizei die ersten beiden Opfer nicht miteinander in Verbindung gebracht hatte. Sie hatten nicht einmal erkannt, dass Alexandra ein Mordopfer war.

»Woher wissen wir, dass es *kein* Unfall war?« Lia schwang die Beine über die Kante ihres Sitzes und ließ sie baumeln.

»Die Visitenkarte«, antworteten Dean und ich gleichzeitig.

Ich richtete meinen Fokus von Alexandra auf das UNSUB. *Du hast es wie einen Unfall aussehen lassen, aber du hast etwas zurückgelassen, das der Polizei verrät, dass es kein Unfall war. Wenn sie schlau genug wären, die Puzzleteile zusammenzusetzen, würden sie es erkennen. Sehen, was du getan hast. Die Eleganz darin sehen.*

Bemerken, wie schlau du bist.

»Was war es?« Ich wiederholte die Frage, die Dean zuvor gestellt hatte. »Was hat das UNSUB hinterlassen?«

Wieder ein Klicken Briggs', ein weiteres Bild auf dem Monitor, diesmal eine Nahaufnahme von Alexandras Handgelenk. Ihr Arm lag auf dem Beton, die Handfläche zeigte nach oben. Ich konnte die Adern unter ihrer Haut sehen, und direkt darüber, am äußeren Rand des Handgelenks, waren vier Zahlen in kunstvoller Schrift auf ihre Haut tätowiert: *3213*. Die Tinte war dunkelbraun und hatte einen leichten Orangestich.

»Henna«, schlug Sloane vor und spielte mit dem Rand ihres Ärmels, wobei sie den Blickkontakt zu uns sorgfältig vermied. »Ein Farbstoff, der aus der Blütenpflanze *Lawsonia inermis* gewonnen wird. Henna-Tätowierungen sind nicht dauerhaft und etwa zwanzigmal seltener als bleibende Tätowierungen.«

Ich spürte, wie Dean neben mir diese Information verarbeitete. Sein Blick war auf das Bild geheftet, als könnte er es zwingen, ihm die ganze Geschichte zu erzählen. »Das Tattoo auf ihrem Handgelenk«, sagte er. »Ist das die Visitenkarte?«

Du hinterlässt nicht nur Botschaften. Du hinterlässt sie auf den Körpern deiner Opfer.

»Gibt es eine Möglichkeit, den Zeitpunkt der Tätowierung zu bestimmen?«, fragte ich. »Hat er sie erst tätowiert und dann ertränkt, oder hat er sie ertränkt und dann tätowiert?«

Briggs und Mullins tauschten Blicke aus. »Weder noch.« Mullins beantwortete die Frage. »Laut ihren Freundinnen hat sie sich das Tattoo selbst machen lassen.«

Während wir noch darüber nachdachten, rief Briggs ein neues Foto auf. Ich versuchte wegzusehen, aber es gelang mir nicht. Der Körper auf dem Bildschirm war mit Blasen und Verbrennungen übersät. Man konnte nicht erkennen, ob es sich um einen Mann oder eine Frau handelte. Es gab nur einen Fleck unversehrter Haut.

Das rechte Handgelenk.

Briggs zeigte uns eine Großaufnahme.

»4–5–5–8.« Sloane las laut vor. *»3–2–1–3. 4–5–5–8.«* Sie unterbrach sich, aber ihre Lippen bewegten sich weiter, während sie die Zahlen stumm wiederholte.

Währenddessen starrten Dean und ich auf das Foto.

»Diesmal kein Henna«, sagte er. »Diesmal habe ich die Zahlen in die Haut der Zielperson eingebrannt.«

Mein bevorzugtes Pronomen beim Profiling war *du*. Ich sprach *mit* dem Mörder, *mit* den Opfern. Aber wenn Dean in den Kopf eines UNSUBs schlüpfte, *wurde* er der Mörder. Er *beging* den Mord.

Angesichts dessen, wer und was sein Vater gewesen war – und Deans ständiger Sorge, eine Spur von dessen Monstrosität geerbt zu haben –, überraschte mich das nicht. Jedes Mal, wenn er in den Profiler-Modus schaltete, stellte er sich dieser Angst.

»Vermutlich werden Sie uns gleich mitteilen, dass sich Opfer Nummer zwei die Zahlen selbst auf den Arm gebrannt hat?«, fragte Lia Briggs. Sie gab sich ungerührt von der Grausamkeit des Gesehenen, aber mir konnte sie nichts vormachen. Lia war eine Expertin darin, ihre wahren Gefühle zu verbergen und nur das zu offenbaren, was sie der Welt zeigen wollte.

»Sozusagen.« Briggs rief ein weiteres Bild auf. Es zeigte eine Art Armband. In das dicke Material, aus dem es gefertigt war, waren vier Metallzahlen eingestanzt: *4558*, aber seitenverkehrt – ein Spiegelbild der Zahlen auf der Haut des Opfers.

Agent Mullins klärte uns auf. »Feuerhemmendes Material. Als unser Opfer in Brand gesteckt wurde, erhitzte sich das Metall, aber nicht der Stoff, sodass darunter ein deutlich sichtbares Brandmal zurückblieb.«

»Unseren Quellen zufolge erhielt das Opfer das Armband zusammen mit einem Paket Fanpost«, fuhr Briggs fort. »Der Umschlag, in dem es verschickt wurde, ist verschwunden.«

»Fanpost?«, fragte ich. »Also ist das Opfer … wer?«

Als Antwort auf meine Frage erschien ein weiteres Bild auf dem Monitor, diesmal von einem jungen Mann Anfang zwanzig. Sein Gesicht war markant und hager, die scharfen Konturen wurden durch violette Augen – vermutlich Kontaktlinsen – noch betont.

»Sylvester Wilde.« Lia ließ einen Fuß lautstark auf den Boden fallen. »Der Houdini der Jetztzeit, Illusionist, Hypnotiseur und Alleskönner.«

Sie hielt inne und übersetzte für den Rest von uns. »Er ist ein Bühnenmagier – und wie die meisten seiner Art ein ausgezeichneter Lügner.«

Für Lia war das ein Kompliment.

»Er hatte eine Abendshow«, fügte Briggs hinzu, »im Wonderland.«

»Ein weiteres Casino«, bemerkte Dean nachdenklich.

»Ein weiteres Casino«, bestätigte Agent Mullins. »Mr Wilde war mitten in seiner Abendvorstellung am zweiten Januar, als er sich – allem Anschein nach – versehentlich selbst in Brand steckte.«

»Ein weiterer *Unfall*.« Dean neigte den Kopf leicht zur Seite, die Haare fielen ihm ins Gesicht. Er konzentrierte sich so stark, dass ich es an der Haltung seiner Schultern und seines Rückens erkennen konnte.

»Zumindest dachten das die Ermittler«, sagte Agent Briggs. »Bis ...«

Ein letztes Foto, ein letztes Opfer.

»Eugene Lockhart. Achtundsiebzig. Er war Stammgast im Desert Rose Casino. Er kam einmal in der Woche mit einer kleinen Gruppe aus einem örtlichen Altersheim.« Briggs erwähnte nicht, wie Eugene gestorben war.

Das war auch nicht nötig.

Ein Pfeil ragte aus der Brust des alten Mannes.

KAPITEL 6

Warum inszenierte ein Killer zunächst Unfälle, um dann am hellichten Tag jemanden mit einem Pfeil zu erschießen?

Während der Jet in Las Vegas landete, ging mir diese Frage immer wieder durch den Kopf. Unser Briefing war mit dem Bild Eugene Lockharts, dem ein Pfeil ins Herz geschossen worden war, noch nicht beendet gewesen, aber es war der Moment, in dem sich alle meine bisherigen Annahmen über diesen Killer zu ändern begannen.

Ich spürte, wie Dean neben mir ebenfalls über das Gehörte und Gesehene nachgrübelte. Als Naturtalente können wir die Teile unseres Gehirns, die anders funktionieren als die anderer Menschen, nicht einfach abschalten. Lia konnte nicht aufhören, Lügen zu erkennen. Sloane sah überall Zahlen. Michael konnte nicht anders, als die kleinste Regung im Gesicht eines Menschen zu registrieren.

Und Dean und ich setzten zwanghaft Menschen wie Puzzles zusammen.

Ich hätte nicht damit aufhören können, selbst wenn ich es gewollt hätte – und da mir klar war, auf was sich mein Gehirn stürzen würde, sobald ich mich nicht mehr mit diesem Fall beschäftigte, kämpfte ich auch nicht dagegen an.

Verhalten. Persönlichkeit. Umgebung. Das Verhalten selbst der monströsesten Mörder hatte einen Sinn und einen Zweck. Um ihre Motive zu entschlüsseln, musste man versuchen, sich in das UNSUB hineinzuversetzen und die Welt so zu betrachten, wie er oder sie es tat.

Du wolltest, dass die Polizei weiß, dass Eugene Lockhart ermordet wurde, dachte ich und begann mit dem Offensichtlichen. Menschen werden nicht mitten in einem belebten Casino »versehentlich« mit Jagdpfeilen erschossen. Im Vergleich zu den vorherigen Morden war das ein echter Hingucker. *Du wolltest, dass die Polizei aufmerksam wird. Du wolltest, dass sie genauer hinschauen. Sehen, was du getan hast.* Dich *sehen.*

Bist du es gewohnt, unbemerkt zu bleiben?

Bist du es leid?

Ich ging noch einmal durch, was uns gesagt worden war. Neben der vierstelligen Zahl, die mit Filzstift auf das Handgelenk des alten Mannes geschrieben worden war, hatte die Forensik auch eine Botschaft auf dem tödlichen Pfeil gefunden.

Tertium.

Ein lateinisches Wort, das so viel wie »zum dritten Mal« bedeutete.

Also untersuchte die Polizei alle Todesfälle der letzten Zeit und entdeckte die Zahlen, die auf das Handgelenk von Alexandra Ruiz tätowiert und auf das von Sylvester Wilde eingebrannt waren.

Warum Latein? Diese Frage ließ mich nicht los. *Hältst du dich für einen Intellektuellen? Oder hat der Gebrauch der lateinischen Sprache eine rituelle Bedeutung?* Angesichts dieser Möglichkeit lief mir ein leichter Schauer über den Rücken. *Rituell in welcher Hinsicht?*

Ohne es zu wollen, lehnte ich mich an Dean. Seine braunen Augen begegneten meinen, und ich fragte mich, was er wohl dachte. Ob es ihn auch schaudern ließ, wenn er sich in die Gedanken dieses Mörders vertiefte.

Dean legte eine Hand auf meinen Arm, sein Daumen fuhr über die Rückseite meines Handgelenks.

Lia, die uns gegenübersaß, betrachtete unsere Hände und führte dann ihre eigene mit einer melodramatischen Bewegung an ihre Stirn. »Ich bin ein düsterer und ängstlicher Profiler«, sagte sie. »Nein«, widersprach sie im Falsettton und hob die andere Hand, »*ich* bin eine düstere und ängstliche Profilerin. Unsere Liebe steht unter einem ungünstigen Stern.«

Im vorderen Teil des Flugzeugs hörte ich Judd husten. Vermutlich unterdrückte er ein Lachen.

»Sie haben uns nie verraten, warum die örtlichen Behörden so schnell das FBI eingeschaltet haben«, sagte ich zu Agent Briggs, löste mich von Dean und versuchte, Lia abzulenken, bevor sie unsere *ganze* Beziehung nachspielen konnte.

Das Flugzeug landete. Lia stand auf, streckte sich und bog ihren Rücken durch, bevor sie den Köder schluckte. »Und?«, fragte sie die Agenten. »Möchten Sie der Klasse etwas mitteilen?«

Briggs fasste sich kurz. »Drei Morde in drei verschiedenen Casinos in drei Tagen. Die Kasinobesitzer sind natürlich beunruhigt.«

Lia griff nach ihrer Tasche und hängte sie sich ordentlich über eine Schulter. »Ich schätze mal«, sagte sie, »die Casinobesitzer fürchten, dass die Morde schlecht fürs Geschäft sind. Deshalb haben sie ihren beträchtlichen politischen Einfluss geltend gemacht, damit die örtlichen Behörden die Experten einschalten.« Ein langsames, gefährliches Lächeln breitete sich auf Lias Lippen aus. »Hoffentlich bedeutet das, dass dieselben Casinobesitzer auch dafür sorgen werden, dass wir die Vegas-VIP-Behandlung kriegen?«

Ich sah förmlich die Fantasien von Nachtclubs und VIP-Lounges in Lias Kopf.

Briggs dachte vermutlich etwas Ähnliches, denn er machte ein grimmiges Gesicht. »Das ist kein Spiel, Lia. Wir sind nicht zum Vergnügen hier.«

»Und«, fügte Agent Mullins streng hinzu, »du bist minderjährig.«

»Zu jung, um zu feiern, aber alt genug, um dem FBI bei einem Serienmordfall zu helfen.« Lia seufzte tief. »Das ist die Tragödie meines Lebens.«

»Lia.« Dean warf ihr seine eigene Version von Briggs' Blick zu.

»Ich weiß, ich weiß, ich soll die netten FBI-Agenten nicht ärgern«, spottete Lia, schaltete aber einen Gang zurück. »Bekommen wir wenigstens unsere Zimmer bezahlt?«, fragte sie.

Briggs und Mullins sahen sich kurz an.

»Das FBI bekommt eine kostenlose Suite im Desert Rose gestellt«, antwortete Judd für sie. »Für uns habe ich zwei Zimmer in einem einfachen Hotel in der Nähe des Strip gebucht.«

Mit anderen Worten: Judd wollte eine gewisse Distanz zwischen uns und der Operationsbasis des FBI wahren. Da ich in den letzten sechs Monaten nicht nur von einem, sondern gleich von *zwei* UNSUBs gefangen gehalten worden war, hatte ich nichts dagegen, wenn wir so wenig Aufmerksamkeit wie möglich erregten.

»Sloane«, sagte Dean plötzlich und lenkte meine Aufmerksamkeit in ihre Richtung. »Geht es dir gut?«

Sloane fletschte die Zähne zu dem wahrscheinlich größten und falschesten Lächeln, das ich je gesehen hatte. Sie erstarrte wie ein Reh im Scheinwerferlicht. »Ich trainiere mein Lächeln nicht«, sagte sie schnell. »Manchmal machen Gesichter von Leuten das einfach.«

Ihre Bemerkung wurde von allen im Flugzeug mit Schweigen quittiert.

Sloane wechselte schnell das Thema. »Wusstet ihr, dass es in New Hampshire mehr Hamster pro Kopf gibt als in jedem anderen Bundesstaat?«

Ich war es gewohnt, dass Sloane wahllos Statistiken ausspuckte, aber da wir gerade in Las Vegas gelandet waren, hätte ich etwas thematisch Passenderes erwartet. Doch dann wurde es mir klar – Vegas.

Sloane war in Vegas geboren und aufgewachsen.

Wir hatten alle keine normale Kindheit, sonst wären wir keine Naturtalente. Ich wusste nicht viel über Sloanes Vorgeschichte, hatte nur hier und da etwas aufgeschnappt. Sloane war zu Weihnachten nicht nach Hause gefahren. Ebenso wie Lia und Dean hatte sie kein Zuhause, wo sie hinkonnte.

»Geht es dir gut?«, fragte ich sie leise.

»Ja«, piepste Sloane. »Mir geht's gut.«

»Dir geht's nicht gut«, sagte Lia unverblümt. Dann langte sie hinüber und zog Sloane hoch. »Aber überlass mir in den nächsten Tagen die Verantwortung für deine Lebensentscheidungen und es wird dir bald besser gehen.« Lia unterstrich ihre Worte mit einem strahlenden Lächeln.

»Deine statistische Bilanz in Sachen Entscheidungsfindung ist etwas beunruhigend«, erwiderte Sloane ernst. »Aber ich bin bereit, das zu überdenken.«

Briggs legte eine Hand an die Schläfe. Mullins öffnete den Mund – wahrscheinlich, um Lia klarzumachen, dass sie für *niemanden* Entscheidungen bezüglich Las Vegas treffen würde, nicht mal für sich selbst –, aber Judd sah der Agentin in die Augen und schüttelte leicht den Kopf. Er hatte eine Schwäche für Sloane, und jeder in diesem Flugzeug wusste, dass sie nicht glücklich darüber war, wieder hier zu sein.

»Zuhause ist kein Ort, Cassie.« Die Erinnerungen krochen in mir hoch. *»Zuhause, das sind die Menschen, die dich am meisten lieben, die dich immer lieben werden, für immer und ewig, egal, was passiert.«*

Ich stand auf und kämpfte gegen die Erinnerung an. Ich durfte nicht an meine Mutter denken. Wir waren nicht grundlos in Vegas. Es gab etwas zu tun.

Die Tür des Jets öffnete sich. Agent Briggs drehte sich zu Agent Mullins um. »Nach dir.«

DU

Drei ist die Zahl. Die Seitenzahl eines Dreiecks. Eine Primzahl. Eine heilige Zahl.

Drei.

Dreimal drei.

Dreimal drei mal drei.

Du lässt die Fingerspitzen über die Kante einer Pfeilspitze gleiten. Du bist ein guter Schütze. Das wusstest du schon immer. Aber das Töten des alten Mannes hat dir keine Freude bereitet. Du ziehst das lange Spiel vor, die sorgfältige Planung, das Aufstellen von Dominosteinen in Schleifen und Reihen, bis du nur noch einen einzigen umstoßen musst ...

Das Mädchen im Pool.

Die Flammen, die die Haut von Nummer zwei verbrennen.

Perfekt. Elegant. Viel besser, als den alten Mann zu durchbohren. Aber die Dinge haben ihre Ordnung. Es gibt Regeln. Und so musste es sein. Der dritte Januar. Der Pfeil. Ein alter Mann zur falschen Zeit am falschen Ort.

Hast du ihre Aufmerksamkeit erregt?

Du steckst die Pfeilspitze ein. In einem anderen Leben, in einer anderen Welt würden drei reichen. Du könntest mit drei zufrieden sein.

Drei ist eine gute Zahl.

Aber in diesem Leben, in dieser Welt, reichen drei nicht aus. Du kannst nicht aufhören. Das wirst du auch nicht.

Wenn du ihre Aufmerksamkeit noch nicht hast, wirst du sie bald haben.

KAPITEL 7

Den größten Teil meiner Kindheit hatte ich in billigen Motels und Apartmenthäusern gewohnt, in denen die Miete wochenweise bezahlt wurde. Im Vergleich zu den Unterkünften, in denen meine Mutter und ich gehaust hatten, sah das Hotel, das Judd für uns gebucht hatte, ganz passabel aus – wenn auch ein bisschen heruntergekommen.

»Es ist genau so, wie ich es mir erträumt habe.« Lia seufzte begeistert. Sie konnte Lügen nicht nur erkennen, sondern auch sehr gut welche erzählen. Mit einem Anschein der Begeisterung betrachtete sie das Äußere des Gebäudes, so, als wäre sie einer verschollenen Liebe über den Weg gelaufen.

»So schlimm ist es nicht«, sagte Dean.

Als wäre ein Schalter umgelegt worden, beendete Lia die Vorstellung und warf ihr langes schwarzes Haar über eine Schulter. »Das hier ist Las Vegas, Dean. ›Nicht schlecht‹ ist nicht gerade das, was ich mir erträumt habe.«

Judd schnaubte. »Du wirst es verkraften, Lia.«

»Und wenn ich euch sage, dass sie das nicht muss?« Diese Frage ertönte vom Parkplatz hinter uns. Ich erkannte die Stimme sofort.

Michael.

Als ich mich zu ihm umdrehte, fragte ich mich, welchen Michael ich wohl zu sehen bekäme. Den Jungen, der mich für das Programm angeworben hatte? Den offenen, ungeschützten Michael, der mir kurze Einblicke in seine ältesten Verletzungen gewährt hatte? Den unbekümmerten, gleichgültigen Michael, der die letzten drei Monate so getan hatte, als könne ihm nichts und niemand etwas anhaben?

Schon gar nicht ich.

»Townsend«, begrüßte Dean Michael. »Heißer Schlitten.«

»Bist du nicht ein bisschen zu jung für eine Midlife-Crisis?«, meinte Lia.

»Leben auf der Überholspur«, antwortete Michael. »Damit gleiche ich die Inflationsrate aus.«

Ich musterte das neue Auto, dann Michael. Der Wagen war ein Klassiker – ein Cabriolet in dunklem Kirschrot, vermutlich aus den Fünfziger- oder Sechzigerjahren. Es war in perfektem Zustand. Auch Michael schien in tadellosem Zustand zu sein. Er hatte keine blauen Flecken im Gesicht, keine Blutergüsse auf seinem Arm, der auf der Lehne des Beifahrersitzes ruhte.

Michaels Blick verweilte einen Moment auf meinem Gesicht. »Keine Sorge, Colorado«, sagte er, und ein feines Lächeln umspielte seine Lippen. »Ich bin völlig unversehrt.«

Es war das erste Mal seit Wochen, dass er auf etwas reagierte, das ich nicht gesagt hatte. Zum ersten Mal tat er so, als wäre ich eine Person, die es wert war, gelesen zu werden.

»Tatsächlich«, sagte Michael, »fühle ich mich wie ein neuer Mensch. Ein unglaublich großzügiger, unglaublich gut vernetzter neuer Mensch.« Er sah sich nach den anderen um und ließ seinen Blick auf Judd ruhen. »Ich hoffe, es macht Ihnen nichts aus«, sagte er, »aber ich habe ebenfalls für uns reserviert.«

Michael hatte im Majesty reserviert, dem teuersten Luxushotel und Casino der Stadt. Sloane zögerte, als wir uns dem imposanten Eingang näherten. Sie schien angezogen und abgestoßen zugleich – wie ein Magnet von einem unsichtbaren Feld. Ihre Lippen bewegten sich rasend, als sie halblaut die Nachkommastellen der Zahl Pi herunterratterte.

Einige Kinder hatten eine Kuscheldecke. Ich war mir ziemlich sicher, dass Sloane mit einer Kuschelzahl aufgewachsen war.

Während ich versuchte herauszufinden, was am Majesty diese besondere Reaktion ausgelöst hatte, zwang unsere Statistikexpertin ihre

Lippen zum Innehalten und trat über die Schwelle. Lia sah mir in die Augen und zog eine Braue hoch. Offensichtlich war ich nicht die Einzige, der Sloanes Verhalten aufgefallen war. Nur Michael hatte es nicht bemerkt, da er bereits einige Meter vor uns durch die Lobby schlenderte.

Während der Rest von uns folgte, starrte ich an die zwanzig Meter hohe Decke. Judd hatte sich nicht gegen den Umzug gewehrt. Die Profilerin in mir sagte, dass Judd gespürt hatte, dass Michael das brauchte – nicht den Luxus des Majesty.

Sondern das Gefühl von Kontrolle.

»Mr Townsend.« Der Concierge begrüßte Michael formvollendet wie ein Diplomat, der ein ausländisches Staatsoberhaupt empfängt. »Wir freuen uns, dass Sie und Ihre Gäste uns beehren. Die Renoir-Suite ist eine der schönsten in unserem Angebot.«

Michael machte einen Schritt auf ihn zu. Monate nach dem Schuss ins Bein hinkte Michael immer noch merklich. Er versuchte nicht, es zu verbergen, legte die Hand auf seinen Oberschenkel und forderte damit den Concierge auf, den Blick zu senken.

»Ich hoffe, die Suite hat einen Aufzug«, sagte Michael.

»Natürlich«, antwortete der Concierge nervös. »Selbstverständlich!«

Ich fing Deans Blick auf. Seine Lippen zuckten leicht. Michael putzte den armen Kerl runter – und genoss es ein wenig zu sehr.

»Ich denke, die Renoir-Suite hat einen privaten Aufzug, nicht wahr, Mr Simmons?« Ein blonder Mann Mitte zwanzig schaltete sich in das Gespräch ein und stellte sich neben den Concierge. Er trug ein dunkelrotes Hemd – Seide, wie es aussah – unter einem schwarzen Jackett. Während er Michael mit seinen blauen Augen musterte, knöpften seine Finger lässig zwei Knöpfe des Jacketts zu – weniger eine nervöse Geste als die eines Soldaten, der sich für den Kampf rüstet.

»Ab hier übernehme ich«, sagte er zum Concierge.

Der Concierge nickte leicht. Diese kurze Unterhaltung verriet mir mehrere Dinge. Erstens hatte der Concierge kein Problem damit, Befehle von einem Mann entgegenzunehmen, der mindestens zwanzig

Jahre jünger war als er. Und zweitens hatte dieser Mann kein Problem damit, solche zu erteilen.

»Aaron Shaw.« Er stellte sich Michael vor und reichte ihm die Hand. Michael ergriff sie. Auf den zweiten Blick erkannte ich, dass Aaron jünger war, als ich zuerst gedacht hatte – einundzwanzig oder zweiundzwanzig.

»Wenn Sie mir bitte folgen wollen«, sagte er, »dann zeige ich Ihnen gerne persönlich Ihre Zimmer.«

Mein Verstand sammelte und ordnete alles, was ich über Aaron Shaw wusste. *Verhalten. Persönlichkeit. Umgebung.* Aaron war dem Concierge zu Hilfe gekommen. Während er durch die Lobby ging, nickte und lächelte er verschiedenen Leuten zu, vom Pagen bis zu den Gästen. Er kannte sich offensichtlich aus.

Auf Schritt und Tritt machte man ihm Platz.

»Ihrer Familie gehört das Casino?«, fragte ich.

Der Rhythmus von Aarons Schritten geriet ins Stocken, aber nur für eine Sekunde. »Bin ich so leicht zu durchschauen?«

»Es ist das Seidenhemd«, sagte Michael in verschwörerischem Flüsterton. »Und die Schuhe.«

Aaron blieb vor einem gläsernen Aufzug stehen. »Meine Schuhe haben mich verraten«, sagte er scherzhaft. »Das war's dann wohl mit meiner Zukunft als Spion.«

Du erwartest, dass man dich ernst nimmt, dachte ich, *aber du kannst auch über dich selbst lachen.*

Neben mir starrte Sloane den Sohn des Hotelbesitzers an, als hätte er ihr gerade in die Brust gegriffen und das Herz herausgerissen.

»Das mit dem Spion war ein Scherz«, sagte Aaron zu ihr mit einem Lächeln, das aufrichtiger war als das, das er Michael geschenkt hatte. »Versprochen.«

Sloane kramte in ihrem Wissensfundus, um eine passende Antwort zu finden. »Es gibt 4097 Zimmer in diesem Hotel«, sagte sie mit einem seltsam hoffnungsvollen Ton in der Stimme. »Und das Majesty serviert über neunundzwanzigtausend Mahlzeiten pro Tag.«

Ich wandte mich wieder Aaron zu, um mich notfalls einzuschalten, aber er zuckte nicht mit der Wimper bei Sloanes Version einer »Unterhaltung«.

»Haben Sie schon einmal bei uns gewohnt?«, fragte er.

Aus irgendeinem Grund schien Sloane diese Frage tief zu treffen. Stumm schüttelte sie den Kopf. Dann erinnerte sie sich daran, ihn anzulächeln – dasselbe schmerzhaft breite Lächeln, das sie im Flugzeug geübt hatte.

Du gibst dir so viel Mühe, dachte ich. Aber ich war mir beim besten Willen nicht sicher, was Sloane damit bezweckte.

Die Lifttüren öffneten sich. Aaron trat ein und hielt uns die Tür auf. Als wir alle drin waren, sah er Sloane an. »Alles in Ordnung, Miss?«

Sie nickte flüchtig. Als sich die Fahrstuhltüren schlossen, stieß ich mit der Hüfte leicht gegen Sloanes. Nach einem Moment warf sie mir einen zögernden Blick zu und schubste mich zurück.

»Wussten Sie«, sagte sie fröhlich in einem weiteren Versuch, lockere Konversation zu betreiben, »dass nur siebenundzwanzig Menschen pro Jahr in Aufzügen umkommen?«

KAPITEL 8

Die viel gerühmte Renoir-Suite hatte fünf Schlafzimmer und einen Wohnbereich, der groß genug war, um eine Fußballmannschaft darin unterzubringen. Deckenhohe Fenster säumten eine der Wände und boten einen Panoramablick auf den Vegas Strip, der auch tagsüber in grellen Neonfarben leuchtete.

Lia hüpfte auf die Bar und ließ die Beine baumeln, während sie unsere Bude betrachtete. »Nicht schlecht«, sagte sie anerkennend zu Michael.

»Nicht mir musst du danken«, erwiderte Michael leichthin. »Sondern meinem Vater.«

Ein flaues Gefühl machte sich in meinem Magen breit. Ich wollte Michaels Vater für nichts danken – und unter normalen Umständen wollte er das auch nicht. Ohne ein weiteres Wort schlenderte Michael zum größten Schlafzimmer und beanspruchte es für sich.

Dean stellte sich hinter mich. Er legte mir sanft einen Arm um die Schulter.

»Das fühlt sich nicht richtig an«, sagte ich leise zu ihm.

»Nein«, sagte Dean und starrte Michael hinterher. »Tut es nicht.«

Sloane und ich teilten uns ein Zimmer. Als ich aus unserem Balkonfenster sah, fragte ich mich, wie lange sie wohl brauchen würde, um mir zu verraten, was bei ihr nicht stimmte.

Und wie lange ich wohl brauchen würde, um ihr mein Herz zu öffnen? Um es allen zu sagen? Ich verdrängte die Fragen.

»Hattest du viele Albträume, als du zu Hause warst?«, fragte Sloane leise und stellte sich hinter mich.

»Ein paar«, antwortete ich.

Ich würde sicher noch mehr haben, jetzt, wo es einen Durchbruch im Fall meiner Mutter gab. Aber Sloane würde da sein. Sie würde mir Fakten und Statistiken herunterrattern, bis ich wieder eingeschlafen war.

Zuhause ist kein Ort, dachte ich. Meine Kehlkopfmuskeln spannten sich an.

»Letztes Jahr haben wir uns vierundvierzig Prozent des Jahres ein Zimmer geteilt«, sagte Sloane wehmütig. »Dieses Jahr sind wir noch bei null.«

Ich drehte mich um und sah sie an. »Du hast mir auch gefehlt, Sloane.«

Sie schwieg ein paar Sekunden, dann blickte sie auf ihre Füße. »Ich wollte, dass er mich mag«, gab sie zu, als wäre das etwas Schlimmes.

»Aaron?«, fragte ich.

Statt zu antworten, ging Sloane zu einem Regal voller mundgeblasener Glasobjekte und begann, sie der Größe nach zu sortieren, und Objekte ähnlicher Größe nach Farben. *Rot. Orange. Gelb.* Sie bewegte sich mit der Effizienz einer Blitzschachspielerin. *Grün. Blau.*

»Sloane?«, fragte ich.

»Er ist mein Bruder«, platzte sie heraus. Für den unwahrscheinlichen Fall, dass ich nicht verstanden hatte, hörte sie kurz mit dem Sortieren auf, drehte sich um und erklärte es mir. »Halbbruder. Ein männliches Geschwisterkind. Wir haben einen Verwandtschaftskoeffizienten von null Komma zwei fünf.«

»Aaron Shaw ist dein Halbbruder?« Ich versuchte, das zu verarbeiten. Wie wahrscheinlich war das? Kein Wunder, dass Sloane sich in seiner Nähe so seltsam benommen hatte. Und Aaron hatte Sloane bemerkt. Er hatte sie angelächelt, mit ihr gesprochen, aber sie hätte jede sein können. Sie hätte auch eine Fremde auf der Straße sein können.

»Aaron Elliott Shaw«, sagte Sloane. »Er ist 1433 Tage älter als ich.« Sloane blickte wieder auf die Glasobjekte, die jetzt perfekt vor dem Spiegel aufgereiht waren. »In meinem ganzen Leben habe ich ihn genau elf Mal gesehen.« Sie schluckte. »Das ist erst das zweite Mal, dass er mich gesehen hat.«

»Er weiß es nicht?«, fragte ich.

Sloane schüttelte den Kopf. »Nein. Er weiß es nicht.«

Sloane heißt nicht Shaw mit Nachnamen.

»Einundvierzig Prozent der in Amerika geborenen Kinder sind unehelich.« Sloane strich mit dem Zeigefinger leicht über die Kante des Regals. »Aber nur eine Minderheit von ihnen ist das Ergebnis eines Ehebruchs.«

Sloanes Mutter war nicht die Ehefrau ihres Vaters. Ihr Vater ist der Besitzer des Casinos. Ihr Halbbruder weiß nicht einmal, dass sie existiert.

»Wir müssen nicht hierbleiben«, sagte ich ihr. »Wir können in das andere Hotel zurückgehen. Michael würde das verstehen.«

»Nein!«, sagte Sloane mit großen Augen. »Du darfst es Michael nicht erzählen, Cassie. Du darfst es niemandem erzählen.«

Ich hatte noch nie erlebt, dass Sloane ein Geheimnis für sich behalten konnte. Sie hatte keinen wirksamen Filter zwischen Gehirn und Mund und das bisschen löste sich unter dem Einfluss von Koffein völlig auf. Die Tatsache, dass sie es für sich behalten wollte, ließ mich fragen, ob das ihr Wunsch war oder der einer anderen Person.

Du darfst es niemandem erzählen.

»Cassie ...«

»Das werde ich nicht«, sagte ich zu Sloane. »Versprochen.«

Während ich sie ansah, fragte ich mich, wie oft Sloane in ihrer Kindheit gesagt worden war, dass sie ein Geheimnis sei. Ich fragte mich, wie oft sie Aaron oder seinen Vater aus der Ferne beobachtet hatte.

»Es ist sehr wahrscheinlich, dass du ein Profil von mir erstellst«, bemerkte Sloane.

»Berufskrankheit«, sagte ich ihr. »Apropos Berufskrankheit: Die Zahlen auf den Handgelenken der Opfer – fällt dir dazu etwas ein?«

Sloanes Gehirn arbeitete auf eine für die meisten Menschen unverständliche Weise. Ich wollte sie daran erinnern, dass das hier, in unserem Kreis, eine Stärke war.

Sloane biss an. »Die ersten beiden Opfer waren 3213 und 4558.« Sie klemmte die Unterlippe zwischen die Zähne und fuhr fort. »Eine ungerade Zahl, eine gerade. Vier Ziffern. Keine davon ist eine Primzahl. 4558 hat acht Teiler: 1, 2, 43, 53, 86, 106, 2279 und natürlich 4558.«

»Natürlich«, sagte ich.

»3213 dagegen hat *sechzehn* Teiler«, fuhr Sloane fort.

Bevor sie mir alle sechzehn nennen konnte, warf ich ein: »Und das dritte Opfer?«

»Richtig.« Sie drehte sich um und ging im Raum umher, während sie sprach. »Die Zahl auf dem Handgelenk des dritten Opfers war 9144.« Ihre blauen Augen hatten einen distanzierten Blick, der mir verriet, dass ich nicht damit rechnen konnte, in nächster Zeit etwas Verständliches von ihr zu erfahren.

Die Zahlen sind dir wichtig, dachte ich und wandte meine Gedanken dem Mörder zu. *Die Zahlen sind das Wichtigste.*

Nur sehr wenige Aspekte im M. O. dieses UNSUBs waren konstant geblieben. Die Opfer waren sehr unterschiedlich. *Du hast eine Frau und zwei Männer umgebracht. Die ersten beiden waren Mitte zwanzig. Der dritte war fast achtzig.* Unser Mörder tötete jedes Mal an einem anderen Ort und mit einer anderen Methode.

Die Zahlen waren die einzige Konstante.

»Könnten das Daten sein?«, fragte ich Sloane.

Sloane hielt im Gehen inne. »4558. Fünfter April 1958. Es war ein Samstag.« Ich konnte sehen, wie sie in ihrem enzyklopädischen Wissen nach Details zu diesem Datum suchte. »Am fünften April 1951 wurden die Rosenbergs als sowjetische Spione zum Tode verurteilt. 1955, an diesem Tag, trat Churchill als englischer Premierminister zurück, aber 1958 …« Sloane schüttelte den Kopf. »Nichts.«

»Klopf, klopf.« Lia kündigte wie gewohnt ihre Anwesenheit an und betrat das Zimmer, ohne uns Zeit für Einwände zu lassen. »Ich bringe Neuigkeiten.«

Lia wechselte ihre Rollen so leicht wie die meisten Menschen ihre Kleidung. Gleich nach unserer Ankunft hatte sie ein rotes Kleid angezogen. Mit ihrem zu einem komplizierten Knoten hochgesteckten Haar sah sie elegant und ein wenig gefährlich aus.

Das verhieß nichts Gutes.

»Die Neuigkeiten«, fuhr Lia mit einem verhaltenen Lächeln fort, »beinhalten einige *faszinierende* Enthüllungen darüber, wie unsere Cassandra Hobbes ihre Weihnachtsferien verbracht hat.«

Lia wusste Bescheid. *Über meine Mutter. Über die Leiche.* Ich hatte das Gefühl, als würde sich eine Schraubzwinge um meine Brust legen, die sich Zentimeter für Zentimeter zusammenzog, bis ich kaum noch Luft bekam.

Nach ein paar Sekunden schnaubte Lia: »Ehrlich, Cassie. Du fährst für zwei Wochen weg, und es ist, als hättest du alles vergessen, was ich dir beigebracht habe.«

Sie log, wurde mir klar. *Als Lia sagte, die Neuigkeiten beträfen mich, hatte sie gelogen.* Vielleicht *gab* es gar keine Neuigkeiten.

»Interessant ist«, fuhr Lia mit scharfem Blick fort, »dass du mir glaubst. Denn das scheint darauf hinzudeuten, *dass* etwas Interessantes passiert ist, während du zu Hause warst.«

Ich sagte nichts. Es war besser, in Lias Gegenwart zu schweigen, als zu lügen.

»Gibt es also Neuigkeiten?«, fragte Sloane Lia neugierig. »Oder wolltest du nur plaudern?«

So konnte man es auch nennen.

»Es gibt definitiv Neuigkeiten«, erklärte Lia, wandte sich wieder zur Tür und verließ den Raum. Ich warf Sloane einen Blick zu, dann beeilten wir uns, sie einzuholen. Als wir um die Ecke bogen, rückte Lia endlich mit der Sprache heraus.

»Wir haben eine Besucherin«, sagte sie beiläufig. »Und die Neuigkeit ist, dass sie *sehr* schlecht gelaunt ist.«

KAPITEL 9

Agent Mullins stand mitten im geräumigen Wohnzimmer der Renoir-Suite, die Augenbrauen so hochgezogen, dass sie fast im Haaransatz verschwanden. »Ist das deine Vorstellung von *unauffällig?*«, fragte sie Judd.

Judd ging in die Küche und machte eine Tasse Kaffee. Er kannte Agent Mullins, seit sie ein Kind war. »Entspann dich, Ronnie«, sagte er. »Niemand wird fünf verwöhnte Teenager und einen alten Mann in einer Viertausend-Dollar-Suite mit dem FBI in Verbindung bringen.«

»Angesichts des durchschnittlichen Jahresgehalts eines FBI-Agenten«, warf Sloane ein, bevor Agent Mullins etwas erwidern konnte, »trifft das wohl zu.«

Michael betrat den Raum, bekleidet mit einer sehr knappen Badehose und einem flauschigen weißen Bademantel. »Agent Mullins«, sagte er und tippte an einen imaginären Hut, »schön, dass Sie sich uns anschließen konnten.« Er musterte sie eingehend. »Sie sind verärgert, aber auch besorgt und ein wenig hungrig.« Er durchquerte den Raum und hob eine Obstschale hoch. »Apfel?«

Mullins starrte ihn finster an.

Michael nahm selbst einen Apfel und biss hinein. »Sie brauchen sich keine Sorgen um unsere Tarnung zu machen.« Dean betrat den Raum und Michael deutete erst auf ihn, dann auf uns Übrige. »Ich bin ein VIP. Das hier ist meine Entourage.«

»Vier Teenager und ein ehemaliger Elitesoldat«, sagte Agent Mullins und verschränkte die Arme vor der Brust. »Das ist deine Entourage.«

»Die feinen Leute hier im Majesty *wissen* nicht, dass es Teenager sind«, erwiderte Michael. »Dean und Lia könnten als Anfang zwanzig durchgehen. Und«, fügte Michael hinzu, »ich habe sie in dem Glauben gelassen, dass Judd mein Butler ist.«

Woraufhin Judd nur eine Augenbraue hochzog und sich schweigend eine Tasse Kaffee einschenkte.

»Falls Sie jemand fragt«, rief Michael ihm zu, »Ihr Name ist Alfred.«

Agent Mullins schien zu merken, dass sie die Kontrolle über die Situation verloren hatte. Anstatt sich mit Michael zu streiten, durchquerte sie den Raum und ließ sich auf der Armlehne des Sofas nieder. Sie nickte in Richtung der Sessel und wartete darauf, dass wir ihrer unausgesprochenen Aufforderung folgten. Wir setzten uns. Sie hatte eine Position eingenommen, in der sie höher saß und leicht auf uns herabschaute.

Was vermutlich kein Zufall war.

»Personen von Interesse.« Agent Mullins legte einen dicken Ordner vor sich auf den Couchtisch und griff erneut in ihre Aktentasche. »Grundrisse der ersten beiden Tatorte.« Sie reichte sie mir und ich gab sie an Sloane weiter. Schließlich hielt sie eine DVD hoch. »Die Überwachungsvideos aus dem Casino des Desert Rose, eine Stunde bevor und eine Stunde nachdem Eugene Lockhart erschossen wurde.«

»Das ist alles?«, fragte Lia. »Mehr haben Sie uns nicht mitgebracht?« Sie lehnte sich in ihrem Sessel zurück und legte die Füße auf den Mahagoni-Couchtisch. »Es ist, als *wollten* Sie, dass ich selbst für meine Unterhaltung sorge.« Die Unterlagen, die Agent Mullins soeben übergeben hatte, boten Sloane reichlich Stoff für ihre Arbeit. Dean und ich konnten uns durch die Informationen arbeiten, die sie über die Personen von Interesse gesammelt hatten. Sogar Michael konnte die Überwachungsvideos nach emotionalen Auffälligkeiten durchsuchen.

Aber Lia brauchte Zeugenbefragungen – oder zumindest Abschriften davon.

»Daran arbeiten wir«, entgegnete Agent Mullins. »Briggs und ich werden unsere eigenen Befragungen durchführen. Ich sorge dafür, dass sie aufgezeichnet werden. Wenn wir deinen Rat brauchen, wirst du es als Erste erfahren. In der Zwischenzeit« – sie stand auf und sah sich in der riesigen Suite um – »genießt euer Quartier und haltet euch von Ärger fern.«

Lias Gesichtsausdruck war unschuldig – und nur zu überzeugend.

Mullins wandte sich in Richtung Tür. Auf dem Weg dorthin hielt sie inne, um mit Judd zu sprechen. Nach einem leisen Wortwechsel rief Mullins nach mir. »Cassie? Auf ein Wort.«

Wohl wissend, dass die anderen mich beobachteten, trat ich zu Agent Mullins an die Tür. Sie drückte mir einen USB-Stick in die Hand. »Das ist alles, was wir über die Entwicklungen im Fall deiner Mutter haben«, sagte sie leise.

Egal, was passiert. Diese Worte hatte ich mir seit Jahren nicht mehr erlaubt zu denken. Und jetzt waren sie das Einzige, woran ich denken konnte. *Für immer und ewig, egal, was passiert.*

»Haben Sie sich die Akten angesehen?«, fragte ich Agent Mullins mit trockenem Mund.

»Das habe ich.«

Meine Hand schloss sich fester um den Stick, als hätte ein Teil von mir Angst, dass sie ihn mir wieder wegnehmen könnte.

»Judd meinte, du solltest sie dir nicht allein ansehen. Wenn du mich dabeihaben willst, Cassie, hast du meine Nummer.« Mit diesen Worten schlüpfte Mullins aus der Tür und ließ mich allein im Angesicht der Inquisition zurück.

Ich zwang mich, die Blicke Michaels und Lias zu ignorieren, ebenso wie Deans Blick. Ein Teil von mir wollte an ihnen vorbeigehen, mich in meinem Zimmer einschließen und den Inhalt des Sticks betrachten, ihn studieren, ihn auswendig lernen, ihn ganz verschlingen.

Ein anderer Teil von mir war sich nicht sicher, ob ich bereit war für das, was ich darin finden würde. Während ich versuchte, diese Gedanken aus meinem Kopf zu verbannen, machte ich mich auf den Weg zurück zu den anderen und zu den Akten des aktuellen Falls, die Agent Mullins uns mitgebracht hatte. »Gehen wir an die Arbeit.«

KAPITEL 10

Das FBI hatte die Berichte der örtlichen Polizei über fünf Personen von Interesse im Zusammenhang mit dem Tod von Alexandra Ruiz und Sylvester Wilde gesammelt. Ich begann mit der ersten Akte.

»Thomas Wesley«, sagte ich und hoffte, dass die anderen meinem Beispiel folgen und sich auf den Fall konzentrieren würden. Ich legte einen Finger auf das Bild des Mannes – dasselbe, das Agent Briggs im Flugzeug auf dem Bildschirm gezeigt hatte.

»Selbstgefällig«, erklärte Michael, der das Foto einen Moment lang studierte. »Und hyperaufmerksam.«

Ich speicherte Michaels Beobachtungen ab und überflog die Akte. Wesley hatte nicht weniger als drei Internet-Start-ups gegründet und verkauft. Sein Nettovermögen war achtstellig und näherte sich dem Neunstelligen. Seit einem Jahrzehnt spielte er professionell Poker und in den letzten drei Jahren hatte er mehrere internationale Turniere gewonnen.

Intelligent. Wettbewerbsorientiert. Ich betrachtete Wesleys Kleidung und verarbeitete Michaels Eindruck von diesem Mann. *Du magst es zu gewinnen. Du magst Herausforderungen.*

Nach der Party zu urteilen, die er in der Silvesternacht geschmissen hatte, mochte er auch Frauen, Exzesse und das pralle Leben.

»Woran denkst du?«, fragte ich Dean. Er war eine warme beständige Präsenz an meiner Seite, las über meine Schulter mit und stellte keine der Fragen, über die er seit dem Austausch zwischen Mullins und mir sicher nachdachte.

»Ich glaube, unser UNSUB liebt Herausforderungen«, antwortete Dean leise.

Genau wie Thomas Wesley.

»Wie viele unserer Personen von Interesse sind wegen des Pokerturniers hier?«, fragte ich. Es war viel einfacher, potenzielle Verdächtige ausfindig zu machen und Profile zu erstellen, wenn es unter ihnen eine gewisse Vielfalt gab. Wer auf hohem Niveau Poker spielte, war per Definition hochintelligent, konnte seine Emotionen gut verbergen und war bereit, kalkulierte Risiken einzugehen.

Lia blätterte durch die Akten. »Vier von fünf«, sagte sie, »und die fünfte ist Tory Howard, eine Bühnenmagierin. Vier Bluffer und eine Illusionistin.« Lia lächelte. »Ich mag Herausforderungen.«

Du gehst methodisch vor, dachte ich, und meine Gedanken kehrten zum UNSUB zurück. *Du planst sechs Schritte im Voraus. Es macht dich glücklich, wenn deine Pläne aufgehen.*

In den meisten Fällen, die wir in den letzten Monaten bearbeitet hatten, hatten die Mörder ihre Dominanz über ihre Opfer direkt ausgespielt. Die Opfer wurden überwältigt. Sie wurden ausgewählt, verfolgt und starben, als sie in die Gesichter ihrer Mörder blickten.

Dieses UNSUB war anders.

»Personen von Interesse zwei, drei und vier.« Michael lenkte meine Aufmerksamkeit wieder auf die Gegenwart, während er eine Akte nach der anderen auf dem Couchtisch ausbreitete. »Oder, wie ich sie nennen würde«, fuhr er fort, während er weniger als eine Sekunde auf das Bild jedes Verdächtigen blickte, »der Intensive, der Großäugige und die ihren Abgang Planende.«

Diejenige, die Michael als *ihren Abgang Planende* bezeichnet hatte, war die einzige Frau unter den dreien. Sie hatte erdbeerblondes, leicht gelocktes Haar und Augen, die mehrere Nummern zu groß für ihr Gesicht waren. Auf den ersten Blick hätte man sie für einen Teenager halten können, aber laut Akte war sie fünfundzwanzig.

»Camille Holt.« Nachdem ich ihren Namen gelesen hatte, hielt ich inne. »Warum kommt mir das bekannt vor?«

»Weil sie nicht nur eine professionelle Pokerspielerin ist«, antwortete Lia. »Sie ist Schauspielerin.«

Die Akte bestätigte Lias Worte. Camille hatte eine klassische Ausbildung, einen Bachelor in Shakespeare-Literatur und hatte kleine, aber von der Kritik gefeierte Rollen in mehreren Mainstream-Filmen gespielt.

Sie entsprach nicht gerade dem Profil einer typischen professionellen Pokerspielerin.

Du magst nicht in Schubladen gesteckt werden, dachte ich. Laut Akte war dies Camilles zweites großes Pokerturnier. Beim ersten hatte sie die Erwartungen übertroffen, aber nicht gewonnen.

Ich dachte daran, was Michael über ihren Gesichtsausdruck gesagt hatte. Für das ungeschulte Auge sah sie nicht so aus, als würde sie etwas planen. Sie sah *süß* aus.

Du magst es, unterschätzt zu werden. Das ging mir durch den Kopf, als ich die nächsten beiden Akten durchblätterte und die Informationen überflog, die das FBI über Dr. Daniel de la Cruz (den Intensiven) und den vermeintlich großäugigen Beau Donovan gesammelt hatte, der für mich eher finster blickte.

De la Cruz war Professor für angewandte Mathematik. Wie Michael sagte, schien er sowohl das Pokerspiel als auch sein Fachgebiet mit einer Intensität anzugehen, die seinesgleichen suchte.

Im Gegensatz dazu war Beau Donovan ein einundzwanzigjähriger Tellerwäscher, der vor zwei Wochen an einem Qualifikationsturnier hier im Majesty teilgenommen hatte. Er hatte gewonnen und sich damit einen Amateurplatz bei der nächsten Meisterschaft gesichert.

»Wollen wir ein Rollenspiel machen?«, fragte Lia. »Ich übernehme die Schauspielerin. Dean macht den Tellerwäscher. Sloane ist der Mathematikprofessor und Michael der milliardenschwere Playboy.«

»Wie originell«, antwortete Michael.

Ich nahm die letzte Akte in die Hand, die von Tory Howard, der einzigen Verdächtigen, die *keine* Spitzen-Pokerspielerin war.

Die Magierin.

»Mir ist langweilig, mit der Tendenz zu *super*langweilig«, verkündete

Lia, als klar wurde, dass keiner von uns auf ihren Vorschlag eines Rollenspiels eingehen würde. »Und ich glaube, wir wissen alle, dass das nicht gut ist.« Sie stand auf und strich sich mit einer Hand über ihr rotes Kleid, während sie mit der anderen nach der DVD griff. »Zumindest auf einem Überwachungsvideo könnte tatsächlich etwas passieren.«

Lia schob die DVD in ein Abspielgerät neben der Couch. Sloane blickte von ihrem Platz auf dem Boden auf, als das Überwachungsvideo zu laufen begann. Ein Splitscreen zeigte die Bilder von acht Überwachungskameras. Sloane stand auf, ihre Augen flogen blitzschnell hin und her, während sie die Daten registrierte und Hunderte von Menschen beobachtete. Einige standen still, andere bewegten sich von einem Bild zum nächsten.

»Da.« Sloane griff nach der Fernbedienung und stoppte die Wiedergabe. Ich brauchte einen Moment, bis mir klar wurde, was sie entdeckt hatte.

Eugene Lockhart.

Er saß vor einem Spielautomaten. Sloane spulte den Film schnell vor. Ich hielt meine Augen auf Eugene gerichtet. Er saß einfach nur da und spielte immer wieder am selben Automaten.

Aber dann änderte sich etwas. Er drehte sich um.

Sloane ließ die DVD in Zeitlupe ablaufen. Ich überflog das Filmmaterial der anderen Kameras. Eine Bewegungsunschärfe huschte durch die eine, dann durch die andere.

Der Pfeil.

Wir sahen, wie er sich in die Brust des alten Mannes bohrte. Ich konnte den Blick nicht abwenden.

»Der Eintrittswinkel«, murmelte Sloane, »die Position der Kameras …« Sie spulte den Film zurück und ließ ihn noch einmal ablaufen.

»Stopp«, sagte Michael plötzlich. Da Sloane das Video nicht anhielt, griff er selbst nach der Fernbedienung und spulte Stück für Stück zurück. »Seht ihr jemanden, der euch bekannt vorkommt?«

Ich überprüfte die verschiedenen Kameraeinstellungen.

»Unten rechts.« Dean entdeckte sie zuerst. »Camille Holt.«

KAPITEL 11

Die nächsten sechs Stunden verbrachten wir damit, die Indizien zu studieren. Sloane und Michael sahen sich immer wieder das Video an. Dean und ich arbeiteten uns durch die letzte Akte und gingen sie dann alle noch einmal detailliert durch. Wir sammelten alles, was wir online über Camille Holt finden konnten. Ich sah mir ein Interview nach dem anderen mit ihr an. Sie war eine bekennende Method-Acting-Schauspielerin, die ihre Figuren während der gesamten Dreharbeiten verkörperte.

Du schlüpfst gerne in die Haut anderer Menschen. Es fasziniert dich, wie der Verstand funktioniert, wie er zerbricht, wie Menschen Situationen überleben, die eigentlich niemand überleben kann.

In den Rollen, die sie gespielt hatte, wurde das deutlich: eine psychisch kranke Frau in der Todeszelle, eine alleinerziehende Mutter, die den Verlust ihres einzigen Kindes verkraften muss, ein obdachloser Teenager, der nach einem Überfall zur Selbstjustiz greift.

Also, Camille, welche Rolle spielst du gerade? Laut unseren Akten hatte sie die Party besucht, bei der Alexandra getötet worden war. Das heißt, sie war bei mindestens zwei der drei Morde zugegen gewesen.

»Genug.« Judd hatte sich im Hintergrund gehalten, uns unauffällig beobachtet. Jetzt griff er nach der Fernbedienung und schaltete den Fernseher aus. »Eure Gehirne brauchen Zeit zum Verarbeiten«, sagte er schroff. »Und eure Mägen brauchen Nahrung.«

Wir protestierten. Das kam nicht gut an.

Nachdem wir uns von den Unterlagen losgerissen hatten, machte Lia den »Vorschlag«, dass Sloane und ich uns für das Abendessen umziehen sollten, was ich als Drohung auffasste, dass sie mir selbst ein Outfit verpassen würde, falls ich mich weigerte. Da ich das Schicksal – und Lias Modebewusstsein – nicht herausfordern wollte, schlüpfte ich in ein Kleid. Als ich meine Jeans zusammenfalten wollte, fiel der USB-Stick aus der Tasche. Ich bückte mich, um ihn aufzuheben, und erwartete halb, dass Sloane aus dem Bad kommen und mich auf frischer Tat ertappen würde.

Aber nichts passierte.

Ich zwang mich, meine Hand zu öffnen, und starrte auf den Stick. Sosehr ich mich auch in den Fall in Vegas vertieft hatte, das hier verlor kein bisschen an Bedeutung. Ich wollte diese Akten sehen, ich *musste* sie sehen, aber jetzt, da ich die Antworten in der Hand hielt, war ich wie gelähmt.

Wenn mich die Leute fragen, warum ich das tue, was ich tue, flüsterte Lockes Stimme in meinem Kopf, *dann erkläre ich ihnen, dass ich zum FBI gegangen bin, weil ein geliebter Mensch ermordet wurde.*

Ich wurde von Sinneseindrücken überschwemmt: das im Licht blinkende Messer, das Funkeln in Agent Lockes Augen. Nicht immer gab es einen Grund oder eine Erklärung für meine Flashbacks – und mir blieb nichts übrig, als geduldig auf ihr Abebben zu warten.

Ich hätte sie töten sollen, fuhr Locke in meiner Erinnerung fort, manisch getrieben von dem Wunsch, das Leben meiner Mutter zu beenden. *Ich hätte diejenige sein sollen.*

Ich erschauerte. Als ich mit schweißnassen Handflächen in die Gegenwart zurückkehrte, konnte ich nicht anders, als mich in Lockes Gedankenwelt zu versetzen. *Wenn du hier wärst, wenn du Zugang zu neuen Informationen über den Fall meiner Mutter hättest, würdest du die Person finden, die sie getötet hat. Du würdest sie töten, weil sie meine Mutter an deiner Stelle getötet hat.*

Ich schluckte die in mir aufsteigenden Gefühle hinunter, schnappte mir meinen Computer und verließ das Zimmer. Judd hatte mir verboten, mir die Akte meiner Mutter allein anzusehen. *Ich bin nicht allein*, sagte ich mir. Ich war nie wirklich allein.

Ein Teil von mir würde immer in dieser blutbespritzten Garderobe meiner Mutter sein. Ein Teil von mir würde immer mit Locke im Safehouse sein.

Ich erreichte die Eingangstür der Suite und öffnete sie vorsichtig, um hinaus auf den Flur zu schlüpfen. *Ich brauche nur ein paar Minuten Ruhe, um es mir anzuschauen* – Mein Gedanke wurde jäh unterbrochen, da im Flur vor unserer Suite jemand stand.

Lia lehnte an einer Wand, trug High Heels und hatte ein Bein über das andere geschlagen. »Wir wissen beide, dass du gelogen hast, als du Cassie erzählt hast, du seist völlig intakt.«

Da ich die Tür nur einen Spalt breit geöffnet hatte, konnte ich Michael nicht sehen, aber ich sah seinen Gesichtsausdruck genau vor mir, als er antwortete: »Sehe ich aus, als wäre ich in *mehrere Teile* zerbröselt?«

Immer noch an die Wand gelehnt, löste Lia die Verschränkung ihrer Fußgelenke. »Zieh dein Hemd aus.«

»Ich fühle mich geschmeichelt«, antwortete Michael. »Wirklich.«

»Zieh das verdammte Hemd aus, Michael.«

Dann herrschte Schweigen. Ich hörte ein leises Rascheln, dann trat Lia aus meinem Blickfeld.

»Tja«, sagte Lia, ihre Stimme klang so beiläufig, dass es mir einen kalten Schauer über den Rücken jagte. »Das ist …«

»Ein Druckmittel«, ergänzte Michael.

Lia hatte die Angewohnheit, dann völlig unbeteiligt zu klingen, wenn es am wichtigsten war. Ich öffnete die Tür gerade so weit, dass ich sehen konnte, wie Michael sein Hemd zuknöpfte.

Seine Brust und sein Bauch waren mit blauen Flecken übersät.

»Druckmittel«, wiederholte Lia leise. »Du erzählst Briggs nichts davon und dafür hat dein Vater …«

»Er ist sehr großzügig.«

Michaels Worte trafen mich mitten ins Herz. Das Auto, das er gefahren hatte, dieses Hotel – war das der Preis, den Michael für den Schmerz verlangte, den sein Vater ihm zugefügt hatte?

Du lässt ihn bezahlen, weil du es kannst. Du lässt ihn bezahlen, weil du dann wenigstens etwas wert bist.

Ich schluckte den Kloß aus Trauer und Wut hinunter und trat von der Tür zurück. Mir war nicht bewusst gewesen, dass ich lauschte, bis ich etwas gehört hatte, das nicht für meine Ohren bestimmt war.

»Tut mir leid«, hörte ich Lia sagen.

»Muss es nicht«, sagte Michael zu ihr. »Passt nicht zu dir.«

Die Tür schloss sich mit einem Klicken. Ich stand einfach nur da und starrte ins Leere, bis sich jemand hinter mir näherte. Ohne mich umzudrehen, wusste ich, dass es Dean war.

Ich wusste immer, wenn es Dean war.

»Flashback?«, fragte er leise. Dean kannte die Anzeichen, genauso wie ich wahrnahm, wenn er in seinen eigenen blutig rot gefärbten Erinnerungen versunken war.

»Vor ein paar Minuten«, gab ich zu.

Dean berührte mich nicht, aber ich spürte die Wärme seines Körpers. Ich wollte mich ihm und dieser Wärme zuwenden. Michaels Geheimnis durfte ich nicht mit Dean teilen. Aber meins könnte ich ihm anvertrauen – wenn ich mich nur dazu bringen könnte, mich umzudrehen. Wenn ich nur meinen Mund dazu bringen könnte, Worte zu bilden.

Ich hatte einen Flashback erlebt, weil ich an meine Mutter gedacht hatte. Ich hatte an meine Mutter gedacht, weil die Polizei eine Leiche gefunden hatte.

»Du bist gut darin, für andere da zu sein«, murmelte Dean hinter mir. »Aber du hast nicht viel Übung darin, andere für dich da sein zu lassen.«

Er erstellte ein Profil von mir. Ich ließ ihn gewähren.

»Als du ein Kind warst«, fuhr er mit ruhiger, tiefer Stimme fort, »hat dir deine Mutter beigebracht, Menschen zu beobachten. Sie hat dir auch beigebracht, dich nicht zu binden.«

Das hatte ich ihm nicht gesagt – nicht mit Worten. Schließlich drehte ich mich zu ihm um. Braune Augen blickten tief in meine.

»Sie war deine ganze Welt, dein Alpha und Omega, und dann war sie weg.« Sein Daumen strich sanft über die Konturen meines Kinns.

»Deinen Vater und seine Familie für dich ab da sorgen zu lassen, wäre der schlimmste Verrat an ihr gewesen. Jeden *anderen* für dich da sein zu lassen, wäre Verrat gewesen.«

Ich war in eine Familie von Fremden hineingeworfen worden – laute, affektierte, arrogante *Fremde*. Ich hatte meinen Kummer nicht teilen können. Nicht mit ihnen. Mit niemandem.

Du machst das nicht allein. Diesmal klangen Judds Worte nicht wie ein Befehl. Es war eine freundliche Ermahnung. Ich war nicht mehr zwölf. Ich war nicht allein.

Ich lehnte mich gegen Dean. Ich schloss die Augen und endlich kamen die Worte.

»Sie haben eine Leiche gefunden.«

KAPITEL 12

»Wenn ich dir etwas von deiner Last abnehmen könnte, ich würde es tun.« Deans Stimme stockte leicht am Ende des Satzes. Auch er trug dunkle Orte und schreckliche Erinnerungen in sich. Er hatte seine eigenen Narben, sichtbare und unsichtbare.

Ich legte meine Hand an seinen Hals und fühlte seinen Puls, der unter meiner Berührung langsam und gleichmäßig schlug. »Ich weiß.«

Ich wusste, er würde es für mich tun, wenn er könnte.

Ich wusste, dass er wusste, dass »etwas von meiner Last« für mich nicht einmal ein Tropfen auf den heißen Stein war. Dean konnte die Spuren, die meine Vergangenheit in mir hinterlassen hatte, nicht auslöschen, genauso wenig wie ich bei ihm. Er konnte mir meinen Schmerz nicht nehmen, aber er sah ihn.

Er sah mich.

»Abendessen?« Sloane stürmte in den Raum, ohne die tiefen Gefühle in meinem und Deans Gesicht wahrzunehmen.

Ich ließ meine Hand sinken, blickte noch einen Moment in Deans dunkle Augen und nickte dann. »Abendessen.«

Als die Empfangsdame uns zu unserem Tisch im Fünf-Sterne-Sushi-Restaurant des Majesty führte, versuchte ich, mir nichts von meinem Gespräch mit Dean anmerken zu lassen.

Lia setzte sich als Erste an unseren Tisch, ihre Finger zogen träge Ringe um den Boden eines leeren Weinglases. Michael nahm neben ihr Platz. Beide strahlten eine natürliche Aura von Furchtlosigkeit und Selbstbeherrschung aus, als hätte jemand eine Kobra mitten auf den

Tisch fallen lassen, und beide würden einfach ungerührt dasitzen, während Lia weiter mit dem Weinglas spielte und Michael sich elegant in seinem Stuhl lümmelte.

Ich setzte mich ihnen gegenüber und vermied Michaels Blick. Nachdem ich sein Gespräch mit Lia belauscht und Dean von den Neuigkeiten im Fall meiner Mutter erzählt hatte, fühlte ich mich erschöpft und leer, bis auf ein explosives Gefühlsknäuel, das sich in meiner Magengrube zusammenballte.

Kontrolliere es, Cassie. Wenn du es fühlst, wird er es sehen. Also fühle es nicht.

»Darf ich Ihnen unsere Spezialitäten empfehlen?« Eine Kellnerin tauchte neben unserem Tisch auf. Alle sechs bestellten wir Getränke und Essen, bevor Michael sich meiner Seite des Tisches zuwandte. Ich spürte, wie er mein Gesicht mit Blicken abtastete. Er sah kurz zu Dean und dann wieder zu mir.

»Tja, Colorado«, überlegte Michael laut. »Leichte Anspannung in Hals und Kiefer, Blick gesenkt, die Augenbrauen leicht zusammengezogen.«

Ich fühlte mich nackt unter seinem Blick, bloßgestellt.

Ich bin wütend. Ich bin wütend, dass die Polizei eine Leiche gefunden hat, wütend, dass sie fünf Jahre dazu gebraucht hat. Und ich bin wütend über das, was dein Vater dir angetan hat.

»Du bist traurig und wütend und hast Mitleid mit mir.« Eine Schärfe schlich sich in Michaels Stimme. Er war kein Mensch, der bemitleidet werden wollte.

Nichts kann dich verletzen, wenn du es nicht zulässt.

»Und du«, sagte Michael und deutete träge mit einem Essstäbchen auf Dean, »hast gerade einen dieser typischen Dean-Momente: Selbstverachtung und Unzulänglichkeit, *check*. Sehnsucht und Angst, *check*. Ständig brodelnde Wut, dicht unter der Oberfläche ...«

»Wenn du die Fernbedienung deines Fernsehers verlegt hast, ist sie in vier Prozent der Fälle im Kühlschrank gelandet!«, platzte Sloane laut heraus.

Michael drehte sich zu Sloane. Was auch immer er dort sah, musste ihn davon überzeugt haben, dass dies nicht der richtige Zeitpunkt war, um weiter bei Dean und mir herumzustochern. Er wandte sich Judd zu und sagte: »Ich glaube, Ihr Glaubenssatz lautet: Das ist der Grund, warum wir die Dinge nicht genießen können.«

Neben mir atmete Dean hörbar aus und die Spannung am Tisch löste sich auf.

»Schaut mal, wer da ist.« Lia nickte in Richtung Bar. Ich drehte mich um. *Camille Holt.* Sie saß in schwarzen Shorts und einem rückenfreien Top an der Bar, nippte an einem roten Drink und unterhielt sich mit einer anderen Frau.

»Person von Interesse Nummer fünf«, murmelte Dean, während er Camilles Freundin musterte, »Tory Howard.«

Neben Camille trank Tory Howard, Bühnenmagierin und Konkurrentin unseres zweiten Opfers, Bier aus einer Flasche. Ihr dunkles Haar war wellig und feucht, als wäre sie gerade aus der Dusche gesprungen und hierhergeeilt. *Schnell und problemlos.* Ich versuchte, das mit der Tatsache in Einklang zu bringen, dass sie eine Performerin war, eine Illusionistin, die überlebensgroße Tricks vorführte.

»Das«, murmelte Judd, »ist der Grund, warum wir die Dinge nicht genießen können.«

Er hatte versucht, uns von unserer Arbeit abzulenken – und da saß sie nun, die Arbeit, an der Bar.

»Mr Shaw.« Die Stimme der Empfangsdame unterbrach meine Gedanken. Ich blickte zum Eingang des Restaurants und erwartete, Aaron zu sehen. Stattdessen entdeckte ich einen Mann, der so aussah wie Aaron in dreißig Jahren. Sein dichtes blondes Haar hatte einen silbernen Schimmer. Seine Lippen waren zu einem ständigen halben Lächeln verzogen. Er trug einen dreiteiligen Anzug so lässig wie andere Leute T-Shirt und Jeans.

Aarons Vater. Mir drehte sich der Magen um, denn wenn das Aarons Vater war, dann war er auch Sloanes Vater.

Neben ihm stand eine Frau mit hellbraunen Haaren, die im Nacken zu einem kunstvollen Knoten gebunden waren. Sie hielt ein kleines Mädchen an der Hand, nicht älter als drei oder vier Jahre. Das Kind war koreanischer Abstammung, hatte schönes dunkles Haar und Augen, die alles in sich aufsaugten. *Ihre Tochter*, wurde mir klar. *Aarons kleine Schwester.* Als die Empfangsdame das Trio zu einem Tisch neben uns führte, fragte ich mich, ob Sloane wusste, dass ihr Vater ein Kind adoptiert hatte.

Als Sloane sie erblickte, wurde sie ganz still. Unter dem Tisch griff ich nach ihrer Hand. Sie drückte meine, so fest, dass es wehtat.

Ein paar Minuten später stand unser Essen auf dem Tisch. Gezwungenermaßen ließ Sloane meine Hand los und wandte ihren Blick von der glücklichen Familie ab, gerade als Aaron sich auf den leeren Platz am Tisch seiner Familie gleiten ließ.

Seiner Familie. Nicht ihrer.

Ich versuchte, Sloanes Blick aufzufangen, aber sie sah mich nicht an. Sie konzentrierte sich auf das Sushi, schnitt es sorgfältig auseinander und zerlegte jede Rolle in ihre Einzelteile. *Avocado. Lachs. Reis.*

An der Bar leerten Camille und Tory ihre Drinks. Als sie ihre Sachen zusammenpackten und sich zu uns umdrehten, fielen mir zwei Dinge auf. Das Erste war die dicke Silberkette, die Camille mehrfach um den Hals geschlungen trug.

Das Zweite war Aaron Shaw, der Camille nachsah.

KAPITEL 13

Fünf Minuten, nachdem Camille Holt und Tory Howard das Restaurant verlassen hatten, entschuldigte sich Aaron am Tisch seiner Familie. Eine halbe Stunde später trug Mr Shaw seine überglückliche kleine Tochter quer durch den Raum, damit sie sich an der Bar eine Kirsche holen konnte. Als Vater und Tochter zu ihren Plätzen zurückkehrten, bemerkte Shaw Sloanes Anwesenheit. Er hielt nicht inne, sein Schritt stockte nicht.

Aber mein Gefühl sagte mir, dass er sie erkannt hatte.

Er war ein Mann, der Macht und Kontrolle ausübte. Angesichts des Sohnes, den er großgezogen hatte, war ich bereit zu wetten, dass er über alles Bescheid wusste, was in diesem Casino vor sich ging. *Aaron weiß vielleicht nicht, dass Sloane deine Tochter ist, aber du weißt es. Du hast es immer gewusst.*

Neben mir sah Sloane so ungeschützt und verletzlich aus, dass mir vor Mitleid die Tränen in die Augen stiegen.

»Sloane?«, sagte Michael leise.

Sie verzog ihre Mundwinkel zu einem tapferen Lächeln. »Ich verdaue«, sagte sie zu Michael. »Das ist mein Verdauungsgesicht, das ist alles.«

Michael bedrängte sie nicht weiter, wie er es getan hätte, wenn es Dean, Lia oder ich gewesen wären. »Und was für ein hübsches Verdauungsgesicht du hast«, sagte er.

Neben mir starrte Sloane gebannt auf ihren Schoß. Als das Dessert kam, strich sie mit dem Finger in wilden Linien über ihren Rock. Es dauerte einen Moment, bis ich bemerkte, dass sie Zahlen nachzeichnete.

3213. 4558. 9144.

Ich fragte mich, wie viel von Sloanes Faszination für Zahlen in Momenten wie diesem entstanden sein mochte, in denen ihr Zahlen einfach und Menschen kompliziert erschienen waren.

»Also«, sagte Lia und löffelte ein wenig von ihrem Pfefferminzeis. »Ich für meinen Teil bin bereit, ins Bett zu gehen. Außerdem denke ich darüber nach, in ein Kloster einzutreten, und ich habe überhaupt keine Lust, shoppen zu gehen.«

»Ich gehe nicht mit dir shoppen«, sagte Dean düster.

»Weil du Angst hast, ich könnte versuchen, etwas Farbe in deine Garderobe zu bringen?«, fragte Lia unschuldig.

Neben mir malte Sloane immer noch mit der Fingerspitze Zahlen auf ihren Rock.

»Wie viele Geschäfte gibt es in Las Vegas?«, fragte Lia. »Weißt du das, Sloane?«

Die Frage war nett gemeint von Lia – auch wenn es ihr sicher nicht gefallen hätte, dass ich sie für nett hielt.

»Sloane?«, wiederholte Lia.

Sloane sah von ihrem Schoß auf. »Servietten«, sagte sie.

»Ich will nicht lügen«, warf Michael ein. »Aber ich hatte keine Ahnung, dass das eine Zahl ist.«

»Ich brauche Servietten. Und einen Stift.«

Judd fischte einen Kugelschreiber aus der Tasche und reichte ihn ihr. Dean schnappte sich ein paar Cocktailservietten von der Bar.

3213. 4558. 9144. In der Sekunde, in der Dean ihr die Servietten reichte, kritzelte Sloane bereits die Zahlen, jede auf eine eigene Serviette.

»Es ist nicht die Drei«, sagte sie, »es ist die Dreizehn. Er hat die Eins weggelassen. Keine Ahnung, warum er die Eins weggelassen hat.«

Er, das UNSUB. Sloane war keine Profilerin. Sie hatte nie gelernt, *ich* oder *du* zu benutzen.

»Deshalb habe ich es vorher nicht erkannt.« Sloane fügte links neben der ersten Zahl einen senkrechten Strich hinzu. »Es heißt nicht 3213«, sagte sie. »Es heißt 13213.« Sie machte mit der nächsten Serviette weiter.

»4558. 9144.« Mit dem Bleistift begann sie, die Zahlen zu Paaren zu verbinden. »13. 21. 34. 55. 89.« Schließlich umkreiste sie die letzten drei Ziffern. »144.« Sie blickte von den Servietten auf, ihre Augen leuchteten, als erwartete sie, dass damit alles erklärt sei. »Das ist die Fibonacci-Folge.«

Eine lange Pause entstand. »Und was genau ist die Fibonacci-Folge?«, fragte Lia.

Sloane runzelte die Stirn. Offensichtlich war es ihr nicht in den Sinn gekommen, dass wir anderen möglicherweise keinen Schimmer hatten, was die Fibonacci-Folge war. »Es ist eine Zahlenreihe, die sich aus einer täuschend einfachen Formel ableitet, bei der jede nachfolgende ganze Zahl durch Addition der beiden vorhergehenden Zahlen der Reihe errechnet wird.« Sloane holte tief Luft, fuhr dann aber fort. »Die Fibonacci-Folge taucht überall in der biologischen Welt auf: die Anordnung der Tannenzapfen, der Stammbaum der Honigbienen, die Schalen der Nautilusmuscheln, die Blütenblätter der Blumen.«

Auf der anderen Seite des Raumes ging ein Mann im Anzug und mit In-Ear-Kopfhörern an der Empfangsdame vorbei. Selbst wenn ich in den letzten Monaten nicht mit FBI-Agenten zu tun gehabt hätte, hätte ich ihn als Sicherheitsbeauftragten erkannt.

Menschen bewegen sich anders, wenn sie die Einzigen im Raum sind, die eine Waffe tragen.

»Die Fibonacci-Folge findet sich überall«, sagte Sloane. Der Mann mit dem Headset ging auf Mr Shaw zu und beugte sich vor, um ihm etwas ins Ohr zu flüstern. Das Gesicht des Casinobesitzers blieb ruhig, aber als Michael meinem Blick folgte, musste er etwas gesehen haben, was ich nicht sah. Seine Augenbrauen hoben sich.

»Sie ist wunderschön«, fuhr Sloane fort. »Sie ist die Perfektion.«

Ich begegnete Michaels Blick auf der anderen Seite des Tisches. Er hielt meinem Blick einige Sekunden stand, dann hob er einen Finger. »Die Rechnung, bitte.«

KAPITEL 14

Die Visitenkarte des UNSUBs hatte gerade eine ganz neue Bedeutung bekommen. Ich hatte bereits vermutet, dass die Zahlen eine persönliche Bedeutung für den Mörder haben könnten. Aber wenn sie wirklich Teil einer berühmten mathematischen Sequenz waren, bestand die Möglichkeit, dass die Zahlen weniger dazu dienten, die emotionalen Bedürfnisse unseres Mörders zu befriedigen, als vielmehr dazu, eine Botschaft zu senden.

Welche Botschaft? Ich strich mit einer Hand über mein Kleid, als wir den langen Weg zurück zum Hauptteil des Hotels und des Casinos antraten. *Dass deine Handlungen nicht emotional gesteuert sind? Dass sie vorherbestimmt sind wie Zahlen, die in eine Gleichung eingesetzt werden?*

Ich nahm die Lichter und Geräusche kaum wahr, die uns bombardierten, als wir das Casino erreichten.

Dass du ein Teil der natürlichen Ordnung bist? Wie Tannenzapfen, Muscheln und Bienen?

Judd, Dean und Sloane bogen nach links in die Lobby ab.

Michael wandte sich nach rechts. »Shopping?«, fragte er Lia.

Irgendwie bezweifelte ich, dass Michael und Lia, wenn sie in Las Vegas auf sich allein gestellt waren, ihre Zeit damit verbringen würden, durch die Geschäfte zu schlendern. Judd musste das Gleiche gedacht haben, denn er warf ihnen einen fragenden Blick zu.

»Sie müssen wissen, dass ich sehr modebewusst bin«, sagte Michael zu Judd.

Du hast etwas gesehen, als der Sicherheitsdienst bei Sloanes Vater war,

Michael. Einen Augenblick später hast du nach der Rechnung gefragt. Du gehst nicht einkaufen.

Dean kannte mich gut genug, um wahrzunehmen, wenn ich dabei war, ein Profil von jemandem zu erstellen. »Ich gehe mit Sloane und rufe Mullins und Briggs an«, sagte er. Ich hörte, was er nicht sagte: *Geh mit ihnen.*

Was auch immer Michael und Lia vorhatten, ich wollte dabei sein – und ein weiterer Grund war, dass oben dieser Stick auf mich wartete, und Dean verstand das.

Wenn ich bereit war, würde er da sein.

»Eine kleine Vorwarnung.« Lia schaute zu Dean und mir, bevor sie sich wieder Judd zuwandte. »Wenn Sie mich jetzt zwingen, in die Suite zu gehen, stehen die Chancen sehr gut, dass ich *Die Ballade von Cassie und Dean* in voller Länge zum Besten gebe. Komplett mit Musiknummern.«

»Und es besteht eine hohe Wahrscheinlichkeit«, fügte Michael hinzu, »dass ich mich gezwungen sehe, diese Musiknummern mit einer atemberaubenden Tanzdarbietung zu begleiten.«

Judd hatte wohl entschieden, dass es im Interesse der Harmonie im Team war, diesen Auftritt um jeden Preis zu vermeiden. »Eine Stunde«, sagte er zu Michael und Lia. »Verlasst das Gebäude nicht. Trennt euch nicht. Nähert euch niemandem, der mit diesem Fall zu tun hat.«

»Ich begleite sie«, bot ich an.

Judd musterte mich einen Augenblick. Dann nickte er entschlossen. »Pass auf, dass sie den Laden nicht abfackeln.«

Genau dreißig Sekunden, nachdem wir uns von den anderen getrennt hatten, bestätigte Michael meine Vermutung, dass er keine Lust auf einen Einkaufsbummel hatte. Als wir das Ende des Casinos erreichten, hielt er inne. Mehrere Sekunden lang stand er einfach da und ließ seinen Blick methodisch von einer Personengruppe zur nächsten wandern.

»Was suchst du?«, fragte ich ihn.

»Neugier. Irritation.« Er fixierte eine Gruppe von Frauen, die auf uns zukamen. »Dieser besänftigte Blick, den Leute bekommen, wenn man ihnen für Unannehmlichkeiten einen Gratisdrink anbietet.« Er deutete nach rechts. »Hier entlang.«

Lia und ich folgten ihm, Michael musterte weiter die Gesichter. Während wir uns von den Spielautomaten zu den Pokertischen vorarbeiteten, spürte ich eine Veränderung in der Atmosphäre, auch wenn ich sie nicht so genau benennen konnte wie Michael.

»Etwas kommt auf uns zu«, murmelte Michael.

Sekunden später starrte uns ein Rausschmeißer an. »Ausweise bitte«, sagte der Mann. »Man muss mindestens einundzwanzig sein, um sich in diesem Bereich aufzuhalten.«

»Wie es der Zufall will«, sagte Lia, »ist heute mein einundzwanzigster Geburtstag.« Sie lächelte kokett mit genau der richtigen Portion unterschwelliger Leichtfertigkeit.

»Und deine Freunde?«, fragte der Türsteher Lia.

Lia hakte sich bei Michael unter. »Wir«, sagte sie, »haben uns gerade erst kennengelernt. Und was Miss Süß-und-Unschuldig da drüben betrifft, so weiß ich mit Sicherheit, dass im Internet einige ziemlich anstößige Bilder von *ihrem* einundzwanzigsten Geburtstag kursieren, weshalb ich heute Abend *meine* Kleider anbehalten werde.«

Hatte sie gerade … Ich spürte, wie sich meine Wangen scharlachrot färbten, als mir klar wurde, dass Lia tatsächlich gerade angedeutet hatte, dass mein fiktiver einundzwanzigster Geburtstag eine Girls-Gone-Wild-Wendung genommen hatte.

Der Türsteher beugte sich zur Seite, um mich genauer unter die Lupe zu nehmen. Mein peinlich berührter Gesichtsausdruck schien Lias Geschichte zu bestätigen.

»Ich werde dir wehtun«, zischte ich in Lias Richtung.

»Du darfst mir nicht wehtun«, konterte sie strahlend. »Ich habe heute Geburtstag.«

Der Rausschmeißer grinste. »Herzlichen Glückwunsch«, gratulierte er Lia.

Ein Pluspunkt für die professionelle Lügnerin.

»Aber einen Ausweis muss ich trotzdem sehen.« Der Türsteher wandte sich wieder Michael zu. »Firmenpolitik.«

Michael zuckte die Schultern. Er griff in seine Gesäßtasche und zog eine Brieftasche heraus. Er zeigte dem Türsteher einen Ausweis, der ihn aufmerksam musterte. Er musste bestanden haben, denn dann wandte er sich an Lia und mich. »Meine Damen?«

Lia öffnete ihre Handtasche und reichte ihm nicht einen, sondern zwei Ausweise. Er warf einen Blick darauf und hob eine Augenbraue. »Sie haben heute nicht Geburtstag«, sagte er.

Lia zuckte leicht mit den Achseln. »Warum sollte man sich nicht den Spaß gönnen, mehr als einmal einundzwanzig zu werden?«

Mit einem Schnauben gab der Türsteher ihr die Ausweise zurück. »Dieser Bereich ist geschlossen«, sagte er. »Wegen Wartungsarbeiten. Wenn Sie pokern wollen, gehen Sie zu den Tischen auf der Südseite.«

Als wir etwa zehn Schritte entfernt waren, wandte sich Michael an Lia. »Und?«

»Warum auch immer dieser Bereich abgesperrt ist«, antwortete sie, »es handelt sich nicht um Wartungsarbeiten.«

Ich verarbeitete gerade die Tatsache, dass Lia für uns beide gefälschte Ausweise dabeihatte, als mir in einiger Entfernung etwas auffiel.

»Dort«, sagte ich zu Michael. »Bei dem Schild, auf dem *Toiletten* steht.«

Ein halbes Dutzend Sicherheitsleute wiesen die Besucher ab.

»Kommt mit«, sagte Michael und drehte sich um, um sich dem abgesperrten Bereich von hinten zu nähern.

»Vorhin im Restaurant kam ein Mann, um den Hotelbesitzer abzuholen«, sagte ich, während wir weitergingen. »Ich wette tausend Dollar, dass er vom privaten Sicherheitsdienst war.«

Für einen Moment herrschte Stille, und ich dachte, Michael würde mir nicht antworten. »Der Wachmann wirkte grimmig, aber ruhig«, sagte er schließlich. »Shaw senior dagegen wirkte aufgewühlt, nachdenklich und als hätte ihm gerade jemand einen Teller mit verfaultem Fleisch hingehalten. In dieser Reihenfolge.«

Wir kamen auf der anderen Seite der Spielautomaten heraus. Aus dieser Perspektive war es offensichtlich, dass sie die Fußgänger umleiteten, lange bevor die Leute den Toilettenbereich erreichten.

Erster Januar, dachte ich auf einmal. Zweiter Januar. Dritter Januar.

»Drei Leichen in drei verschiedenen Casinos in drei Tagen.« Ich merkte nicht, dass ich die Worte laut ausgesprochen hatte, bis ich spürte, dass Michael und Lia mich anstarrten. »Heute ist Tag vier.«

Als hätte ich das Stichwort gegeben, teilten sich die Sicherheitsleute und ließen Mr Shaw passieren. Er war nicht allein. Schon von Weitem erkannte ich die beiden Anzugträger, die ihn begleiteten.

Mullins und Briggs.

DU

1/1.

1/2.

1/3.

1/4.

Du ziehst dich aus, stellst dich unter die Dusche und lässt dir den kochend heißen Wasserstrahl auf die Brust spritzen. Das Wasser ist nicht heiß genug. Es sollte schmerzen. Es sollte brennen.

Tut es aber nicht.

Diesmal floss Blut.

1/1.

1/2.

1/3.

1/4.

Es ist ihre Schuld. Hätte sie getan, was sie hätte tun sollen, wäre kein Blut geflossen.

1/1.

1/2.

1/3.

1/4.

Es ist ihre Schuld, dass sie dich durchschaut hat.

Es ist ihre Schuld, dass sie sich gewehrt hat.

Du schließt die Augen und erinnerst dich, wie du hinter ihr aufgetaucht bist. Du erinnerst dich, wie du deine Hände um die Kette geschlungen hast. Du erinnerst dich, wie sie sich gewehrt hat.

Du erinnerst dich an den Moment, als sie damit aufhörte.

Du erinnerst dich an das Blut. Und als du die Augen wieder öffnest und auf deine brennend rote Haut schaust, weißt du, dass so heißes Wasser wehtun sollte. Du solltest brennen.

Aber du spürst es nicht.

Langsam breitet sich ein Lächeln auf deinem Gesicht aus.

1/1.

1/2.

1/3.

1/4.

Nichts kann dich verletzen. Bald werden sie es sehen. Alle werden es sehen.

Und du wirst ein Gott sein.

KAPITEL 15

Ich blieb bis zwei Uhr morgens auf, saß auf der Couch, mein Handy auf dem Couchtisch neben mir, und wartete, dass Mullins und Briggs anriefen und uns mitteilten, was sie in der Toilette gefunden hatten.

Wartungsarbeiten, hatte der Rausschmeißer gesagt.

Wegen Wartungsarbeiten rief man nicht das FBI.

Ich musste an das UNSUB denken. *Du machst alles nach Plan. Du wirst nicht aufhören. Du wirst jeden Tag einen Menschen töten, jeden Tag, bis wir dich schnappen.*

»Kannst du nicht schlafen?«, fragte eine leise Stimme. Ich schaute auf und sah Dean in der Tür stehen. Er trug ein fadenscheiniges weißes T-Shirt, dünn und eng genug, dass ich das regelmäßige Heben und Senken seiner Brust darunter sehen konnte.

»Kann nicht schlafen«, sagte ich. *Du auch nicht,* dachte ich. Ein leichter Schweißfilm auf Deans Gesicht verriet mir, dass er Sit-ups, Liegestütze oder irgendeine andere Form von Fitness-Übungen gemacht hatte, um das Flüstern in seinen Erinnerungen zum Schweigen zu bringen.

Schlimme Dinge, die sein Serienmörder-Vater ihm immer und immer wieder erzählt hatte.

»Ich muss dauernd daran denken, dass in dieser Toilette eine Leiche liegen könnte«, sagte ich und redete von meiner schlaflosen Nacht, damit er sich nicht mit seiner eigenen beschäftigen musste. »Briggs und Mullins müssten eigentlich jeden Moment anrufen.«

Dean trat aus dem Schatten. »Wir dürfen an aktiven Fällen mitarbeiten.« Er kam auf mich zu. »Aber sie sind nicht verpflichtet, uns einzusetzen.«

Dean beruhigte damit sich selbst, ebenso wie er mich beruhigte. Wenn ich ein Profil erstellte, schlüpfte ich gewissermaßen in die Haut eines anderen. Dean dagegen versenkte sich dabei in ein Denkmuster, das seine frühen Erfahrungen in ihm verankert hatten, in eine Dunkelheit, die er unter Verschluss hielt. Wir konnten beide nicht gut Abstand nehmen. Wir waren beide nicht gut im Abwarten.

»Ich muss immer wieder an die ersten drei Opfer denken«, sagte ich, und meine Stimme klang heiser. »Wenn wir nicht zum Essen gegangen wären, wenn wir härter gearbeitet hätten, wenn ich …«

»Wenn du was getan hättest?«

Ich spürte die Wärme von Deans Körper neben mir.

»Irgendetwas.« Das Wort bahnte sich seinen Weg aus meinem Mund.

Agent Mullins hatte mir einmal gesagt, ich sei die Verletzlichste im Team, weil ich wirklich etwas fühlte. Michael und Lia waren Experten darin, ihre Gefühle zu verbergen und abzuschalten. Dean hatte im Alter von zwölf Jahren schreckliche Erlebnisse gehabt, und seither glaubte er, er sei eine tickende Zeitbombe und könne sich jederzeit in ein Monster wie sein Vater verwandeln, wenn er wirklich etwas fühlte. Und obwohl Sloane ihr Herz auf der Zunge trug, sah sie immer zuerst die Muster und dann die Menschen.

Mich dagegen traf der Verlust jedes Opfers tief. Immer, wenn ein UNSUB tötete, empfand ich es als mein eigenes Versagen, denn wenn ich die Tat nicht verhinderte, sie nicht kommen sah, wenn ich zu spät kam ...

»Dann hast du das Gefühl, wenn du etwas unternommen hättest«, sagte Dean leise, »wäre deine Mutter vielleicht noch am Leben.«

Ich wusste, was Dean nachts wach hielt, und er kannte meine Gedanken besser als ich. Ihm war klar, warum ich jedes Mal das Blut an meinen Händen spürte, wenn ein Mensch starb, weil ich nicht clever oder schnell genug gewesen war.

»Ich weiß, es ist dumm.« Meine Kehle war wie zugeschnürt. »Natürlich war es nicht meine Schuld, was mit meiner Mutter passiert ist.«

Dean nahm meine Hand schützend in seine.

»Ich *weiß* das, Dean, aber ich kann es nicht glauben. Ich werde es niemals glauben.«

»Glaube mir«, sagte er nur.

Ich legte meine Hand flach auf seine Brust. Seine Hand schloss sich um meine und hielt sie fest.

»Es war nicht deine Schuld«, sagte Dean.

Ich spürte, wie er mich davon überzeugen wollte. Meine Finger bewegten sich, bekamen den Stoff seines T-Shirts zu fassen, und ich zog ihn an mich. Mein Mund legte sich auf seinen.

Je heftiger ich ihn küsste, desto heftiger küsste er mich zurück. Je näher wir uns kamen, desto mehr begehrte ich ihn.

Du kannst nicht schlafen, und ich kann nicht schlafen, und hier sind wir, mitten in der Nacht ...

Ich nahm seine Lippe zwischen die Zähne.

Dean war sanft. Dean war süß. Dean hatte sich immer unter Kontrolle, aber in dieser Nacht vergrub er seine Hände in meinem Haar und zog meinen Kopf nach hinten. Er presste seinen Mund auf meinen.

Glaube mir, hatte er gesagt.

Ich glaubte ihm, denn er wusste, wie es war, gebrochen zu sein. Ich glaubte ihm, dass ich für ihn nicht gebrochen war.

»Du denkst immer noch über das nach, was du da unten gesehen hast.« Dean strich mir sanft mit den Fingern durchs Haar, mein Kopf lag an seiner Brust. Der fadenscheinige, ausgewaschene Stoff seines Shirts schmiegte sich weich an meine Wange.

Ich starrte an die Decke. »Stimmt.« Sein Herzschlag erfüllte die Stille. Ich fragte mich, ob er meinen Herzschlag hören konnte. »Angenommen, das ›Wartungsproblem‹ des Majesty war tatsächlich eine weitere Leiche, dann sind das vier Morde in vier Tagen.«

Was passiert am fünften Tag? Wir kannten beide die Antwort.

»Warum die Fibonacci-Folge?«, fragte ich stattdessen.

»Vielleicht bin ich eine Person, bei der sich die Dinge addieren müssen«, sagte Dean. »Jede Zahl in der Fibonacci-Folge ist die Summe der beiden vorhergehenden Zahlen. Vielleicht ist das, was ich tue, Teil eines Musters – jeder Mord übertrifft den vorherigen.«

»Gefällt dir das?«, fragte ich laut. »Das, was du tust? Macht es dir Spaß?«

Deans Finger in meinen Haaren erstarrten.

Bringt es dir Freude?

In diesem Moment wurde mir klar, wie diese Frage für Dean geklungen haben musste. Ich richtete mich auf und schaute ihm ins Gesicht.

»Du bist nicht wie er, Dean.«

Ich strich mit der Hand an seinem Kinn entlang. Deans größte Angst war, dass er etwas von seinem Vater in sich tragen könnte. Psychopathie. Sadismus.

»Ich weiß«, erwiderte er.

Du weißt es, dachte ich, *aber du glaubst es nicht.*

»Glaub mir«, flüsterte ich.

Er legte eine Hand in meinen Nacken und nickte kaum merklich. Meine Brust wurde eng, aber etwas in mir gab nach.

Du bist nicht wie dein Vater.

Was meiner Mutter zugestoßen ist, war nicht meine Schuld.

Mit klopfendem Herzen erhob ich mich. Ich ging den Stick mit den Akten meiner Mutter holen. Als ich zurückkam, drückte ich ihm den Stick in die Hand.

»Du öffnest die Dateien«, sagte ich zu ihm, wobei mir die Worte fast im Halse stecken blieben. »Du öffnest sie, weil ich es nicht kann.«

KAPITEL 16

D*as Skelett ist in ein königsblaues Tuch gehüllt.*

Ich saß mit Dean vor dem Computer, scrollte von einem Bild zum nächsten und meine Finger fühlten sich mit jedem Klick schwerer an.

In den Knochen ihrer linken Hand steckt eine längst verwelkte Blume.

Die Halskette liegt um ihren Hals, die Kette hat sich in ihrem Brustkorb verfangen.

Leere Augenhöhlen starrten mich aus einem kahlen Schädel an. Ich starrte auf seine Umrisse, wartete auf einen Funken des Wiedererkennens, aber ich spürte nur, wie mir die Galle in die Kehle stieg.

Du hast das Fleisch von den Knochen entfernt. Die gerichtsmedizinische Untersuchung legte nahe, dass die Entfernung post mortem erfolgt war, aber das war ein schwacher Trost. *Du hast sie zerstört. Du hast sie ausgelöscht.*

Dean legte seine Hand in meinen Nacken. *Ich bin bei dir.*

Ich schluckte die Welle der Übelkeit hinunter, die in mir aufstieg. Einmal. Zweimal. Dreimal – und dann scrollte ich weiter zum nächsten Bild. Es waren Dutzende: Fotos des Feldwegs, an dem sie begraben worden war. Fotos der Baumaschinen, die einen einfachen Holzsarg freigelegt hatten.

Du hast ihre Knochen in eine Decke gewickelt. Du hast sie mit Blumen zu Grabe getragen. Du hast sie in einen Sarg gelegt …

Ich zwang mich zu atmen, riss mich von den Bildern los und wandte mich dem offiziellen Bericht zu.

Nach Angaben des Gerichtsmediziners befand sich an der Außenseite eines ihrer Armknochen eine Kerbe, eine Abwehrwunde, wo ein Messer sie buchstäblich bis auf den Knochen verletzt hatte. Die Laborergebnisse deuteten darauf hin, dass die Knochen vor dem Begräbnis mit einer Art Chemikalie behandelt worden waren. Das machte es schwierig, die Überreste zu datieren, aber die Analyse des Tatorts ergab, dass das Begräbnis nur wenige Tage nach dem Verschwinden meiner Mutter stattgefunden hatte.

Du hast sie getötet und dann ausgelöscht. Keine Haut auf ihren Knochen. Kein Haar auf ihrem Kopf. Nichts.

Deans Finger kneteten sanft meine Nackenmuskeln. Ich drehte mich vom Computerbildschirm weg zu ihm. »Was siehst du?«

»Sorgfalt.« Dean zögerte. »Respekt. Reue.«

Es lag mir auf der Zunge, dass es mir egal war, ob der Mörder Reue empfand. Es war mir gleichgültig, ob sie ihm so viel bedeutet hatte, dass er ihre Leiche nicht einfach in irgendeinem Loch verscharrt hatte.

Du hast nicht das Recht, sie zu begraben. Du hast kein Recht, sie zu ehren, du kranker Bastard.

»Glaubst du, sie hat ihn gekannt?« Meine Stimme klang weit entfernt in meinen eigenen Ohren. »Das wäre eine mögliche Erklärung für das, was wir hier sehen, nicht wahr? Er hat sie in einem Rausch umgebracht und es hinterher bereut.«

Die blutbespritzte Garderobe in meiner Erinnerung erzählte von Dominanz und Wut, die Begräbnisstätte dagegen, wie Dean gesagt hatte, von Respekt und Sorgfalt. Zwei Seiten derselben Medaille – und beides zusammen deutete darauf hin, dass es sich nicht um einen zufälligen Gewaltakt handelte.

Du hast sie mitgenommen. Mir war immer klar, dass der Mörder meine Mutter aus dem Raum geschleppt hatte. Ob sie zu diesem Zeitpunkt noch gelebt hatte oder schon tot war, konnte die Polizei nicht sagen, obwohl vom ersten Tag an klar gewesen war, dass sie so viel Blut verloren hatte, dass ihre Überlebenschancen gegen null gingen. *Du hast sie mitgenommen, weil du sie bei dir haben wolltest. Du konntest sie nicht jemand anderem zum Begraben überlassen.*

»Möglicherweise hat er sie gekannt.« Deans Stimme holte mich in die Gegenwart zurück. Mir fiel auf, dass er ausnahmsweise nicht das Wort *ich* benutzte. »Oder er hat sie aus der Ferne beobachtet und sich eingeredet, dass sein Interesse auf Gegenseitigkeit beruhte. Dass sie um seine Aufmerksamkeit wusste. Dass er sie so gut kannte, wie kein anderer es je könnte.«

Meine Mutter hatte ihren Lebensunterhalt als »Hellseherin« verdient. Wie ich konnte sie gut Menschen lesen – gut genug, um sie davon zu überzeugen, dass sie eine Verbindung zur »anderen Seite« hatte.

Hattest du eine Séance bei ihr? Warst du bei einer ihrer Shows?

Ich kramte in meinem Gedächtnis, aber die Gesichter in der Menge waren verschwommen. Meine Mutter hatte viele Séancen gegeben. Sie hatte unzählige Auftritte. Wir waren so oft umgezogen, dass es sinnlos gewesen war, Beziehungen zu knüpfen. Keine Freunde. Keine Familie.

Keine Männer in ihrem Leben.

»Cassie, sieh dir das an.« Dean lenkte meine Aufmerksamkeit wieder auf den Bildschirm. Er zoomte auf eines der Bilder des Sarges. In die Oberfläche des Holzes war ein Muster eingeritzt: Sieben kleine Kreise, die ein Siebeneck bildeten, das sich um etwas wie ein Pluszeichen gruppierte.

Oder, und wieder musste ich an Reue und Bestattungsrituale denken, dieses Monster hatte tatsächlich *ein Kreuz* geschnitzt.

KAPITEL 17

Spät in der Nacht schlief ich ein. Ich träumte von den großen Augen meiner Mutter, die mit Kajal umrandet waren, was sie fast unwirklich groß erscheinen ließ. Ich träumte davon, wie sie mich an jenem Tag aus der Garderobe gescheucht hatte. Ich träumte von all dem Blut und wachte am nächsten Morgen auf, weil etwas Klebriges auf meine Stirn tropfte. Ich riss die Augen auf.

Lia stand über mir, in der einen Hand einen Strohhalm, in der anderen eine Dose Limonade. Sie löste ihren Finger von der Spitze des Strohhalms und träufelte mir noch einen Tropfen Limonade auf die Stirn.

Ich wischte ihn weg und setzte mich auf, wobei ich darauf achtete, Dean nicht zu wecken, der neben mir auf der Couch lag und noch seine Kleidung vom Vorabend trug.

Lia steckte sich den Strohhalm in den Mund und saugte die restliche Flüssigkeit heraus, bevor sie ihn wieder in ihre Limonade tauchte.

Grinsend betrachtete sie den schlafenden Dean und zog eine Augenbraue hoch. Als das keine Reaktion bei mir hervorrief, schnalzte sie leise mit der Zunge. Ich stand auf, woraufhin sie einen Schritt zurücktrat.

»Es ist nicht so, wie du denkst«, sagte ich leise.

Lia drehte den Strohhalm nachdenklich zwischen Mittelfinger und Daumen. »Ihr zwei wart also nicht bis in die frühen Morgenstunden auf, um euch die Informationen auf dem Stick anzusehen, den Agent Mullins dir gegeben hat?«

»Woher weißt du ...«

Lia unterbrach mich und drehte meinen immer noch aufgeklappten Laptop zu mir herum. »Faszinierende Lektüre.«

Ich spürte ein flaues Gefühl in der Magengegend. *Lia weiß es. Sie hat die Akte gelesen.*

Ich wartete darauf, dass Lia noch etwas zu den Dateien auf dem Computer sagen würde. Aber sie schwieg. Stattdessen schlenderte sie in Richtung des Zimmers, das sie für sich beansprucht hatte. Nach einer Weile folgte ich ihr, so wie sie es wohl beabsichtigt hatte. Wir traten auf den Balkon.

Lia schloss die Tür hinter uns und hüpfte auf die Brüstung. Wir waren im vierzigsten Stockwerk, und sie saß seelenruhig da, perfekt ausbalanciert, und starrte mich an.

»Was ist?«, sagte ich.

»Wenn du Dean auch nur ein Wort von dem erzählst, was ich dir jetzt sage, werde ich jede Kenntnis von diesem Gespräch leugnen.« Lias Tonfall war beiläufig, aber ich glaubte ihr jedes Wort.

Ich bereitete mich auf einen Angriff vor.

»Du machst ihn glücklich.« Lia kniff die Augen leicht zusammen. »So glücklich, wie Dean nur sein kann«, präzisierte sie. »Wir müssten Sloane nach den genauen Zahlen fragen, aber ich schätze, sein Grübeln ist um zweihundert Prozent zurückgegangen, seit ihr beide euch auf diese Sache eingelassen habt …«

Dean war Lias Familie. Wenn sie vor der Wahl stünde, jeden anderen Menschen auf diesem Planeten oder Dean zu retten, würde sie sich für Dean entscheiden.

Sie sprang von der Brüstung und griff sanft nach meinem Arm. »Ich mag dich.« Ihr Griff wurde fester, als wäre es ihr ein wenig unangenehm, das zu sagen.

»Ich mag dich auch«, hätte ich beinahe gesagt, aber ich wollte nicht riskieren, dass sie diese Worte auch nur für einen Hauch unwahr hielt.

»Ich habe dich vermisst«, sagte ich stattdessen – dieselben Worte, die ich zu Sloane gesagt hatte. »Du, Michael, Sloane, Dean. Ihr seid mein Zuhause.«

Lia sah mich einen Moment an. »Wie auch immer«, sagte sie und verdrängte mit einem lässigen Schulterzucken jede Regung, die meine

Worte hervorgerufen hatten. »Der Punkt ist, dass ich dich nicht hasse«, fuhr sie großmütig fort, »also führ dich nicht so auf und steh deine Frau, und das meine ich jetzt nett, okay.«

»Wie bitte?«, sagte ich und zog meinen Arm aus ihrem Griff.

»Du hast ein Mama-Thema. Das verstehe ich, Cassie. Natürlich ist das nicht einfach, und du hast jedes Recht, die Sache mit der Leiche auf deine Weise zu verarbeiten. Aber ob fair oder nicht, niemand hier hat die emotionalen Kapazitäten, sich um Cassies ständige Probleme mit ihrer ermordeten Mutter zu kümmern.«

Es fühlte sich an, als hätte sie mir mit der Handkante gegen die Kehle geschlagen. Aber noch während ich den Schlag verdaute, wusste ich, dass Lia diese Worte aus einem bestimmten Grund gesagt hatte. *Du bist nicht grausam. Nicht auf diese Weise.*

»Sloane hat sich gestern nach dem Essen zwei Stäbchen in den Ärmel gesteckt.« Lias Aussage bestätigte mein Bauchgefühl. »Keine Wegwerfstäbchen. Die schönen, die auf dem Tisch lagen.«

Sloane war nicht nur unsere hauseigene Statistikerin, sondern auch unsere hauseigene Kleptomanin. Als sie das letzte Mal etwas mitgehen hatte lassen, war sie wegen einer Auseinandersetzung mit dem FBI gestresst gewesen. Bei Sloane waren die langen Finger ein Zeichen dafür, dass ihr Gehirn aufgrund unkontrollierbarer Emotionen einen Kurzschluss erlitten hatte.

»Nennen wir es Beweisstück A«, schlug Lia vor. »Beweisstück B wäre Michael. Hast du eine Ahnung, was für ein Horrortrip es für ihn ist, nach Hause zu gehen?«

Ich dachte an das Gespräch, das ich am Tag zuvor zwischen Lia und Michael belauscht hatte. »Ja«, sagte ich und wandte mich wieder Lia zu. »Ich weiß.«

Es herrschte eine kurze Stille, in der sie den Wahrheitsgehalt dieser Aussage überprüfte.

»Du denkst, du weißt es«, sagte Lia leise. »Aber du weißt es nicht.«

»Ich habe euch gestern miteinander reden hören«, gab ich zu.

Ich hatte erwartet, dass Lia auf diese Worte hin reflexartig zurückschlagen würde, aber das tat sie nicht. »Früher einmal«, sagte sie mit ruhiger Stimme und drehte sich um, um hinunter auf den Strip zu schauen, »hat mir jemand Geschenke gemacht, wenn ich ein braves Mädchen war, so wie Michael ›Geschenke‹ von seinem Vater bekommt. Du denkst vielleicht, du verstehst, was in Michaels Kopf vorgeht, aber das tust du nicht. Du kannst kein Profil von ihm machen, Cassie. Du kannst es nicht entschlüsseln.«

Als sie sich wieder zu mir umdrehte, hatte sie ironisch eine Augenbraue hochgezogen. »Was ich damit sagen will, ist, dass Michael kurz davor ist, mit einem Showgirl durchzubrennen, und Sloane benimmt sich selbst für ihre Verhältnisse seltsam, seit wir hier sind. Wir sind offiziell am Limit, Cassie. Es tut mir also leid, aber du kannst dich jetzt nicht so gehen lassen.« Sie tippte mir mit dem Finger auf die Nasenspitze. »Du bist nicht dran.«

KAPITEL 18

Hätte Lia das mit Michael gemacht, was sie gerade mit mir gemacht hatte, hätte er zurückgeschlagen. Wenn sie es Sloane angetan hätte, wäre Sloane am Boden zerstört gewesen – aber ich war es nicht. Früher oder später würde mich meine Trauer einholen. Aber Lia hatte mir einen Grund gegeben, sie noch länger zu verdrängen. Sie hatte sich nicht in Michael getäuscht. Sie hatte sich nicht in Sloane getäuscht. Jemand musste sie zusammenhalten. Jemand musste *uns* zusammenhalten.

Und dieser Jemand musste ich sein.

Mein Bauchgefühl sagte mir, dass Lia das wusste. *Du hättest es mir freundlicher sagen können*, dachte ich, aber dann wäre sie nicht Lia.

Ich stand noch zehn Minuten auf dem Balkon, nachdem Lia gegangen war. Als ich endlich wieder reinkam, waren Michael, Lia und Dean um den Küchentisch versammelt – ebenso wie Agent Briggs. Er trug Zivil, vermutlich versuchte das FBI also, diese Besuche geheim zu halten. Die Tatsache, dass Briggs selbst in Zivilkleidung *immer noch* wie ein Polizist aussah, spiegelte seine Persönlichkeit perfekt wider: hyperfokussiert, ehrgeizig.

Briggs spielte, um zu gewinnen.

»Es gab einen weiteren Mord.« Briggs hatte mit dieser Ankündigung offenbar bis zu meinem Eintreffen gewartet. Keiner von uns vieren gab sich Mühe, überrascht auszusehen. »Apex, Wonderland, Desert Rose und Majesty, alle innerhalb von vier Tagen. Möglicherweise haben wir es mit jemandem zu tun, der einen Groll gegen die Casinos oder die Leute hegt, die von ihnen profitieren.«

Dean blickte auf die Akte, die Briggs in der Hand hielt. »Das letzte Opfer?«

Briggs warf die Akte auf den Küchentisch. Ich öffnete sie. Glasige blaue Augen starrten mich an, imposant groß in einem herzförmigen Gesicht.

»Das ist ...«, begann Michael.

»Camille Holt«, beendete ich den Satz und konnte meinen Blick nicht von ihr abwenden.

Du magst es, unterschätzt zu werden, Camille, dachte ich düster und berührte mit der Hand den Rand des Bildes. *Es fasziniert dich, wie der Verstand funktioniert, wie er zerbricht, wie Menschen Situationen überleben, die eigentlich niemand überleben kann.*

Ihre Haut war gespenstisch grau, das Weiß ihrer weit auseinanderstehenden Augen rot geädert – Kapillaren, die geplatzt waren, als sie sich gegen ihren Angreifer gewehrt hatte.

Du hast dich gewehrt. Du hast gekämpft. Sie lag mit dem Rücken auf dem weißen Marmorboden, ihr erdbeerblondes Haar war wie ein Heiligenschein um ihren Kopf drapiert – aber ich wusste aus dem Bauch heraus, dass sie gekämpft hatte, erbittert, mit einer wilden Kraft, mit der ihr Angreifer nicht gerechnet hatte.

»Tod durch Ersticken«, kommentierte Dean. »Sie wurde stranguliert.«

»Mordwaffe?«, fragte ich. Es gab einen Unterschied zwischen dem Erdrosseln mit einem Draht und dem mit einem Seil.

Briggs holte das Foto eines Beweismittelbeutels hervor. Darin befand sich eine Halskette – die dicke Metallkette, die Camille in der Nacht zuvor zweimal um den Hals geschlungen hatte.

In meiner Vorstellung sah ich sie an der Bar sitzen, ein Bein baumelte vom Hocker. Ich sah, wie sie sich umdrehte und zum Ausgang ging.

Ich sah, wie ihr Aaron Shaw mit dem Blick folgte.

»Sie sollten mit dem Sohn des Casinobesitzers reden.« Michaels Gedanken deckten sich genau mit meinen. »Aaron Shaw. Sein Interesse an Miss Holt war nicht professionell.«

»Was hast du gesehen?«, fragte Briggs.

Michael zuckte die Schultern. »Anziehung. Zuneigung. Eine starke Spannung.«

Was für eine Art von Spannung? Ich kam nicht dazu nachzufragen, denn Sloane betrat die Küche und schenkte sich Kaffee ein. Briggs musterte sie kritisch. Sloanes Neigung, auf Koffein hektisch zu plappern, war legendär.

»Ich habe Sie gestern Abend angerufen«, sagte Sloane vorwurfsvoll zu ihm. »Ich habe geklingelt und geklingelt und Sie sind nicht rangegangen. Also bekomme ich den Kaffee und Sie können sich nicht beschweren.«

Ich dachte an die Essstäbchen, die Sloane am Abend zuvor hatte mitgehen lassen. *Es war dir wichtig, dass Briggs deinen Anruf entgegennahm. Du wolltest wahrgenommen werden. Du wolltest gehört werden.*

»Es hat einen weiteren Mord gegeben«, sagte Briggs zu Sloane.

»Ich weiß.« Sloane starrte auf den Kaffee in ihren Händen. »Zwei. Drei. Drei. Drei.«

»Was hast du gesagt?«, fragte Briggs scharf.

»Die Zahl auf der Leiche. Sie lautet 2333.« Endlich setzte sich Sloane zu uns anderen an den Tisch. »Nicht wahr?«

Briggs zog ein weiteres Foto aus der Akte: Camilles Handgelenk. *2333* war darauf eingeritzt. Im wahrsten Sinne des Wortes. Die blutigen Zahlen waren leicht gezackt. *Von einem Henna-Tattoo zu dem hier.* Zahlen waren schon immer eine Botschaft gewesen – aber das? Das war gewalttätig. Persönlich.

»War sie noch am Leben, als das UNSUB das getan hat?«, fragte ich.

Briggs schüttelte den Kopf. »Post mortem. In der Handtasche des Opfers war eine Puderdose. Wir glauben, dass das UNSUB sie zerbrochen und einen der Splitter benutzt hat, um die Zahlen in ihr Handgelenk zu ritzen.«

Ich wechselte von Camilles Perspektive zu der des Täters. *Du bist ein Meister der Planung. Wenn du das von Anfang an gewollt hättest, hättest du etwas mitgebracht, um den Job zu erledigen.*

Das warf zwei Fragen auf: Erstens, was *war* der Plan gewesen, und zweitens, warum war das UNSUB davon abgewichen?

Was ist schiefgelaufen?, fragte ich den Killer im Stillen. *Hat sie irgendwie deinen Plan durchkreuzt? War sie schwerer zu manipulieren als die anderen?* Ich dachte daran, dass Camille bei zwei der Opfer am Tatort gewesen war. *Kanntest du sie?*

»Das ist etwas Persönliches.« Deans Gedanken entsprachen genau den meinen. »Die anderen Opfer mögen aus Bequemlichkeit gewählt worden sein. Aber dieses nicht.«

»Das ist auch die Meinung von Agent Mullins«, sagte Briggs. Er wandte sich wieder Sloane zu. »Hast du die Zahlen entschlüsselt?«

Sloane zog einen Stift aus Agent Briggs' Tasche, klappte die Mappe zu und begann, während sie sprach, Zahlen auf den Deckel zu kritzeln. »Die Fibonacci-Folge ist eine Reihe ganzer Zahlen, bei der sich jede Zahl aus der Addition der beiden vorhergehenden ergibt. Die meisten Menschen glauben, dass Fibonacci sie entdeckt hat, aber die frühesten Erwähnungen der Folge finden sich in Sanskrit-Schriften, die Hunderte von Jahren vor Fibonacci entstanden sind.«

Sloane setzte den Stift ab. Auf dem Blatt standen fünfzehn Zahlen:

0 1 1 2 3 5 8 13 21 34 55 89 144 233 377

»Ich habe es zuerst nicht gesehen«, fuhr sie fort. »Das Muster beginnt in der Mitte der ersten Dezimalzahl.«

»Stell dir für einen Moment vor«, sagte Lia, »dass wir alle sehr, sehr langsam sind.«

»Ich bin nicht sehr gut darin, so zu tun, als ob«, erklärte Sloane ernst. »Aber ich glaube, ich kann es.«

Michael unterdrückte ein Prusten.

Sloane nahm den Stift wieder in die Hand und setzte ihn unter die Zahl 13.

»Es beginnt hier«, sagte sie und unterstrich vier Ziffern, dann setzte sie einen Schrägstrich und wiederholte den Vorgang.

0 1 1 2 3 5 8 13 21 3/4 55 8/9 144/ 233 377

2333. Das Bild von Camilles Handgelenk ploppte in meinem Kopf auf, wie ein Ertrunkener, der an die Oberfläche eines Sees treibt. *Du zerbrichst das Glas. Du drückst den scharfen Rand auf ihr Fleisch und ritzt die Zahlen ein.*

»Warum diese Zahlenfolge?«, fragte ich. »Und warum sollte sie so schwer zu erkennen sein? Warum nicht am Anfang, mit 0112, beginnen?«

»Weil«, sagte Dean langsam, »man sich dieses Wissen verdienen muss.«

Briggs sah uns an, einen nach dem anderen. »Agent Mullins und ich werden den Nachmittag damit verbringen, mit möglichen Zeugen zu sprechen. Wenn ihr abgesehen von Aaron Shaw noch weitere Namen auf die Liste setzen wollt, wäre jetzt der richtige Zeitpunkt.«

Bei der Erwähnung Aarons schlossen sich Sloanes Hände fest um ihre Kaffeetasse. Michael neigte den Kopf zur Seite und starrte sie an. Einen Augenblick später bemerkte er, dass ich ihn beobachtete, und zog herausfordernd eine Augenbraue hoch.

Du weißt, dass mit Sloane etwas nicht stimmt, dachte ich, *und du weißt, dass ich weiß, was es ist.*

»Ich nehme an, Sie wissen, dass Camille gestern Abend mit Tory Howard aus war?«, fragte Dean Briggs.

Briggs nickte kurz. »Wir haben gestern kurz mit Tory gesprochen. Wir werden heute noch einmal nachhaken und dann den Rest unserer Liste abarbeiten.«

»Ich nehme nicht an, dass Sie mich mitnehmen wollen, wenn Sie mit dieser schönen Ansammlung potenzieller Mörder sprechen?« Lia schenkte Agent Briggs einen koketten Augenaufschlag.

Briggs holte vier In-Ear-Kopfhörer aus seiner Tasche und legte sie auf den Tisch. Dann zog er ein Tablet aus seiner Aktenmappe. »Video- und Audioübertragung«, erklärte er. »Agent Mullins und ich sind verkabelt. Im Umkreis von vier Meilen seht ihr, was wir sehen. Ihr hört, was wir hören. Wenn ihr etwas mitbekommt, von dem ihr glaubt, dass wir es übersehen haben, könnt ihr uns eine SMS schicken oder uns anrufen. Ansonsten möchte ich, dass ihr etwas über unsere Verhörtechniken lernt.«

Lia, Michael, Dean und ich griffen gleichzeitig nach den Headsets.

Sloane drehte sich zu Briggs. »Was ist mit mir?«, fragte sie leise.

Es gab vier Kopfhörer und wir waren zu fünft.

»Vier Casinos in vier Tagen«, sagte Briggs. »Ich brauche dich« – er betonte diese Worte nachdrücklich, also war ihm die Verletzlichkeit in Sloanes Tonfall offenbar nicht entgangen –, »um herauszufinden, wo dieser Killer als Nächstes zuschlagen wird.«

DU

Das Roulette-Rad dreht sich. Die Spieler sehen mit angehaltenem Atem zu. Du beobachtest die Spieler. Wie Ameisen in einem Ameisenhaufen sind sie berechenbar.

Einige setzen auf Schwarz.

Einige setzen auf Rot.

Manche zögern. Manche glauben, das Glück sei mit den Mutigen.

Man könnte ihnen die genauen Gewinnchancen nennen. Man könnte ihnen sagen, dass das Glück niemanden begünstigt. Rot oder schwarz, völlig egal.

Das Haus gewinnt immer.

Du atmest aus, lang und langsam. Lass sie ihren Spaß haben. Lass sie glauben, dass die Glücksgöttin ihnen zulächelt. Lass sie ihr Spiel spielen.

Dein Spiel – von dem sie nicht einmal wissen, dass sie es spielen – ist ein Spiel des Könnens.

1/1.

1/2.

1/3.

1/4.

Du weißt, was als Nächstes kommt. Du kennst die Reihenfolge. Du kennst die Regeln. Das ist größer, als es sich die Ameisen im Ameisenhaufen vorstellen können.

Niemand kann dich aufhalten.

Du bist der Tod.

Du bist das Haus. Und das Haus gewinnt immer.

KAPITEL 19

Lia hockte auf der Rückenlehne des Sofas, ein Bein ausgestreckt, das andere über die Seite baumelnd. Dean saß vor ihr auf dem Sofa, die Unterarme auf die Knie gestützt, und starrte auf das Tablet.

»Schon was entdeckt?«, fragte ich und setzte mich neben ihn.

Dean schüttelte den Kopf.

»Da.« Lias Haltung veränderte sich nicht, aber ihre Augen leuchteten auf. Auf dem Tablet war eine riesige Hand zu sehen, während Briggs die als Kugelschreiber getarnte Kamera in seiner Anzugtasche neu ausrichtete.

»Michael ...«, rief ich.

Michael tauchte auf, bevor ich den Satz zu Ende brachte. »Lasst mich raten«, sagte er, zog einen Flachmann heraus und nahm einen Schluck. »Showtime.«

Ich starrte auf den Flachmann.

Dean legte seine Hand auf mein Knie. Wenn Lia und ich bemerkt hatten, dass Michael am Rande eines dunklen Ortes herumschlich, dann hatte Dean es mit ziemlicher Sicherheit auch. Er kannte Michael länger als ich und bedeutete mir, den Mund zu halten.

Wortlos stöpselte ich den Kopfhörer ein und wandte meine Aufmerksamkeit wieder der Videoübertragung zu.

Auf dem Monitor sahen wir eine Bühne mit massiven Säulen auf beiden Seiten. Als Briggs sich der Bühne näherte, erkannte ich die Person, die vor der Bühne stand und die Beleuchtung überprüfte.

Tory Howard trug ein schwarzes T-Shirt und Jeans, ihr Haar war zu einem Pferdeschwanz gebunden, weder zu streng noch zu locker.

Schnell *und problemlos*. Entweder war es ihr egal, welches Bild sie abgab, oder sie war bemüht, ein diesem Ideal entsprechendes Bild abzugeben.

Als sie Briggs bemerkte, wischte sie sich die Hände an der Vorderseite ihrer Jeans ab und kam ihm im Mittelgang entgegen. »Agenten«, sagte sie. »Kann ich Ihnen irgendwie helfen?«

Agenten, Plural, dachte ich. Mullins war also auch dabei, nur außerhalb des Bildes.

»Wir haben noch ein paar Fragen wegen gestern Abend.« Briggs schien die Führung zu übernehmen, während es Mullins offenbar vorzog, im Hintergrund zu bleiben und zuzusehen. Da sie die Profilerin war, überraschte mich das nicht. Mullins würde sich ein Bild von Tory machen wollen, bevor sie entschied, welchen Weg sie bei der Befragung einschlug.

»Ich habe es Ihnen bereits gesagt«, antwortete Tory mit leicht gereizter Stimme. »Camille und ich waren etwas trinken. Wir haben ein paar Runden Poker gespielt und ich bin früh gegangen. Camille wollte feiern. Ich nicht. Ich habe heute einen Auftritt und muss fit sein.«

»Ich habe gehört, Ihre Shows sind ausverkauft«, sagte Agent Briggs.

»Sagen Sie doch, wie es ist, Agent.« Tory fixierte ihn – und es war fast so, als würde sie uns den gleichen kalten Blick zuwerfen. »Meine Show ist ausverkauft, seit das Wonderland seine Show eingestellt hat.«

Seit Opfer Nummer zwei buchstäblich in Flammen aufgegangen ist, korrigierte ich im Stillen.

»Sie wirken defensiv«, schaltete sich Agent Mullins ein. Ich kannte sie gut genug, um zu wissen, dass sie diesen Moment und diese Bemerkung aus einem bestimmten Grund gewählt hatte.

»Das ist das zweite Mal in den letzten zwölf Stunden, dass Sie mich befragen«, erwiderte Tory. »Sie waren in meinem Büro. Ich kannte Camille noch nicht lange, aber ich mochte sie. Und ja, wenn Sie hierherkommen, angeblich, um unsere Unterhaltung von gestern Abend fortzusetzen, aber auch, um Andeutungen über meinen toten Rivalen zu machen, dann werde ich ein wenig defensiv.«

»Nicht nur defensiv«, sagte Michael. Was er sonst noch in ihrem Gesicht sah, verriet er nicht.

»Ich habe Camille nichts getan«, unterstrich Tory. »Und ich hätte auch keinen meiner Atemzüge an Sylvester Wilde verschwendet. Es tut mir leid, dass Camille tot ist. Es tut mir nicht leid um Sylvester. Sind wir hier fertig?«

Lia gab einen leisen Pfiff von sich. »Sie ist gut.«

»Beim Lügen?«, fragte ich und überlegte, welcher Teil von Torys Aussage gerade unwahr gewesen war.

»Sie hat noch nicht gelogen«, antwortete Lia. »Aber das wird sie. Die besten Lügner fangen damit an, dich entweder davon zu überzeugen, dass sie direkt und unverblümt sind oder dass sie nicht lügen können. Sie hat sich für Ersteres entschieden. Und wie gesagt, sie ist sehr, sehr gut.«

Tory war eine Magierin. Man konnte sich gut vorstellen, dass sie alles so vorbereitete, dass Briggs und Mullins die Täuschung nicht kommen sahen.

Agent Mullins änderte ihre Taktik. »Fällt Ihnen jemand ein, der Camille etwas antun wollte? Jemand, der einen Groll gegen sie hegte?«

Ein Anflug von Traurigkeit huschte über Torys Gesicht. Rasch unterdrückte sie ihn. *Schnell und problemlos.* »Camille war die einzige Frau, die Chancen hatte, in einem Wettbewerb, in dem es um viel Geld geht und der von männlichen Egos dominiert wird, bis ins Finale zu kommen. Sie war selbstbewusst und manipulativ und sie liebte es zu gewinnen.«

Du identifizierst dich mit ihr, wurde mir klar.

»Camille war außerdem wunderschön, an der Grenze zur Berühmtheit, und sie hatte kein Problem damit, Nein zu sagen«, fuhr Tory unbeirrt fort. »Wahrscheinlich gab es eine Menge Leute, die ihr wehtun wollten.«

Ihr Tonfall war so sachlich, dass ich wusste: *Jemand hat dich verletzt – vielleicht auch mehrere Personen.* Tory wusste, wie es war, als schwach angesehen zu werden, und wie es war, überwältigt zu werden. Ich konnte verstehen, warum Camille sich entschieden hatte, Zeit mit ihr zu verbringen. Wäre sie eine fiktive Person, wäre Tory Howard genau der Charakter, den Camille Holt gerne spielen würde.

»Hat Camille Ihnen jemals von Aaron Shaw erzählt?« Agent Briggs änderte erneut die Richtung des Verhörs.

»Interessant«, murmelte Michael und lehnte sich näher an den Bildschirm – und näher zu Tory.

»Camille und ich haben uns auf einer Silvesterparty kennengelernt«, antwortete Tory. »Wir haben uns gut verstanden. Wir waren ein paarmal was trinken. Ich war nicht wirklich ihre Vertraute.«

Ich schaute mich nach Lia um. *Sie bombardiert sie schon wieder mit der Wahrheit,* dachte ich.

»Eine Frage noch«, sagte Agent Mullins. »Sie und Camille waren gestern Abend im Majesty.«

»Das neue Sushi-Restaurant«, fügte Tory hinzu. *Noch eine leicht zu überprüfende Wahrheit.*

»Wer hat das Restaurant ausgesucht?«, fragte Mullins.

Tory zuckte mit den Schultern. »Sie war es.«

Hinter mir schwang Lia die Beine vom Sofa und stand auf. »Da haben wir es«, sagte sie. »Das ist die Lüge.«

KAPITEL 20

»Ich schicke Mullins eine SMS.« Dean griff nach seinem Handy. Höchstwahrscheinlich hatten Mullins und Briggs die Lüge durchschaut, aber sie würden eine Bestätigung Lias haben wollen. »Will noch jemand etwas hinzufügen?«, fragte Dean und begann zu tippen.

Wie durch ein Wunder verkniff es sich Michael, auf Deans Äußerung mit einer smarten Stichelei zu antworten. »Zwei Dinge«, sagte Michael. »Erstens: eine defensive Haltung ist kein einzelnes Gefühl. Es ist eine Kombination von Emotionen, die sich bei verschiedenen Menschen zu verschiedenen Zeiten auf verschiedene Weise äußert. In diesem Fall haben wir es mit einem faszinierenden Cocktail aus Wut, Selbstbehauptung und Schuldgefühlen zu tun.«

Tory fühlt sich schuldig. Ich versuchte, das mit dem in Einklang zu bringen, was ich über sie wusste. Sie schien mir eher der pragmatische Typ zu sein. Wie Camille hatte sie es in einer von Männern dominierten Branche an die Spitze geschafft. Um ihre eigene Show in Vegas zu haben, musste sie ehrgeizig sein.

Sie wirkte nicht wie jemand, der sich lange mit unnötigen Grübeleien aufhält.

»Und die zweite Sache?«, fragte Dean.

»Ihre Reaktion auf Aaron Shaw.« Ich kam Michael mit der Pointe zuvor.

Michael neigte leicht den Kopf. »Vorübergehendes Erstarren der Gesichtsmuskeln, Augenbrauen, die gegen den Drang ankämpfen, sich zusammenzuziehen, Lippen, die sich nur minimal straffen.« Er bewegte seinen Flachmann rhythmisch von einer Hand in die andere und wieder zurück, dann präzisierte er. »Angst.«

Wovor hast du Angst, Tory? Warum bist du ausgewichen, als Briggs und Mullins dich fragten, ob Camille Aaron Shaw erwähnt hatte?

Was wusste ich über Sloanes Halbbruder? Er war in einer Familie aufgewachsen, in der Reichtum und Macht selbstverständlich waren. Sicher war er dazu erzogen worden, in die Fußstapfen seines Vaters zu treten. Für jemanden wie ihn wäre es nicht schwer gewesen, sich an die Überschreitung moralischer Grenzen zu gewöhnen. Aber die Art, wie er mit Sloane umgegangen war, hatte etwas Sanftes, und das machte mich stutzig.

Bist du es, vor dem Tory Angst hat?, dachte ich und hatte Aarons Bild vor Augen. *Oder ist es dein Vater?*

Dean schickte die SMS. Gleich darauf hörten wir, wie Agent Mullins sich entschuldigte und das Gespräch verließ. Keine Minute später erhielt Dean eine SMS zurück. *»Sonst noch etwas?«*, las er laut vor. *»Cassie?«*

Die Tatsache, dass Agent Mullins diese Frage an mich richtete, sagte mir, dass sie nach etwas Bestimmtem suchte – nach einer Bestätigung ihrer eigenen Vermutung oder nach einem Aspekt von Torys Persönlichkeit, der eher mir auffallen würde als Dean.

»Ich bin mir nicht sicher«, sagte ich leise, »aber es könnte eine Vorgeschichte von Übergriffen sein. Verbale, körperliche, sexuelle – oder vielleicht auch nur die ständige Drohung damit.«

Diese Worte auszusprechen, fühlte sich an, als würde ich jemandes Vertrauen missbrauchen. Michael musste das in meiner Stimme wahrgenommen haben, denn er beugte sich über Dean hinweg und reichte mir den Flachmann. Ich zog eine Augenbraue hoch. Er zuckte mit den Schultern.

»Ich kann Ihnen nicht weiterhelfen.« Torys lauter werdende Stimme lenkte meine Aufmerksamkeit wieder auf das Tablet. Offensichtlich hatte Tory einen Punkt der Überforderung erreicht. »Wenn Sie noch Fragen haben, können Sie sich an meinen Anwalt wenden.«

»Alles in Ordnung?« Mullins schaltete sich wieder in das Gespräch ein und trat ins Bild.

Briggs räusperte sich. »Ich habe Ms Howard gerade gefragt, ob jemand ihren Aufenthaltsort bestätigen kann, nachdem sie sich von Ms Holt getrennt hat.« *Worauf sie uns an ihren Anwalt verwiesen hat.* Diese zweite Hälfte ließ Briggs ungesagt.

Sie misstraut Menschen mit Macht, sagte ich ihm im Stillen. *Und dir traut sie bestimmt nicht.*

»Ich kann das.« Eine männliche Stimme ertönte über Mikro, Sekunden, bevor der Sprecher auf dem Bildschirm erschien und sich zwischen die FBI-Agenten und Tory schob. *Männlich. Jung. Höchstens Anfang zwanzig.* Mein Gehirn katalogisierte seine demografischen Merkmale, noch bevor ich sein Gesicht wiedererkannte.

»Beau Donovan«, sagte Dean. »Einer unserer Hauptverdächtigen. Der einundzwanzigjährige Tellerwäscher, der den Amateurplatz beim Pokerturnier gewonnen hat.«

»Tory war bei mir«, sagte Beau auf dem Display. »Gestern Abend, nachdem sie und Camille sich getrennt hatten, war Tory bei mir.«

»Witzig«, flüsterte Lia spöttisch. »Das war sie nämlich garantiert nicht.«

Du lügst. Das reichte, um Beau meine ganze Aufmerksamkeit zu sichern. Er war ungefähr so groß wie Tory, aber stand ein wenig vor ihr. *Beschützend.*

»Sie und Beau waren letzte Nacht zusammen?«, fragte Agent Briggs Tory.

»Das stimmt«, sagte Tory und starrte die Beamten an. »Das waren wir.«

»Sie ist *wirklich* gut«, kommentierte Lia. »Selbst ich hätte das nicht als Lüge erkannt.«

»Und woher kennen Sie sich?«, fragte Mullins.

Beau zuckte mit den Schultern und wirkte einen Moment lang wie ein Junge, der immer ganz hinten im Klassenzimmer hockte und nicht aufpasste, was vorne gesagt wurde. »Sie ist meine Schwester.«

Für einen Moment herrschte Stille.

»Ihre Schwester«, wiederholte Agent Mullins.

»Stiefschwester.« Diese Information kam von Tory. Sie war zwei, vielleicht drei Jahre älter als Beau. Irgendetwas sagte mir, dass in ihrer Beziehung beide die Beschützerrolle einnehmen konnten.

»Brauchst du noch Hilfe beim Hängen der Scheinwerfer?«, fragte Beau Tory, als wäre das FBI nicht zugegen. »Oder bei sonst noch was?«

»Mr Donovan«, sagte Agent Mullins und lenkte seine Aufmerksamkeit wieder auf sich, »hätten Sie etwas dagegen, wenn wir Ihnen ein paar Fragen stellen?«

»Tun Sie sich keinen Zwang an.«

Tory war nicht die Einzige, die von Menschen mit Macht nicht viel hielt.

»Ich habe gehört, dass Sie es bis ins Finale des Pokerturniers geschafft haben, das in mehreren Casinos in Las Vegas ausgetragen wird«, sagte Agent Mullins. »Sie bekommen ziemlich viel Aufmerksamkeit.«

»Jeder mag Geschichten von erfolgreichen Außenseitern.« Wieder zuckte Beau mit den Schultern. »Ich denke darüber nach, die Rechte an Hollywood zu verkaufen«, sagte er augenzwinkernd. »Es wird eine dieser wirklich inspirierenden Storys.«

»Beau«, sagte Tory, wobei sich ein warnender Unterton in ihre Stimme schlich. »Beantworte einfach die Fragen.«

Interessant. Sie wollte nicht, dass er die Behörden verärgerte. Für den Bruchteil einer Sekunde hatte ich das Gefühl, eine abgewandelte Version von Lia und Dean zu sehen, in der sie die Ältere war und er Michaels große Klappe hatte.

»Gut«, sagte Beau zu Tory, dann wandte er sich wieder Agent Mullins zu. »Was wollen Sie wissen?«

»Wie lange spielen Sie schon Poker?«

»Eine ganze Weile.«

»Sie müssen gut darin sein.«

»Besser als manch anderer.«

»Was ist Ihr Geheimnis?«

»Die meisten Menschen sind schlechte Lügner.« Beau ließ das wirken. »Und für einen Schulabbrecher bin ich ziemlich gut in Mathe.«

Ich sah, wie Mullins diese Worte im Hinterkopf abspeicherte, genau wie ich.

Agent Briggs übernahm wieder die Befragung. »Waren Sie bei der Silvesterparty auf dem Dach des Apex?«

»Ja«, sagte Beau. »Ich wollte sehen, wie die Reichen und Schönen so leben.«

»Kannten Sie Camille Holt?«, fragte Agent Mullins.

»Ich kannte sie. Sie war ein nettes Mädchen«, antwortete Beau.

»Lüge«, sagte Lia in einer Art Singsang.

»Ich meine«, fügte Beau hinzu, als hätte er Lia gehört, »Camille war nett zu mir. Wir waren die Außenseiter in einem erlesenen Kreis. Sie war eine scharfe Braut. Ich der Tellerwäscher.« Er rang sich ein kleines, schiefes Lächeln ab. »Ein Mädchen wie sie? Normalerweise würde sie einem Kerl wie mir keine zwei Sekunden Aufmerksamkeit schenken. Aber als ich zum Turnier stieß, tat sie alles, damit ich mich akzeptiert fühlte.«

»Sie hat versucht, Sie als Konkurrenten zu taxieren.«

Mullins' Bemerkung war ein Versuch, herauszufinden, wie Beau mit Zurückweisung umging. Sie unterstellte, dass Camille nur nett zu ihm war, weil sie ihn manipulieren wollte, um seine Reaktion zu testen.

Beau zuckte die Schultern. »Natürlich ging es darum.«

»Ein Schlag ins Leere«, sagte Michael leise. Mit anderen Worten, Mullins' Vorstoß hatte ihre Zielperson nicht zum Reden gebracht. Kein bisschen.

»Camille war kämpferisch«, meinte Beau. »Das habe ich respektiert. Außerdem hat sie ziemlich früh beschlossen, dass sie mich als Gegner nicht fürchten muss.«

Agent Mullins legte den Kopf zur Seite. »Und *wen* hätte Camille fürchten müssen?«

Beau und Tory beantworteten die Frage gleichzeitig und beide sagten genau dasselbe. »Thomas Wesley.«

KAPITEL 21

Während Briggs und Mullins auf die Suche nach Thomas Wesley gingen, waren wir auf uns allein gestellt. Michael nahm seinen In-Ear-Kopfhörer raus und ließ ihn einfach auf den Teppich fallen, als würde er eine zerknüllte Serviette wegwerfen. »Ruft mich, wenn die Show weitergeht«, sagte er, schnappte sich seinen Flachmann und machte sich auf den Weg in sein Zimmer. Lia warf mir einen Blick zu, der besagte: *Hab ich's nicht gesagt, dass wir die Kapazitätsgrenze erreicht haben. Siehst du?*

Ja, dachte ich und schaute Michael hinterher. *Stimmt.*

»Ich werde nach Sloane sehen«, verkündete ich. Michael würde meine Fürsorge nicht wollen. Sloane hingegen würde sich sicher über etwas Gesellschaft freuen. Als ich zu unserem Zimmer kam, dröhnte mir pulsierende Technomusik entgegen. Ich öffnete die Tür und erwartete halb, dass Sloane eine Schutzbrille trug und im Begriff war, etwas in die Luft zu jagen. *Das hilft mir beim Denken*, hatte Sloane mir einmal erklärt, als wäre Sprengstoff eine alternative Form der Meditation.

Glücklicherweise hatte sie in Ermangelung ihres Kellerlabors einen anderen, weniger explosiven Weg gewählt. Sie lag verkehrt herum auf dem Bett, der Oberkörper hing über das Fußende hinaus. Blaupausen, Lagepläne und handgezeichnete Karten lagen in drei Schichten auf dem Boden um sie herum.

»Dreizehn Stunden.« Sloane schrie die Worte über die Musik hinweg, immer noch kopfüber hängend. Ich stellte die Musik leiser, und sie fuhr fort, wobei ihre Stimme weicher, verletzlicher klang. »Wenn unser

UNSUB ein Opfer pro Tag tötet, haben wir höchstens dreizehn Stunden, bevor es wieder mordet.«

Briggs hatte Sloane erklärt, er brauche sie, um herauszufinden, wo das UNSUB als Nächstes zuschlagen würde. Sie hatte sich diese Bitte offensichtlich zu Herzen genommen. *Du möchtest gebraucht werden. Du willst nützlich sein. Du willst wichtig sein, wenn auch nur ein bisschen.*

Ich ging auf Zehenspitzen um die Papiere herum und legte mich neben Sloane aufs Bett. Wir hingen kopfüber, Seite an Seite, und sahen uns an.

»Du schaffst das«, sagte ich zu ihr, »und selbst wenn nicht, wir lieben dich trotzdem.«

Einen Moment lang herrschte Stille.

»Sie trug ein Kleid«, flüsterte Sloane nach einer Weile. »Das kleine Mädchen.« Sie schüttelte leicht den Kopf, dann nahm sie einen Stift und begann, problemlos Entfernungen auf einer ihrer Karten zu markieren, als stünde das Ganze nicht auf dem Kopf.

Meine Brust spannte sich. Die Art und Weise, wie Sloane den Stift umklammerte, verriet mir, dass selbst das Eintauchen in ein Projekt wie dieses die Erinnerung an den liebevollen Vater und seine kleine Tochter nicht aus ihrem Gedächtnis verbannen konnte.

»Sie trug ein weißes Kleid.« Sloanes Stimme war ganz leise. »Es war makellos sauber. Ist dir das aufgefallen?«

»Nein«, sagte ich leise.

»Kinder beschmutzen weiße Kleidung innerhalb einer Stunde, nachdem sie sie angezogen haben, in mindestens vierundsiebzig Prozent der Fälle«, ratterte Sloane herunter. »Aber sie nicht. Sie hat es nicht ruiniert.«

Die Art, wie Sloane das Wort *ruiniert* aussprach, verriet mir, dass sie nicht nur von *Kindern* sprach, die ihre Kleidung beschmutzten. Sie meinte sich selbst. Und die Kleidung war nur die Spitze des Eisbergs.

»Sloane ...«

»Er hat sie mit an die Bar genommen, um ihr Kirschen zu holen.« Ihre Hand hielt inne und sie wandte sich wieder mir zu. »Er hat mir Kirschen gebracht«, sagte sie. »Nur einmal.«

Sloane hätte mir die Anzahl der Kirschen nennen können, den genauen Tag und die Uhrzeit, die Anzahl der Stunden, die seitdem vergangen waren – ich konnte sehen, wie sich diese Informationen in ihrem Kopf wiederholten.

»Hilft es, wenn ich ihn für dich hasse?«, fragte ich. *Ihn.* Ihren Vater.

»Sollte es das?«, fragte Sloane, runzelte die Stirn und setzte sich auf. »Ich hasse ihn nicht. Ich hoffe, eines Tages, wenn ich älter bin, wird er mich vielleicht nicht mehr hassen.«

Wenn du älter bist – und besser und normal und gut, fügte ich in Gedanken hinzu. Sloane hatte mir einmal erzählt, dass sie in mehr als vierundachtzig Prozent der Fälle das Falsche sagte und tat.

Die Tatsache, dass ihr leiblicher Vater eine Rolle dabei gespielt hatte, diese Hoffnung in sie einzupflanzen – er könnte eines Tages auch nur einen Hauch von Zuneigung für sie entwickeln, wenn sie nur alles richtig machte –, tat mir körperlich weh.

Ich setzte mich auf und schlang die Arme um sie. Sloane schmiegte sich in die Umarmung und legte ihren Kopf für ein paar Sekunden an meine Schulter. »Erzähl es niemandem«, bat sie. »Das mit den Kirschen.«

»Werde ich nicht.«

Sie wartete noch einen Moment, dann löste sie sich aus der Umarmung. »Al Capone hat einmal einem Krankenhaus einige Kirschbäume geschenkt, als Dank dafür, dass sie seine Syphilis geheilt haben.« Mit diesen denkwürdigen Worten legte sich Sloane wieder hin, hing kopfüber über das Ende des Bettes und starrte auf die Karten und Pläne. »Wenn du nicht gehst«, warnte sie mich, »werde ich dir höchstwahrscheinlich ein paar Statistiken über Syphilis vortragen.«

Ich rollte mich vom Bett. »Hab verstanden.«

Als ich wieder ins Wohnzimmer kam, war Michael zurückgekehrt. Aus irgendeinem Grund waren er und Lia beim Armdrücken.

»Was …«, begann ich, doch Dean unterbrach mich.

»Die Show geht wieder los«, sagte er.

Lia nutzte es aus, dass Michael abgelenkt war, und drückte blitzschnell seinen Arm nach unten. »Gewonnen!« Bevor Michael sich beschweren konnte, nahm sie wieder ihren Platz auf der Rückenlehne der Couch ein. Ich setzte mich neben Dean. Michael starrte uns ein, zwei Sekunden lang an, dann hob er seinen In-Ear-Kopfhörer vom Boden auf und stellte sich hinter Lia.

Auf dem Bildschirm war eine Hand zu sehen, wahrscheinlich die von Briggs, die an eine Hotelzimmertür klopfte. Ich steckte mir gerade noch rechtzeitig den Hörer wieder ins Ohr, um mitzubekommen, wie Thomas Wesleys Assistent die Tür öffnete.

»Kann ich Ihnen helfen?«

»Wir sind die Agenten Mullins und Briggs«, hörte ich Mullins aus dem Off sagen. »FBI. Wir würden gerne mit Mr Wesley sprechen.«

»Ich fürchte, Mr Wesley ist gerade nicht zu sprechen«, sagte der Assistent.

Lias Gesichtsausdruck verriet, dass es sich um eine Lüge handelte.

»Ich übermittle ihm gerne eine Nachricht oder stelle den Kontakt zu Mr Wesleys Anwalt her.«

»Wir werden nur ein paar Minuten von Mr Wesleys Zeit in Anspruch nehmen ...«, versuchte es Briggs erneut.

»Ich fürchte, das ist nicht möglich.« Der Assistent lächelte Briggs böse an.

»Alles in Ordnung, James«, rief eine Stimme. Eine Sekunde später erschien Thomas Wesley auf dem Bildschirm. Sein salz- und pfefferfarbenes Haar war leicht zerzaust. Er trug einen blaugrünen Morgenmantel aus Seide und nicht viel darunter. »Agent Mullins. Agent Briggs.« Wesley begrüßte sie mit einem Nicken wie ein Monarch, der gnädig seine Untertanen empfängt. »Was kann ich für Sie tun?«

»Wir haben nur ein paar Fragen«, sagte Agent Mullins, »die Ihre Beziehung zu Camille Holt betreffen.«

»Natürlich.«

»Mr Wesley«, warf der Assistent mit einem Anflug von Missmut in der Stimme ein, »Sie sind in keiner Weise verpflichtet ...«

»Fragen zu beantworten, die ich nicht beantworten möchte«, beendete Wesley seine Ausführungen. »Ich weiß. Aber es ist so, dass ich die Fragen der Agenten beantworten will. Und«, sagte er und wandte seine Aufmerksamkeit wieder den Agenten zu, »ich bin ein Mann, der gewohnt ist, zu tun, was er will.«

Ich hatte das seltsame Gefühl, dass er diese Worte weniger an Agent Briggs als an die Kamera richtete.

»Sie haben das Hotel gewechselt«, fragte Agent Briggs und lenkte damit den Blick des Mannes nach oben. »Warum?«

Eine harmlose Frage, deren einziger Zweck darin bestand, den Mann davon abzuhalten, den Kugelschreiber in Agent Briggs' Tasche genauer zu betrachten.

»Mir gefiel die Atmosphäre in dem anderen Hotel nicht mehr«, antwortete Wesley, »wegen dieser Mordsache.« Sein Ton klang beiläufig, aber ...

Michael füllte die Leerstellen. »Er ist besorgter, als er zugibt.«

»Wissen Sie«, sagte Agent Mullins zu Wesley, »dass es auch ...«

»Hier im Desert Rose einen Mord gegeben hat?«, ergänzte Wesley beiläufig. Er zuckte mit den Schultern. »Vier Leichen in vier Tagen in vier verschiedenen Casinos. Vor die Wahl gestellt, am fünften Tag in ein fünftes Casino zu gehen oder in einem der vier zu bleiben, habe ich mich für Letzteres entschieden, weil mir da die Chancen besser erschienen.«

Du bist jemand, der immer seine Chancen abwägt, dachte ich, während ich Wesley studierte. *Und bei deinem beruflichen Hintergrund gewinnst du meistens.*

»Dürfen wir reinkommen?« Mullins war diejenige, die diese Frage gestellt hatte. Sie musste ebenfalls ihre Chancen abgewogen haben, in der Annahme, dass Wesley, ein bekennender Frauenheld, die Bitte einer weiblichen Agentin nicht ablehnen würde.

»Mr Wesley hat heute Morgen mehrere Verpflichtungen«, mischte sich der Assistent ein.

»James, geh und sortiere die Hausbar«, befahl Wesley träge. »Diesmal alphabetisch.«

Mit einem letzten finsteren Blick auf die Agenten tat Wesleys Assistent, was ihm befohlen wurde. Wesley öffnete die Tür zu seiner Suite und machte eine einladende Geste. »Bitte«, sagte er. »Kommen Sie herein. Ich habe einen *ausgezeichneten* Blick auf den Pool.«

Drei Sekunden später standen Briggs und Mullins in der Suite. Ich hörte, wie sich die Tür hinter ihnen schloss. Dann wurde das Bild schwarz.

KAPITEL 22

Das statische Rauschen war unerträglich. Ich riss den Hörer heraus. Die anderen taten es mir gleich.

»Was zum …?« Wenn es ums Fluchen ging, war Lia sowohl kreativ als auch verbal präzise. Sie drückte ein paar Tasten auf dem Tablet.

Nichts.

Dean sprang auf. »Entweder sind sie außer Reichweite oder etwas blockiert das Signal.«

Da Thomas Wesleys neuestes Start-up auf *Sicherheits*technologie spezialisiert war, tippte ich auf Letzteres. Ich versuchte, Mullins eine SMS zu schicken, aber die Nachricht kam als unzustellbar zurück.

»Das Handysignal ist auch blockiert«, sagte ich.

»Wisst ihr was«, sagte Michael mit einem Funkeln in den Augen, »ich habe Lust auf einen kleinen Spaziergang. Vielleicht in Richtung Desert Rose?«

»Nein«, sagte Dean bestimmt. »Mullins und Briggs werden mit Thomas Wesley auch allein fertig.«

Lia wickelte ihren Pferdeschwanz nachdenklich um den Zeigefinger. »Judd ist Essen holen gegangen«, bemerkte sie. »Und ich habe gehört, das Desert Rose hat den größten Innenpool der Welt.«

»Lia«, zischte Dean. »Wir bleiben hier.«

»Natürlich«, sagte Lia und klopfte ihm auf die Schulter. »Und ich gehe auf keinen Fall, egal, was du sagst, denn ich tue immer, was man mir sagt. Schließlich habe ich weiß Gott keine Lust, meine eigenen Entscheidungen zu treffen«, flötete sie. »Schon gar nicht, wenn du derjenige bist, der die Befehle gibt!«

Wir gingen zum Pool.

Sloane hatte es vorgezogen, in der Suite zu bleiben. Da sie es hasste, ausgeschlossen zu werden, nahm ich an, dass sie es noch mehr hasste, nicht die von Briggs gewünschte Antwort zu liefern.

»Nicht schlecht«, kommentierte Lia, lehnte sich in einem Liegestuhl zurück und blickte in den künstlichen Himmel. In der riesigen Schwimmhalle des Desert Rose herrschte reges Treiben, Familien tummelten sich hier ebenso wie jene, die sich in den Erwachsenenbereich zurückgezogen hatten – und das, obwohl es noch nicht einmal Mittag war.

Dean warf Lia einen missmutigen Blick zu, während er schweigend die Gegend nach Bedrohungen absuchte. Ich besetzte den Liegestuhl neben Lia. Thomas Wesley hatte gesagt, dass seine Suite einen ausgezeichneten Blick auf den Pool hatte. Ich spähte hinauf zu den Balkonen, die auf den Pool hinausgingen, und meine Hand wanderte zu dem unter meinem Haar verborgenen In-Ear-Kopfhörer. Ich hatte die Lautstärke heruntergedreht, damit das weiße Rauschen erträglich war.

»Du bist gefrustet.«

Ich sah auf und bemerkte, dass Michael mich anstarrte.

Er hatte sich auf den Stuhl gegenüber von Lia gesetzt. Seine Hände wanderten zum unteren Rand seines Hemdes, als wolle er es ausziehen. Dann hielt er inne, fuhr sich mit einer Hand durchs Haar und ließ die andere über die Stuhlkante herunterhängen. Er wirkte völlig ruhig, total relaxt.

Es kostete mich viel Kraft, mir nicht die blauen Flecken auf seinem Bauch und seiner Brust vorzustellen.

»Schau mich nicht so an«, sagte Michael leise. »Nicht du, Cassie.«

Ich fragte mich, was genau er in meinem Gesicht gesehen hatte. Waren es meine Augen oder meine Lippen oder die Spannung in meinem Nacken, die mich verrieten?

Er weiß, dass ich weiß, warum er sein Hemd nicht auszieht.

»Wie schaue ich denn?«, fragte ich und zwang mich, mich zurückzulehnen und die Augen zu schließen. Michael war ein Experte darin, so zu tun, als würden ihn Dinge – und Menschen – nichts angehen. Ich war nicht ganz so geschickt darin, aber ich wollte ihn nicht zwingen, mit mir darüber zu reden.

Wir reden kaum noch miteinander.

Michael räusperte sich. »Na, das könnte interessant werden.«

Ich riss die Augen auf. Michael nickte in Richtung des Erwachsenenbereichs. *Daniel de la Cruz. Der Professor. Person von Interesse Nummer zwei.* Eine Sekunde vor Lia erkannte ich den Mann. Nach kurzem Überlegen rollte sie sich aus ihrem Liegestuhl und warf sich ihren langen Pferdeschwanz über die Schulter. Während Lia hinüberschlenderte und sich unter dem Seil duckte und Dean etwas murmelte, das verdächtig nach *keine gute Idee* klang, ging ich noch einmal durch, was ich über Daniel de la Cruz wusste. *Intensiv. Perfektionistisch.* Und doch stand er da, kurz vor Mittag, mit einem Drink in der Hand.

Du trinkst ihn nicht, wurde mir klar, nachdem ich de la Cruz einen Moment beobachtet hatte. Er war ein Mann, der genau wusste, wie er wahrgenommen wurde – und wie er diese Wahrnehmung manipulieren konnte. Er nahm Blickkontakt mit einer Frau auf, die in der Nähe stand.

Sie lächelte.

Für dich ist alles ein Algorithmus. Alles ist vorausberechenbar. Ich konnte nicht genau sagen, was mir diesen Eindruck vermittelte – die Passform seiner Badehose? Die Wachsamkeit seines Blicks? *Du hast in Mathematik promoviert. Was für ein Professor spielt nebenbei professionell Poker?*

Bevor ich zu Antworten gelangen konnte, stieß Lia mit de la Cruz zusammen. Er konnte sein Glas gerade noch halten, kurz bevor er den Inhalt über sie verschüttet hätte. *Gute Reflexe.*

Neben mir konnte ich fast *hören,* wie Dean mit den Zähnen knirschte.

»Sie wird's überleben«, murmelte ich, obwohl ich an unser UNSUB dachte, an die Fibonacci-Folge, an die Sorgfalt, mit der die ersten beiden Morde geplant worden waren.

»Sie wird's überleben«, murmelte Dean. »Während *ich* einen Herzinfarkt kriege.«

»Was habe ich dir gesagt, Jonathan?« Eine scharfe Stimme unterbrach meine Gedanken. Zu meiner Linken schlenderte ein Mann mit perfekt frisiertem Haar und einer verärgerten Miene auf einen kleinen Jungen von vielleicht sieben oder acht Jahren zu. Was auch immer der Junge erwiderte, es gefiel dem Mann nicht. Er machte einen weiteren Schritt auf das Kind zu.

Neben mir spannte sich Michaels ganzer Körper an. Einen Moment später war er wieder so locker, dass ich mich fragte, ob ich mir das nur eingebildet hatte. Träge erhob er sich und wischte ein unsichtbares Staubkorn von seinem Hemd, während er auf den Mann und den Jungen zusteuerte.

»Dean«, sagte ich mit Nachdruck.

Dean war schon auf den Beinen.

»Ich behalte Lia im Auge«, sagte ich zu ihm. »Folge ihm.«

Michael setzte sich an einen Tisch neben den Jungen und seinen Vater. Er lächelte freundlich und starrte auf den Pool, aber ich wusste, dass seine Position nicht zufällig gewählt war. Michael hatte gelernt, Gefühle zu lesen, um sich vor den Launen seines scheinbar perfekten Vaters zu schützen. Wut war die Emotion, die ihn am meisten aus der Fassung brachte. Aber was war mit der Art von Wut, die sich hinter Masken inmitten scheinbar perfekter Kleinfamilien verbarg?

Diese Wut war nicht nur ein Auslöser. Sie war eine tickende Zeitbombe.

Dean setzte sich zu Michael an den Tisch. Michael legte seine Füße auf einen freien Stuhl, als würde er sich um nichts in der Welt kümmern.

Wie ich es Dean versprochen hatte, richtete ich meine Aufmerksamkeit wieder auf Lia und den Professor.

»Sie scheinen ziemlich gut über den Stand unserer Ermittlungen informiert zu sein.«

Es dauerte einen Moment, bis ich merkte, dass sich der Ton in meinem In-Ear-Kopfhörer wieder eingeschaltet hatte. Briggs' Stimme war klar, aber die Antwort klang gedämpft. Ich legte den Kopf schräg und ließ mir die Haare ins Gesicht fallen, um die Lautstärke zu regulieren.

»Es ist wichtig für mich, Bescheid zu wissen. Das erste Mädchen ist auf meiner Party gestorben und Camille war so etwas wie eine Freundin. Für einen Mann in meiner Position zahlt es sich aus, über seine Freunde Bescheid zu wissen.«

Ich ließ meinen Blick über die Balkone schweifen. Dort, ganz oben unter der Kuppel, konnte ich drei Gestalten ausmachen. Zwei von ihnen trugen Anzüge. *Mullins und Briggs.*

Nicht nur ich hatte sie bemerkt. Auf der anderen Seite des Pools hatte der Professor ebenfalls Wesley und die Agenten ins Visier genommen. *Sie sind äußerst aufmerksam, Professor. Und Sie sind sehr stolz darauf.*

Ich suchte Lias Aufmerksamkeit und hielt ihren Blick für eine Sekunde fest. Sie sagte etwas zu de la Cruz und kam dann wieder auf mich zu. Mit einer fließenden, perfekt einstudierten Bewegung zog sie das Haargummi aus ihrem Haar und ließ die tiefschwarzen Strähnen über ihren Rücken fallen. Als sie neben mir Platz genommen hatte, setzte sie ihren In-Ear-Kopfhörer wieder ein.

»Ich nehme nicht an, dass Sie sich dazu überreden lassen, uns die Quelle Ihres Wissens über den Camille-Holt-Fall mitzuteilen?«, fragte Agent Mullins. Es war seltsam, ihre Stimme zu hören, während ich nur ihre Silhouette auf dem Balkon sehen konnte.

»Ziemlich sicher nicht«, antwortete Wesley sanft. »Aber James wird Ihnen *nur zu gerne* meine Alibis für jeden der letzten vier Abende geben.«

Lias Gesichtsausdruck verriet deutlich ihre Skepsis, dass Assistent James dem FBI in irgendeiner Weise gerne behilflich sein würde. Ich drehte mich um und versuchte, die Aufmerksamkeit der Jungs auf mich zu lenken, aber Michael und Dean waren beide verschwunden.

Genau wie der Junge und sein Vater.

Während ich die Menge absuchte, lieferte die Stimme von Agent Mullins den Soundtrack. »Sie sind ein intelligenter Mann«, sagte sie zu Wesley und schmeichelte seinem Ego. »Was, glauben Sie, ist Camille Holt zugestoßen?«

Schließlich entdeckte ich Michael, der an einem Imbissstand mit

Kamelmotiven lehnte. Ein paar Meter weiter standen der Junge und sein Vater am Anfang der Schlange. Als ich Dean suchte, erblickte ich ihn hinter einer dichten Traube von Frauen um die vierzig, durch die er sich einen Weg zu Michael bahnte.

»Was ich glaube?«, sagte Wesley über Funk. »Ich glaube, an Ihrer Stelle würde ich mich besonders für Tory Howards einzigartige Fähigkeiten interessieren.«

Ein paar Meter von Michael entfernt griff der kleine Junge nach einer Eiswaffel. Er lächelte seinen Vater an. Sein Vater lächelte zurück.

Ich atmete innerlich erleichtert auf. Dean schob sich weiter durch die Menge und näherte sich Michael. In diesem Moment geschahen zwei Dinge gleichzeitig. Auf der Tonspur bat Agent Briggs Thomas Wesley, seine Bemerkung über Torys Fähigkeiten genauer auszuführen, und in der Nähe des Imbissstandes stolperte der kleine Junge und das Eis fiel aus seiner Waffel auf den Boden.

Die Welt bewegte sich in Zeitlupe, während der kleine Junge erstarrte. Der Vater griff nach seinem Sohn, seine Hand schloss sich um dessen Arm, während er ihn grob zur Seite zerrte.

Michael stürzte nach vorne. Gerade war er noch einen oder zwei Meter von Dean entfernt gewesen, im nächsten Moment riss er die Hand des Vaters von seinem Sohn weg und holte aus, um dem Mann mit voller Wucht ins Gesicht zu schlagen.

»Ich bin überrascht, dass Sie das nicht wissen.« Wesleys Stimme durchdrang meine Bestürzung. »Tory Howard ist eine akzeptable Magierin, aber ihr wahres Talent ist die Hypnose.«

KAPITEL 23

Der Mann, den Michael angegriffen hatte, schlug zurück. Michael ging zu Boden. Er blieb nicht liegen.

Ich wollte losrennen, aber Lia baute sich vor mir auf. »Dean hat das im Griff.«

Ich versuchte, sie zu umrunden.

»Halt dich zurück, Cassie«, sagte Lia mit tiefer Stimme, ihr Gesicht weniger als einen Zentimeter von meinem entfernt. »Das Letzte, was einer von ihnen gebrauchen kann, ist, dass du in eine Schlägerei verwickelt wirst.« Sie schob ihren Arm unter meinen. Von außen sahen wir aus wie beste Freundinnen, aber ihr Griff war eisenhart. »Außerdem«, fügte sie grimmig hinzu, »muss jemand Schadensbegrenzung betreiben.«

In diesem Moment bemerkte ich, dass die Tonübertragung wieder unterbrochen war. Der Balkon, auf dem kurz zuvor noch Mullins, Briggs und Thomas Wesley gestanden hatten, war leer.

Dean musste Michael mit körperlicher Gewalt zurückhalten, indem er ihn hart gegen seinen eigenen Körper presste. Der Sicherheitsdienst wurde gerufen. Michael entging nur knapp einer Verhaftung.

Zu behaupten, dass unsere Vorgesetzten über unseren unerlaubten Ausflug nicht gerade erfreut waren, wäre eine Untertreibung gewesen. Zu behaupten, dass sie über Michaels Zusammenstoß mit dem Gesetz *noch* weniger erfreut waren, wäre die Untertreibung des Jahrhunderts gewesen.

Judd erwartete uns in der Lobby des Majesty. An seiner Haltung – der Stand etwas breiter als üblich, die Arme vor der Brust verschränkt –

konnte ich erkennen, dass er einen Anruf von Mullins und Briggs erhalten hatte.

Neben mir zuckte Michael zusammen. Nicht wegen seiner geschwollenen Lippe oder der Platzwunde über seinem sich bläulich verfärbenden Auge, sondern weil er an der leichten Anspannung in Judds Gesicht genau erkennen konnte, in welchen Schwierigkeiten wir steckten.

Als wir ihn erreichten, drehte sich Judd wortlos um und stapfte zum Aufzug. Wir folgten ihm dicht auf den Fersen. Er sagte kein Wort, bis sich die Fahrstuhltüren geschlossen hatten.

»Ihr habt Glück, dass das nicht genäht werden muss«, sagte Judd zu Michael. Bei seinem Tonfall beschlich mich ein mulmiges Gefühl, schließlich waren wir alle in einem Aufzug mit einem ehemaligen Elitesoldaten gefangen, der einen erwachsenen Mann mit seinem kleinen Finger töten konnte.

»Die Audioübertragung brach ab, während Briggs und Mullins Thomas Wesley befragten«, sagte Lia. »Wir haben nur versucht, in Reichweite zu bleiben.«

Ich öffnete den Mund, um das zu bestätigen, aber Judd hielt mich auf. »Stopp«, sagte er. »Wir sind hier in Vegas. Ihr seid Teenager, die in einer Hotelsuite eingesperrt sind. Ich schließe hier keine Wetten ab, aber wenn ich darauf wetten sollte, was da bei euch abgelaufen ist, ständen meine Chancen ziemlich gut.«

»Wenn Sie ein Zocker wären«, sagte Michael träge, »dann wären Sie jetzt unten im Casino.«

Judd streckte die Hand aus und drückte den Nothaltknopf. Der Aufzug kam ruckartig zum Stehen. Er drehte sich um und starrte Michael wortlos an.

Die Sekunden vergingen, fast eine Minute lang.

»Es tut mir leid.« Michael richtete seine Entschuldigung mehr an die Decke als an Judd. »Manchmal überkommt es mich einfach.«

Ich fragte mich, ob Michael sich damit für seine Respektlosigkeit entschuldigte oder für das, was er im Pool getan hatte.

»Was glaubst du, was passiert«, sagte Judd leise, »wenn der Mann, den du geschlagen hast, mit seinem Jungen heute Abend nach Hause kommt?«

Die Frage saugte den Sauerstoff aus der Luft. Judd drückte den Knopf und der Aufzug setzte sich abrupt wieder in Bewegung. Ich brachte es nicht über mich, Michael anzusehen, denn es gab nichts – *nichts* –, was Judd hätte sagen können, um ihn noch mehr zu treffen.

Endlich öffneten sich die Fahrstuhltüren. Judd und ich stiegen als Letzte aus. Ich konnte nicht umhin, ihm einen Blick zuzuwerfen, als ich in den Flur trat.

»Achter Mai«, sagte Judd leise. »Diesen Mai sind es sechs Jahre.« Er ließ mir gerade genug Zeit, das Datum zu verdauen – zu überlegen, worauf es sich bezog –, bevor er fortfuhr. »Wenn ich ein richtiger Mistkerl sein muss, um nicht noch ein Kind begraben zu müssen, dann, Cassie, kann ich ein richtiger Mistkerl sein.«

Die Muskeln in meiner Kehle verkrampften sich. Judd marschierte an mir und den anderen vorbei und erreichte als Erster die Tür zu unserer Suite. Er öffnete sie und erstarrte.

Mein Herz pochte, und ich beeilte mich, ihn einzuholen. *Was konnte einen gestandenen Soldaten so aus der Fassung bringen?* In den ein, zwei Sekunden, bevor ich es mit eigenen Augen sah, gab mir mein Verstand die schlimmstmögliche Antwort.

Sloane.

Ich erreichte den Eingangsbereich. Lia, Michael und Dean standen dort, ebenso erstarrt wie Judd. Das Erste, was ich sah, war Rot.

Rote Flecken. Rote Streifen. Rot an den Fenstern.

Sloane drehte sich um und strahlte uns an. »Hallo, Leute!«

Ich brauchte einen Moment, um zu begreifen, dass sie da war und dass es ihr *gut* ging. Es dauerte noch ein paar Sekunden, bis ich begriff, dass das Rot an den Fenstern *Zeichnungen* waren.

»Was zum Teufel, Sloane?« Lia war die Erste, die ihre Stimme wiederfand.

»Ich brauchte eine größere Fläche zum Schreiben.« Sloane ließ die Kappe des Markers in ihrer Hand auf- und zuklicken. »Das geht schon wieder ab«, sagte sie. »Vorausgesetzt, ich habe einen abwischbaren Marker genommen und keinen wasserfesten.«

Während ich das Gesehene verarbeitete, ging ich zu dem Diagramm, das Sloane auf das Panoramafenster skizziert hatte.

»Es gibt eine vierundsiebzigprozentige Chance, dass es sich entfernen lässt«, korrigierte Sloane ihre vorherige Aussage. »Die gute Nachricht ist«, sagte sie und drehte sich um, um ihre Arbeit zu begutachten, »ich weiß, wo der Mörder als Nächstes zuschlagen wird.«

KAPITEL 24

»Ich habe eine maßstabsgetreue Karte des Strip mit den Tatorten der ersten vier Morde gezeichnet.« Sloane tippte jedes Mal auf ein rotes X, während sie die Orte aufzählte. »Der Pool auf dem Dach des Apex, die Bühne im Haupttheater des Wonderland, die genaue Stelle, an der Eugene Lockhart saß, als er erschossen wurde, und ...« Sloane hielt vor dem letzten X inne. »Die östlichste Toilette im Casino des Majesty.« Sie sah uns erwartungsvoll an. »Bei dem Muster des UNSUBs geht es nicht darum, *wo und in welchem Casino* es zugeschlagen hat. Es geht um die genauen Koordinaten des Mordes!«

Ein konzentrierter Ausdruck breitete sich auf Deans Gesicht aus. »Koordinaten, so wie Längen- und Breitengrad?«

Ich spürte, wie er bereits begann, sich in den Mörder hineinzuversetzen und diese Information zu integrieren, als Sloane widersprach.

»Nicht Breitengrad. Nicht Längengrad.«

Sie öffnete die Kappe ihres Stifts und zog eine gerade Linie, die die ersten beiden Opfer miteinander verband. Dann verband sie das zweite Opfer mit dem dritten und das dritte mit dem vierten. Schließlich fügte sie fünf weitere Markierungen hinzu, die innerhalb der Grenzen des Majesty eng beieinanderlagen. Sie verband sie mit den anderen, eine nach der anderen, und drehte sich dann mit leuchtenden Augen zu uns um.

»Seht ihr es jetzt?«

Es war eindeutig.

»Es ist eine Spirale«, sagte Dean.

Auf seine Worte hin ging Sloane noch einmal darüber und zeichnete über jede der geraden Linien einen Bogen. Dadurch sah das Muster aus wie eine Muschel.

»Nicht nur *eine* Spirale«, sagte Sloane und trat einen Schritt zurück. »Eine Fibonacci-Spirale!«

Lia ließ sich auf das Sofa fallen und starrte auf Sloanes Diagramm. »Ich wage mal eine Vermutung: Es hat etwas mit der Fibonacci-Folge zu tun.«

Sloane nickte nachdrücklich. Voller Tatendrang blickte sie zum Fenster und sprang, als sie keinen Platz mehr zum Schreiben fand, zur angrenzenden Wand.

»Versuchen wir es diesmal mit Papier«, warf Judd leise ein. Sloane sah ihn mit großen Augen an.

»Papier«, sagte sie, als wäre es ein Wort einer ihr völlig fremden Sprache. »Gut.«

Judd reichte ihr ein Blatt. Sie kniete sich auf den Boden und begann zu zeichnen. »Die erste Zahl in der Fibonacci-Folge, die nicht null ist, ist eins. Also zeichnest du ein Quadrat, bei dem jede Seite eine Einheit lang ist«, sagte sie und tat genau das.

Unter dieses Quadrat zeichnete sie ein zweites, identisches Quadrat. »Die nächste Zahl in der Reihe ist auch eins. Jetzt hast du also eins und eins …«

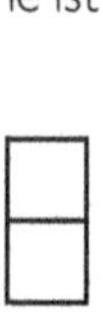

»Und eins plus eins ist?« Sie wartete die Antwort nicht ab. »Zwei.« Wieder ein Quadrat, diesmal doppelt so groß wie das erste.

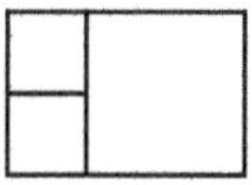

»Zwei plus eins ist drei. Drei plus zwei ist fünf. Fünf plus drei ist acht …« Sloane zeichnete weiter gegen den Uhrzeigersinn, bis ihr der Platz ausging.

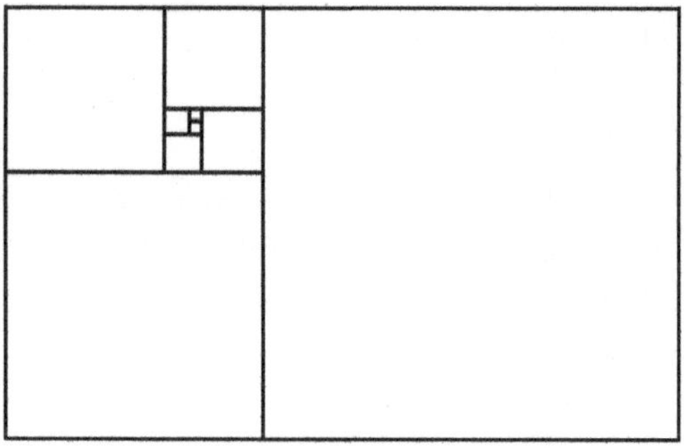

»Jetzt stellt euch vor, ich mache weiter«, sagte sie und warf Judd einen scharfen Blick zu, den ich so interpretierte, dass er einen schweren Fehler gemacht hatte, als er ihr verbot, auf die Wand zu zeichnen. »Und stellt euch vor, ich mache *Folgendes* …« Sie begann, Bögen durch die Diagonalen der einzelnen Quadrate zu zeichnen.

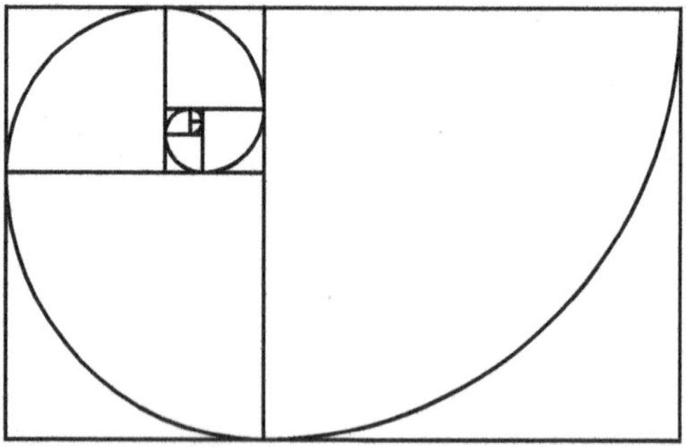

»Wenn ich so weitermache«, sagte sie, »und noch zwei weitere Quadrate hinzufüge, würde es genau« – sie wandte sich der Spirale am Fenster zu – »so aussehen.«

Ich blickte von Sloanes Zeichnung auf den Plan von Vegas, den sie an das Fenster gezeichnet hatte. Sie hatte recht. Von der Spitze aus bewegte sich der Mörder spiralförmig nach innen. Und wenn Sloanes Berechnungen stimmten – und ich hatte keinen Grund, daran zu zweifeln –, dann tat unser UNSUB dies auf präzise und vorhersehbare Weise.

Sloane begann, die Zahlen der Fibonacci-Folge an den Rand des Blattes zu kritzeln, und ich erinnerte mich daran, wie sie uns das erste Mal von der Fibonacci-Folge erzählt hatte: Sie sei überall. Sie sei schön.

Und sie hatte gesagt, sie sei die *Perfektion.*

Das ist es, was du siehst, wenn du dieses Muster betrachtest. Ich sprach mit dem UNSUB. *Seine Schönheit. Tätowiert auf das Handgelenk von Alexandra Ruiz. Eingebrannt in das des Magiers. Auf die Haut des alten Mannes geschrieben. Eingeritzt in Camilles Fleisch.*

Du sendest nicht nur eine Botschaft. Du erschaffst etwas.

Etwas Schönes.

Etwas Heiliges.

»Wo ist der nächste Ort?«, fragte Dean. »Der nächste Kill-Point auf der Spirale – wo liegt er?«

Sloane drehte sich wieder zum Fenster und tippte mit dem Finger direkt unter das fünfte X, das sie gezeichnet hatte. »Hier«, sagte sie. »Im Majesty. Alle anderen Kill-Points sind hier. Je näher man dem Mittelpunkt der Spirale kommt, desto dichter liegen sie beieinander.«

»Wo im Majesty?«, fragte Dean.

Wenn das UNSUB weiterhin jeden Tag einen Menschen tötete, könnte der nächste Mord vielleicht schon in wenigen Minuten geschehen, nicht erst in ein paar Stunden.

»Der Große Ballsaal«, murmelte Sloane und starrte versunken auf das Muster, das auf das Fenster gezeichnet war. »Dort muss es sein.«

DU

Als Nächstes kommt das Messer.

Wasser. Feuer. Den Alten mit einem Pfeil aufspießen. Camille erwürgen. Dann kommt das Messer. So wird es gemacht. So muss es sein.

Du sitzt auf dem Boden, mit dem Rücken zur Wand, balancierst die Klinge sorgfältig auf einem Knie.

Wasser.

Feuer.

Durchbohren.

Erwürgen.

Eins, zwei, drei, vier …

Das Messer ist Nummer fünf. Du atmest die Details der Waffe ein: das genaue Gewicht der Klinge, die Geschwindigkeit, mit der du sie durch die Kehle deines nächsten Opfers ziehen wirst.

Du atmest aus.

Wasser. Feuer. Durchbohren. Erwürgen. Dann kommt das Messer. Und dann – Und dann –

Du weißt, wie es endet. Du bist der Barde, der die Geschichte erzählt. Du bist der Alchimist, der das Muster entfaltet.

Aber jetzt zählt nur die Klinge und das ständige Heben und Senken deines Brustkorbs und das Wissen, dass alles, wofür du so hart gearbeitet hast, endlich in Erfüllung gehen wird.

Beginnend mit Nummer fünf.

KAPITEL 25

Das FBI überwachte den Großen Ballsaal. Für diejenigen von uns, die *keine* Lizenz zur Überwachung hatten, wurde der Tag schnell zu einem Geduldsspiel. Der Nachmittag ging langsam in den Abend über. Je dunkler es wurde, desto heller strahlten die Lichter außerhalb unserer rot beschrifteten Fenster und desto heftiger schlug mein Herz in meiner Brust.

Erster Januar. Zweiter Januar. Dritter Januar. Vierter Januar. Immer wieder dachte ich daran, dass heute der fünfte war. *Vier Leichen in vier Tagen. Bald kommt Nummer fünf. So denkst du über sie, nicht wahr? Nicht als Menschen. Sondern als Zahlen. Dinge, die du zählen kannst. Ein Teil deiner Gleichung.*

Ich musste an das Foto in der Akte meiner Mutter denken, das Skelett, sorgfältig in ein königsblaues Tuch gehüllt. Dean hatte aus der Art, wie der Leichnam bestattet worden war, Reue herausgelesen. Ich konnte den Kontrast nicht übersehen.

Du empfindest keine Reue. Ich zwang mich, mich auf den Vegas-Killer zu konzentrieren. Damit konnte ich umgehen. Damit kam ich klar. *Warum solltest du? Es gibt Milliarden von Menschen auf der Welt und du hast nur einen kleinen Prozentsatz von ihnen getötet. Eins, zwei, drei, vier ...*

»Okay, Schluss jetzt.« Lia kam aus ihrem Zimmer, warf einen Blick auf den Rest von uns und stürmte in die Küche. Ich hörte, wie sie mit einem lauten Knall den Gefrierschrank öffnete. Sekunden später war sie wieder da. Sie warf Michael etwas zu. »Ein gefrorener Waschlappen«, sagte sie zu ihm. »Leg ihn dir aufs Auge und hör auf zu grübeln, denn ich glaube, wir alle wissen, dass Dean diesen Markt bereits beherrscht.«

Lia wartete nicht ab, ob Michael ihre Anweisungen befolgte, bevor sie sich ihrem nächsten Ziel zuwandte. »Dean«, sagte sie mit leicht bebender Stimme, »ich bin schwanger.«

Deans Augenlid zuckte. »Nein, bist du nicht.«

»Wer kann das schon sagen?«, entgegnete Lia. »Der Punkt ist, dass es niemandem hilft, hier zu sitzen, darauf zu warten, dass das Telefon klingelt, und in Gedanken die schlimmsten Szenarien durchzuspielen.«

»Was schlägst du also vor, was wir tun sollen?«, fragte ich.

Lia betätigte einen Schalter und eine Verdunkelung senkte sich langsam vor die Fensterwand – und vor Sloanes Notizen. Sloane stieß ein empörtes Quieken aus, aber Lia kam jeder konkreten Beschwerde zuvor.

»Ich schlage vor«, sagte Lia, »dass wir die nächsten drei Stunden und siebenundzwanzig Minuten damit verbringen, uns wie *richtige* Teenager zu benehmen.« Sie ließ sich auf die Couch zwischen Dean und mir fallen. »Wer hat Lust, ›Zwei Wahrheiten und eine Lüge‹ zu spielen?«

»Ich bin aus nicht weniger als vier Internaten geflogen.« Michael zuckte mit den Augenbrauen, wobei sein Tonfall keinen Hinweis darauf gab, ob das, was er sagte, der Wahrheit entsprach oder nicht. »Mein Lieblingsfilm ist *Zurück nach Hause.«*

Ist das nicht der mit den verirrten Haustieren, die versuchen, den Weg nach Hause zu finden?, dachte ich.

»Und«, schloss Michael, »ich überlege ernsthaft, heute Nacht in Reddings Zimmer zu gehen und ihm im Schlaf meine Initialen auf den Schädel zu rasieren.«

Drei Aussagen. Zwei davon wahr. Eine gelogen. »Nummer drei«, sagte Dean düster. »Die Lüge ist Nummer drei.«

Michael schaffte es nicht ganz, mit seiner dicken Lippe ein schelmisches Lächeln aufzusetzen, aber er gab sein Bestes.

Lia lag bäuchlings auf dem Teppich und stützte sich auf die Ellbogen. »Aus *wie vielen* Internaten bist du schon rausgeflogen?«, fragte sie.

Michael gab Dean einen Moment Zeit, um die Tatsache zu verarbeiten, dass unser Lügendetektor seine erste Aussage als Lüge eingestuft hatte. »Drei«, sagte er zu Lia.

»Faulpelz«, antwortete sie.

»Es ist nicht meine Schuld, dass Mullins und Briggs mich noch nicht gefeuert haben.« Michael fuhr sich mit dem Daumen über den Rand seiner aufgeplatzten Lippe und hatte einen seltsamen Glanz in den Augen. »Ich bin eindeutig eine Belastung. Und die beiden sind kluge Leute. Rausschmiss Nummer vier ist nur eine Frage der Zeit.«

Lieber bringst du jemanden aktiv dazu, dich rauszuschmeißen, als ihnen die Entscheidung selbst zu überlassen, dachte ich und verstand mehr, als mir lieb war.

»Zurück nach Hause?« Dean warf Michael einen Blick zu. »Ernsthaft?«

»Was soll ich sagen?«, antwortete Michael. »Ich habe nun mal eine Schwäche für süße Welpen und kleine Kätzchen.«

»Das scheint mir statistisch unwahrscheinlich«, sagte Sloane. Sie starrte Michael ein paar Sekunden lang an und zuckte dann mit den Schultern. »Ich bin dran.« Sie biss sich auf die Unterlippe. »Die durchschnittliche Wurfgröße bei Beagles beträgt sieben Welpen.« Sloane stockte, dann folgte eine zweite Aussage. »Das Wort *Spachtel* leitet sich vom griechischen Wort *spathe* ab, was breite, flache Klinge bedeutet.«

Sloane verstand die Feinheiten des Spiels nicht ganz, aber sie wusste, dass sie zwei richtige und eine falsche Aussage machen musste. Sie knetete ihre Hände in ihrem Schoß. Auch wenn ihre Wahrheiten nicht so offensichtlich gewesen wären, war klar, dass sie sich jetzt auf eine Lüge vorbereitete. »Der Mann, dem dieses Casino gehört«, sagte sie, und plötzlich sprudelten die Worte aus ihr heraus, »ist nicht mein Vater.«

Sloane hatte ihr ganzes Leben damit verbracht, dieses Geheimnis für sich zu behalten. Sie hatte es mir anvertraut. Sie hatte sich nicht überwinden können, es den anderen zu sagen – aber sie konnte lügen. Schlecht natürlich, wenn sie das in einem Spiel tat, in dem es darum ging, Lügen zu erkennen.

Ich spürte, wie die anderen sie am liebsten mit Fragen bombardiert hätten, aber niemand sagte ein Wort.

»Ihr müsst raten.« Sloane schluckte, dann sah sie von ihrem Schoß auf. »Ihr *müsst.* So sind die Regeln.«

Michael stupste Sloane mit dem Fuß an. »Ist es das mit den Beagles?«

»Nein«, sagte Sloane. »Nein, das ist es nicht.«

»Das wissen wir.« Deans Stimme war so sanft, wie ich sie noch nie gehört hatte. »Wir wissen, was die Lüge ist, Sloane.«

Sloane stieß einen langen Atemzug aus. »Nach meinen Berechnungen wäre jetzt der richtige Zeitpunkt, mich zu umarmen.«

Neben ihr breitete Dean die Arme aus und Sloane schmolz förmlich in seiner Umarmung dahin.

»Hebt eure Hand, wenn ihr nicht wusstet, dass Dean ein Umarmer ist«, sagte Michael und hob seine eigene. Lia schnaubte.

»Die Umarmung ist jetzt beendet.« Sloane löste sich von Dean. »Zwei Wahrheiten und eine Lüge. Jemand anderes ist an der Reihe«, sagte sie streng.

Ich gehorchte. »Ich bin noch nie hypnotisiert worden.« *Wahr.* »Ich bin sehr gelenkig.« *Lüge.* Ich dachte an Sloane, die uns ihr Herz geöffnet hatte. »Die Behörden haben eine Leiche gefunden, die sie für meine Mutter halten.«

Sloane hatte den anderen die Wahrheit gesagt. Das war ich ihnen schuldig, auch wenn Dean und Lia es bereits wussten.

»Ich habe nie einen körperlichen Hinweis darauf gesehen, dass du hyperflexibel bist«, sagte Sloane. Ihre Hände erstarrten im Schoß. »Oh.« Die Erkenntnis, dass ich die Wahrheit über die Leiche gesagt hatte, überwältigte sie, und sie zögerte. »Meinen Berechnungen zufolge …«, begann sie, und dann stürzte sie sich einfach auf mich.

Wir könnten dieses Spiel ebenso gut »Zwei Wahrheiten, eine Lüge und eine Umarmung« nennen, dachte ich, aber irgendetwas an der körperlichen Berührung drohte die Mauer einzureißen, die ich in meinem Kopf zwischen mir und dem dunklen Ort errichtet hatte.

»Ich bin wieder dran.« Michael schaute mir in die Augen. Ich wartete darauf, dass er etwas sagen würde, etwas Wahres, etwas Reales. »Das mit deiner Mutter tut mir leid«, sagte er. *Wahr.* Er drehte sich zu Sloane um. »Ich würde deinen Vater gern schlagen, wenn sich die Gelegenheit ergibt.« *Wahr.* Dann lehnte er sich auf seine Handballen zurück. »Und ich habe großmütig beschlossen, meine Initialen nicht in Deans Kopf zu rasieren.«

Dean warf Michael einen bösen Blick zu. »Ich schwöre bei Gott, Townsend, wenn du ...«

»Du bist dran, Lia«, unterbrach ich ihn. Angesichts Lias unheimlicher Fähigkeit, alles wahr klingen zu lassen, waren ihre Runden bei Weitem die schwierigsten.

Lia tippte nachdenklich mit den Fingerspitzen auf den Couchtisch. Der gleichmäßige Rhythmus ihres Klopfens ließ meinen Blick wieder zu der Uhr an der Wand wandern. Wir spielten schon seit Stunden. Mitternacht rückte immer näher. »Ich habe einen Mann getötet, als ich neun Jahre alt war.« Lia tat, was sie am besten konnte – sie sorgte für Ablenkung. »Ich überlege gerade, wie ich *Michaels* Kopf rasieren kann, während er schläft. Und«, schloss sie mit unverändertem Tonfall, »ich bin in einer Sekte aufgewachsen.«

Zwei Wahrheiten und eine Lüge. Lias Ablenkung funktionierte. Im Alter von dreizehn Jahren, kurz bevor sie in die Akademie gekommen war, hatte Lia auf der Straße gelebt. Ich wusste, dass sich die Fähigkeit zu lügen in bestimmten Umgebungen entwickelt – und keine davon war gesund.

Als ich neun Jahre alt war, habe ich einen Mann getötet.

Ich bin in einer Sekte aufgewachsen.

Judd kam ins Zimmer. Ich war so vertieft in das, was Lia gerade gesagt hatte – und versuchte herauszufinden, was davon wahr war –, dass ich einige Sekunden brauchte, um den grimmigen Ausdruck in Judds Gesicht zu registrieren.

Ich schaute auf die Uhr, eine Minute nach Mitternacht. *Sechster Januar.*

Mullins hat angerufen, dachte ich. Mein Herz schlug bis zum Hals, meine Handflächen waren plötzlich schweißnass.

»Was gibt es Neues?«, fragte Dean den älteren Mann leise.

Judd warf Sloane einen kurzen Blick zu, dann beantwortete er Deans Frage. »Nichts.«

KAPITEL 26

Das FBI überwachte weiterhin den Großen Ballsaal des Majesty. Nichts am 6. Januar. Nichts am 7. Januar. Am 8. Januar saß Agent Mullins in unserer Suite, als ich aufwachte. Sie und Dean waren in der Küche und unterhielten sich leise. Judd stand am Herd und machte Pfannkuchen. Für einen Moment hatte ich das Gefühl, wieder zu Hause in Quantico zu sein.

»Cassie«, sagte Agent Mullins, als sie mich in der Tür stehen sah. »Komm. Setz dich.«

Ich blickte von Mullins zu Dean und tat, wie mir geheißen. Ein Teil von mir erwartete Neuigkeiten, aber gleichzeitig nahm ich wahr, wie Agent Mullins mich begrüßte, ihre Körperhaltung, die Tatsache, dass Judd ihr einen Teller mit Pfannkuchen hinstellte, und auch einen für Dean und mich.

Du bist nicht hier, weil du Neuigkeiten hast. Du bist hier, weil du keine hast.

»Immer noch nichts?«, fragte ich. »Ich verstehe das nicht. Selbst wenn Sloane sich mit dem Ort geirrt hat, müsste es doch …«

Eine weitere Leiche geben. Vielleicht sogar *mehrere*.

»Vielleicht habe ich das FBI bemerkt und mich zurückgezogen«, sagte Dean und versetzte sich in die Lage des UNSUBs. »Oder vielleicht bin ich dazu übergegangen, die Leichen zu verstecken.«

»Nein.« Mein Instinkt verriet mir die Antwort, bevor ich über die Gründe nachdenken konnte. »Du hast die Ergebnisse deiner Arbeit nicht versteckt. Du wolltest, dass die Polizei die Zahlen sieht. Du wolltest, dass sie wissen, dass es keine Unfälle waren.«

Du willst, dass wir die Schönheit in dem sehen, was du tust. Das Muster. Die Eleganz.

»Das ist nicht einfach ein Mord«, murmelte Dean. »Das ist eine Inszenierung. Das ist Kunst.«

Ich dachte an Alexandra Ruiz, wie sie mit ausgebreitetem Haar auf dem Bürgersteig lag, an den Bühnenzauberer, der bis zur Unkenntlichkeit verbrannt war, an den alten Mann mit dem Pfeil im Herzen. Ich dachte an Camille Holt mit ihrer grauen Haut und ihren unendlich großen blutunterlaufenen Augen.

»Nach der Art der Verbrechen zu urteilen«, unterbrach Agent Mullins' Stimme meine Gedanken, »ist es ziemlich klar, dass wir es mit einem sehr organisierten Mörder zu tun haben. Diese Anschläge waren geplant. Akribisch, bis hin zur Umgehung der Überwachungskameras. Wir haben keine Zeugen. Die Spuren führen nirgendwohin. Alles, was wir haben, ist die Geschichte, die diese Leichen über ihren Killer erzählen – und wie sich diese Geschichte im Laufe der Zeit verändert.«

Sie legte vier Fotos auf den Tisch.

»Sagt mir, was ihr seht«, forderte sie uns auf. Ich verstand ihre Worte als Hinweis, dass nun der Unterricht begann.

Ich betrachtete das erste Bild. Alexandra Ruiz war ein hübsches Mädchen, nicht viel älter als ich. *Du fandest sie auch hübsch. Du hast gesehen, wie sie ertrank, aber du hast sie nicht unter Wasser gehalten. Du hast keine Spuren auf ihrer Haut hinterlassen.*

»Es geht nicht um Gewalt«, sagte Dean. »Ich habe sie nie angefasst. Ich musste es nicht.«

Ich machte da weiter, wo Dean aufgehört hatte. »Es geht dir um Macht.«

»Die Macht, vorauszusehen, was sie tun würde«, fuhr er fort.

Ich konzentrierte mich. »Die Macht, sie zu beeinflussen. Den ersten Dominostein umzuwerfen und zu sehen, wie die anderen fallen.«

»Damit die Rechnung aufgeht«, fügte Dean hinzu.

»Und das zweite Opfer?«, fragte Mullins. »Ging es bei ihm auch nur um Mathematik?«

Ich wandte meine Aufmerksamkeit dem zweiten Bild zu, dem bis zur Unkenntlichkeit verbrannten Körper.

»Ich habe ihn nicht getötet«, murmelte Dean. »Ich habe es geschehen lassen, aber ich habe das Streichholz nicht angezündet. Ich habe zugesehen.«

Du verbringst viel Zeit mit Beobachten, dachte ich. *Du weißt, wie Menschen handeln, und du verachtest sie dafür. Dafür, dass sie auch nur eine Sekunde lang denken, sie seien dir ebenbürtig.*

»Es geht nicht darum, Menschen zu überwältigen«, sagte ich laut, und meine Augen hefteten sich auf Dean. »Es geht darum, sie zu überlisten.«

Dean neigte leicht den Kopf, seine Augen waren auf etwas gerichtet, das keiner von uns sehen konnte. »Niemand weiß, was ich wirklich bin. Sie denken es, aber sie wissen es nicht.«

»Es ist wichtig«, entgegnete ich, »es ihnen zu zeigen. Die Zahlen, das Muster, die Planung – du willst, dass sie es sehen.«

»Wer?«, fragte Agent Mullins. »Wessen Aufmerksamkeit will das UNSUB erregen?« Ich hörte am Ton ihrer Stimme, dass sie sich diese Frage selbst gestellt hatte. Die Tatsache, dass sie auch uns fragte, sagte mir etwas über die Antwort.

»Nicht nur das FBI«, sagte ich langsam. »Nicht nur die Polizei.«

Mullins legte den Kopf zur Seite. »Sagst du mir, was du glaubst, was ich hören will, oder sagst du mir, was dir dein Instinkt verrät?«

Die Zahlen waren wichtig für das UNSUB. *Sie sind dir wichtig, weil sie jemand anderem wichtig sind.* Ich musste daran denken, dass das UNSUB etwas inszenierte. *Aber für wen?*

Ich antwortete auf Mullins' Frage. »Beides.«

Mullins nickte kurz und tippte dann mit dem Finger auf das dritte Foto.

»Der Pfeil«, sagte Dean. »Keine Dominosteine mehr. Ich habe selbst abgedrückt.«

»Warum?«, drängte Mullins. »Macht, Einfluss, Manipulation – und dann plötzlich rohe Gewalt? Wie schafft ein Killer diesen Übergang? *Warum* vollzieht ein Killer diesen Übergang?«

Ich starrte auf das Bild und versuchte, die Logik des UNSUBs zu erkennen. »Die Botschaft auf dem Pfeil«, sagte ich. »*Tertium*. Zum dritten Mal. Für dich ist das alles dasselbe – jemanden zu ertränken oder bei lebendigem Leib verbrennen zu sehen oder den alten Mann mit einem Pfeil zu erschießen, das ist für dich eins.«

Aber es war nicht dasselbe. Das war es, was mich nicht losließ.

Die Art und Weise, wie ein UNSUB tötete, erzählte eine Geschichte über Motive und zugrunde liegende psychologische Bedürfnisse.

Welche Geschichte willst du mir erzählen?

»Camille Holt wurde mit ihrer eigenen Halskette erdrosselt.« Dean fuhr mit dem letzten Bild fort. »Gut organisierte Mörder bringen normalerweise ihre eigenen Waffen zum Tatort mit.«

»Ja«, antwortete Agent Mullins, »das tun sie.«

Strangulieren war etwas Persönliches. Es war körperlich, es ging mehr um Dominanz als um Manipulation.

»Du hast ihr die Zahlen in die Haut geritzt«, sagte ich laut. »Um sie zu bestrafen. Um dich zu bestrafen, weil du nicht perfekt bist.«

Du hast einen Plan. Scheitern ist keine Option.

»Welche Entwicklung beobachten wir hier?«, fragte Agent Mullins.

»Mit jedem Mord wird er gewalttätiger«, sagte Dean. »Und persönlicher. Er eskaliert.«

Agent Mullins nickte kurz. »Eskalation«, sagte sie und verfiel in einen Vortragsmodus, »tritt ein, wenn ein Mörder mit jedem Mord mehr braucht. Das kann sich auf verschiedene Weise äußern. Ein Mörder tötet seine Opfer zunächst mit einem einzigen Messerstich und geht dann dazu über, häufiger zuzustechen. Ein Mörder tötet zunächst einmal pro Woche und dann zwei Opfer an einem Tag. Ein Mörder, der es zuerst auf leicht zu überwältigende Opfer abgesehen hat und dann zu immer schwierigeren Zielen übergeht, auch das bedeutet Eskalation.«

»Und«, fügte Dean hinzu, »ein Mörder, der mit jedem weiteren Mord zu immer gewalttätigeren Mitteln übergeht, eskaliert ebenfalls.«

Ich erkannte die Logik in dem, was sie sagten. »Die Wirkung lässt nach«, sagte ich. »Wie ein Junkie, der sich einen Schuss setzt und immer stärkere Dosen braucht, um jedes Mal denselben Rausch zu erleben.«

»Manchmal«, stimmte Agent Mullins zu. »In anderen Fällen kann die Eskalation Ausdruck eines Kontrollverlusts sein, der durch einen externen Stressfaktor ausgelöst wurde. Oder sie spiegelt die wachsende Überzeugung des Täters wider, unverwundbar zu sein. Wenn das UNSUB immer grandioser wird, spiegelt sich das auch in den Taten wider.«

Du eskalierst. Ich dachte kurz darüber nach. *Aber warum?*

Ich sprach die nächste Frage aus, die mir in den Sinn kam. »Wenn das UNSUB eskaliert«, sagte ich, »warum hört es dann auf?«

»Es konnte nicht.« Deans Stimme war flach.

Vier Leichen in vier Tagen und dann nichts mehr.

»Die meisten Serienmörder hören nicht einfach auf«, sagte Agent Mullins. »Nicht, wenn nicht jemand oder etwas sie stoppt.«

Die Art, wie sie das sagte, verriet mir, dass sie an einen anderen Fall dachte – an einen bestimmten Killer, den sie einmal gejagt hatte und der aufgehört *hatte. Der eine, der entkommen war.*

»Die wahrscheinlichste Erklärung für das plötzliche und dauerhafte Aufhören von Serienmorden«, fuhr Agent Mullins fort, »ist, dass der Täter in einem anderen Fall gefasst wurde oder gestorben ist.«

Ich blickte zu Judd. Seine Tochter war Agent Mullins' beste Freundin gewesen. *Ist der Mörder deiner Tochter tot, Judd? Konnte er untertauchen? Wurde er wegen eines anderen Verbrechens verhaftet?* Zweifellos waren dies Fragen, die sowohl Mullins als auch Judd quälten.

»Wie geht es weiter?«, fragte ich Agent Mullins und unterdrückte den Drang, tiefer in ihre Psyche einzudringen.

»Wir müssen zwei Dinge herausfinden«, antwortete meine Mentorin. »Warum unser UNSUB eskaliert und warum er oder sie aufgehört hat.«

»Niemand hat aufgehört.«

Wir drehten alle unsere Köpfe zur Tür. Sloane stand da, die Haare noch immer vom Schlaf zerzaust. »Er kann nicht einfach *aufhören*«, sagte Sloane stur. »Es ist noch nicht vorbei. Noch nicht. Der Große Ballsaal ist als Nächstes dran.«

Ich konnte es in Sloanes Stimme hören – sie wollte recht haben. Sie musste diese eine Sache richtig gemacht haben.

»Sloane«, sagte Agent Mullins sanft, »es besteht eine Chance, eine gute Chance, dass wir dem Mörder versehentlich einen Tipp gegeben haben. Wir haben das Muster unterbrochen.«

Sloane schüttelte den Kopf. »Wenn man am Anfang der Spirale beginnt und sich nach außen arbeitet, kann man jederzeit aufhören. Aber wenn man außen anfängt und sich nach innen vorarbeitet, gibt es einen Anfang und ein Ende. Das Schema ist festgelegt.«

»Können Sie den Ballsaal weiter überwachen?«, fragte Dean Mullins. Er kannte Sloane so gut wie ich. Er wusste, was das für sie bedeutete – und er wusste, dass ihr Instinkt für Zahlen besser war als der aller anderen.

Agent Mullins' Antwort war wohlüberlegt. »Der Casinobesitzer kam uns entgegen, als wir ihm erklärten, dass der Große Ballsaal ein potenzieller Tatort sein könnte, aber der gute Wille des Managements ist bald erschöpft.« Die Tatsache, dass Agent Mullins den Namen von Sloanes Vater nicht erwähnte, verriet mir, dass sie *genau* wusste, in welcher Beziehung er zu Sloane stand.

»Sagen Sie ihm, er muss geschlossen bleiben«, drängte Sloane. »Sagen Sie ihm, dass das Muster noch nicht vollständig ist. Er muss Ihnen zuhören.«

Dir hört er nie zu. Er hat dich nie wirklich beachtet.

»Ich werde tun, was ich kann«, sagte Agent Mullins.

Sloane schluckte. »Ich werde es herausfinden. Ich werde es besser machen. Ich werde die Antwort finden, das verspreche ich, Sie müssen es ihm nur sagen.«

»Du musst es nicht besser machen«, sagte Agent Mullins. »Du hast alles getan, worum wir dich gebeten haben. Du hast alles richtig gemacht, Sloane.«

Sloane schüttelte den Kopf und zog sich ins Wohnzimmer zurück. Sie drückte auf den Knopf, der den Verdunkelungsvorhang öffnete, und starrte auf die Berechnungen am Fenster. »Ich finde es heraus«, wiederholte sie. »Versprochen.«

KAPITEL 27

Was nun?«, fragte ich Agent Mullins leise. Sie, Dean und ich hatten uns in den Flur außerhalb der Suite zurückgezogen.

»Wir können den Großen Ballsaal für einen weiteren Tag geschlossen halten«, sagte Agent Mullins. »Vielleicht zwei. Aber das FBI und die örtliche Polizei können es sich nicht leisten, mehr als ein paar Teams zur Überwachung abzustellen. Wir haben andere Spuren, denen wir nachgehen müssen.«

»Tory Howard?«, fragte ich.

Agent Mullins hob eine Augenbraue. »Ich nehme an, du hast trotz Michaels Schlägerei diesen Teil unseres Gesprächs mit Thomas Wesley mitbekommen?«

Ich nickte. Damit Dean auch Bescheid wusste, ergänzte ich den Rest. »Wesley hat behauptet, Tory sei besonders gut in Hypnose.«

»Wir haben uns bisher auf die Zahlen und den Ballsaal konzentriert«, antwortete Mullins. Sie senkte die Stimme, damit Sloane sie nicht hören konnte. »Aber vielleicht ist es an der Zeit, anderen Hinweisen nachzugehen.«

Wie hatte unser UNSUB Alexandra Ruiz dazu gebracht, sich die Nummer auf den Arm tätowieren zu lassen? Wie war es möglich, dass sie mit dem Gesicht nach unten in diesem Pool lag, ohne Anzeichen eines Kampfes?

Manipulation. Beeinflussung.

»Hypnose«, wiederholte Dean. Ich konnte förmlich sehen, wie er dachte, dass Tory Howard die Polizei angelogen hatte. Sie hatte etwas zu verbergen.

»Ich muss los«, sagte Agent Mullins. »Ich habe Briggs versprochen, nicht lange weg zu sein. Dean, arbeite weiter am Profil. Warum das UNSUB eskaliert, warum das UNSUB aufgehört hat, alles, was dir noch einfällt.«

»Was ist mit mir?«, fragte ich.

Mullins blickte zurück ins Wohnzimmer. »Ich möchte, dass du Sloane für ein paar Stunden aus der Suite holst und sie von dem Fall ablenkst. Sie hat selbst unter den besten Umständen stark obsessive Tendenzen.«

Dass dies nicht die besten Umstände waren, blieb unausgesprochen.

»Wohin soll ich sie bringen?«, fragte ich.

Agent Mullins' Lippen zogen sich leicht nach oben, sodass ich befürchtete, ihre Antwort würde mir nicht gefallen. »Ich glaube, Lia hat gesagt, sie wolle shoppen gehen.«

»Das passt doch genau zu meinem Typ, oder?« Lia hielt ein schwarz schillerndes Oberteil hoch. Schon auf dem Kleiderbügel war der Schnitt auffällig, mit einem asymmetrischen Ausschnitt und Raffungen an der Taille. Bevor ich antworten konnte, hatte Lia ein zweites Top in der Hand, eine bestickte weiße Bauernbluse. Wenig später gesellte sich ein Rock zu den Blusen: braun und eng tailliert.

Jedes Kleidungsstück, das sie in die Hand nahm, sah aus, als passe es zu einer anderen Persönlichkeit – und genau das war der Punkt. Lia probierte nicht nur Kleider an. Sie probierte Persönlichkeiten an.

Mit neun Jahren habe ich einen Mann getötet.

Ich bin in einer Sekte aufgewachsen.

Ich hatte keine Ahnung, was davon wahr war. Und genau das wollte Lia.

»Siehst du etwas, das dir gefällt, Sloane?«, fragte ich meine Zimmergenossin. Sloane hatte die Suite nicht verlassen wollen. Schließlich hatte ich sie mit der Aussicht auf einen Espresso gelockt.

Als Antwort auf meine Frage schüttelte Sloane den Kopf, aber ich bemerkte, wie sie mit einer Hand leicht über ein weißes Oberteil strich, das mit drei kunstvollen lila Tupfen verziert war.

»Probier es an«, schlug Judd mürrisch vor. Logischerweise hätte ein sechzigjähriger pensionierter Elitesoldat in einer Luxusboutique auffallen müssen, aber Judd stand so still, dass ich seine Anwesenheit fast vergessen hätte. Agent Mullins hatte ihn abgestellt, um uns sicherheitshalber zu begleiten.

Ich wollte gar nicht daran denken, was Michael und Dean gerade anstellten, die allein in der Suite zurückgeblieben waren.

»Nur einundsiebzig Prozent der Besucher von Las Vegas spielen, wenn sie hier sind«, sagte Sloane und löste ihre Hand von dem leichten, seidigen Stoff der Bluse. »Immer mehr Leute kommen zum Einkaufen.«

Lia hob das Oberteil hoch, das Sloane betrachtete. »Du probierst es an«, erklärte sie. »Oder ich ziehe Cassies Angebot auf einen Espresso zurück.«

Sloane runzelte die Stirn. »Kann sie das?«

Schnell wurde klar, dass Lia es konnte. Nachdem Lia Sloane in die Garderobe geschleppt hatte, drehte sich Judd zu mir um. »Siehst du nichts, was dir gefällt?«, fragte er.

»Noch nicht«, antwortete ich. Die Wahrheit war, dass ich nicht in der Stimmung war zu shoppen. Ich hatte Agent Mullins zugestimmt, als sie gesagt hatte, wir müssten Sloane aus der Suite holen. Ich wollte für meine Mitbewohnerin da sein, aber sosehr ich es auch versuchte, ich konnte nicht aufhören, mich zu fragen, was das UNSUB in diesem Moment tat.

Warum die Eskalation? Warum hast du aufgehört?

Ich zwang mich, ein Kleid von einem Ständer in der Nähe zu nehmen. Es war schlicht: ein A-förmiger Schnitt in einem strahlenden Königsblau. Erst als ich zu Lia und Sloane in die Umkleidekabine trat und es anprobierte, fiel mir auf, dass es genau dieselbe Farbe hatte wie das Tuch, das um die vermeintlichen sterblichen Überreste meiner Mutter gewickelt worden war.

»Tanz dich frei.« Meine Mutter ist in einen königsblauen Schal gehüllt, ihr rotes Haar ist feucht von Kälte und Schnee, als sie das Autoradio einschaltet und lauter dreht.

Diesmal konnte ich mich der Erinnerung nicht erwehren. Ich wusste nicht, ob ich das überhaupt wollte.

»Das kannst du besser«, sagt sie und schaut vom Fahrersitz herüber, wo sie wie verrückt tanzt.

Ich bin sechs oder sieben, und es ist noch so früh am Morgen, dass ich kaum die Augen offen halten kann. Ein Teil von mir will diesmal nicht tanzen.

»Ich weiß«, sagt meine Mutter über die Musik hinweg. »Du mochtest die Stadt und das Haus und unseren kleinen Garten. Aber ein Zuhause ist kein Ort, Cassie. Zuhause sind die Menschen, die dich am meisten lieben.« Sie hält am Straßenrand. »Für immer und ewig«, flüstert sie und streicht mir die Haare aus dem Gesicht. »Egal, was passiert.«

»Egal, was passiert«, flüstere ich, und sie lächelt, eines dieser geheimnisvollen Lächeln, die sich langsam ausbreiten und so ansteckend wirken. Und im nächsten Bild, an das ich mich erinnere, hat sie die Musik so laut wie möglich aufgedreht, und wir beide sind neben dem Auto und tanzen im Schnee, direkt am Straßenrand.

»Cassie?« Lias Stimme holte mich zurück in die Gegenwart. Ausnahmsweise klang ihre Stimme sanft.

Wir wissen nicht, ob es ihre Leiche ist, dachte ich, *nicht mit Bestimmtheit.* Aber während ich in den Spiegel starrte, war ich mir sicher. Meine Augen hoben sich vom Blau des Kleides ab. Meine Haare schimmerten in einem tiefen Rotbraun.

»Das ist wirklich deine Farbe«, sagte Lia zu mir.

Es war auch die Farbe meiner Mutter, dachte ich. Wenn jemand meine Mutter gekannt, geliebt und schön gefunden hätte, hätte er sie in dieser Farbe beerdigt.

Ihre Halskette. Ihre Farbe. Eine seltsame Taubheit überkam meinen Körper, meine Glieder fühlten sich schwer an, und meine Zunge lag wie geschwollen im Mund. Ich zog das Kleid aus und ging zurück zum Eingang des Ladens. Auf der anderen Seite der Promenade befand sich ein altmodischer Süßwarenladen. Ich kehrte zu den Gewohnheiten meiner Kindheit zurück, beobachtete die Menschen und erzählte mir Geschichten über sie.

Die Frau, die Zitronenbonbons kauft, hat sich gerade von ihrem Freund getrennt. Die Jungs, die sich Schokoladenzigaretten anschauen, hoffen, ihre Mutter würde nicht merken, dass sie schon echte Zigaretten probiert haben. Das kleine Mädchen, das auf einen Lutscher starrt, der so groß ist wie ihr Kopf, hat heute keinen Mittagsschlaf gemacht.

Mein Telefon klingelte. Ich ging dran, immer noch das kleine Mädchen gegenüber im Blick. Sie griff nicht nach dem Lutscher. Sie starrte ihn nur an, mit ernsten großen Augen.

»Hallo?«

»Cassie.«

Es dauerte länger, bis ich die Stimme meines Vaters erkannte, als es bei Mullins oder Briggs gedauert hätte.

»Hey, Dad«, sagte ich, und meine Kehle schnürte sich zu, während mein Verstand von all den Dingen überflutet wurde, die ich versucht hatte zu vergessen. »Es passt gerade nicht so gut.«

Das kleine Mädchen mit den ernsten Augen, das die Lollipops betrachtete, wurde von seinem Vater begleitet. Er streckte ihr die Hand entgegen. Sie nahm sie. *Einfach. Unkompliziert.*

»Ich wollte nur mal hören, wie es dir geht.«

Mein Vater gab sich Mühe. Das war mir klar – aber ich sah auch die Leichtigkeit, mit der der Mann gegenüber seine kleine Tochter auf die Schultern hob. Sie war drei, vielleicht vier Jahre alt. Ihr Haar war rot, heller als meins, aber ich konnte mir gut vorstellen, wie ich in diesem Alter gewesen war.

Ich hatte nicht einmal gewusst, dass ich einen Vater hatte.

»Mir geht es gut«, sagte ich und wandte mich von der Szene gegenüber ab. Ich wollte nicht wissen, ob der Vater seine Tochter mit dem Lolli überraschen würde. Ich wollte auch nicht sehen, wie sie ihn anschaute.

»Die Polizei hat mich heute Morgen angerufen.« Mein Vater hatte von Natur aus eine tiefe Stimme.

Du hast also nicht nur angerufen, um dich nach meinem Befinden zu erkundigen.

»Cassie?«

»Ich bin hier.«

»Die Spurensicherung hat Blutspritzer auf dem Tuch gefunden, in das das Skelett eingewickelt war.«

Mein Verstand nahm diese Information auf und verarbeitete sie. *Wenn ihr Blut auf dem Tuch war, musst du sie darin eingewickelt haben, bevor du … Bevor du …*

»Die vorläufige Analyse hat ergeben, dass es dieselbe Blutgruppe ist wie die deiner Mutter.« Die Stimme meines Vaters klang so beherrscht, dass ich mich fragte, ob er das vorher aufgeschrieben hatte und nur von einem Skript ablas. »Sie machen eine DNA-Analyse. Sie sind sich nicht sicher, ob die Probe ausreicht, aber wenn, dann sollten wir in ein paar Tagen Antworten haben.« Er zögerte kurz. »Wenn sie versuchen müssen, eine DNA-Analyse der Knochen …« Seine Stimme zitterte. »Das würde länger dauern.«

»Antworten«, sagte ich und konzentrierte mich auf dieses eine Wort. Es kam wie ein Vorwurf heraus. *Ihre Halskette. Ihre Farbe.* »Ich will nicht nur wissen, ob sie es ist. Ich will wissen, wer es war.«

»Cassie.« Mehr brachte mein Vater nicht heraus. Sein Skript war zu Ende.

Ich wandte mich wieder dem Süßwarenladen zu. Das kleine rothaarige Mädchen und sein Vater waren längst verschwunden. »Ich muss los.«

Ich beendete das Gespräch gerade noch rechtzeitig, bevor Lia sich auf mich stürzen konnte.

»Ich weiß«, sagte ich mit fester Stimme. »Ich bin nicht dran, es geht jetzt nicht um meine Probleme.«

»Und willst du einen Beweis dafür, warum das so ist?« Lia packte mich am Arm und begann, mich in den hinteren Teil des Ladens zu ziehen. »Sloane ist gerade durch den Personalausgang abgezischt«, sagte sie leise. »Und mit ihr Kleidung im Wert von etwa fünfhundert Dollar.«

KAPITEL 28

Wer nimmt schon eine voll gestresste Kleptomanin mit zum Einkaufen, dachte ich voller Selbstvorwürfe, als wir aus der Hintertür schlüpften. *Ernsthaft, wer macht so was?* Die Tür fiel hinter uns ins Schloss. Sloane stand ein paar Meter weiter, das Seidenhemd in der einen, eine Art Armband in der anderen Hand.

»Sloane«, sagte ich, »wir müssen wieder rein.«

»Es geht nicht nur um vier Leichen in vier Tagen«, sagte Sloane. »Das ist es, was wir übersehen haben. Was ich übersehen habe. Erster Januar, zweiter Januar – das sind nicht nur Tage. Das sind Daten. 1/1. 1/2.«

»Ich verstehe«, sagte Lia so überzeugend, dass ich ihr fast glaubte. »Du kannst uns alles erzählen, *sobald* wir wieder drinnen sind, bevor Judd oder die Verkäuferin etwas bemerken.«

»Eins, eins, zwei.« Sloane fuhr fort, als hätte Lia nie etwas gesagt. »So fängt die Sequenz an. 1/1. 1/2. Verstanden? Das Muster wurde nicht durchbrochen, weil eine Leiche pro Tag *nie das Muster war.*« Sloanes Stimme vibrierte förmlich vor Intensität. »Erster, zweiter, dritter und vierter Januar – das sind alles Fibonacci-Daten. Dreizehn, 1/3. Hundertvierundvierzig, 1/4.« Die Worte sprudelten nur so aus ihr heraus, schneller und schneller. »Ich muss nur die genauen Parameter herausfinden, die er benutzt.«

Am Ende des Ganges öffnete sich eine weitere Tür. Lia reagierte sofort und zog Sloane und mich zurück an die Wand. Was jedoch unnötig war. Die beiden Personen, die durch die Tür traten, waren völlig in ihr Gespräch vertieft.

Ich verstand nicht, was sie sagten, aber ich spürte auch ohne Michaels Hilfe, dass ihre Emotionen hochkochten.

Aaron Shaw. Und gleich darauf erkannte ich auch seine Begleiterin wieder. *Tory Howard.*

Aaron sagte etwas, flehte sie an. Sie wich ihm aus, machte auf dem Absatz kehrt und schlug die Tür wieder hinter sich zu.

Aaron fluchte – diesmal laut genug, dass ich die Worte verstehen konnte – und trat dann gegen die Metalltür.

»Das ist auch mein Lieblingsschimpfwort«, flüsterte Sloane.

»Da hat aber jemand schlechte Laune«, murmelte Lia.

Die Metalltür hinter mir flog krachend auf und ich zuckte zusammen. Judd trat in den Flur und suchte die Umgebung nach möglichen Bedrohungen ab. Dann bemerkte er Aaron Shaw.

»Mädels«, sagte er, »rein mit euch.«

Wir folgten seiner Anweisung. Die Tür schloss sich hinter uns und Judd blieb im Flur zurück.

»Entschuldigung.« Ein Mann in dunklem Anzug baute sich vor uns auf. *Der Sicherheitsdienst.* Er musterte die Ware in Sloanes Hand und die Richtung, aus der wir gekommen waren. »Ich muss euch Mädchen bitten, mit mir zu kommen.«

Der Sicherheitsdienst hatte Sloane beim Verlassen des Geschäfts gefilmt. Dass sie aus eigenem Antrieb wieder zurückgekehrt war, schien den Tatbestand eines Diebstahls nicht zu widerlegen. Ich vertraute darauf, dass Judd, wenn er aus der Passage zurückkehrte und uns vermisste, den Weg zum Sicherheitsbüro finden würde, wo wir drei einem Mann übergeben worden waren, den ich nur zu gut kannte.

Du bist derjenige, der Sloanes Vater in der Nacht, in der Camille ermordet wurde, abgeholt hat, dachte ich, während der Mann uns anstarrte. Er war mittelgroß, hatte unauffällige Gesichtszüge und ein Pokerface, das jeden Profi mit Stolz erfüllt hätte. Die Art, wie er saß und sich bewegte, suggerierte Macht und Autorität, vielleicht sogar einen Hauch von Bedrohung.

»Wisst ihr, wie viel dieses Casino jedes Jahr durch Ladendiebstahl verliert?«, fragte er in beherrschtem Tonfall.

»Jedes Jahr werden Waren im Wert von 13 Milliarden Dollar gestohlen.« Sloane konnte nicht an sich halten. »Ich schätze, dass Ihr Anteil daran weniger als 0,0001 Prozent beträgt.«

Es war eindeutig, dass der Mann keine wirkliche Antwort erwartet hatte.

»Sie hat nicht gestohlen.« Lia tat so, als wäre allein die Vorstellung, dass Sloane etwas stehlen könnte, nur ein Augenrollen wert. »Sie hatte eine Panikattacke. Sie ist rausgegangen, um frische Luft zu schnappen. Sie kam wieder rein. Ende der Geschichte.«

Lias Lüge war so nah an der Wahrheit, dass es selbst mit den Videoaufzeichnungen schwierig werden würde, ihre Aussage zu widerlegen. Sloane war von dem Moment an, als wir den Laden betreten hatten, nervös gewesen. Sloane war hinausgegangen. Sloane war wieder hereingekommen. *Alles wahr.*

»Victor.«

Der Sicherheitschef blickte auf. Der Rest von uns drehte sich zur Tür seines Büros um. Dort stand Aaron Shaw, genauso selbstbewusst und souverän wie an dem Tag, an dem wir ihn kennengelernt hatten.

»Aaron«, begrüßte Victor ihn.

Nicht Mr Shaw, bemerkte ich. Es war nicht ganz klar, wer von ihnen in der Hierarchie des Majesty weiter oben stand.

»Kann das nicht warten?« In Victors Tonfall klang das eher wie ein Befehl als wie eine Frage.

»Ich wollte nur nach einigen unserer VIP-Gäste schauen«, antwortete Aaron. »Diese Mädchen wohnen mit Mr Townsend in der Renoir Suite.«

Bei den Worten *Renoir Suite* versteifte sich Victor. *Das sind Leute, die viel Geld ausgeben, lass sie in Ruhe,* hätte Aaron genauso gut sagen können.

»Lass mich meinen Job machen«, sagte Victor zu Aaron.

»Besteht Ihr Job darin, Teenager mit Angstzuständen zu schikanieren?«, fragte Lia und zog eine Augenbraue hoch. »Ich bin sicher, dass verschiedene Medienkanäle das faszinierend finden würden.«

Sobald Lia eine kreative Interpretation der Wahrheit zum Leben erweckt hatte, war sie voll und ganz davon überzeugt.

»Warum erfährt man nichts von dem Mädchen, um das es geht?«, fragte Victor und starrte Sloane mit zusammengekniffenen Augen an. »Hattest du eine Panikattacke, wie deine Freundin behauptet?«

Sloane starrte auf die vordere Kante seines Schreibtisches. »Bei Patienten mit Panikstörungen ist die Wahrscheinlichkeit, dass sie unter dem Hypermobilitätssyndrom leiden, mehr als zehnmal so hoch wie bei normalen Menschen«, sagte sie laut und deutlich.

»Victor.« Aarons Stimme klang stählern. »Ich werde mich darum kümmern. Du kannst gehen.«

Nach einem angespannten Moment des Schweigens verließ der Sicherheitschef wortlos den Raum. Aaron hatte hier eindeutig die Oberhand. Ich wollte schon aufatmen, doch als Aaron die Tür hinter dem Mann geschlossen hatte, drehte er sich wieder zu uns um.

»Lasst uns reden.«

KAPITEL 29

Aaron setzte sich auf die Kante von Victors Schreibtisch. »Wie heißt du?«, fragte er Sloane leise.

Neben mir öffnete Sloane den Mund und schloss ihn wieder.

»Ihr Name ist Sloane.« Lia reckte das Kinn vor, als sie für Sloane antwortete.

»Wie lautet dein Nachname, Sloane?« Aarons Stimme war sanft.

Ich dachte daran, wie er an dem Tag, an dem wir uns zum ersten Mal begegnet waren, mit einem Lächeln auf Sloanes Statistiken reagiert hatte. Und dann dachte ich an den kurzen, hitzigen Wortwechsel zwischen ihm und Tory.

»Tavish«, flüsterte Sloane. Sie zwang sich, den Blick zu heben, ihre blauen Augen weit aufgerissen. »Ich wollte das Hemd stehlen.«

Ich stöhnte innerlich auf. Sloane besaß nicht die geringste Fähigkeit zur Täuschung. *Andererseits*, dachte ich, *sitzt sie hier dem Sohn ihres Vaters gegenüber und erwähnt es mit keinem Wort.*

»Ich werde jetzt mal so tun, als hätte ich das nicht gehört«, sagte Aaron. Ein Lächeln umspielte seine Lippen. Es war schwer, den Mann vor uns mit dem in der Passage in Verbindung zu bringen.

Du kennst Tory. Sie kennt dich. Die Emotionen kochten hoch – und plötzlich schoss mir eine Möglichkeit durch den Kopf. *Vielleicht kennst du Tory* wirklich *gut. Vielleicht war es gar nicht Camille, die du an jenem Abend im Sushi-Restaurant angesehen hast. Anziehung, Zuneigung, Spannung – vielleicht hast du Tory beobachtet.*

Was, wenn Tory an jenem Abend ins Majesty gegangen ist, um etwas zu trinken, weil sie ihn dort zu treffen hoffte? Sie hatte Briggs und

Mullins angelogen, als sie behauptete, Camille hätte das Restaurant gewählt.

Was, wenn sie keine Angst vor Aaron hatte? Was, wenn sie Angst hatte, dass er sie verlässt? Oder Angst davor, dass jemand herausfinden könnte, dass sie ein Verhältnis haben?

Jemand, dachte ich, *wie Aarons Vater.*

»Tavish.« Aaron wiederholte Sloanes Nachnamen und stockte dann, als wäre sein Mund trocken geworden. »Mein Vater hatte einmal eine Freundin«, fuhr er leise fort. »Sie hieß Margot Tavish.«

»Ich muss gehen.« Sloane sprang auf. Sie zitterte. »Ich muss *jetzt* gehen.«

»Bitte«, sagte Aaron. »Sloane. Geh nicht.«

»Ich muss«, flüsterte Sloane. »Ich sollte nicht hier sein. Ich darf es nicht verraten.«

Sie wollte, dass er sie mochte. Selbst in ihrer Panik, und obwohl sie versuchte, vor ihm zu fliehen, wollte sie unbedingt, dass er sie mochte, so sehr, dass ich es spüren konnte.

»Wir beide haben dieselbe Augenfarbe«, sagte Aaron zu ihr. »Man nennt diese Farbe Shaw-Blau, hast du das gewusst?«

»Die Zunge eines Chamäleons ist länger als sein Körper! Und die Zunge eines Blauwals wiegt bis zu zwei Komma sieben Tonnen!«

»Es tut mir leid«, sagte Aaron, hob die Hände und machte einen Rückzieher. »Ich wollte dich nicht erschrecken oder überrumpeln oder in Verlegenheit bringen. Es ist nur so, dass ich das mit deiner Mutter herausgefunden habe, gleich nachdem ich die Highschool abgeschlossen hatte. Ich bin zu ihr gegangen. Sie sagte, es gäbe ein Kind, aber nachdem ich meinen Vater zur Rede gestellt hatte, war deine Mutter an einer Überdosis gestorben, und du warst verschwunden.«

Verschwunden. Ich brauchte eine Sekunde, um das nachzurechnen. Aaron musste ungefähr zu der Zeit seinen Abschluss gemacht haben, als Sloane für das Naturtalente-Programm rekrutiert worden war.

»Du darfst nichts über mich wissen«, sagte Sloane leise zu Aaron. »Das ist die Regel.«

»Das ist nicht meine Regel.« Aaron stand auf. »Ich bin nicht wie mein Vater. Hätte ich früher von dir gewusst, ich schwöre, ich hätte ...«

»Du hättest was?«, mischte sich Lia beschützend ein. Sloane gehörte zu unserer Familie, mehr als sie jemals zu seiner gehören würde, und gerade jetzt war sie verletzlich und ungeschützt und aufgewühlt. Lia traute Fremden nicht, und schon gar nicht diesem Fremden, den wir mit Tory Howard hatten streiten sehen.

Bevor Aaron etwas erwidern konnte, öffnete sich die Tür zum Büro. Judd stand dort. Und bei ihm war Aarons Vater.

KAPITEL 30

Aaron«, sagte Mr Shaw. »Würdest du uns bitte einen Moment allein lassen?«

Aaron schien nicht geneigt, Sloane mit seinem Vater in einem Raum zu lassen, und allein das sprach Bände über die beiden.

»Aaron«, wiederholte Mr Shaw mit betont freundlicher Stimme. Der ältere Mann hatte eine starke Ausstrahlung. Ich wusste, noch bevor Aaron es tat, dass er sich dem Wunsch seines Vaters beugen würde.

Du kannst ihm nicht widerstehen, dachte ich, als ich Aaron gehen sah. *Niemand kann das.*

Als Aaron gegangen war, richtete Mr Shaw seine volle Aufmerksamkeit auf uns. »Ich möchte einen Moment mit Sloane allein sein«, sagte er.

»Und ich hätte gern ein Kleid aus Regenbögen und ein Bett voller Welpen, die nie alt werden«, erwiderte Lia. »Daraus wird nichts.«

»Lia«, sagte Judd sanft, »verärgere nicht den Casino-Mogul.«

Ich verstand Judds Tonfall so, dass er ebenfalls keineswegs die Absicht hatte, Sloane mit ihrem Vater allein zu lassen.

»Mr Hawkins.« Besagter Mogul kannte zu meiner Überraschung Judds Nachnamen. »Wenn ich mit meiner Tochter reden will, dann rede ich mit meiner Tochter.«

Sloanes Gesichtsausdruck war schmerzhaft transparent, als er das Wort *Tochter* aussprach. Für ihn war es lediglich ein Ausdruck von Besitzverhältnissen. Sie konnte nicht anders, als zu hoffen – verzweifelt zu hoffen –, dass es ein Ausdruck von Zuneigung sein könnte.

»Sloane«, sagte Judd und ignorierte Shaws Dominanzgehabe, »möchtest du zurück in dein Zimmer?«

»Sie möchte«, sagte Shaw und betonte jedes Wort, »mit mir sprechen. Und wenn *Sie* nicht möchten, dass ich interessierten Kreisen erzähle, dass Ihre Agentenfreunde in der Renoir-Suite Teenager besucht haben, dann lassen Sie Sloane machen, was sie will.«

Wir hätten unsere Operationsbasis abseits des Strip errichten sollen, wurde mir klar. *Unterhalb des Radars, außer Reichweite ...*

»Cassie und Lia bleiben.« Sloanes Stimme klang dünn. Sie räusperte sich und versuchte es erneut. »Sie können gehen«, sagte sie mit erhobenem Kinn zu Judd. »Aber ich möchte, dass Cassie und Lia bleiben.« Zum ersten Mal, seit er den Raum betreten hatte, sah Sloanes Vater seine Tochter wirklich an. »Die Rothaarige kann bleiben«, sagte er schließlich. »Der Lügendetektor geht.«

In diesem Moment wurde mir klar – *Sloanes Vater weiß von Lias Fähigkeiten. Er weiß nicht nur, dass es eine Verbindung zwischen uns und dem FBI gibt. Er weiß alles. Wie ist das möglich?*

»Sloane.« Judds Stimme war so ruhig, als würde er am Küchentisch sitzen und sein morgendliches Kreuzworträtsel lösen. »Du musst nichts tun, was du nicht tun willst.«

»Schon gut«, sagte Sloane und trommelte nervös mit den Fingern auf ihren Oberschenkel. »Ich komme schon klar. Gehen Sie einfach.«

Sloanes Vater wartete, bis sich die Tür geschlossen hatte, bevor er seine Aufmerksamkeit wieder seiner Tochter – und mir – zuwandte. Offensichtlich hatte er mich nicht als Bedrohung wahrgenommen. Vielleicht war ihm aber auch klar, dass Judd Sloane hier niemals allein lassen würde und ich das kleinere Übel war.

Die Tatsache, dass er Lia hinausgeworfen hatte, ließ mich fragen, welche Lügen er zu erzählen gedachte.

»Du siehst gut aus, Sloane.« Shaw setzte sich hinter den Schreibtisch.

»Ich bin zwölf Prozent größer als das letzte Mal, als Sie mich besucht haben.«

Shaw runzelte die Stirn. »Hätte ich gewusst, dass du in Vegas bist, hätte ich andere Vorkehrungen für deine kleine … Gruppe getroffen.«

Andere Vorkehrungen im Sinne von weiter weg von ihm und den Seinen.

Um Sloane die Antwort zu ersparen, fragte ich: »Sie wissen, was unsere Gruppe tut. Woher?«

»Ich habe Freunde beim FBI. Ich bin derjenige, der Sloane für Agent Briggs' kleines Programm vorgeschlagen hat.«

Sloane blinzelte rasch, als hätte man ihr gerade einen Eimer Wasser ins Gesicht geschüttet. Michaels Vater hatte ihn an das FBI verkauft, um für sich selbst Immunität bei Wirtschaftsverbrechen zu erlangen. Sloanes Vater wollte offenbar nur, dass sie weit weg war und sich von seinem Sohn fernhielt.

»Du musst dich von meiner Familie fernhalten.« Shaws Stimme klang trügerisch sanft, als er sich wieder auf Sloane konzentrierte. Er klang wie Aaron, weich und beruhigend, aber seine Worte waren unmissverständlich. »Ich muss an Aarons Mutter denken.«

»Und an das kleine Mädchen.« Die Worte kamen aus Sloanes Mund.

»Ja«, sagte Shaw. »Wir müssen an Cara denken. Sie ist noch ein Kind. Sie kann doch nichts dafür, oder?«, fragte er, und sein Ton war immer noch so sanft, dass ich ihn am liebsten so hart geschlagen hätte wie Michael den Mann am Pool.

Sloane konnte auch nichts dafür.

»Sag mir, dass du mich verstehst, Sloane.«

Sloane nickte.

»Ich möchte, dass du es laut aussprichst.«

»Ich verstehe«, flüsterte Sloane.

Shaw stand auf. »Du hältst dich von Aaron fern«, wiederholte er. »Es wäre wünschenswert, wenn du deine Freunde vom FBI ermutigen würdest, dasselbe zu tun.«

»Wir untersuchen einen Serienmord«, sagte ich und brach mein Schweigen. »Sie können den Ermittlern nicht vorschreiben, mit wem sie reden dürfen und mit wem nicht.«

Shaw richtete seine Augen auf mich – sie hatten das gleiche Blau wie die von Aaron, das gleiche Blau wie die von Sloane. »Mein Sohn weiß nichts, was von Nutzen sein könnte. Das FBI verschwendet seine

Zeit mit ihm genauso wie mit der lächerlichen Idee, dass ein Killer, der sich bisher der Verhaftung entziehen konnte, seinen nächsten Mord auf Teufel komm raus im Großen Ballsaal des Majesty begehen würde.«

»Das ist kein lächerlicher Gedanke.« Sloane erhob sich. Ihre Stimme zitterte. »Sie können es nur nicht sehen. Sie verstehen es nicht. Aber nur weil Sie etwas nicht verstehen, heißt das nicht, dass Sie es ignorieren dürfen. Man kann nicht einfach so tun, als gäbe es das Muster nicht, und hoffen, dass es verschwindet.«

So wie dein Vater tut, als gäbe es dich nicht, übersetzte mein Gehirn. *Die Art, wie er dich ignoriert.*

»Das reicht, Sloane.«

»Das ist nicht lächerlich.« Sloane schluckte und drehte sich zur Tür um. »Sie werden schon sehen.«

DU

Das Warten ist härter, als du dachtest.

Jede Nacht sitzt du da, das Messer auf dem Knie. Jede Nacht gehst du alle Möglichkeiten durch, jede Sekunde, die zu dem Moment führt, an dem du dich hinter dein Opfer stellst und ihm mit dem Messer die Kehle durchschneidest.

Nur eine weitere Berechnung. Eine weitere Zahl. Ein weiterer Schritt zu dem, was du werden wirst.

Du willst es. So sehr, dass du es schmecken kannst. Du willst es jetzt.

Aber du bist den Zahlen ausgeliefert, und die Zahlen sagen dir, du sollst warten. Also wartest du, du beobachtest, du hörst zu.

Nach allem, was du hörst, vermutet das FBI, dass der nächste Mord im Großen Ballsaal geschehen wird. Du hörst, dass sie ihn überwachen. Sie warten, genau wie du. Du nimmst das als Zeichen, dass jemand das Muster erkannt hat – nur einen Bruchteil davon, nur ein Fragment. In deinen stillsten Momenten, wenn du auf die Klinge starrst, fragst du dich, wer vom FBI es herausgefunden hat.

Du fragst dich, ob diese Person wirklich zu würdigen weiß, was du getan hast, was du tust und was aus dir werden wird. Aber wie könnte sie? Wer auch immer diese Person ist, was auch immer sie zu wissen glaubt, es ist nur ein Bruchteil der Wahrheit.

Sie wissen nur, was du ihnen zu wissen gestattet hast. Du hast sie auf den Weg der Erkenntnis gebracht.

Es ist nicht ihre Aufmerksamkeit, die du willst.

Langsam, bedächtig ziehst du dein Hemd aus. Du nimmst das Messer. Du drehst dich zum Spiegel, drückst die Spitze der Klinge in deine Haut und beginnst zu ziehen. Blut perlt heraus. Du begrüßt den Schmerz. Bald spürst du ihn nicht mehr.

Lass das FBI dir auf die Spur kommen. Lass sie ihr Schlimmstes tun. Davon abgesehen ist es vielleicht an der Zeit, eine Botschaft zu senden. Du bist der Gnade der Zahlen ausgeliefert.

Lass auch die Welt der Gnade der Zahlen ausgeliefert sein.

KAPITEL 31

Als wir in unsere Suite zurückkehrten, warteten zwei Pakete auf uns. Das erste enthielt die Mitschnitte von Mullins' und Briggs' letztem Interview mit Tory Howard. Das zweite war von Aaron Shaw.

Sloane öffnete wortlos das zweite Päckchen. Es enthielt sechs Karten für die heutige Aufführung von *Tory Howard's Imagine*. Die beiliegende Werbung versprach einen »bezaubernden Abend mit verblüffender Unterhaltung«. Auf der Rückseite hatte Aaron in schräger Kursivschrift geschrieben: *Auf Kosten des Hauses*. Unterzeichnet hatte er mit seinem Namen.

»Ich muss jetzt etwas machen, das kein Weinen ist«, sagte Sloane. »Und ich möchte es allein tun.« Sie verschwand, bevor einer von uns etwas sagen konnte.

Lia und ich tauschten Blicke aus. Als Michael und Dean zu uns stießen, brachten wir sie auf den neuesten Stand. Lia warf sich das Haar über die Schulter und tat so, als mache sie sich keine Sorgen um Sloane – und als kümmere sie sich nur um sich selbst.

»Also«, sagte sie »wer möchte Mullins und Briggs beim Kreuzverhör von Aaron Shaws Freundin zuschauen?«

Auf dem Bildschirm waren Agent Briggs, Agent Mullins und Tory in einer Art Verhörraum zu sehen, zusammen mit einem Mann, der vermutlich Torys Anwalt war.

»Danke, dass Sie sich noch einmal mit uns treffen.« Briggs setzte sich Tory gegenüber. Mullins nahm links von ihm Platz. Torys Anwalt ließ sich neben ihr nieder.

»Meine Mandantin ist gerne hierhergekommen, um alle Unklarheiten in ihren bisherigen Aussagen auszuräumen.« Die Stimme des Anwalts war weich und tief. Selbst aus der Ferne wirkte seine Uhr teuer.

Tory hat ihn nicht engagiert. Ich zweifelte nicht an meiner Eingebung. Tory war zäh, sie redete Klartext, sie war eine Überlebenskünstlerin. Irgendwann war sie in einer Pflegefamilie untergebracht gewesen. Sie hatte um alles kämpfen müssen, was sie hatte. Zweifellos hätte sie den besten Anwalt engagiert, den sie sich leisten konnte, um das FBI davon abzuhalten, sie unter Druck zu setzen, aber sie würde eindeutig jemanden vorziehen, der aggressiver war und keine Vorliebe für Designeranzüge hatte.

»Ms Howard, bei unserem letzten Gespräch haben Sie angedeutet, dass Camille Holt diejenige gewesen ist, die an jenem Abend das Restaurant des Majesty als Ziel ausgewählt hatte.«

»Habe ich das?« Tory zuckte nicht mit der Wimper. »Das ist nicht richtig. Ich war diejenige, die vorgeschlagen hat, dorthin zu gehen.«

Ich erinnerte mich daran, wie ich Tory mit Aaron in der Passage gesehen hatte. Hatten sie über das Interview gesprochen? Hatte er ihr geraten, was sie sagen sollte?

»Wussten Sie, dass der Ort, an dem Camille ermordet wurde, im Vorhinein festgelegt war?«, fragte Agent Briggs.

»Nein«, antwortete Michael an ihrer Stelle. »Sie wusste es nicht. Schaut euch das an.« Er deutete auf den Monitor, wobei mir unklar war, was an Torys Gesichtsausdruck ihm den Hinweis gegeben hatte. »Das ist wie ein Schlag in die Magengrube für sie.«

Agent Mullins nutzte die Gelegenheit. »Wie ist Ihre Beziehung zu Aaron Shaw?«

Tory war noch mit dieser Enthüllung über den Mord an Camille beschäftigt, als ihr Anwalt sich vorbeugte. »Meine Mandantin wird keine Fragen zu Aaron Shaw beantworten.«

»Seht euch an, wie die Nasenflügel des Anwalts beben«, sagte Michael. »Das ist das Äußerste, was er bisher an Emotionen gezeigt hat.«

Mit anderen Worten: »Er ist mehr damit beschäftigt, Aaron zu beschützen als Tory«, sagte ich. *Sie hat ihn nicht angeheuert*, dachte ich erneut. *Das waren die Shaws.*

Mullins und Briggs tauschten einen bedeutungsvollen Blick aus. Offensichtlich hatten sie das auch mitbekommen.

»Verstanden«, sagte Agent Briggs zu dem Anwalt. »Nun, Ms Howard, wir hatten gehofft, dass Sie uns mit Ihrem Fachwissen über Hypnose weiterhelfen könnten.«

Tory sah zu dem Anwalt. Keine Einwände.

»Was möchten Sie wissen?«

»Können Sie das Verfahren beschreiben, mit dem Sie jemanden hypnotisieren?«, fragte Briggs. Er hielt die Fragen allgemein.

Er behandelt sie wie eine Expertin, nicht wie eine Verdächtige, dachte ich. *Sehr geschickt.*

»Normalerweise beginne ich damit, dass ich die Freiwilligen von hundert rückwärtszählen lasse. Wenn ich eine breitere Wirkung erzielen will, wende ich vielleicht eine Technik an, die schneller zu einem Ergebnis führt.«

»Zum Beispiel?«

»Es ist möglich, jemanden durch einen Schock in einen hypnotischen Zustand zu versetzen«, sagte Tory. »Oder man kann eine Art Routinevorgang einleiten – wie einen Händedruck – und ihn dann unterbrechen.«

»Und wenn jemand unter Hypnose steht«, fragte Briggs, »kann man ihm dann bestimmte Ideen suggerieren und ihn dazu bringen, auf bestimmte Weise zu handeln?«

Tory war vieles, aber naiv war sie nicht.

»Wenn Sie etwas Bestimmtes im Sinn haben, Agent Briggs«, sagte sie, »fragen Sie einfach direkt.«

Mullins beugte sich vor. »Könnten Sie jemanden unter Hypnose dazu bringen, sich tätowieren zu lassen?«

»Das hängt davon ab«, antwortete Tory sachlich, »ob die betreffende Person prinzipiell bereit ist, sich tätowieren zu lassen.« Ich dachte schon, sie würde es dabei belassen, aber das tat sie nicht. »Hypnose ist keine Gedankenkontrolle, Agent Mullins. Es ist eine Art Suggestion. Man kann die Persönlichkeit eines Menschen nicht verändern. Man kann niemanden dazu bringen, etwas zu tun, was er wirklich nicht tun will. Die hypnotisierte Person ist kein unbeschriebenes Blatt. Sie ist nur … offen.«

»Aber wenn jemand bereit wäre, sich tätowieren zu lassen …«

»Dann ja«, sagte Tory. »Ich könnte die Idee vielleicht suggerieren. Aber da mir mein Job wichtig ist und ich nicht von verärgerten Zuschauern verklagt werden möchte, versuche ich, mich an Dinge zu halten, die nicht so dauerhaft sind.«

Alexandra Ruiz' Tätowierung war mit Henna gemacht, dachte ich. Das ist weniger verbreitet als ein normales Tattoo – und nicht dauerhaft.

»Kann jeder hypnotisiert werden?« Nun stellte wieder Agent Briggs die Fragen.

»Man kann niemanden gegen seinen Willen zu etwas zwingen.« Tory lehnte sich in ihrem Stuhl zurück. »Und manche Menschen sind leichter zu hypnotisieren als andere. Tagträumer. Menschen, die als Kinder imaginäre Freunde hatten.«

Neben Tory sah der Anwalt auf seine Armbanduhr.

»Wie schnell könnte jemand Ihre Fähigkeiten erlernen?«, fragte Briggs.

»Um es so gut zu machen wie ich?«, fragte Tory. »Das würde Jahre dauern. Um jemanden einfach so zu hypnotisieren? Es gibt Leute, die behaupten, sie könnten es einem in weniger als zehn Minuten beibringen.«

Ich sah die nächste Frage kommen.

»Haben Sie es jemandem beigebracht?«

Torys Blick drehte sich zu ihrem Anwalt. »Ich glaube«, sagte er, stand auf und bedeutete Tory, es ihm gleichzutun, »meine Mandantin hat sich lange genug Ihren Interessen gewidmet.«

Aaron, dachte ich. *Sie hat es Aaron beigebracht.*

Die Aufnahme endete und wich einem weißen Flimmern. Nach einem Moment der Stille ergriff Lia das Wort. »Jedes Wort aus ihrem Mund war wahr.«

Die eigentliche Frage ist nur, dachte ich, *was sie nicht gesagt hat.*

»Ich möchte gehen.«

Ich blickte auf und sah Sloane in der Tür stehen.

»Wohin?«, fragte Michael.

»Zu *Tory Howard's Imagine*«, erwiderte Sloane. »Aaron hat uns Freikarten geschickt. Ich möchte hingehen.«

Ich dachte daran, wie Aaron Sloane vor dem Sicherheitschef gerettet hatte, wie er den Ladendiebstahl ignoriert hatte, wie er geschworen hatte, dass die Dinge anders gelaufen wären, wenn er von ihr gewusst hätte.

Ich dachte an Sloanes Vater, der ihr eingeschärft hatte, sich von seinem Sohn fernzuhalten.

Es klopfte an der Tür. »Lieferung«, rief jemand. »Für Miss Tavish.«

Dean öffnete die Tür. Wachsam nahm er die Kiste entgegen. Ich fragte mich, ob er an die Geschenke dachte, die man mir geschickt hatte – Schachteln mit menschlichem Haar darin, Schachteln, die mich als Objekt der Besessenheit eines Mörders ausgewiesen hatten.

Wir warteten ab, bis Judd die Schachtel geöffnet hatte. Darin lag, eingewickelt in dezent gestreiftes Seidenpapier, das Oberteil, das Sloane zu stehlen versucht hatte.

In der Schachtel war eine Karte. Ich erkannte Aarons Handschrift. Die Botschaft lautete schlicht: *Ich bin nicht wie mein Vater.*

Sloane strich mit der Hand über die Seidenbluse und ein Ausdruck zwischen Herzschmerz und Erstaunen huschte über ihr Gesicht.

»Es ist mir egal, was sie sagen«, sagte sie leise. »Briggs. Oder Mullins. Oder Grayson Shaw.« Behutsam hob sie das Shirt aus dem Karton. »Ich werde gehen.«

KAPITEL 32

Wir gingen alle sechs. Judd dachte wohl, dass dies das kleinere von zwei Übeln war – das größere wäre, dass Sloane einen Weg finden könnte, allein zu gehen.

Als wir unsere Plätze eingenommen hatten, ließ ich meinen Blick durch das Auditorium schweifen. Mein Blick blieb an Aaron Shaw hängen, kurz bevor er Sloanes Anwesenheit bemerkte. Von einem Moment auf den anderen veränderte sich seine ganze Erscheinung, von einer perfekt kontrollierten – ganz der Erbe seines Vaters – hin zu der Person, die ich vorhin im Sicherheitsbüro gesehen hatte. *Die Person, die sich um Sloane sorgte.*

Er bahnte sich einen Weg durch die Menge zu uns. »Du bist gekommen«, sagte er mit Blick auf Sloane. Er lächelte, dann zögerte er. »Es tut mir leid«, sagte er. »Wegen vorhin.«

In diesem Moment des Zögerns sah er für einen Augenblick Sloane zum Verwechseln ähnlich.

Neben mir räusperte sich unsere Expertin für Zahlen. »Ein beträchtlicher Teil der Entschuldigungen kommt von Leuten, die sich für gar nichts entschuldigen müssen.« Das war Sloanes Art, ihm zu sagen, dass sie es ihm nicht übel nahm, dass er ihrem Vater nachgegeben und sie mit ihm allein gelassen hatte.

Bevor Aaron antworten konnte, tauchte neben ihm ein Mädchen in seinem Alter auf. Sie trug dunkle Jeans und ein modisch weites Hemd. Alles an ihr – Accessoires, Frisur, Haltung, Kleidung – deutete auf *Geld* hin.

Altes Geld, dachte ich. *Understatement.*

Nach kurzem Zögern begrüßte Aaron sie mit einem Kuss auf die Wange.

Eine Freundin?, fragte ich mich. *Oder mehr als das? Und wenn ja, was ist dann mit Tory?*

»Meine Damen und Herren.« Eine tiefe Stimme ertönte aus den Lautsprechern des Auditoriums. »Willkommen zu *Tory Howard's Imagine*. Während Sie sich darauf vorbereiten, in eine Welt hineingezogen zu werden, in der das Unmögliche möglich wird und in der Sie die Tiefen des menschlichen Geistes und der menschlichen Erfahrung hinterfragen werden, bitten wir Sie, Ihre Handys auszuschalten. Das Fotografieren mit Blitzlicht ist während der Vorstellung strengstens untersagt. Wenn Sie sich nicht an diese Regeln halten, sind wir möglicherweise gezwungen … Sie verschwinden zu lassen.«

Mit dem Wort *verschwinden* erhellte ein Scheinwerfer die Mitte der Bühne. Ein leichter Nebel stieg vom Boden auf. Und wie auf einen Schlag stand plötzlich Tory inmitten des Scheinwerferkegels, bekleidet mit einer engen schwarzen Hose und einem bodenlangen Ledermantel. Sie schwang den Arm zur Seite und hielt aus dem Nichts eine brennende Fackel in der Hand. Das Scheinwerferlicht wurde schwächer. Sie führte die Flamme an den Saum ihres Mantels.

Meine Gedanken wanderten zum zweiten Opfer. Innerhalb von Sekundenbruchteilen trug Tory einen hell entflammten Mantel. Mit einer Bühnenpräsenz, die viel faszinierender war, als ich es je erwartet hätte, hob sie die Fackel an ihre Lippen, blies die Flamme aus und verschwand.

»Guten Abend«, rief sie aus dem hinteren Teil des Saales. Die Zuschauer drehten sich um und starrten sie an. Der Mantel brannte jetzt blau. »Und willkommen zu … *Imagine*.« Sie warf die Arme zur Seite und plötzlich standen auch die letzten beiden Reihen in Flammen. Ich hörte jemanden schreien, dann lachen.

Tory lächelte, ein langsames, sexy Lächeln. Die Flammen schlugen hoch, dann verschwanden sie. Sie schritt durch den Rauch. »Legen wir los«, sagte sie. »Alle bereit?«

Die meisten Leute, die sich eine Zaubershow ansehen, versuchen herauszufinden, wie der Magier das macht. Ich interessierte mich nicht für die Magie. Mich interessierte die Magierin. Sie war nicht mehr Tory, nicht die Tory, die ich kannte. Die Rolle, in die sie geschlüpft war, als sie die Bühne betrat, hatte ihren eigenen Geist, ihren eigenen Willen und ihre eigene Persönlichkeit.

»Und jetzt, meine Damen und Herren, suche ich Freiwillige. Genauer gesagt« – die Bühnen-Tory ließ ihren Blick über das Publikum schweifen, als könne sie jedes unserer Gesichter erkennen und jeden unserer Gedanken lesen – »suche ich Menschen, die an dem Teil der heutigen Show teilnehmen möchten, der der Hypnose gewidmet ist.«

Überall in der Menge schossen Hände in die Höhe. Tory schritt durch die Menge und rief die Leute auf – eine Handvoll Frauen, ein fünfundachtzigjähriger Mann, der eine Faust in die Luft reckte, als er auf die Bühne kletterte. »Und ...«, sagte sie und zog das Wort in die Länge, als sie etwa ein Dutzend Freiwillige ausgewählt hatte, »... dich.«

Für eine Sekunde dachte ich, sie würde auf mich zeigen. Dann wurde mir klar, dass sie auf das Mädchen vor mir deutete, das neben Aaron saß. Sloanes Bruder erstarrte. Das Mädchen neben ihm stand auf. Ein paar Plätze neben mir erhob sich auch Michael. Als Tory bemerkte, dass Michael tat, als hätte sie ihn aufgerufen, reagierte sie mit einem Lächeln. »Sieht so aus, als bekäme ich zwei zum Preis von einem. Ihr zwei, kommt rauf!«

»Michael«, sagte ich und wollte nach ihm greifen, als er an mir vorbeiging.

»Komm schon, Colorado«, rief er mir zu. »Man lebt nur einmal.«

Oben auf der Bühne verbeugte sich Michael höflich vor dem Publikum und nahm seinen Platz ein. Tory drehte sich zu ihren Freiwilligen um und sprach kurz mit ihnen. Keiner von uns konnte hören, was sie sagte. Nach zwei oder drei Sekunden wandte sie sich wieder dem Publikum zu und ihr Mikrofon wurde lauter gestellt.

»Ich werde jetzt von hundert an rückwärtszählen«, sagte sie und ging vor der Reihe der Freiwilligen auf und ab. »Hundert, neunundneunzig, achtundneunzig. Stellen Sie sich vor, Sie liegen auf einem Floß in der Nähe einer Insel. Siebenundneunzig, sechsundneunzig, fünfundneunzig. Sie lassen sich treiben. Vierundneunzig, dreiundneunzig. Während ich zähle, lassen Sie sich immer weitertreiben. Zweiundneunzig, einundneunzig …«

Beim Zählen ging Tory an allen Freiwilligen vorbei. Sie nahm ihre Köpfe in die Hände und rollte sie hin und her.

Je weiter ich zähle, desto weiter entfernen Sie sich. Immer wieder wiederholte sie diese Worte.

»Ihr Körper ist schwer. Ihr Kopf, Ihr Hals, Ihre Beine, Ihre Arme …« Sie ging die Reihe auf und ab. Einigen Teilnehmern klopfte sie auf die Schulter und schickte sie zurück auf ihre Plätze, dann begann sie, ein leichtes, schwebendes Gefühl zu beschreiben. »Ihr Körper ist schwer, aber Ihr rechter Arm ist schwerelos. Er schwebt nach oben … nach oben … sieben, sechs … Je weiter ich zähle, desto weiter entfernen Sie sich. Fünf, vier, drei, zwei …«

Als sie bei *eins* ankam, waren die neun auf der Bühne verbliebenen Freiwilligen auf ihren Stühlen zusammengesackt, die rechten Arme nach oben gestreckt. Ich drehte mich zu Lia um.

Täuscht Michael das nur vor? Ich hob fragend eine Augenbraue, in der Hoffnung, eine Antwort zu bekommen, aber ihre Aufmerksamkeit war auf die Bühne gerichtet. »Sie sind am Strand«, erklärte Tory ihren hypnotisierten Versuchskaninchen. »Sie nehmen ein Sonnenbad. Fühlen Sie die Sonne auf Ihrer Haut. Fühlen Sie die Wärme.«

Die Gesichter entspannten sich augenblicklich, ein Lächeln spielte um ihre Lippen. »Vergessen Sie nicht, sich einzucremen.« Torys Stimme klang jetzt leicht und samtig.

Ich musste losprusten, als Michael begann, seinen Bizeps rhythmisch mit Sonnencreme einzureiben. Er spannte seine Muskeln für das Publikum an.

»Und jetzt«, sagte Tory und ging auf der Bühne auf und ab. »Jedes Mal, wenn Sie mich das Wort *Mango* sagen hören, werden Sie denken, Sie hätten Blähungen. Und zwar laut. In einem überfüllten Raum.«

Es dauerte fünf Minuten, bis Tory das Wort *Mango* aussprach. Sofort fühlten sich alle Hypnotisierten sichtlich unwohl, bis auf Michael, der mit den Schultern zuckte, und das Mädchen, das neben Aaron gesessen hatte, das einen Schritt nach vorne machte. Und noch einen. Und noch einen.

Sie ging mit gesenktem Kopf direkt auf den Bühnenrand zu. Gerade als ich dachte, sie würde von der Bühne fallen, blieb sie plötzlich stehen.

»Miss, Sie müssen einen Schritt zurücktreten«, rief Tory.

Das Mädchen hob den Kopf. Die hellbraunen Haare fielen ihr aus dem Gesicht. Sie starrte die Zuhörerinnen und Zuhörer an, ihr Blick war durchdringend. *»Tertium«,* sagte sie.

Mit einem lauten Knall zersprang eine der Bühnenlampen.

»Tertium«, wiederholte das Mädchen, ihre Stimme wurde lauter und durchdringender.

Tory versuchte, sie zurückzudrängen, sie aufzuwecken, aber es gelang ihr nicht.

»Tertium.« Das Mädchen schrie jetzt. Hinter ihr verharrten die übrigen Hypnotisierten in völliger Stille. Michael löste sich von den anderen, sein Blick war klar und fokussiert.

Das Mädchen hob die Hände zur Seite, die Handflächen nach außen. Ihre Stimme wurde zu einem rauen, aber kräftigen Flüstern, das mich packte, als würden Spinnen über meinen Rücken krabbeln. »Ich brauche neun.«

KAPITEL 33

Die Augen des Mädchens verdrehten sich nach oben. Sie brach zusammen. Tory sprang zu ihr. In der Reihe vor uns bahnte sich Aaron einen Weg zum Gang.

Der Vorhang fiel. Ein besorgtes Raunen ging durch das Publikum. Die Menschen um uns herum hatten keine Ahnung, was gerade geschehen war. Sie wussten nicht, was das zu bedeuten hatte.

Du.

Brauchst.

Neun.

Die Erkenntnis sickerte nur langsam in mein Bewusstsein. Ich zwang mich zu atmen.

»Neun.« Sloanes Stimme drang durch den Lärm der Menge an mein Ohr. *»Tertium. Tertium. Tertium.* Drei mal drei ...«

»Bitte bleiben Sie auf Ihren Plätzen«, befahl eine tiefe Stimme aus dem Lautsprecher. »Die Show geht gleich weiter.«

Judd erfasste mit einem Blick das mögliche Chaos und wies mit dem Kopf zum nächsten Ausgang.

»Was ist mit Townsend?«, fragte Dean, als wir uns durch die Menge drängten. »Der ist noch auf der Bühne.«

Judd brachte uns sicher in das Foyer. »Ich hole Michael«, sagte er zu Dean. »Du bleibst hier und passt auf die Mädchen auf.«

Dafür erntete er von Lia eine demonstrativ hochgezogene Augenbraue. »Hoffentlich ist meine Mitgift groß genug, um einen starken Mann zu ergattern«, sagte sie mit sorgenvoller Stimme. »Ich bin so hilflos, so allein auf mich selbst gestellt.«

Dean war klug genug, nichts zu erwidern.

Sobald Judd außer Hörweite war, senkte Lia die Stimme. »Also gehen wir jetzt alle davon aus, dass Aarons kleine Freundin unsere Killerin ist und nur einen psychotischen Schub hatte, oder doch eher, dass unser Killer sie irgendwie hypnotisiert hat, damit sie uns diese Botschaft überbringt?«

Ich nickte. Nach kurzem Zögern stimmte Dean zu. »Ja.«

»Schon wieder *Tertium*«, kommentierte Lia. »Glaubt ihr, dass unser Mann das als seinen Namen betrachtet?«

Tertium, dachte ich. *Das heißt: das dritte Mal.*

Das dritte Mal. Das dritte Mal. Das dritte Mal.

Ich brauche neun.

»Das ist kein Name«, sagte ich zu Lia, »das ist ein Versprechen.« Ich drehte mich zu Sloane um, damit sie uns die Zahlen deuten konnte, aber sie war nicht neben mir. Ich wirbelte herum, einmal um die eigene Achse.

Keine Spur von Sloane.

Lia fluchte und eilte zurück ins Theater. Dean und ich folgten ihr auf den Fersen. Sloane war normalerweise leicht auszumachen, aber in einer so großen Menschenmenge konnte ich nur Lia folgen, während ich dachte: *Sloane ist hier, um Aaron zu treffen. Außerdem hatte sie zuletzt über die Zahlen geredet.*

Das bedeutete, dass sie entweder zu Aaron wollte oder direkt zur Quelle der Zahlen. *Zu dem Mädchen.* Wie auch immer, sie war höchstwahrscheinlich ...

»Backstage«, rief ich Lia zu und hatte Mühe, mit ihr Schritt zu halten, als sie sich zum vorderen Teil des Saales vorkämpfte. Zu beiden Seiten der Bühne standen Rausschmeißer. Lia beugte sich vor und flüsterte dem einen etwas ins Ohr. Der Mann wurde blass und trat zur Seite, um uns durchzulassen.

Ich wollte nicht wirklich wissen, was Lia ihm gesagt hatte, aber ich musste zugeben, dass ihre besonderen Fähigkeiten *definitiv* von Nutzen waren.

Hinter der Bühne entdeckte ich Michael, der neben dem Mädchen hockte, das sich gerade aufrichtete. Judd stand hinter Michael. Sloane war nicht bei ihnen. Es blieb also nur eine Möglichkeit übrig.

»Suchen wir Aaron«, rief ich, »dann finden wir Sloane.«

»Du verdammter Mistkerl.«

Ich drehte mich um, gerade noch rechtzeitig, um zu sehen, wie Beau Donovan Aaron Shaw gegen eine Wand drückte. Aaron war drei oder vier Zentimeter größer und wog gut dreißig Pfund mehr als Beau, aber Beau stürzte sich auf ihn, als wäre ihm das völlig egal.

»Ich habe Aaron gefunden«, sagte Lia.

Aaron stieß Beau von sich. Beau taumelte zurück, bevor er erneut auf Aaron losging. Doch diesmal huschte etwas kleines Blondes vor Aaron.

Sloane.

Dean stürmte los. Er hasste Gewalt. Er vermied sie um jeden Preis, weil er sich nie sicher sein konnte, ob er nicht eines Tages aufwachen und sie zu sehr lieben würde. Aber wenn jemand Sloane auch nur ein Haar krümmte …

Aaron schob sich vor Sloane, eine Sekunde, bevor Beau mit ihr zusammenprallte. Dean legte schützend einen Arm um Sloanes Taille und zog sie beiseite. Beau schubste Aaron erneut, woraufhin Aaron ausrastete und sich auf ihn warf. Beide fielen zu Boden. Innerhalb von Sekunden lag Aaron obenauf und hatte unmissverständlich die Kontrolle erlangt. Beau starrte Aaron hasserfüllt an.

»Was ist dein Problem?«, fauchte Sloanes Bruder.

Statt einer Antwort nahm Beau seinen Kampf wieder auf.

Aaron hielt ihn fest – wie ein Wolf einen Welpen.

»Mein Problem?«, sagte Beau. »Mein Problem bist du. Du bringst deine kleine hochnäsige Freundin, die noch nie in ihrem Leben gearbeitet hat, *hierher?* Zur Show meiner Schwester?« Beau ließ Aaron keine Zeit zu antworten. »Du glaubst, du kannst andere Menschen behandeln, als wären sie nichts ...«

Beau rappelte sich wieder auf, und diesmal war er gerade lange genug oben, um Aaron einen kräftigen Schlag auf den Kiefer zu verpassen, bevor die Sicherheitsleute sie umringten. Die Wachen zogen Beau von Aaron weg – etwas härter als nötig – und sahen dann Aaron an, um Anweisungen zu erhalten.

»Allison ist nicht meine Freundin«, erklärte Aaron ruhig. »Sie ist nur eine Freundin der Familie, und ich war genauso überrascht, sie hier zu sehen, wie du.«

»Das bezweifle ich.«

Aaron und Beau drehten sich gleichzeitig zu Tory um. Sie trug immer noch das Kostüm aus der Show, aber sie war wieder ganz sie selbst. *Schnell und problemlos.*

Nichts kann dich verletzen, wenn du es nicht zulässt.

»Du hast sie auf die Bühne gerufen«, sagte Aaron zu Tory. »Was zum Teufel hast du dir dabei gedacht?« Er hielt inne. »Was hast du mit ihr gemacht?«

»Sie hat *gar nichts* gemacht!« Beau wand sich unter dem Griff des Sicherheitsmannes. »Wahrscheinlich hast du die ganze Sache eingefädelt, du kranker Drecks…«

»Genug!«, brüllte Tory. Beau verstummte. Tory fixierte Aaron und ihre Augen wurden hart. »Ich will, dass ihr beide hier verschwindet. Sofort.«

Das *Sofort* schien auch als Befehl an die Sicherheitskräfte gerichtet zu sein.

»Sir«, sagte einer von ihnen zu Aaron, dem es sichtlich unangenehm war. »Ich muss Sie bitten zu gehen.«

Aarons Blick wich nicht von Torys Gesicht. »Tory, lass es mich erklären.«

»Du brauchst mir nichts zu erklären.« Torys Stimme klang ruhig, aber darunter lag Stahl. »Unsere Beziehung ist rein professionell.« Sie blickte in die Runde, zu der auch Sloane, Lia, Dean und ich gehörten, und ihre Stimme wurde härter. »Das war sie schon immer.«

»Du hast sie gehört«, sagte Beau und sah Aaron grimmig an.

»Lass es sein.« Tory drehte sich zu Beau um, ihre Stimme peitschte durch die Luft. »Ich habe dich nicht um so etwas gebeten, Beau, und ich habe es satt, ständig dein Chaos hinter dir aufzuräumen.« Sie schluckte, und ich hatte das Gefühl, dass es ihr noch schwerer fiel, Beau wegzuschicken, als die Sache mit Aaron zu beenden. »Geh«, sagte sie mit tieferer Stimme. »Jetzt.«

Ohne eine Antwort abzuwarten, wandte sich Tory wieder der Bühne zu und rief den Bühnenarbeitern Anweisungen zu. »Holt einen Arzt für Miss Lawrence. Dann ruft den Sicherheitschef an und sagt ihm, dass wir ein Problem haben. Ich will, dass die Show in fünf Minuten weitergeht.«

»Ich fürchte, das ist nicht möglich.« Agent Briggs wusste, wie man sich vorstellte – in diesem Fall, indem er seine Dienstmarke für alle sichtbar hochhielt. »Special Agent Briggs, FBI«, sagte er mit kräftiger Stimme. »Ich muss Ihnen allen ein paar Fragen stellen.«

DU

Geht es noch deutlicher? Die Zahlen. Die Spirale. Die Daten. Es ist ein Akt der Reue. Ein Akt der Hingabe.

Ein Akt der Rache.

Du hast so lange gewartet. Du hast gewartet und geplant, und jetzt, wo du so nah dran bist, kannst du es spüren. Die alte Wut, die wieder durch deine Adern kriecht. Die Macht.

Die Angst.

Du wirst es zu Ende bringen. Drei mal drei mal drei. Du wirst dich als würdig erweisen.

Diesmal wirst du nicht scheitern.

KAPITEL 34

Am Anfang des Traums war alles wie immer. Ich ging durch einen schmalen Flur. Der Boden war gefliest. Die Wände waren weiß. Über mir flackerten Leuchtstoffröhren. Mein Schatten flackerte auf dem Boden.

Am Ende des Ganges war eine Metalltür. Ich ging auf sie zu. *Nein. Mach die Tür nicht auf. Geh nicht hinein.* Die Warnung kam von meinem bewussten Verstand, der nur zu gut wusste, was mich dort erwartete.

Doch ich konnte nicht widerstehen. Ich öffnete die Tür. Ich trat in die Dunkelheit. Ich griff nach dem Lichtschalter an der Wand. Ich spürte etwas Warmes und Klebriges an meinen Händen.

Blut.

Ich drückte den Schalter. Alles wurde weiß. Ich blinzelte geblendet, bis die Szene vor mir Gestalt annahm.

Ein Scheinwerfer.

Eine Menschenmenge.

Ich stand auf der Bühne und trug das königsblaue Kleid, das ich im Laden anprobiert hatte. Ich ließ meinen Blick über das Publikum schweifen und wählte diejenigen aus, die ich im Voraus für die Handlesungen vorgesehen hatte. Die Frau in der weißen Weste, die ihre Handtasche festhielt, als könnte sie Beine bekommen und weglaufen. Der Teenager mit Tränen in den Augen. Der ältere Herr im hellblauen Anzug, der in der ersten Reihe saß.

Es ist nicht richtig, dachte ich verzweifelt. *Ich will das nicht.* Ich drehte mich um und ich sah mich selbst hinter den Kulissen. Jünger. Beobachtend. Wartend.

Ich erwachte abrupt. Meine Hände waren in die Laken gekrallt. Meine Brust hob und senkte sich. Ich war allein im Zimmer. *Keine Sloane.* Während ich das verarbeitete, drehte ich mich um, um auf die Uhr zu sehen, und erstarrte.

Die Wände waren vollständig bedeckt. Ein Blatt Papier neben dem anderen, rot beschrieben. *Sloane muss die ganze Nacht daran gearbeitet haben,* dachte ich. Sie hatte kein Wort gesagt, als wir in unser Zimmer zurückgekehrt waren – nicht über die Botschaft von unserem Killer, nicht über Aaron und die Anschuldigungen, die Beau gegen ihn erhoben hatte.

Ich rollte mich aus dem Bett, um Sloanes Arbeit genauer zu betrachten. Zwölf DIN-A4-Blätter waren in vier Dreierreihen an die Wand geklebt worden.

Januar, Februar, März …

Ich blickte auf ein handgeschriebenes Kalendarium. In scheinbar willkürlichen Abständen waren Daten eingekreist. *Sechs im Januar, drei im Februar, vier im März.* Ich überflog die nächste Reihe. *Eine Handvoll im April, nur zwei im Mai.*

»Nichts im Juni oder Juli«, murmelte ich laut. Meine Hand wanderte wie von selbst nach oben. Ich presste meine Finger auf den Tag, der mir in jedem Kalender immer sofort ins Auge sprang. Der *21. Juni.* Es war der Tag, an dem meine Mutter verschwunden war. Wie alle anderen Tage im Juni war er in Sloanes Kalender nicht markiert.

Ich überflog die restlichen Monate und studierte dann die anderen Wände unseres Zimmers. Noch mehr Kalender. Mehr Daten. Als ich einen Schritt zurücktrat, erkannte ich das ganze Ausmaß dessen, was Sloane vollbracht hatte. An den Wänden hingen Kalender, die mehrere Jahre zurückreichten, und auf jedem standen dieselben Daten.

»Sloane?«, rief ich in Richtung Bad. Die Tür war geschlossen, aber einen Moment später bekam ich eine Antwort.

»Ich bin nicht nackt!«

In Sloane-Sprache war das wie eine Einladung reinzukommen. »Hast du letzte Nacht überhaupt geschlafen?«, fragte ich und öffnete die Tür.

»Negativ«, antwortete Sloane. Sie war in ein Handtuch gewickelt und starrte in den Spiegel. Ihr Haar war nass. Auf die Glasfläche hatte sie eine Fibonacci-Spirale gemalt. Sie überdeckte ihr Spiegelbild.

Sloane starrte sich durch die Spirale an. »Meine Mutter war Tänzerin«, sagte sie plötzlich. »Ein Showgirl. Sie war sehr schön.«

Es war das erste Mal, dass Sloane ihre Mutter erwähnte. Mir wurde klar, dass es nicht nur die Papiere an den Wänden waren, die sie die ganze Nacht wach gehalten hatten.

»Mein biologischer Vater mag schöne Dinge.« Sloane drehte sich um und sah mich an. »Tory ist ästhetisch sehr ansprechend, findest du nicht? Und das andere Mädchen bei Aaron hatte sehr symmetrische Gesichtszüge.«

Du fragst dich, ob Aaron nach deinem Vater kommt. Du fragst dich, ob Tory sein Geheimnis ist, so wie deine Mutter das Geheimnis seines Vaters war.

»Sloane ...«, begann ich, aber sie unterbrach mich.

»Es spielt keine Rolle«, sagte Sloane im Tonfall von jemandem, für den es in Wahrheit eine große Rolle spielte. »Der zwölfte Januar«, sagte sie grimmig. »Darauf kommt es an. Heute ist der neunte. Wir haben noch drei Tage.«

»Drei Tage?«, wiederholte ich.

Sloane nickte. »Bis er wieder tötet.«

»*Tertium. Tertium. Tertium.*« Sloane stand in der Mitte unserer Suite und deutete auf die mit Papier beklebten Wände. »Dreimal drei ist neun.«

Ich brauche neun.

»Und dreimal drei mal drei«, fuhr Sloane fort, »ist siebenundzwanzig.«

Tertium. Tertium. Tertium. Dreimal drei mal drei mal drei.

»Erinnert ihr euch, was ich gestern über die Daten gesagt habe und dass ich glaube, dass sie von der Fibonacci-Folge abgeleitet sind?«, sagte Sloane. »Ich habe die ganze Nacht damit verbracht, die verschiedenen möglichen Ableitungsmethoden durchzugehen. Aber diese« – sie deutete auf die erste Wand, die ich studiert hatte – »ist die einzige Version, bei der man, wenn man die Sequenz mit siebenundzwanzig Daten beendet, auch genau drei Wiederholungen innerhalb der Sequenz hat.«

Drei. Dreimal drei mal drei mal drei.

»Es war anfänglich nur eine Theorie«, sagte Sloane. »Aber dann habe ich mich in den Server des FBI gehackt.«

»Du hast was?«

»Ich habe eine Suche über die letzten fünfzehn Jahre durchgeführt«, erklärte Sloane bereitwillig. »Nach Morden, die am ersten Januar begangen wurden.«

»Du hast das FBI gehackt?«, fragte ich ungläubig.

»Und Interpol«, antwortete Sloane strahlend. »Und du wirst nicht glauben, was ich gefunden habe.«

Etwa Sicherheitslücken, die die besten Verbrechensbekämpfungsbehörden der Welt dringend schließen sollten?

»Vor elf Jahren gab es in New York einen Serienkiller.« Sloane ging zur nächsten Wand, die von der Decke bis zum Boden mit Kalendern aus vielen Jahren tapeziert war. Sie kniete sich hin und legte ihren Finger auf eines der Kalenderblätter.

»Das erste Opfer – eine Prostituierte – wurde am ersten August jenes Jahres tot aufgefunden.« Sie fuhr mit der Hand über das Blatt. »Das zweite Opfer am neunten August, das dritte Opfer am dreizehnten August.« Sie ging zur nächsten Seite über. »Erster September, vierzehnter September.« Sie überging den Oktober. »Zweiter November, dreiundzwanzigster November.« Sie wurde langsamer und ließ ihre Hand auf einem Dezemberdatum ruhen. »Dritter Dezember.«

Sie sah mich an und ich zählte im Kopf mit. *Acht*, dachte ich. *Das sind acht.*

Ich suchte das nächste Datum. *Der erste Januar.*

»Es ist dasselbe Muster«, sagte Sloane. »Nur mit einem anderen Anfangsdatum.« Sie drehte sich zur letzten Wand. Dort hing ein einzelnes Stück Papier. Die ersten dreizehn Ziffern der Fibonacci-Folge.

1, 1, 2, 3, 5, 8, 13, 21, 34, 55, 89, 144, 233

»1/1«, sagte Sloane, »der erste Januar. Bei der ersten Wiederholung, die ich ausprobiert habe, war das zweite generierte Datum der 1/2, aber diese Methode ist auf Datumsangaben im ersten Drittel des Monats beschränkt. Das ist nicht sehr effizient. Stattdessen …« Sie zeichnete ein Quadrat um die zweite Eins und die folgende Zwei. »Voilà. 1/12, geteilt an anderer Stelle ergibt das 11/2, also fügen wir diese beiden Daten der Liste hinzu. Wir fügen die nächste Ziffer in der Reihe hinzu und haben 11/23. Wenn wir alle möglichen Datumsangaben rund um die erste Zahl in der Reihe gemacht haben, gehen wir zur zweiten über. Das ergibt 1/2 und 1/23, und wenn wir 1/23 nach der Zwei statt nach der Eins teilen, erhalten wir 12/3. Dann gehen wir weiter zur dritten Zahl, 2/3. Der Februar hat nur achtundzwanzig Tage, also ist 2/35 nur ein Füller. Wir gehen weiter zu 3/5, dann 5/8, 8/1, 8/13, 1/3, 3/2, 3/21, 2/1, 2/13, 1/3 – siehst du, wie sich der dritte Januar einfach wiederholt?«

Mein Gehirn ratterte, als ich versuchte, ihr zu folgen.

»Wenn du die Sequenz beendest, nachdem sie siebenundzwanzig Daten erzeugt hat – *drei mal drei mal drei* – dann erhältst du genau drei sich wiederholende Daten: den dritten Januar, den dritten Februar und den achten Mai.«

Ich versuchte zu verstehen, was Sloane meinte. Wenn man auf der Basis der Fibonacci-Folge insgesamt siebenundzwanzig Daten erzeugte, erhielt man ein Muster, das nicht nur mit dem Muster unseres Mörders übereinstimmte, sondern auch mit einer Serie von neun Morden, die vor mehr als zehn Jahren begangen wurden.

Ich brauche neun.

»Der Fall vor elf Jahren«, sagte ich und lenkte Sloanes Aufmerksamkeit auf mich. »Hat man den Killer je gefasst?«

Sloane neigte den Kopf zur Seite. »Ich bin mir nicht sicher. Ich habe mir nur die Daten angesehen. Gib mir eine Sekunde.« Sloanes fotografisches Gedächtnis sorgte dafür, dass sie sich alles, was sie las, automatisch einprägte. Nachdem sie die Akte noch einmal in ihrem Kopf durchgegangen war, beantwortete sie die Frage. »Der Fall ist noch offen. Der Mörder wurde nie gefasst.«

Die meisten Serienmörder hören nicht einfach auf, hallten Agent Mullins' Worte in meinem Kopf wider. *Es sei denn, jemand stoppt sie.*

»Sloane«, sagte ich und versuchte, meine Gedanken unter Kontrolle zu halten. »Der Killer, der seine Serie am ersten Januar beendet hat – wie hat er seine Opfer getötet?«

Diesmal dauerte es nur den Bruchteil einer Sekunde, bis Sloane mit der Information herausrückte. »Er hat ihnen die Kehle durchgeschnitten«, sagte sie. »Mit einem Messer.«

KAPITEL 35

Ich versuchte es auf Mullins' Handy, dann auf dem von Briggs. Keiner von beiden ging dran. *Wahrscheinlich waren sie die ganze Nacht auf gewesen,* dachte ich, *hatten mit Zeugen gesprochen und versucht herauszufinden, wer, wenn überhaupt, Aarons »Freundin« hypnotisiert hatte, um die Botschaft zu übermitteln.*

»Ich werde mit Dean sprechen«, sagte ich zu Sloane. »Ich informiere ihn über das, was du mir gerade erzählt hast.« Ich bemerkte die dunklen Ringe unter Sloanes Augen. »Du solltest versuchen, etwas zu schlafen.«

Sloane runzelte die Stirn. »Giraffen schlafen nur viereinhalb Stunden am Tag.«

Da mir klar war, dass es ein aussichtsloser Kampf werden würde, ließ ich sie in Ruhe. Leise schlich ich mich durch die Suite und blieb vor Deans Zimmer stehen. Die Tür stand einen Spalt offen. Ich legte die Hand flach auf das Holz.

»Dean?«, rief ich. Als er nicht antwortete, klopfte ich leise. Die Tür öffnete sich langsam und ich sah Dean schlafen. Er hatte sein Bett an eine Seite des Zimmers geschoben und schlief mit dem Rücken zur Wand. Seine blonden Haare fielen ihm weich in die Augen. Sein Gesicht war frei von Anspannung.

Er wirkte friedlich.

Vorsichtig zog ich mich zurück. Der Boden knarrte und Dean fuhr im Bett hoch, die Augen blicklos, die Hand vor sich ausgestreckt. Seine Finger waren gekrümmt, als hätte er ein Gespenst am Hals gepackt.

»Ich bin's«, sagte ich schnell. Als er meine Anwesenheit immer noch nicht bemerkte, schaltete ich das Licht ein. »Ich bin's, Dean.« Ich ging zum Bett. *Ich bin's nur.*

Deans Kopf fuhr herum. Er starrte durch mich hindurch. Einen Moment später war er wieder da. Seine Augen waren auf meine gerichtet. »Cassie.« Er sagte meinen Namen, wie jemand anders ein Gebet herunterleiern würde.

»Tut mir leid«, sagte ich und kam näher. »Dass ich dich aufgeweckt habe.«

»Muss es nicht«, sagte Dean mit rauer Stimme.

Ich kroch neben ihn aufs Bett. Seine Hände fanden den Weg zu meinen Haarspitzen, seine Berührung war sanft. Er schloss für einen Moment die Augen und nahm die Wärme meines Körpers in sich auf. Als er sie wieder öffnete, war sein Blick ruhiger, klarer.

»Etwas stimmt nicht«, sagte Dean, aufmerksam wie immer. Ich fragte mich, ob er die Anspannung in meinen Schultern sehen konnte. Ich fragte mich, ob er sie mit seiner federleichten Berührung spüren konnte.

»Sloane hat etwas herausgefunden.« Seine Berührungen beruhigten mich ebenso wie ihn. »Sie hat eine Reihe von siebenundzwanzig Daten aus der Fibonacci-Folge abgeleitet. Dann hat sie die FBI-Datenbank nach Serienmorden durchsucht, bei denen einer oder mehrere am Neujahrstag begangen wurden.«

»Briggs und Mullins haben ihr Zugang gewährt?«

Mein Gesichtsausdruck musste seine Frage beantwortet haben.

»Sie hat das FBI gehackt?« Dean hielt inne. »Natürlich hat sie das. Schließlich ist sie Sloane.«

»Sie ist auf einen zehn Jahre alten Fall gestoßen, der ins gleiche Muster passt«, erklärte ich ihm. »Neun Opfer, die an Fibonacci-Tagen getötet wurden.«

»M. O.?«, fragte Dean.

»Der Mörder benutzte ein Messer. Er griff von hinten an und schnitt seinen Opfern die Kehle durch. Das erste Opfer war eine Prostituierte. Über die anderen habe ich keine Informationen.«

»Neun Tote«, wiederholte Dean. »An Daten, die sich aus der Fibonacci-Folge ableiten lassen.«

Ich rückte näher und lehnte mich an seine Schulter. »Gestern Abend lautete die Botschaft ›Ich brauche neun‹. *Brauchen*, Dean, nicht ›wollen‹, nicht ›ich werde neun töten‹. *Brauchen.*«

Die Zahl der Opfer spielte eine Rolle, die Zahlen auf den Handgelenken spielten eine Rolle, die Daten spielten eine Rolle.

»Der Fall, auf den Sloane gestoßen ist, ist noch nicht gelöst«, sagte ich zu Dean. »Er wurde nie abgeschlossen. Mullins hat gesagt, dass Serienmörder nicht einfach aufhören zu töten.«

Dean hörte die unausgesprochene Frage in meinen Worten.

Könnte es sein, dass wir es mit demselben Täter zu tun haben?

»Elf Jahre sind eine lange Zeit für einen Killer, um damit auszusetzen«, sagte Dean. Ich sah die Veränderung in Deans Gesicht, bevor seine Worte es bestätigten. »Jedes Mal, wenn ich töte, brauche ich mehr. So lange ohne es zu leben …«

»Ist das überhaupt möglich?«, fragte ich Dean. »Kann ein UNSUB neun Menschen töten und dann einfach … abwarten?«

»Unser UNSUB hat gerade vier Menschen in vier Tagen getötet«, antwortete Dean. »Und jetzt wartet es ab. Kleinerer Maßstab, gleiche Vorgehensweise.«

Die Zahlen sind wichtig. Die Zahlen sagten dem UNSUB, wo es töten musste, wann es töten musste, wie lange es warten musste. Aber warum war es ihm so wichtig, dass ein Teil der Zahlenfolge auf dem Handgelenk jedes Opfers auftauchte?

Wir hatten das von Anfang an als Botschaft verstanden. Was, wenn die Botschaft lautete: *Ich habe das schon einmal getan?*

Plötzlich war meine Kehle wie zugeschnürt. *Tertium*, dachte ich.

»Dean.« Meine Lippen fühlten sich taub an. »Was ist, wenn das Wort auf dem Pfeil nicht nur bedeutet, dass Eugene Lockhart das dritte Opfer des UNSUBs ist?«

Tertium. Tertium. Tertium. Ich konnte hören, wie das Mädchen das Wort sagte. Ich konnte sehen, wie sie in die Menge starrte.

»Das dritte Mal.« Dean rutschte ans Ende des Bettes. Einen Moment lang saß er schweigend da, und ich wusste, dass er sich in den Killer hineinversetzte, dass er seine Logik nachvollzog, ohne sie je laut auszusprechen. Schließlich stand er auf. »Wir müssen Briggs verständigen.«

KAPITEL 36

Dean wählte Briggs´ Nummer.

Geh dran, dachte ich. *Geh schon dran, Briggs.*

Wenn der Mörder zum dritten Mal nach diesem Muster vorging – neun Leichen an Fibonacci-Tagen –, dann handelte es sich nicht um einen Anfänger. Wir hatten es mit einem Experten zu tun. *Das Ausmaß der Planung. Das Fehlen von Spuren am Tatort.*

Es passte.

Eine zweite Schlussfolgerung folgte auf die erste. *Wenn unser Mörder vor mehr als einem Jahrzehnt Kehlen durchgeschnitten hat, suchen wir nach jemandem, der nicht jünger als Ende zwanzig ist.* Und wenn die New Yorker Morde die zweite Serie waren und nicht die erste …

»Briggs.« Dean sprach kurz und bündig, aber ruhig. Ich drehte mich zu ihm um, als er begann, Briggs auf den neuesten Stand zu bringen. »Wir haben Grund zu der Annahme, dass dies nicht das erste Rodeo unseres UNSUBs ist.«

Dean verstummte, als Agent Briggs antwortete. Ich trat auf ihn zu und legte eine Hand auf seinen Arm. »Erzähl ihm, dass Sloane den Code geknackt hat«, sagte ich. »Das UNSUB wird am zwölften Januar im Großen Ballsaal erneut zuschlagen.«

Dean beendete den Anruf, ohne ein weiteres Wort zu sagen.

»Was ist?«, fragte ich ihn. »Warum hast du aufgelegt?«

Deans Hand krampfte sich um sein Handy.

»Dean?«

»Briggs und Mullins haben um drei Uhr morgens einen Anruf bekommen.«

Es gab nur einen Grund, um drei Uhr morgens das FBI zu verständigen. *Es ist noch zu früh,* dachte ich. *Sloane meinte, der nächste Mord würde am zwölften passieren. Das Muster …*

»Der Sicherheitschef des Majesty wurde angegriffen«, fuhr Dean fort. »Stumpfe Gewalteinwirkung.«

Ich dachte an den Mann, der uns ins Sicherheitsbüro geschleppt hatte. Der Mann, der Sloanes Vater in der Nacht, in der Camille ermordet worden war, abgeholt hatte.

»Das passt zum M.O. unseres UNSUBs«, fuhr Dean fort. »Neue Methode. Nummern an seinem Handgelenk.«

»Waffe?«, fragte ich.

»Ein Ziegelstein.«

Du hast ihm einen Ziegelstein auf den Kopf geschlagen. Du hast einen Ziegelstein genommen, deine Finger darum gekrallt, die Wut explodierte in dir, und du …

»Cassie.« Dean unterbrach meine Gedanken. »Da ist noch etwas, was du wissen solltest.«

Bist du des Wartens überdrüssig geworden, fragte ich das UNSUB im Stillen. *Hat dich etwas gereizt? Hat es dich erregt, diesen Mann zu Boden stürzen zu sehen? Hast du das Geräusch genossen, als sein Schädel brach?* Ich konnte nicht aufhören. *Jedes Mal fühlst du dich unbesiegbarer, weniger fehlbar, weniger menschlich.*

»Cassie«, wiederholte Dean. »Das Opfer lebte noch, als sie ihn fanden. Er liegt jetzt im künstlichen Koma, aber er ist nicht tot.«

Deans Worte rissen mich aus meinen Gedanken.

Du hast einen Fehler gemacht, dachte ich. Aber wir hatten es mit einem Killer zu tun, der keine Fehler *machte.* Ein Opfer am Leben zu lassen, würde ihn von innen auffressen.

»Wir brauchen mehr Informationen«, sagte ich. »Fotos vom Tatort, Abwehrverletzungen des Opfers, alles, was uns helfen könnte, den Fall zu lösen.«

»Sie brauchen uns nicht, um irgendetwas zu untersuchen«, sagte Dean.

»Erkläre mir bitte, was an dieser Aussage richtig sein kann.«

Ich drehte mich in die Richtung der Stimme, die das gesagt hatte, und entdeckte Lia. Ich fragte mich, wie lange sie schon da gestanden und das Gespräch zwischen Dean und mir belauscht hatte.

»Sie brauchen uns nicht, um ein Profil zu erstellen, weil es einen Zeugen gibt.« Dean sah von Lia zu mir. »Sie haben den Verdächtigen bereits festgenommen.«

Auf dem Monitor sahen wir Beau Donovan in einem Verhörraum. Seine Hände waren auf dem Rücken gefesselt. Er starrte geradeaus – nicht *zu* Mullins und Briggs, sondern *durch* sie hindurch.

»Das stimmt einfach nicht«, sagte Sloane und ließ sich neben dem Couchtisch zu Boden fallen. Gleich darauf sprang sie wieder auf und rannte auf und ab. »Es sollte am zwölften passieren. Das passt nicht zusammen.«

Sie sagte nicht, dass sie es so *brauchte*, damit alles zusammenpasste. Sie sagte nicht, dass sie dieses eine Detail brauchte, damit alles Sinn ergab.

»Mr Donovan, ein Zeuge hat gesehen, wie Sie am Tatort über dem Opfer hockten und auf sein Handgelenk schrieben.« Briggs spielte den bösen Bullen. Es waren nicht so sehr die Worte, sondern die Art, wie er sie sagte, als wäre jeder Teil dieser Aussage ein Nagel zu Beau Donovans Sarg.

Ein Muskel in Beaus Wange zuckte.

»Angst«, sagte Michael. »Mit einer gehörigen Portion Wut, und darunter …« Michael suchte die Linien in Beaus Gesicht ab. »Um die Mundwinkel herum spielt *Genugtuung*.«

Genugtuung. Das war schlimmer als Wut oder Furcht. Unschuldige Menschen waren nicht *zufrieden mit sich*, wenn sie wegen eines Mordversuchs verhaftet wurden.

»Beau.« Agent Mullins war nicht die ideale Besetzung für den guten Cop, aber nach allem, was sie über Beau wusste, musste sie annehmen, dass er einer Frau eher vertrauen würde – auch wenn das *nicht* sehr wahrscheinlich war. »Wenn Sie nicht mit uns reden, können wir Ihnen nicht helfen.«

Beau lümmelte in seinem Stuhl, so gut das mit den auf dem Rücken gefesselten Händen möglich war.

»*Das* wurde in der Tasche Ihres Sweatshirts gefunden.« Briggs warf einen Beweismittelbeutel hin. Darin befand sich ein Permanentmarker. Schwarz. Ich registrierte die Farbe, dachte aber nicht weiter darüber nach. »Wie hoch schätzen Sie die Wahrscheinlichkeit, dass die Spurensicherung herausfindet, dass Ihr Stift *dazu* passt?« Briggs legte ein Foto neben den Beutel. *Das Handgelenk des Sicherheitschefs.*

Eine vierstellige Zahl stand darauf.

»*Neun, null, neun, fünf*«, las Sloane. Sie rückte näher, bis sie fast den ganzen Bildschirm verdeckte. »Das ist die falsche Zahl. *Sieben, sieben, sechs, eins.*« Sie betonte jede Zahl, indem sie mit dem Mittelfinger ihrer rechten Hand gegen ihren Daumen tippte. »Das ist die nächste Zahl. Diese Zahl« – sie deutete auf den Bildschirm – »kommt in den ersten hundert Ziffern der Fibonacci-Folge nicht vor.«

Auf dem Monitor benutzte Agent Briggs die Stille wie eine Waffe. Er wartete darauf, dass Beau zusammenbrach und auspackte.

»Ich muss Ihnen gar nichts sagen.«

Michael zog bei Beaus Tonfall eine Augenbraue hoch, aber diesmal brauchte ich keine Übersetzung. *Draufgängertum.* Ein Charakterzug, der sich herausbildet, wenn man zu lange zu hart getreten wird.

Agent Mullins ging zu Beaus Seite des Tisches. Für einen Moment dachte ich, er würde sich auf sie stürzen, aber stattdessen versteifte er sich, als sie seine Handschellen öffnete.

»Sie müssen nichts sagen«, stimmte sie zu. »Aber ich glaube, Sie wollen es. Ich glaube, Sie haben uns etwas mitzuteilen.«

Michael analysierte Beaus nonverbale Antwort und deutete dann mit den Fingern wie mit einer Pistole auf den Bildschirm. »Treffer für die Lady«, sagte er.

»Sie haben uns erzählt, dass Camille Holt nett zu Ihnen gewesen ist.« Agent Mullins zog sich auf ihre Seite des Tisches zurück, ohne den Blickkontakt mit Beau zu unterbrechen. »Im Moment sieht es so aus, als hätten Sie sie getötet.«

»Selbst wenn ich Ihnen versichern würde, dass ich es nicht war«, knurrte Beau, »würden Sie mir ja doch nicht glauben.«

»Versuchen Sie es.«

Für einen Moment dachte ich tatsächlich, er würde es tun. Stattdessen ließ er sich wieder in seinen Stuhl zurücksinken. »Ich bin nicht in der Stimmung zu reden«, verkündete er.

»Als wir das letzte Mal miteinander gesprochen haben, da haben Sie behauptet, Sie wären bei Tory Howard gewesen, als Camille ermordet wurde.« Agent Briggs beugte sich vor. »Aber wir sind kürzlich zu dem Schluss gekommen, dass Tory in dieser Nacht mit Aaron Shaw zusammen war.«

»Vielleicht habe ich versucht, sie zu beschützen«, knurrte Beau. »Vor euch Arschlöchern.«

»Oder vielleicht«, schlug Briggs vor, »wollten Sie sich in Wirklichkeit selbst schützen. Tory und Aaron haben sich in letzter Zeit sehr bedeckt gehalten. Sie wollte seinen Namen nicht als Alibi benutzen. Sie muss sehr froh gewesen sein, dass Sie sich für diese Rolle zur Verfügung gestellt haben.« Er beugte sich vor. »Ihr war nur nicht gleich klar, dass sie damit gleichzeitig auch zu *Ihrem* Alibi für diese Nacht wurde.«

Clever, dachte ich. Wenn man sich Beaus Lebenslauf ansah, konnte man ihn leicht unterschätzen. Highschool-Abbrecher. Er arbeitete in einem miesen Job. Er gab sich keine Mühe, den Eindruck zu erwecken, dass er mehr sei – aber sein Erfolg beim Pokerturnier erzählte eine ganz andere Geschichte.

Er ist es gewohnt, zurückgewiesen und ignoriert zu werden, aber er hat einen sehr hohen IQ, dachte ich.

»Tory hat uns angelogen.« Briggs senkte die Stimme. »Vielleicht sollten wir sie wegen Beihilfe anklagen.«

»Briggs«, mischte sich Mullins besänftigend ein – guter Bulle bis zum Schluss.

Agent Briggs beugte sich über den Tisch, um Beau ins Gesicht zu sehen und ihm den Todesstoß zu versetzen. »Sagen Sie, Beau, hat Tory Ihnen jemals beigebracht, wie man jemanden hypnotisiert?«

KAPITEL 37

Briggs und Mullins blieben weiter hartnäckig, aber aus Beau war nichts mehr herauszubekommen. Schließlich ließen sie ihn schmoren und riefen uns an.

»Was meint ihr?«, fragte Briggs über den Lautsprecher.

»Er ist es nicht.« Sloane vibrierte förmlich vor Intensität. »Das müssen Sie doch sehen. Die Zahlen? *Falsch.* Der Ort? *Falsch.* Die Zeit?« Sloane drehte dem Telefon den Rücken zu. *»Alles ist falsch.«*

Stille trat ein. Dean füllte die Leere. »Er hat das Potenzial, gewalttätig zu werden.« Die Art, wie Dean diese Beobachtung formulierte, ließ mich fragen, ob er in Beau etwas von sich selbst wiedererkannte. »Er lebt am unteren Ende einer Hierarchie, die diejenigen bevorzugt, die Geld und Macht besitzen, und er hat beides nicht. Wenn er die Chance hätte, würde er gerne ein Spiel spielen, aus dem er als Sieger hervorgeht.« Dean lehnte sich mit gesenktem Kopf an den Tresen. »Er ist wütend, und ich vermute, dass er die meiste Zeit seines Lebens wie Dreck behandelt wurde. Wenn der Sicherheitschef des Majesty stirbt, wird Beau kein schlechtes Gewissen haben. Wenn er die Wahl hätte, würde er wahrscheinlich wieder zum Ziegelstein greifen.«

»Aber …«, begann Sloane.

»Aber«, fuhr Dean fort, »Sloane hat recht. Die Nummern auf den Handgelenken der Opfer sind nicht nur Teil des M. O. dieses UNSUBs. Sie sind seine Handschrift. Er *muss* seine Opfer markieren. Und ich glaube nicht, dass sich unser UNSUB nach vier akribisch geplanten Morden dabei erwischen lassen würde, wie es dem fünften Opfer Zahlen auf das Handgelenk kritzelt, bevor es überhaupt tot ist.«

»Die *falschen* Zahlen«, fügte Sloane mit Nachdruck hinzu.

Mullins räusperte sich. »Ich bin geneigt, Sloane und Dean zuzustimmen. Die Vorgehensweise unseres UNSUBs hat sich mit jedem Mord verändert. Genauso wie die Methode, mit der die Opfer markiert wurden. Bis jetzt.«

Auch auf Eugene Lockharts Handgelenk waren Zahlen mit einem wasserfesten Stift geschrieben worden, wie mir jetzt einfiel.

»Angenommen, du hättest jemanden getötet.« Lia hatte sofort die Aufmerksamkeit des ganzen Raumes. »Oder, in Beaus Fall, sagen wir, du glaubst, dass derjenige, den du mit einem Ziegelstein niedergeschlagen hast, gleich sterben wird.« Sie lehnte sich nach hinten, stützte sich auf ihren Handflächen ab, und ich musste wieder an »Zwei Wahrheiten und eine Lüge« denken.

Ich habe einen Mann getötet, als ich neun Jahre alt war.

»Vielleicht hattest du eine Wahl. Vielleicht auch nicht. Und hinterher«, fuhr Lia mit leichter, luftiger Stimme fort, »willst du nicht erwischt werden. Was machst du dann?«

Sekundenlang herrschte Schweigen. Dean war es, der die Antwort gab. Er kannte Lia besser als jeder andere von uns. »Du lügst.«

»Du lügst«, wiederholte Lia. »Du vertuschst es. Und wenn du zufällig wüsstest, dass da draußen ein Serienkiller frei herumläuft …« Lia zuckte mit den Schultern.

»Vielleicht hat Beau von den Zahlen gehört«, sagte ich und knüpfte da an, wo Lia aufgehört hatte. »Nicht, was genau das Muster war, nur, dass alle Opfer Zahlen an den Handgelenken hatten.«

Mullins nahm den Faden auf. »Er nimmt den Ziegelstein. Er schlägt auf das Opfer ein. Er gerät in Panik und versucht, es so aussehen zu lassen, als wäre es unser UNSUB gewesen.«

Wut. Angst. Genugtuung. Alles, was Michael über Beaus Gefühle gesagt hatte, passte zu dieser Version der Ereignisse.

Beau war nicht unser UNSUB. Er ahmte unser UNSUB nach.

»Das bedeutet also, dass das Muster nicht gebrochen worden ist«, flüsterte Sloane. »Das Muster ist also nicht falsch.«

Du bist nicht gebrochen worden, übersetzte ich. *Du liegst nicht falsch.*

»Großer Ballsaal. Zwölfter Januar.« Sloane streckte einen Finger aus, dann den nächsten, als würde sie zählen. »Das Muster besagt, dass der nächste Mord im Großen Ballsaal am zwölften Januar stattfinden wird.«

Drei Tage. Wenn Sloane mit den Fibonacci-Daten recht hatte, war das nicht unser einziges Problem.

»Da wir gerade von dem Muster sprechen«, wandte ich mich an Mullins und Briggs, während das Grauen wieder durch meinen Körper kroch, »da ist noch etwas, das Sie wissen sollten.«

KAPITEL 38

Sloane hat sich in die Datenbanken des FBI gehackt. Und auf der Basis dessen, was sie herausgefunden hat, vermutet ihr, dass unser UNSUB so etwas schon einmal getan haben könnte.« Agent Mullins ließ ihre Zusammenfassung meiner Worte einige Sekunden im Raum stehen, bevor sie hinzufügte: »Und zwar zweimal.«

»Es ist nur eine Theorie«, erwiderte ich, bevor einer der Agenten fand, dass jetzt ein guter Zeitpunkt wäre, Sloane einen Vortrag darüber zu halten, dass es sich nicht gehörte, das FBI zu hacken. »Aber der Fall, auf den Sloane gestoßen ist, wurde nie gelöst, und er passt ins Muster.«

»Auch was den Ort betrifft?«, fragte Briggs. Ich konnte fast *hören*, wie er sich die Schläfen rieb. »Ist der Mörder in einer Spirale vorgegangen?«

»Einer Fibonacci-Spirale«, korrigierte Sloane. »Und nein, ist er nicht.«

»Zahlen an den Handgelenken?«, fragte Mullins.

»Nein«, wiederholte Sloane.

Keine Zahlen auf den Handgelenken. Keine Spirale. Wenn wir es tatsächlich mit demselben Mörder zu tun hatten, dann hatte er sich verändert. Das war nichts Ungewöhnliches, normalerweise änderte ein UNSUB seinen Modus Operandi – die notwendigen Elemente eines Verbrechens. Zahlen auf die Handgelenke der Opfer zu schreiben, war nicht *notwendig*. Sie in einer Spirale zu töten, war eine *Entscheidung*. Der M.O. eines Mörders konnte sich ändern, aber seine Handschrift blieb in der Regel immer dieselbe.

»Die Zahlen waren immer da.« Sloanes Stimme war eindringlich. »Selbst wenn er sie nicht auf das Handgelenk von jemandem geschrieben hat oder wenn er nicht an bestimmten Stellen getötet hat, waren sie da.«

In den Daten, fügte ich im Stillen hinzu. Vielleicht war das die Handschrift, das tief sitzende psychologische *Bedürfnis*, das sich im Verhalten des UNSUBs manifestierte, dass die Tötungen von den Zahlen gesteuert werden *mussten*. So gesehen waren die zusätzlichen Elemente der Las-Vegas-Verbrechen keine Abweichungen von der Handschrift.

Sie waren eine Eskalation. *Mehr Zahlen, mehr Regeln.*

»Ich bin jetzt älter«, sagte Dean, um diese Möglichkeit auszuloten. »Klüger, geschickter. Ich habe so lange gewartet, so lange geplant.«

Seine Stimme war leiser, wenn er im Profiling-Modus sprach, tiefer. »Vor langer Zeit war ich Amateur. Jetzt bin ich ein Künstler. Unbesiegbar. Unaufhaltsam.«

»Und diesmal«, sagte ich langsam, »willst du Anerkennung.«

Deshalb hast du die Zahlen auf die Handgelenke deiner Opfer geschrieben, dachte ich. *Du wolltest, dass wir den Code entschlüsseln. Du wolltest, dass wir das ganze Ausmaß deiner Taten sehen.*

»Es wird schwer genug sein, die örtliche Polizei davon zu überzeugen, dass Beau Donovan nicht unser Serienmörder ist, auch ohne dass wir einen jahrzehntealten Fall einbeziehen, der auf den ersten Blick scheinbar nichts damit zu tun hat.« Briggs unterbrach meine Gedanken. »Die Mächtigen dieser Stadt wollen, dass dieser Fall gelöst wird. Und zwar sofort. Wenn wir jetzt die Theorie aufstellen, dass dieser letzte Angriff nicht das Werk unseres UNSUBs ist, können wir davon ausgehen, dass die bisherige Zusammenarbeit ziemlich schnell aufgekündigt wird.«

»Das bedeutet«, sagte Lia, »dass Sie Ihre Suite im Desert Rose verlieren könnten. Ich habe gehört, dass es in der Nähe des Strip ein paar *nette* Etablissements gibt.«

»Das bedeutet«, antwortete Agent Briggs, »dass, wenn wir eine Liste der Hotelgäste haben wollen, um sie mit den Zeugen und möglichen Verdächtigen im New Yorker Fall zu vergleichen, dieselben Entscheidungsträger sich wahrscheinlich weigern werden, uns das ohne einen Durchsuchungsbefehl zu ermöglichen.«

»Und«, fügte Agent Mullins nüchtern hinzu, »Grayson Shaw wird mit ziemlicher Sicherheit darauf bestehen, dass der Große Ballsaal des Majesty auf der Stelle wieder geöffnet wird.«

Ich ballte die Hände und bohrte die Fingernägel in meine Handflächen. *Drei Tage.* So viel Zeit blieb uns bis zum nächsten Mord. So lange blieb uns, um Sloanes Vater davon zu überzeugen, dass es ein Fehler wäre, den Ballsaal wieder zu öffnen.

»Was sollen wir tun?« Dean wirkte äußerst konzentriert.

»Im Moment«, sagte Agent Briggs, »müssen wir euch bitten, euch zurückzuhalten. Bleibt in euren Zimmern und haltet euch aus allem Ärger raus. Wir sind an der Sache dran.«

Ob Mullins und Briggs nun »an der Sache dran« waren oder nicht, keiner von uns hatte die Absicht, hier herumzuhocken und Däumchen zu drehen, bis sie uns den nächsten Auftrag erteilten.

Ich schnappte mir einen Stift und den Majesty-Notizblock neben dem Telefon und schrieb die Namen aller Leute auf, mit denen wir bisher über den Fall gesprochen hatten, wobei ich zwei gleich durchstrich: den Sicherheitschef und Camille Holt. Er lag im Koma und sie war tot. Keiner der beiden war verdächtig.

»Die Morde in New York sind elf Jahre her«, sagte ich. »Aufgrund ihres Alters schließt das nicht nur Beau Donovan, sondern auch Aaron Shaw und Tory Howard aus.«

Kinder können zu schrecklichen Dingen gezwungen werden – Dean war Beweis genug. Aber jemandem von hinten die Kehle durchzuschneiden? Das war nicht der M. O. eines Kindes mit begrenzter Reichweite.

Ich ging die anderen Namen auf meiner Liste durch. Thomas Wesley war neununddreißig Jahre alt, also siebenundzwanzig und bereits CEO seiner ersten Firma zum Zeitpunkt der Morde in New York. Der Professor war damals zweiunddreißig, und eine kurze Internetrecherche ergab, dass er damals gerade sein Grundstudium an der NYU absolviert hatte. Ich zögerte einen Moment und fügte der Liste einen letzten Namen hinzu.

Grayson Shaw.

Sloanes Vater war Anfang fünfzig. Er war ganz klar ein Mann, dem es um Macht und Kontrolle ging. Die Art, wie er Sloane behandelt hatte, verriet mir, dass er dazu neigte, Menschen als seinen Besitz zu betrachten und sich ihnen gegenüber gefühllos und unsensibel zu verhalten.

Ich hätte Michaels Auto darauf verwettet, dass Grayson Shaw als Inhaber der Majesty Corporation häufig nach New York reiste.

»Es steht mir wirklich nicht zu anzuregen, dass Sloane erneut das FBI hackt«, sagte Michael und bewahrte Sloane so davor, sich mit ihrem Vater zu beschäftigen, »aber ich meine, Sloane sollte erneut das FBI hacken.«

Einen Moment später erschien Judd in der Tür. Er musterte Michael, musterte den Rest von uns und ging dann, um sich einen Kaffee zu machen.

»Sie haben heute Morgen eine Menge Action verpasst«, rief Lia ihm hinterher.

Er drehte sich nicht einmal um. »Ich verpasse nie viel.«

Mit anderen Worten, Judd wusste genau, womit wir den Vormittag verbracht hatten. Er hatte sich nur nicht eingemischt – und würde es auch jetzt nicht tun. Judds Priorität war es nicht, Fälle zu lösen oder sicherzustellen, dass das FBI *nicht* gehackt wurde. Sein Job war es, für unsere Sicherheit und unser Essen zu sorgen.

Egal, was passierte.

Für ihn war alles andere zweitrangig.

»Wenn *Tertium* nicht nur heißt, dass unser Mörder auf die Zahl Drei fixiert ist, wenn es wirklich bedeutet, dass unser Mörder diese Nummer zum dritten Mal abzieht«, sagte Lia neben mir, die sich offenbar für Michaels Vorschlag erwärmte, »dann macht es absolut Sinn zu schauen, ob wir den noch fehlenden Fall ausgraben können.«

Nur Lia konnte das Hacken des FBI *vernünftig* erscheinen lassen.

»Ich kann ein Programm installieren«, bot Sloane an. »Nicht nur für das FBI, sondern auch für Interpol, lokale Polizeidatenbanken, alles, worauf ich bereits Zugriff habe. Ich lasse es alle verfügbaren Datensätze durchsuchen, die unseren Parametern entsprechen. Das letzte Mal habe ich eine manuelle Suche nach einem einzelnen Fibonacci-Datum durchgeführt. Diesmal wird es etwas länger dauern, aber die Ergebnisse werden vollständiger sein.«

»Und bis es so weit ist …«, Judd trat durch die Küchentür, »… könnt ihr anderen Übeltäter etwas essen.«

Michael öffnete den Mund, um zu widersprechen, aber Judd brachte ihn mit einem Blick zum Schweigen.

»Zimmerservice?«, schlug Michael leise vor.

»Nur, wenn du eine Rechnung über zweihundert Dollar bezahlen willst«, antwortete Judd.

Michael ging zum nächsten Telefon. Seit dem Streit am Pool hatte er sich auffallend zurückgehalten, aber ich wusste schon, bevor er den Hörer abnahm, dass er eine Frühstücksbestellung nicht unter *dreihundert* Dollar aufgeben würde.

Nur beim Champagner legte Judd sein Veto ein.

Während wir auf das Essen warteten, zog ich mich zurück, um zu duschen. Seit Sloane mir am Morgen die Logik der Daten erklärt hatte, war ich auf Hochtouren gelaufen. Eine Dusche würde mir guttun. Noch besser wäre es, wenn ich dabei zur Ruhe käme und wieder klar denken könnte.

Als ich in das Programm aufgenommen worden war, hatten wir uns noch auf die ungelösten Fälle beschränkt und nur gelegentlich etwas über die Fälle erfahren, an denen unsere Betreuer gerade arbeiteten. In den drei Monaten, seit sich die Regeln geändert hatten, hatten wir an einem halben Dutzend aktiver Fälle gearbeitet. Den ersten hatten wir in weniger als drei Tagen gelöst. Den zweiten noch schneller. Der dritte hatte fast eine Woche gedauert, aber dieser …

So viele Details. Je länger der Fall sich hinzog, desto mehr Informationen musste mein Gehirn verarbeiten. Das Profil des UNSUBs entwickelte sich mit jedem Mord weiter, und jetzt, wo es so aussah, als hätten wir es mit einem UNSUB zu tun, das vor Jahren schon Serienmorde begangen hatte, arbeitete mein Gehirn auf Hochtouren. Die

Akten, die ich gelesen hatte. Die Vernehmungen, die ich gesehen hatte. Meine eigenen ersten Eindrücke.

Ich merkte, dass das Schwierigste an der Arbeit einer Profilerin war, einzuschätzen, welche Informationen man ignorieren musste. Spielte es eine Rolle, dass sowohl Beau als auch Tory Zeit in Heimen verbracht hatten? Was war mit der Art und Weise, wie Aaron seinen Vater gleichzeitig ablehnte und sich ihm unterordnete? Die anhängliche Art, die mir bei Thomas Wesleys Assistenten aufgefallen war? Der Drink, den der Professor bestellt hatte, obwohl er nur so tat, als würde er ihn trinken?

Selbst jetzt, da sich unser Verdacht auf Personen über dreißig konzentrierte, konnte ich den Teil meines Gehirns nicht abschalten, der das, was ich über alle Beteiligten wusste, immer wieder neu ordnete und dabei nach einem Sinn suchte.

Ich wurde das Gefühl nicht los, etwas übersehen zu haben. Andererseits hatte ich als Profilerin immer das Gefühl, etwas zu übersehen, bis der Fall abgeschlossen war. Bis das Morden *aufhörte* – und zwar nicht nur für einen oder zwei oder drei Tage.

Für immer.

Das Geräusch des Duschstrahls, der in die Wanne prasselte, war rhythmisch und beruhigend. Als ich in die Dusche trat, ließ ich ihn meine Gedanken übertönen. *Einatmen. Ausatmen.* Ich drehte mich um, beugte den Nacken und ließ das Wasser über mein Haar laufen und mein Gesicht hinabrinnen.

Für ein paar glückliche Minuten war mein Geist ruhig – aber er blieb es nie lange.

Einundzwanzigster Juni. Dorthin wanderten meine Gedanken, wenn ich sie nicht mit Nachdruck auf etwas anderes lenkte. *Die Garderobe meiner Mutter. Blut an meinen Händen. Blut an den Wänden.*

»Tanz dich frei, Cassie.«

Ich konnte meine Gedanken abspalten. Ich konnte mich ablenken. Ich konnte mich auf den aktuellen Fall konzentrieren und alles andere ausblenden, aber die Erinnerungen, die Ängste und die düsteren Bilder des Skeletts in dem Grab auf dem Feldweg waren immer noch da, warteten direkt unter der Oberfläche auf mich.

Meine Träume waren Beweis genug.

Einundzwanzigster Juni, dachte ich wieder. Ich erinnerte mich daran, wie ich vor Sloanes gezeichneten Kalendern gestanden und mit dem Finger auf das Datum getippt hatte. *Keine Fibonacci-Daten im Juni.*

Und doch ging es mir durch den Kopf. *Der einundzwanzigste Juni.*

Warum dachte ich an diesen Tag? Nicht an meine Mutter, was auch ohne psychologisches Wissen völlig einleuchtend gewesen wäre, sondern an das Datum? Ich stellte mir vor, wie ich vor dem Kalender gestanden und Monat für Monat durchgegangen war. *Im April eine Handvoll, im Mai nur zwei. Kein einziger im Juni.*

Mein Atem stockte. Meine Hand streckte sich wie von selbst aus und stellte die Dusche ab. Ich stieg aus und dachte gerade noch daran, mir ein Handtuch umzuwickeln, bevor ich zurück ins Schlafzimmer eilte.

Ich lief zu der Wand mit den bunten Objekten, die, nach Größe geordnet, auf dem Glasregal standen. Ich ignorierte die Blätter, die Sloane für Januar, Februar, März und April aufgehängt hatte.

Zwei Daten im Mai.

»Fünfter Mai«, sagte ich laut, und mein ganzer Körper spannte sich an. »Und der achte Mai.«

»Sechs Jahre sind es im Mai«, hatte Judd mir gesagt. Aber das war nicht alles, was er mir gesagt hatte. Er hatte mir auch das Datum genannt, an dem Scarlett ermordet worden war. *Der achte Mai.*

Ich konnte mich nicht daran erinnern, in die Küche gegangen zu sein, und doch stand ich plötzlich dort, tropfnass und nur mit einem Handtuch bekleidet.

Michael musterte mein Gesicht. Dean wurde ganz still. Auch Lia schien zu spüren, dass dies nicht der richtige Moment war, um einen Kommentar über meinen spärlich bekleideten Zustand abzugeben.

»Judd«, sagte ich.

»Alles in Ordnung, Cassie?« Er stand an der Theke und löste ein Kreuzworträtsel.

Ich konnte nur denken, dass die Antwort *Nein* sein musste. Wenn ich fragte, musste Judd *Nein* sagen.

»Der Mörder, der Scarlett getötet hat«, sagte ich. »Nightshade. Wie viele Menschen hat er umgebracht?« Nur ganz entfernt drang in mein Bewusstsein, dass meine Frage weder mit *Ja* noch mit *Nein* zu beantworten war.

Judds Miene verfinsterte sich, nur für einen Moment. Ich dachte, er würde die Antwort verweigern, aber das tat er nicht.

»Soweit wir wissen«, sagte er mit heiserer Stimme, »hat er neun Menschen getötet.«

DU

Alles kann gezählt werden. Alles außer der wahren Unendlichkeit hat ein Ende.

Ohne das Messer in der Hand kannst du das Muster nur leicht auf der Oberfläche deines Hemdes nachzeichnen. Du kannst die Schnitte darunter spüren, das Versprechen, das du in deine eigene Haut geritzt hast.

Ringsherum. Oben und unten. Links und rechts.

Sieben plus zwei ist neun.

Neun ist die Zahl. Und Neun ist das, wozu du immer bestimmt warst.

KAPITEL 39

S*erienkiller hören nicht einfach auf.*

Das hatte Agent Mullins mir erklärt. Mir war damals klar gewesen, dass sie den Mörder meinte, der Scarlett Hawkins getötet hatte.

Ich hatte jedoch keine Ahnung, dass Scarlett Nightshades neuntes Opfer war.

Während Judd dastand und mich anstarrte, spuckte mein Gehirn alles aus, was ich je über den Tod seiner Tochter gehört hatte. Briggs und Mullins waren dem Fall Nightshade zugeteilt worden, kurz nachdem sie Deans Vater verhaftet hatten. Sie hatten den Killer mit aller Härte gejagt. Und er hatte grausam zurückgeschlagen.

Er hatte ihre Freundin getötet, ein Mitglied ihres Teams, das nie in der Schusslinie hätte sein dürfen, in ihrem eigenen Labor.

Sie haben ihn nie gefasst. Ich konnte nicht verhindern, dass mir diese Worte wieder und wieder durch den Kopf gingen. *Und Serienkiller hören nicht einfach auf.*

New York vor elf Jahren.

D.C. vor fünfeinhalb Jahren.

Und jetzt Vegas.

Dean trat neben Judd. Keiner von beiden war ein Freund vieler Worte. An ihrer Haltung erkannte ich immer noch den Mann, der seine Tochter verloren hatte, und den zwölfjährigen Jungen, dessen Rettung ihn seinen eigenen Kummer ein wenig vergessen hatte lassen.

»Wir müssen die Daten der anderen Nightshade-Morde ermitteln.« Dean versuchte nicht, ihn damit zu trösten. Judd war nicht der Typ, den man tröstete.

Du willst keinen Trost. Das wolltest du nie. Du willst den Mann, der deine Tochter getötet hat, und du willst ihn tot sehen.

Ich verstand das, besser als die meisten.

»Wir brauchen nicht zu ermitteln.« Judds Stimme klang hart. »Ich kenne die Daten.« Sein Kinn zitterte leicht, seine Lippen zogen sich nach innen. »Vierter März. Fünfter März. Einundzwanzigster März.« Ich konnte den Tonfall des Elitesoldaten heraushören, während er sprach, als würde er eine Liste gefallener Kameraden verlesen. »Zweiter April. Vierter April.«

»Halt.« Sloane kam näher und nahm seine Hand. »Judd«, sagte sie mit einem Blick voller Herzenswärme, »du kannst jetzt aufhören.«

Aber er konnte nicht. »Fünfter April. Dreiundzwanzigster April. Fünfter Mai.« Er schluckte, und obwohl sich sein Gesicht straffte, konnte ich den Glanz der Tränen in seinen Augen sehen. »Achter Mai.«

Die Muskeln in Judds Armen spannten sich. Für einen Moment dachte ich, er würde Sloane wegschubsen, aber stattdessen verschränkten sich seine Finger mit ihren. »Stimmen die Daten?«, fragte er.

Sloane nickte, und wo sie einmal angefangen hatte, konnte sie nicht mehr aufhören zu nicken. »Ich wünschte, sie würden nicht übereinstimmen«, sagte sie heftig. »Ich wünschte, ich hätte es nie gesehen. Ich wünschte …«

»Lass das«, sagte Judd scharf. »Entschuldige dich niemals für das, was du bist.«

Behutsam ließ er ihre Hand los. Dann sah er uns alle an, einen nach dem anderen. »Ich sollte derjenige sein, der es Ronnie und Briggs sagt«, sagte er. »Und ich sollte es persönlich tun.«

»Nur zu.« Lia kam mir mit ihrer Antwort zuvor. »Wir kommen schon klar.« Lia sprach selten in so kurzen Sätzen. Ihr Gesichtsausdruck erinnerte mich daran, dass Judd sich um Lia gekümmert hatte, seit sie dreizehn war.

»Ich will nicht, dass du in der Nightshade-Akte herumschnüffelst.« Judd starrte Lia an, als er diesen Befehl gab, aber es war klar, dass er mit uns allen sprach. »Ich weiß, wie ihr alle arbeitet. Ich weiß, dass ihr, sobald ich aus der Tür gehe, von Sloane die Details haben wollt, damit ihr euch kopfüber in den Fall stürzen könnt, aber ich meine es ernst.« Judd sah uns alle mit strengem Blick an. »Wenn ihr ohne meine Erlaubnis auch nur in die Nähe dieser Akte kommt, setze ich euch in den nächsten Flieger zurück nach Quantico, ohne Rücksicht auf diesen Fall.«

Niemand im Raum glaubte, dass Judd leere Drohungen aussprach.

Fünfzehn Minuten, nachdem Judd gegangen war, kam der Zimmerservice. Keiner von uns rührte das Essen an.

»Judd hatte recht«, sagte Michael und durchbrach damit die Stille, die sich nach Judds Abgang ausgebreitet hatte. »Es ist noch zu früh am Tag für Champagner.« Er ging zur Bar und holte eine Flasche Whiskey heraus. Dann stellte er fünf Gläser auf den Tisch.

»Glaubst du wirklich, dass dies der richtige Zeitpunkt für einen Drink ist?«, fragte Dean.

Michael starrte ihn an. »Redding, ich glaube, das ist die Quintessenz von ›der richtige Zeitpunkt für einen Drink‹.« Er wandte sich an den Rest von uns. Ich schüttelte den Kopf. Lia hielt zwei Finger hoch.

»Sloane?«, fragte Michael. Es war bezeichnend für ihn, dass er ihren Koffeinkonsum rationierte, ihr aber, ohne mit der Wimper zu zucken, Hochprozentiges anbot.

»In Alaska macht man sich strafbar, wenn man einem Elch Alkohol gibt.«

»Das heißt dann wohl Nein«, sagte Michael.

»In Amerika«, betonte Dean, »können Minderjährige wegen Alkoholkonsums strafrechtlich verfolgt werden.« Lia und Michael ignorierten ihn. Ich kannte Dean gut genug, um zu wissen, dass seine Gedanken nicht wirklich bei der Flasche Whiskey waren. Sie waren bei Judd.

Genau wie meine.

Ohne Details konnte ich nur ein grobes Profil des Mörders von Judds Tochter zeichnen. *Das FBI war dir hart auf den Fersen. Du hast sie persönlich attackiert.* Das sagte mir, dass wir es mit jemandem zu tun hatten, der keine Angst hatte, der dafür lebte, andere in Angst und Schrecken zu versetzen. Jemand, für den Töten ein Spiel war. Jemand, der es liebte zu gewinnen. Wahrscheinlich war es eher ein Mann als eine Frau, obwohl der Name *Nightshade* stark darauf hindeutete, dass die Waffe der Wahl des Mörders Gift war, was normalerweise eher mit Frauen in Verbindung gebracht wurde.

Da ich nicht weiterkam, ging ich einen Schritt zurück und betrachtete die Sache von der anderen Seite. Ich wusste sehr wenig über Nightshade, aber einiges über Judds Tochter. Vor Monaten hatte mir Agent Mullins eine Geschichte erzählt. Wir waren damals gefangen gehalten worden, und sie hatte mir erzählt, dass sich ihre beste Freundin Scarlett als Kind immer schreckliche Szenarien ausgemalt und überlegt hatte, wie man ihnen entkommen konnte. *»Du bist lebendig in einem gläsernen Sarg begraben, mit einer schlafenden Kobra auf deiner Brust«*, sagte sie einmal. *»Was tust du?«*

Bei einer anderen Gelegenheit hatte Judd angedeutet, dass Scarlett im Schulalter einmal die junge Veronica Mullins überredet hatte, sie auf eine »wissenschaftliche Expedition« zu begleiten, die eine kleine (oder vielleicht auch nicht so kleine) Klettertour an einer Klippe beinhaltete.

Du warst furchtlos und witzig und zu stur, um dir etwas ausreden zu lassen, wenn du dich einmal entschieden hattest, dachte ich. Scarlett war erwachsen geworden und arbeitete in den Labors des FBI. *Hast du am Nightshade-Fall gearbeitet?*, fragte ich sie leise. *Warst du deshalb in dieser Nacht im Labor?* Ich dachte an Sloane, die vor einem Rätsel stand und nicht aufgeben wollte, bis die Zahlen einen Sinn ergaben. *Warst du auch so?*

Ohne die Akte zu lesen, konnte ich es nicht wissen. *Hast du deinen Mörder gesehen? Hat er dir beim Sterben zugesehen?* In meinem Kopf führte eine Frage zur nächsten. *Ging es schnell oder langsam? Hast du um Hilfe gerufen? Hast du an Kobras gedacht und an Glassärge? An Mullins und Briggs und Judd?*

Ein Klopfen an der Tür riss mich aus meinen Gedanken. Ich schüttelte mich. Ein Teil von mir fühlte sich, als hätte ich etwas Dunkles angezogen, nur weil ich an seinen Namen gedacht hatte.

Dean stand auf und ging zur Tür, Michael und Lia folgten ihm. Dean starrte durch den Spion. »Was willst du?« Wer auch immer auf der anderen Seite war, Dean war nicht gerade freundlich gestimmt.

»Ich habe etwas für euch.«

Die Stimme war durch die Tür etwas gedämpft, aber ich erkannte sie trotzdem.

»Aaron?« Sloane trat neben Dean. Für den Bruchteil einer Sekunde erhellte sich ihr Gesicht. Aber ich sah genau den Moment, in dem sie sich daran erinnerte, dass ihr Halbbruder vielleicht gar nicht so anders war als ihr gemeinsamer Vater.

»Sloane.« Aaron sprach jetzt mit ihr, nicht mehr mit Dean. »Ich weiß, was du für das FBI tust. Mein Vater hat es mir erzählt.«

Ich traute Sloanes Vater nicht – und das machte es mir sehr schwer, Aaron zu vertrauen.

»Es gefällt mir nicht«, fuhr Aaron fort. »Das ist nicht das Leben, das ich mir für dich wünsche. Und das ist jetzt auch nicht die Art von Unterhaltung, die ich mir für uns wünsche. Aber ich muss dem FBI etwas mitteilen.«

Deans Blick wanderte zu Lia. Sie nickte. Aaron hatte die Wahrheit gesagt.

»Dann erzähl es der Polizei«, blaffte Dean zurück, immer noch nicht gewillt, die Tür zu öffnen.

»Mein Vater kontrolliert die Polizei.« Aaron senkte die Stimme. Ich konnte ihn kaum verstehen. »Und er will Beau Donovan im Gefängnis sehen.«

Bei der Erwähnung von Beaus Namen trat ich einen Schritt vor.

Was Aaron sagte, passte zu dem, was Agent Briggs über die Mächtigen gesagt hatte, die eine saubere Lösung für ihr kleines Serienmörderproblem wollten.

»Bitte«, sagte Aaron. »Je länger ich im Flur stehe, desto größer ist die Chance, dass mich jemand auf einem Überwachungsvideo erwischt, und dann haben wir größere Probleme als die Tatsache, dass du mir nicht vertraust.«

Dean ging in die Küche. Er zog eine Schublade auf, dann eine andere. Einen Moment später kehrte er zur Eingangstür zurück.

Er trug ein Fleischermesser bei sich.

KAPITEL 40

Dean öffnete die Tür. Aaron trat ein, musterte Deans Messer und schloss die Tür hinter sich.

»Ich weiß es zu schätzen, dass jemand auf Sloane aufpasst«, sagte Aaron zu Dean. »Aber ich möchte darauf hinweisen, dass so ein Messer nicht viel nützt, wenn die Person auf der anderen Seite dieser Tür eine Schusswaffe trägt.«

Es ist nicht alles Gold, was glänzt, dachte ich und nahm die Warnung in Aarons Worten wahr. *Du bist es gewohnt, dass die Menschen um dich herum bewaffnet sind. Die Welt, in der du aufgewachsen bist, ist ein dunkler, glitzernder Ort.*

Dean warf Sloanes Bruder einen ausdruckslosen Blick zu. »Dass du dich da mal nicht täuschst.«

Aaron musste etwas in diesem Blick gesehen haben, das ihm einen kalten Schauer über den Rücken jagte. »Ich bin unbewaffnet«, versicherte er Dean, »und ich bin nicht hier, um irgendjemandem etwas anzutun. Du kannst mir vertrauen.«

»Dean ist kein übermäßig vertrauensseliger Mensch«, sagte Michael leichthin. »Das liegt wahrscheinlich daran, dass er von einem psychotischen Serienkiller mit einer Vorliebe für Messer aufgezogen wurde.« Er grinste Aaron stählern an. »Komm doch rein.«

Aarons Augen suchten Lia. »Du bist diejenige, die Lügen erkennen kann?«, fragte er.

»Wer?«, sagte Lia. »Ich?«

»Ich bin nicht bewaffnet«, wiederholte Aaron und sah ihr direkt in die Augen. »Und ich bin nicht hier, um jemanden zu verletzen.«

Ohne ein weiteres Wort ging er ins Wohnzimmer und nahm Platz. Dean setzte sich ihm gegenüber. Ich blieb stehen.

»Wie ihr sicher wisst«, begann Aaron, »haben Beau Donovan und ich uns gestern Abend in die Haare bekommen.«

Das Debakel hinter der Bühne von Torys Show schien eine Ewigkeit her zu sein – und fast schmerzhaft unbedeutend angesichts dessen, was wir seitdem erfahren hatten.

»Du hast ein anderes Mädchen zu Torys Show mitgebracht.« Sloane sah Aaron nicht an, während sie sprach. Sie starrte auf das Fenster hinter ihm – auf ihre Zeichnung, ihre Berechnungen und die Fibonacci-Spirale. »Beau betrachtet Tory als seine Schwester. Ich vermute, dass ein nicht unerheblicher Prozentsatz der Bevölkerung unter diesen Umständen ähnlich reagiert hätte.« Und als ob das noch nicht deutlich genug gewesen wäre, fuhr Sloane fort. »Nach meinen Berechnungen bestand eine 97,6-prozentige Chance, dass du einen Schlag auf die Nase verdient hattest.«

Aarons Mundwinkel zogen sich leicht nach oben. »Ich habe gehört, dass du gut mit Zahlen umgehen kannst.«

Ich konnte keine Spur von Kritik in Aarons Tonfall erkennen. Michaels Gesichtsausdruck nach zu urteilen, schien auch er keine wahrzunehmen. Ich dachte an Sloanes Aussage, dass sie wollte, dass Aaron sie mochte.

Ich musterte Aaron. *Du magst sie. Du willst sie besser kennenlernen.*

»Wie wäre es, wenn wir uns auf das mysteriöse *Etwas* konzentrieren, von dem du willst, dass wir es dem FBI geben?« Lia kam und setzte sich auf die Armlehne von Deans Stuhl. Sie mochte keine Fremden und sie traute ihnen nicht – schon gar nicht, wenn es um Sloane ging.

Aaron griff in seine Jackentasche und zog eine durchsichtige Hülle heraus. Sie enthielt eine DVD. »Überwachungsvideos«, sagte er. »Aufgenommen von einem Pfandhaus gegenüber dem Ort, an dem Victor McKinney niedergeschlagen wurde.«

Lias Schweigen schien zu bestätigen, dass Aaron die Wahrheit über die DVD gesagt hatte.

»Victor war unser Sicherheitschef«, fuhr Aaron fort. »Aus seiner Sicht – und aus der meines Vaters – war Beau Donovan ein Sicherheitsrisiko.«

Beau hatte Aaron angegriffen. Er hatte ihn nicht verletzt, aber für einen Mann wie Grayson Shaw spielte das keine Rolle. Wenn Sloanes Vater sie als ein lästiges Eigentum betrachtete, würde er seinen legitimen Sohn nicht nur als Eigentum betrachten, sondern als eine Erweiterung seiner selbst.

Diese Dynamik war mir schon einmal begegnet – bei Deans Vater.

»Wenn ihr euch das Filmmaterial anseht, werdet ihr feststellen, dass Victor derjenige war, der Beau verfolgt hat, nicht umgekehrt. Victor war derjenige, der Beau gegen die Wand geschleudert hat. Und Victor«, schloss Aaron, »war derjenige, der eine Waffe gezogen und sie Beau seitlich an den Kopf gehalten hat.«

Dean verarbeitete diese Information in Sekundenbruchteilen. »Euer Sicherheitschef hatte nie die Absicht, abzudrücken.«

Aaron beugte sich vor. »Das konnte Beau nicht wissen.«

Sloanes Vater liebte es, Befehle zu erteilen und Ultimaten zu stellen. Zu Einschüchterungen war es nur ein kleiner weiterer Schritt. Beau war kein Mann, der sich gerne einschüchtern ließ. Er hatte ein gewisses Temperament. Wenn man ihn mit einer Waffe bedrohte, würde er sich wehren.

»Er griff nach einem losen Ziegelstein«, sagte Aaron.

Trauma durch stumpfe Gewalt.

»Selbstverteidigung«, sagte ich laut. Wenn Victor McKinney eine Waffe auf Beau gerichtet hatte, dann war das ein klarer Fall von Selbstverteidigung. Und wenn Aaron den Zusammenhang zwischen Beaus Verhaftung und dem Auftrag des Sicherheitschefs des Majesty erkannt hatte, dann hatte Grayson Shaw das sicher auch.

»Wie konnte dein Vater Beau die ersten vier Morde nur anhängen?«, fragte ich. »Ist es ihm egal, dass da draußen immer noch ein Serienmörder sein Unwesen treibt?«

»Wollt ihr wissen, was ich vermute?«, antwortete Aaron. »Mein

Vater glaubt, dass er und das FBI den ursprünglichen Mörder in die Flucht geschlagen haben. Und er ist jemand, der jede Gelegenheit beim Schopf ergreift. So schlägt er zwei Fliegen mit einer Klappe: Beau Donovan kann mir nie wieder etwas anhaben, und niemand hinterfragt, warum der Sicherheitschef der Majestät hinter Beau her war.«

»Warum erzählst du uns das?«, fragte Lia. »Dein herzallerliebster Daddy wird darüber nicht sehr erfreut sein.«

»Das ist er selten.« Aaron stand auf und tat die Worte ab, als hätten sie nichts zu bedeuten – was mir natürlich sagte, dass sie mehr bedeuteten, als er jemals zugeben würde.

Du bist der Goldjunge. Der Erstgeborene. Der Erbe.

Ich starrte ihn eine Weile an, während mein Verstand die Puzzleteile zusammensetzte. *Du widersetzt dich deinem Vater nicht ohne Grund.* »Tory«, sagte ich. »Du hast es für Tory getan.«

Aaron antwortete nicht, aber Michael übersetzte seinen Gesichtsausdruck. »Ja«, sagte er und klang betroffen über die Tiefe der Gefühle, die er in Aarons Gesicht wahrnahm. »Das hat er.«

Ich las zwischen den Zeilen von Michaels Worten, während ich Aaron fixierte. *Du liebst sie.*

Aarons Telefon machte *Ping*. Er blickte nach unten. Er war ganz offensichtlich erleichtert, dass er um das Eingeständnis herumgekommen war, den Zorn seines Vaters riskiert zu haben, um Beau zu retten, weil er Torys Bruder war.

»Willst du nicht wissen, was in der SMS steht?«, fragte Sloane.

Aaron sah auf und begegnete dem Blick seiner Schwester. »Das hängt davon ab, ob du wissen willst, ob der Sicherheitschef wieder aus seinem Koma erwacht ist.«

KAPITEL 41

Aaron verließ uns. Es dauerte nicht lange, bis seine Bemerkung bestätigt wurde. Victor McKinney – der Sicherheitschef des Majesty und unser letztes Opfer – war erwacht. Briggs und Mullins waren auf dem Weg ins Krankenhaus, um ihn zu vernehmen. Wir spielten das Video ab, das genau das zeigte, was Aaron uns erzählt hatte, und leiteten es an Mullins und Briggs weiter. Bei ihrem Gespräch mit dem Sicherheitschef des Majesty könnten sie ihm einige sehr gezielte Fragen stellen.

Eine halbe Stunde später klingelte mein Handy. Fast wäre ich reflexartig rangegangen, weil ich dachte, es wären Mullins oder Briggs, aber im letzten Moment sah ich die Nummer des Anrufers.

Es war mein Vater.

Und schon war ich wieder zwölf Jahre alt und lief den Flur entlang zur Garderobentür meiner Mutter. *Mach sie nicht auf. Geh da nicht rein.*

Ich wusste, was er mir mit seinem Anruf sagen wollte.

Ich wusste, wenn ich diese Tür öffnete, würde nichts mehr so sein, wie es einmal war.

Ich wies den Anruf ab.

»Das ist kein fröhliches Cassie-Gesicht«, sagte Michael und stupste mich sanft an.

»Trink deinen Whiskey«, antwortete ich.

Sloane hob die Hand wie eine Schülerin, die im Unterricht aufgerufen werden will. »Ich glaube, ich hätte jetzt gerne einen Whiskey«, sagte sie.

»Zuerst«, sagte Michael ernst, »muss ich mich vergewissern, dass du den Whiskey nicht einem Elch geben willst.«

»Er macht nur Spaß«, sagte Dean, bevor Sloane uns die Wahrscheinlichkeit nennen konnte, in einem Casino in Las Vegas über einen Elch zu stolpern. »Und mit Whiskey ist jetzt Schluss.«

Dean ging zum Tresen und nahm den Notizblock, auf dem ich mir vorhin Notizen gemacht hatte. Er starrte auf die drei verbliebenen Namen.

Der Professor. Thomas Wesley. Sloanes Vater.

Ich stellte mich hinter Dean und sah über seine Schulter auf die Liste. *Konzentriere dich darauf, Cassie. Auf diese Namen, auf diesen Fall.*

Nicht auf den Anruf. Nicht auf eine Antwort, die ich schon kannte.

»Vor elf Jahren«, sagte ich, wandte mich laut an das UNSUB und verdrängte alles andere aus meinem Kopf, »hast du neun Menschen die Kehle durchgeschnitten, innerhalb von vier Monaten, von August bis Januar.«

»Vor fünf Jahren«, antwortete Dean, »habe ich es wieder getan. Diesmal mit Gift.«

Der Wechsel der Methode war einer der verwirrendsten Aspekte der Vegas-Morde. Die meisten Mörder hatten eine bevorzugte Tötungsmethode – oder, wenn sie keine bevorzugte Methode oder Waffe hatten, zumindest eine Art *emotionale* Tötungsweise. Gift bedeutete Töten ohne Körperkontakt – nicht unähnlich der Inszenierung eines Unfalls, bei dem eine junge Frau ertrinkt. Jemandem die Kehle durchzuschneiden war dagegen eher, wie einem alten Mann einen Pfeil in die Brust zu schießen. Beides war jedoch nicht annähernd so schmerzhaft, wie bei lebendigem Leibe verbrannt zu werden.

»Bei unserem letzten Fall mit einem UNSUB, das von Mord zu Mord so stark variierte«, sagte ich langsam und dachte an den Fall mit Deans Vater, »hatten wir es mit mehreren UNSUBs zu tun.«

Deans Kiefermuskeln verkrampften sich, aber als ich ihm eine Hand auf die Schulter legte, entspannte er sich unter meiner Berührung.

»Ich brauche neun«, sagte Dean nach einem Moment. *»Ich*, nicht *wir*.«

Sosehr sich die vier Morde hier in Vegas auch unterschieden, *irgendetwas* an ihnen fühlte sich gleich an. Nicht nur die Zahlen auf den

Handgelenken, nicht nur die Orte oder die Daten, sondern auch die Akribie der Methode, der zwanghafte Wunsch, mit jedem Mord eine Botschaft zu senden.

Das sah mir nicht nach dem Werk mehrerer UNSUBs aus – es sei denn, einer von ihnen war der Architekt hinter alldem..

Du willst erkannt werden. Du willst gehört werden.

Das wurde auf jedem Handgelenk deutlich, in dem Wort, das das UNSUB auf den Pfeil geritzt hatte, in der Botschaft, die ein Zuschauer unter Hypnose überbracht hatte. *Du willst nicht gestoppt werden. Aber du willst wahrgenommen werden, und zwar unbedingt. Du willst überlebensgroß sein*, dachte ich. *Du willst, dass die Welt erfährt, was du vollbracht hast. Du willst ein Gott sein unter den Menschen.*

Und dazu, dachte ich, *brauchst du neun.*

»Warum neun?«, fragte ich. »Was passiert nach dem neunten?«

Dean wiederholte den wichtigsten Teil der Frage. »Warum aufhören?«

Warum hast du vor elf Jahren aufgehört? Warum nach dem Mord an Scarlett Hawkins?

»Ich muss die Akte sehen«, sagte ich zu Dean.

»Du weißt, dass wir das nicht dürfen.«

»Nicht Scarletts Akte. Ich meine den anderen Fall, auf den Sloane gestoßen ist. Der Fall in New York.«

Sloane saß vor dem Couchtisch und hielt Aarons DVD in der Hand. Sie hatte sie zurück in die Hülle gesteckt und starrte sie an. Ich wusste instinktiv, dass sie an Tory dachte und daran, was Aaron für sie getan hatte.

Sie dachte – und *hoffte* schmerzlich – dass Aaron vielleicht doch nicht wie ihr Vater war.

»Sloane«, sagte ich, »kannst du dich in die FBI-Datenbank hacken und die New Yorker Akte aufrufen?«

Da Sloane selbst ein tadelloses Gedächtnis hatte, verstand sie nicht ganz, warum sie eine Datei, die sie bereits gelesen hatte, noch einmal hacken sollte, aber sie tat, worum ich sie gebeten hatte, und legte die

DVD beiseite. Ihre Finger flogen über die Tastatur. Nach ein paar Sekunden hielt sie inne, drückte ein paar Tasten und hielt dann wieder inne.

»Was ist?«, fragte ich sie.

»Das Programm, das ich vorhin geschrieben habe«, sagte Sloane, »es hat seine Suche beendet.«

»Lass mich raten«, warf Lia ein. »Es hat den Nightshade-Fall ausgespuckt, den wir bei Strafe der Verbannung nicht einmal erwähnen dürfen.«

»Ja«, sagte Sloane. »Hat es.«

Lia legte den Kopf zur Seite. »Warum klingt das nicht nach der ganzen Wahrheit?«

»Weil«, sagte Sloane und drehte den Computer so, dass wir anderen es sehen konnten, »es nicht der einzige Fall ist, den es zutage gefördert hat.«

KAPITEL 42

Sloanes Suche hatte nicht nur einen Fall geliefert. Oder zwei. Oder drei.

»Wie viele sind es?«, fragte ich mit trockener Kehle.

»Es reicht bis in die fünfziger Jahre zurück«, antwortete Sloane, »fast ein Dutzend. Alles Serienmorde, alle ungelöst.«

Ich lehnte mich gegen den Tresen, meine Hände umklammerten die Kante. »Und jedes Mal neun Morde?«

»Ich habe die Suche so eingestellt, dass sie alles ab sechs findet«, sagte Sloane. »Mit dem Hintergedanken, dass einige Opfer möglicherweise nicht erfasst oder nicht mit demselben Täter in Verbindung gebracht wurden.«

»Aber alle Opfer wurden an einem der siebenundzwanzig Fibonacci-Daten getötet, die du errechnet hast«, sagte Dean.

Sloane nickte. Ohne eine weitere Frage abzuwarten, begann sie, die Akten zu überfliegen. »Überall im ganzen Land«, berichtete sie. »Drei sogar in Europa. Stichwunden, Totschlag, Gift, Brandstiftung – alles ist vertreten.«

»Ich brauche Bilder«, sagte ich. »Alles, was du kriegen kannst, aus jeder Akte, außer der von Nightshade.« Judd hatte uns verboten, auch nur in die Nähe der Nightshade-Akte zu kommen. Aber die anderen …

All diese Opfer. All diese Familien …

Ich musste etwas unternehmen. Nichts, was ich tat, konnte jemals genug sein. »So viele Fälle«, sagte ich zu Dean, »und sie reichen so weit zurück …«

»Ich weiß.« Er sah mir in die Augen. Deans Vater war einer der schlimmsten Serienkiller unserer Zeit gewesen. Aber das hier übertraf selbst ihn bei Weitem.

Überall auf der Welt, sechzig Jahre zurückreichend – die Wahrscheinlichkeit, dass wir es mit einem einzelnen UNSUB zu tun hatten, sank mit jeder Sekunde.

»Wie gut ist dieses Programm?«, fragte Lia Sloane.

»Es findet nur Dateien, die den Parametern entsprechen.« Sloane klang leicht beleidigt.

»Nein«, sagte Lia. »Wie hoch ist die Trefferquote?« Jeder Muskel in ihrem Gesicht war angespannt. »Wie viele fehlen?«

Zahlen lügen, wurde mir klar, als ich Lias Gedankengängen folgte. *Oh Gott.*

Sloane schloss die Augen, ihre Lippen bewegten sich schnell, während sie die Zahlen durchging. »Wenn man bedenkt, auf wie viele Datenbanken ich keinen Zugriff habe, wie wahrscheinlich es ist, dass alte Akten digitalisiert wurden, welche Rolle das FBI im Laufe der Jahre bei der Aufklärung von Serienmorden gespielt hat …« Sie rutschte leicht auf ihrem Stuhl hin und her. »Die Hälfte«, sagte sie. »Im besten Fall habe ich vielleicht die Hälfte der Fälle von 1950 bis heute gefunden.«

Fast ein weiteres Dutzend Serienmorde waren gar nicht erfasst. Doppelt so viele? *Unmöglich.*

»Wie viele?«, fragte ich. »Von wie vielen Opfern reden wir insgesamt?«

»Mindestens hundertneunundachtzig«, flüsterte Sloane.

Hundertneunundachtzig Ermordete. Hundertneunundachtzig ausgelöschte Leben. Hundertneunundachtzig Familien, die verloren hatten, was ich verloren hatte. Die sich *so* verloren fühlten, wie ich mich fühlte.

Hundertneunundachtzig Familien, die nie eine Antwort erhalten hatten.

Dean rief Agent Mullins an. Ich musste an Judds Gesichtsausdruck denken, als er über den Mord an Scarlett gesprochen hatte. Ich dachte an meine Mutter, an das Blut an den Wänden ihrer Garderobe und an die Nächte, in denen ich verzweifelt auf den Anruf der Polizei gewartet hatte. Ich hatte gewartet, und sie hatten sie nie gemeldet – und als es endlich geschah, hatte es das Ganze nicht besser gemacht. Die Tage, seit sie die Leiche gefunden hatten – sie waren kein bisschen leichter.

Hundertneunundachtzig.

Das war zu viel.

Das schaffe ich nicht.

Ich tat es trotzdem, denn dafür war ich engagiert worden. Das war die Aufgabe von Profilerinnen und Profilern. Wir durchlebten den Horror. Wir tauchten wieder und wieder und wieder ein. Der Teil von mir, mit dessen Hilfe ich den Fall meiner Mutter verdrängen konnte, ließ mich wieder und wieder in andere Fälle eintauchen, und der Teil von mir, der nicht ständig gegen die Erinnerungen ankämpfen konnte, ließ mich dafür bezahlen.

Das Profiling hatte seinen Preis.

Aber ich würde ihn wieder und wieder und wieder bezahlen, wenn ich dadurch auch nur einem einzigen Kind den Anblick von Blut an den Wänden seines Zuhauses ersparen konnte.

Dem Drucker in der Suite ging fast die Tinte aus, als er die Bilder der Leichen ausdruckte – und das waren nur die aus den Akten, zu denen Sloane vollen Zugang hatte.

Indem wir die Entwicklung über die Zeit hinweg verfolgten, wurden einige Dinge klar. *Alte und Junge, Männer und Frauen.* Das Spektrum der Opfer war breit. Die einzige Gruppe, die nicht vertreten war, waren Kinder.

Keine Kinder. Wenigstens das, dachte ich, aber es konnte mich nicht wirklich trösten.

Außerdem wurde deutlich, dass manche Opfergruppen homogener waren als andere. In einem Fall gab es vielleicht nur weibliche Opfer mit langen blonden Haaren, in einem anderen gab es deutliche Anzeichen dafür, dass es sich um Gelegenheitsmorde handelte, bei denen es kein Muster bei der Auswahl der Opfer gab.

»Mehrere Mörder«, konstatierte Dean, der nicht länger als dreißig

Sekunden auf die Bilder geschaut hatte. »Und die Zeit ist nicht der einzige Faktor der Veränderung. Selbst direkt aufeinanderfolgende Fälle weisen völlig unterschiedliche Handschriften auf.«

Für einige von euch ist die Auswahl der Opfer von größter Bedeutung. Für andere ist das Ziel zweitrangig.

Elf Fälle. Elf verschiedene Mörder. *Nightshade hat die Menschen in New York nicht getötet.* Im Kontext des größeren Musters war es leichter zu erkennen. *Neun Opfer, getötet an Fibonacci-Tagen.* Alles andere – alles, was uns etwas über die Identität des Mörders verriet – war anders. Es war, als würden elf Menschen denselben Satz schreiben, immer und immer wieder. *Verschiedene Handschriften, dieselben Worte.*

Und was bedeutete das für unseren Vegas-Killer?

»Sieben verschiedene Tötungsmethoden.« Sloanes Stimme unterbrach meine Überlegungen. Wie sie hatte auch ich gezählt. Eine Gruppe von Opfern war erdrosselt worden. Der New Yorker Killer hatte seinen Opfern die Kehle durchgeschnitten. Ein anderer hatte ebenfalls ein Messer benutzt, aber eine Vorliebe für Stichwunden gezeigt. Zwei Gruppen von Opfern war das Herz durchbohrt worden, bei den einen mit Metallbolzen, bei den anderen mit allem, was am Tatort zur Hand war. In zwei Fällen waren alle Opfer erschlagen worden. In einem Fall in Paris hatte der Täter die Opfer bei lebendigem Leib verbrannt.

Im jüngsten Fall – erst zweieinhalb Jahre her – war ein Täter am Werk gewesen, der in Häuser eingebrochen war und die Bewohner in der Badewanne ertränkt hatte.

Und dann waren da noch die Menschen, die vergiftet worden waren.

Sloane stand auf und starrte auf die Bilder. »Die jüngsten Fälle liegen drei Jahre auseinander.« Sloane ging in die Hocke und begann, Fotos herauszuziehen – eines von jedem der Fälle. Mit der gleichen Effizienz, mit der sie die Glasobjekte auf dem Regal in unserem Zimmer arrangiert hatte, ordnete sie die Fotos, wobei sie einige näher beieinander platzierte als andere. Sie winkte nach Papier und Michael brachte es ihr.

Was sieht Michael, wenn er diese Bilder betrachtet? Der Gedanke traf mich plötzlich und heftig. *Kann man auf dem Gesicht eines Toten Gefühle sehen?*

Neben mir kritzelte Sloane auf ein Blatt Papier und machte sich Notizen zu den Fällen, für die wir keine Bilder hatten. Sie legte sie zu den anderen auf den Boden.

Es gibt ein Muster. Das erkannte ich auch ohne sie. Bei diesen Mördern, egal wie viele es waren und was sie taten, war das Muster entscheidend.

Sloane riss immer wieder Seiten aus dem Notizbuch. Das Geräusch, mit dem sie Blatt für Blatt abriss, war das einzige im Raum. Sie legte die leeren Seiten in die offenen Lücken.

»Wenn wir von jeweils drei Jahren Pause zwischen den Fällen ausgehen«, murmelte Sloane, »dann kann man hochrechnen, wo uns noch Daten fehlen.«

Drei Jahre, dachte ich. *Drei ist die Zahl.*

»Es wiederholt sich.« Sloane zuckte zurück, als hätte sie Angst, die Papiere könnten sie infizieren, oder als hätten sie das schon getan. »Alle einundzwanzig Jahre wiederholt sich das Muster. Durchbohrt, erdrosselt, erstochen, erschlagen, vergiftet, ertränkt, lebendig verbrannt.« Sie ging die Reihe durch und füllte die leeren Seiten mit Mordmethoden. Als sie bei der nächsten Reihe begann, war ihre Stimme eine Oktave höher. »Durchbohrt, erdrosselt, erstochen, erschlagen, vergiftet, ertränkt, lebendig verbrannt. Durchbohrt …«

Ihre Stimme versagte, sie schwankte. Michael fing sie auf und hielt sie fest, er legte seine Arme um sie und zog sie an seine Brust. »Ich bin bei dir«, sagte er.

Er versicherte ihr nicht, dass alles in Ordnung sei. Wir wussten alle, dass es nicht so war.

Dean beugte sich über das Muster, das Sloane gefunden hatte.

»Cassie«, sagte er.

Ich kniete mich neben ihn. Dean tippte auf eines der Fotos. *Ertränken.*

In diesem Moment wurde mir klar, warum Dean mich gerufen hatte und nicht Sloane. *Ertränken, bei lebendigem Leib verbrennen, das Herz durchbohren …*

Alexandra Ruiz.

Sylvester Wilde.

Eugene Lockhart.

Unser UNSUB hielt sich an die Reihenfolge.

KAPITEL 43

Du brauchst neun, denn so muss es gemacht werden. Das sind die Regeln. Mein Verständnis des Vegas-UNSUB veränderte sich. *Es gibt eine Reihenfolge. Du befolgst sie.*

Aber es reicht dir nicht aus, sie einfach nur zu befolgen.

Die Zahlen auf den Handgelenken, die Fibonacci-Spirale – nichts davon gab es in den anderen Fällen, die Sloane ausgegraben hatte. Bei jedem der früheren Fälle war nur eine der sieben Tötungsmethoden zum Einsatz gekommen.

Du wirst sie alle anwenden.

»Wo stehen wir in diesem Zyklus?«, fragte ich. »Ist unser aktuelles UNSUB Teil davon oder durchbricht es ihn?«

»Der letzte Fall liegt zweieinhalb Jahre zurück«, erwiderte Sloane. »Drei Jahre zuvor hatten wir den Nightshade-Fall.«

Sechs Jahre sind es im Mai, dachte ich.

»Dann ist das UNSUB zu früh dran«, sagte ich. »Es sei denn, man geht vom Kalenderjahr aus, dann passt es technisch gesehen ins Muster.«

Alexandra Ruiz war in der Neujahrsnacht gestorben. *Am ersten Januar. Ein Datum für Anfänge. Ein Datum für Vorsätze.*

»Wenn wir davon ausgehen, dass das UNSUB am Anfang des etablierten Zyklus begonnen hat«, sagte Dean, »dann beginnt dieser mit dem Ertrinken.«

Die letzten neun Opfer waren vor zweieinhalb Jahren ertränkt worden.

»Das ist kein Höhepunkt«, übersetzte ich. »Es ist kein großes Finale.

Etwas dergleichen hätte sicher dann stattgefunden, bevor sie den Zyklus von vorne begonnen hätten.«

Sie. Das Wort setzte sich in mir fest und ließ mich nicht mehr los. »Wer macht so etwas?«, fragte ich und starrte auf die Bilder hinab. »Warum?«

Hunderte von Opfern, getötet über Jahrzehnte hinweg. Verschiedene Mörder. Unterschiedliche Methoden.

»Sie tun es, weil es ihnen jemand befohlen hat.« Lia schaffte es, völlig gelangweilt zu klingen, konnte aber den Blick nicht von den auf dem Boden ausgebreiteten Bildern abwenden. »Sie tun es, weil sie glauben, dass es so sein muss.«

Mit neun Jahren habe ich einen Mann getötet.

Ich bin in einer Sekte aufgewachsen.

Lias Aussagen aus »Zwei Wahrheiten und eine Lüge« kamen mir wieder in den Sinn, und plötzlich wurde mir klar, dass – nach den Regeln des Spiels – beide Aussagen wahr sein konnten, wenn ihre erklärte Absicht, Michaels Kopf zu rasieren, eine Lüge war.

Es wäre typisch für Lia, zwei ungeheuerliche Wahrheiten und im gleichen Zug eine scherzhafte, alltägliche Lüge zu erzählen.

Vor langer Zeit hast du Sadie geheißen. Es war jetzt wirklich nicht der richtige Zeitpunkt, um Lias Profil zu erstellen, aber ich konnte es nicht verhindern, genauso wenig wie Sloane nicht nach den Fibonacci-Daten hätte suchen können. *Jemand hat dir früher immer Geschenke gemacht, wenn du ein braves Mädchen warst. Als du dreizehn warst, hast du auf der Straße gelebt. Irgendwann vorher hast du gelernt, niemandem zu trauen. Du hast gelernt zu lügen.*

Deans braune Augen fixierten Lia. Ihre gemeinsame Geschichte lag greifbar in der Luft. Für einen Moment war es, als wäre niemand sonst im Raum.

»Du glaubst, wir haben es hier mit einer Art Sekte zu tun«, sagte Dean.

»Du bist hier der Profiler, Dean«, erwiderte Lia, ohne den Blick von seinem Gesicht zu wenden. »Sag du es mir.«

Alle drei Jahre eine Reihe von Opfern, die auf eine bestimmte Art und Weise an den durch die Fibonacci-Folge festgelegten Terminen getötet wurden.

Das hatte zweifellos etwas Rituelles.

»Angenommen, wir haben es mit einer Sekte zu tun«, sagte Michael beiläufig, ohne Lia anzusehen. »Ist unser Mann dann ein Mitglied?«

Ich überdachte die Frage. Lia beantwortete sie: »Was ist das A und O einer Sekte?«, sagte sie. »Mit Außenstehenden spricht man nicht.« Ihre Stimme klang seltsam flach. »Man verrät ihnen nicht, was nur die Eingeweihten wissen dürfen.«

Die Zahlen an ihren Handgelenken. Die Fibonacci-Spirale. Wenn es tatsächlich eine ganze Gruppe gab, die hinter den Kulissen operierte, war es ihr gelungen, über sechs Jahrzehnte unentdeckt zu bleiben – bis jemand Sloane auf die Spur des Codes gebracht hatte.

Lia brauchte keine Erfahrung mit *dieser* Sekte, um die ganze Bedeutung zu erfassen, die dahintersteckte. »Ich gehe jetzt Poker spielen.« Sie stand auf und legte ihre vorige konzentrierte Haltung so problemlos ab, als würde sie aus einem Kleid schlüpfen. »Wenn ihr versucht, mich aufzuhalten«, sagte sie mit einem Lächeln, das so echt wirkte, dass ich es ihr fast abgenommen hätte, »wenn ihr versucht, mit mir zu kommen, werdet ihr es bereuen.« Sie sprang zur Tür. Dean wollte sich erheben, worauf sie ihm einen Blick zuwarf. Ein stummes Gespräch entspann sich zwischen den beiden.

Sie liebte ihn, aber im Moment wollte sie ihn nicht. Sie wollte niemanden.

Lia zeigte uns selten ihr wahres Ich. Aber was wir gerade gesehen hatten, war mehr als das. Die flache Stimme, die Worte, die sie gesagt hatte – das war nicht nur die echte Lia. Das war das Mädchen, vor dem sie jahrelang weggelaufen war.

Das war *Sadie.*

»Ein Abschiedsgeschenk«, sagte Lia auf dem Weg nach draußen, fuhr sich mit dem Finger durch ihr tiefschwarzes Haar und zeigte nun keine Spur mehr von ihrem früheren Selbst, »für diejenigen unter euch, die es vielleicht nicht gleich kapiert haben. Wer auch immer unser Mörder ist, ich würde viel Geld darauf verwetten, dass er nicht zu dieser ominösen Gemeinschaft gehört. Sonst hätte die Sekte ihn die ganze Zeit überwacht. Und wenn sie ihn beobachtet und herausgefunden hätte, dass er auch nur eines ihrer Geheimnisse verraten hat?« Lia zuckte gleichgültig mit den Schultern. »Dann wäre er nicht mehr unser Problem. Dann wäre er schon längst tot.«

DU

Du trittst hinaus an die frische Luft. Innerlich lächelst du. Draußen zeigst du der Welt ein anderes Gesicht. Schließlich haben die Menschen Erwartungen und du würdest sie ungern enttäuschen.

Ertränken, Feuer, der alte Mann mit einem Pfeil durchbohrt, Camille erdrosselt.

Das Messer kommt als Nächstes.

Dann schlägst du einen Mann mit bloßen Händen tot.

Gift wird leicht sein. Elegant.

Und dann die letzten beiden – Dealer's Choice, der Spieler entscheidet über die Variante. Es sollte neun Methoden geben. Wenn du das Sagen hättest, gäbe es sie.

Dreimal drei mal drei.

Neun ist die Zahl der Opfer. Drei ist die Zahl der Jahre dazwischen.

Neun Plätze am Tisch.

Du stehst vor den Türen des Desert Rose. Natürlich nicht dein bevorzugtes Jagdrevier. Aber ein schöner Ort für einen Besuch. Ein schöner Ort, um zu sehen, was du geschaffen hast.

Ein passender Ort, um Nummer fünf zu salben.

Alles läuft nach Plan. Deine Morde haben sich herumgesprochen. Du weißt, dass sie andere mit ähnlichen Neigungen suchen. Sie suchen nach Talenten. Nach Bedrohungen.

Die Meister werden dich endlich als das sehen, was du wirklich bist.

Was du geworden bist.

KAPITEL 44

Lia war noch keine Minute weg, da verkündete Michael, dass er ihr folgen würde.

»Sie will dich nicht dabeihaben, Townsend«, sagte Dean knapp. Lia wollte *Dean* auch nicht dabeihaben. Es brachte ihn schier um, sie nicht begleiten zu dürfen, aber so stark sein Beschützerinstinkt auch war, Dean würde Lia nur bis zu einem gewissen Punkt herausfordern.

»Glücklicherweise«, antwortete Michael lässig, »gibt es keine noch so schlechte Idee, die ich nicht sofort begeistert in die Tat umsetze.« Er ging in sein Zimmer, und als er wieder herauskam, trug er einen eleganten Blazer und sah aus wie ein typischer verwöhnter Jugendlicher aus reichem Hause. »Lia hat sicher recht damit, dass ich es bereuen werde, ihr nachgelaufen zu sein«, sagte er zu Dean. »Aber Reue ist zufällig meine Spezialität.«

Michael knöpfte den obersten Knopf seines Jacketts zu und ging mit wiegenden Schritten zur Tür hinaus.

»Michael und Lia hatten nicht weniger als sieben Mal intimen Körperkontakt.« Sloane war offenbar der Überzeugung, es könnte hilfreich sein, diese Information beizusteuern.

Deans Kiefermuskulatur begann sich anzuspannen.

»Schon in Ordnung«, beruhigte ich ihn. »Sie ist mit ihm sicherer als allein.«

Was immer Lia gefühlt haben mochte, als sie zur Tür hinausmarschiert war, Michael hatte es auf jeden Fall gesehen. Und mein Bauchgefühl sagte mir, dass er genau dasselbe gefühlt hatte. Michael und Lia waren sich von uns allen am ähnlichsten. Deshalb fühlten sie sich stark zueinander hingezogen, seit er zum Programm gestoßen war, aber gleichzeitig war es auch der Grund dafür, dass ihre Beziehung nie dauerhaft funktioniert hatte.

»Ginge es dir besser, wenn du wüsstest, wo sie hingehen?«, fragte Sloane. Dean antwortete nicht, aber Sloane schrieb Lia trotzdem eine Textnachricht. Ich war keineswegs überrascht, als sie antwortete. Lia war diejenige, die mir erklärt hatte, dass wir keine Kapazitäten für individuelle Probleme hätten. Also würde sie Sloane niemals im Stich lassen – nicht in einer Stadt, in der Sloane die meiste Zeit ihres Lebens von ihrem eigenen Fleisch und Blut im Stich gelassen worden war.

»Und?«, fragte Dean. »Wohin gehen sie?«

Sloane trat ans Fenster und starrte durch die Spirale hinaus. »Ins Desert Rose.«

Fünfundvierzig Minuten, nachdem Michael uns verlassen hatte, kam Judd durch die Tür. Dicht hinter ihm folgte Agent Mullins. Briggs trat als Letzter ein. Er blieb mitten im Raum stehen und starrte auf die Papiere, die den Boden bedeckten.

»Erklärt mir das!« Es war nie ein gutes Zeichen, wenn Briggs sich auf knappe Befehle verlegte.

»Sloanes Hochrechnungen zufolge haben wir es jeweils mit neun Opfern zu tun, und zwar alle drei Jahre über einen Zeitraum von mindestens sechzig Jahren hinweg, und jede Serie weist eine andere Handschrift auf.« Dean fasste sich kurz und seine Stimme klang angesichts des Inhalts seiner Ausführungen bemerkenswert sachlich. »Die Fälle sind geografisch verstreut, nirgendwo fand zweimal ein Serienmord statt. Die Tötungsmethoden folgen einer vorhersehbaren Reihenfolge und diese Reihenfolge findet sich auch bei den ersten vier Morden unseres UNSUBs wieder. Wir glauben, dass wir es mit einer ziemlich großen Gruppe zu tun haben, wahrscheinlich einer mit einer sektenähnlichen Mentalität.«

»Unser UNSUB gehört nicht zu dieser Sekte«, fuhr ich fort. »Das ist keine Gruppe, die ihre Existenz herausposaunt, aber genau das tun die zusätzlichen Elemente in der Handschrift unseres UNSUBs – die Zahlen an den Handgelenken, die Tatsache, dass die Fibonacci-Folge nicht nur die Daten bestimmt, an denen er tötet, sondern auch die genauen Tatorte festlegt.«

»Er ist besser als die anderen.« Sloane erstellte kein Profil. Sie sprach aus, was sie für eine unumstößliche Tatsache hielt. »Jeder kann an bestimmten Tagen töten. Das da …« Sie deutete auf die Papiere, die fein säuberlich aufgereiht auf dem Boden lagen. »Das ist ganz einfach. Aber das …« Sie wandte sich der Karte am Fenster zu, der Spirale. »Die Berechnungen, die Planung, dafür zu sorgen, dass das Richtige zur richtigen Zeit am richtigen Ort passiert …« Sloane klang fast entschuldigend, als sie fortfuhr: »Das ist Perfektion.«

Du bist besser als sie. Das ist der Punkt.

»Wir wussten, dass die Zahlen auf den Handgelenken der Opfer eine Botschaft waren«, sagte ich. »Wir wussten, dass sie wichtig waren. Wir wussten, dass er nicht nur unsere Aufmerksamkeit wollte.«

Sondern auch ihre.

»Das war's.« Judds Stimme klang rau. »Ihr seid draußen.« Er konnte Agent Mullins nicht von dem Fall abziehen. Das lag außerhalb seiner Zuständigkeit. Aber wir Übrigen nicht. Er hatte das letzte Wort, wenn es um unsere Beteiligung an den Ermittlungen ging. »Das gilt für euch alle.« Er richtete diese Worte an Dean, Sloane und mich. »Es ist meine Entscheidung. Es ist meine Verantwortung. Und ich sage, wir sind hier fertig.«

»Judd …« Mullins' Stimme klang ruhig, aber ich glaubte, einen Hauch von Verzweiflung herauszuhören.

»Nein, Ronnie.« Judd drehte ihr den Rücken zu und starrte auf Sloanes Fenster, den ganzen Körper gespannt wie eine Bogensehne. »Ich will Nightshade. Das wollte ich schon immer. Und wenn es eine größere Gruppe gibt, die etwas mit Scarletts Tod zu tun hat, dann will ich sie auch, verdammt. Aber ich werde nicht riskieren, dass diesen Jugendlichen hier etwas geschieht.« Der Gedanke, jetzt aufzugeben, brachte Judd fast um, aber er ließ sich nicht beirren. »Ihr habt von ihnen bekommen, was ihr braucht«, sagte er zu Mullins und Briggs. »Ihr wisst, wo das UNSUB zuschlagen wird. Ihr wisst, wann. Und ihr wisst, wie. Verdammt, ihr wisst sogar, warum.«

Ich konnte Judds Spiegelbild im Fenster erahnen. Jedenfalls genug, um zu sehen, wie sein Adamsapfel beim Schlucken zuckte.

»Es liegt in meiner Verantwortung«, wiederholte Judd. »Und ich sage, wenn ihr bei irgendetwas noch einen weiteren Rat braucht, dann schreibt verdammt noch mal eine Nachricht nach Quantico. Wir brechen auf. Noch heute.«

Bevor jemand antworten konnte, öffnete sich die Tür zur Suite. Lia trat ein, sie wirkte sehr zufrieden mit sich. Michael stand hinter ihr und war von Kopf bis Fuß mit Schlamm bedeckt.

»Was …«, begann Briggs. Dann unterbrach er sich. »Das will ich gar nicht wissen.«

Lia kam ins Wohnzimmer geschlendert. »Wir haben die Suite nie verlassen«, log sie mit beunruhigender Überzeugung. »Und ich habe bestimmt keine Profis verprügelt, die andere beim Freizeitpoker im Desert Rose über den Tisch gezogen haben. Übrigens habe ich keine Ahnung, warum Michael mit Schlamm bedeckt ist.«

Ein Klumpen Schlamm fiel von Michaels Haaren auf den gefliesten Boden.

»Mach dich sauber«, sagte Judd zu Michael. »Und an euch alle: Packt eure Sachen.« Judd wartete nicht auf eine Antwort und marschierte in Richtung seines Zimmers. »Wir brechen in einer Stunde auf.«

KAPITEL 45

Ich hoffe, Sie waren mit Ihrem Aufenthalt zufrieden.« Der Empfangschef trat uns in der Lobby entgegen. »Ihre Abreise kommt etwas überraschend.«

Sein Tonfall ließ es wie eine Frage klingen. Aber eigentlich hörte es sich eher anklagend an.

»Es ist mein Bein«, antwortete Michael, ohne eine Miene zu verziehen. »Ich hinke. Das verstehen Sie sicher.«

Diese Erklärung hatte wenig bis gar keinen Sinn, aber der Empfangschef war so verunsichert, dass er sie nicht infrage stellte. »Ja, ja, natürlich«, sagte er hastig. »Sie müssen nur noch ein paar Dinge unterschreiben, Mr Townsend.«

Während Michael den Papierkram erledigte, sah ich mich in der Lobby um. An der Rezeption standen Dutzende von Menschen Schlange, um einzuchecken. Ich versuchte, nicht daran zu denken, dass in drei Tagen jeder von ihnen – der ältere Mann, der Typ mit dem *Duke*-Sweatshirt, die Mutter mit den drei kleinen Kindern – tot sein könnte.

Das Messer ist als Nächstes an der Reihe. Ich wusste aus eigener, emotional tief sitzender Erfahrung, wie viel Schaden man mit einem Messer anrichten konnte. *Wir sind noch nicht fertig*, dachte ich aufgewühlt. *Es ist noch nicht vorbei.*

Wegzugehen fühlte sich an, als würde ich kneifen. Es war wie ein Eingeständnis des Scheiterns. Es war wie damals, als ich zwölf war und die Polizei mir Fragen stellte, die ich nicht beantworten konnte.

»Entschuldigung«, sagte eine Stimme. »Sloane?«

Ich drehte mich um. Hinter uns stand Tory Howard in ihrem

Standardoutfit aus dunklen Jeans und einem Tank-Top. Sie wirkte unsicher – etwas, das ich noch nie an ihr wahrgenommen hatte. »Wir hatten neulich keine Gelegenheit, uns bekannt zu machen«, sagte sie zu Sloane. »Ich bin Tory.« Das Zögern, die Sanftheit in ihrer Stimme, die Tatsache, dass sie Sloanes Namen kannte, dass sie das FBI belogen hatte, um ihre Beziehung zu Aaron geheim zu halten – *du liebst ihn auch*, wurde mir klar. *Du kannst ihn nicht vergessen, egal, was passiert.*

»Du verlässt uns?«, fragte Tory Sloane.

»Die Wahrscheinlichkeit, dass das stimmt, liegt bei achtundneunzig Prozent.«

»Es tut mir leid, dass du nicht bleiben kannst.« Wieder zögerte Tory, dann sagte sie leise: »Aaron wollte dich unbedingt näher kennenlernen.«

»Aaron hat dir von mir erzählt?« Sloanes Stimme zitterte leicht.

»Ich wusste, dass er eine Halbschwester hat, die er aber nie kennengelernt hat«, antwortete Tory. »Er hat sich Sorgen um dich gemacht, weißt du. Als du an dem Abend in der Show vor ihm gestanden bist und ich deine Augen gesehen habe …« Sie hielt kurz inne. »Da konnte ich eins und eins zusammenzählen.«

»Streng genommen war das keine mathematische Berechnung.«

»Du bedeutest ihm etwas«, sagte Tory. Ich spürte, dass ihr diese Worte nicht leichtfielen, denn ein Teil von ihr war sich nicht sicher, ob *sie selbst* Aaron etwas bedeutete. »Du warst ihm wichtig, bevor er überhaupt wusste, wer du warst.«

Sloane ließ diese Aussage auf sich wirken. Sie presste die Lippen aufeinander und platzte dann heraus: »Ich betrachte es als sehr, sehr wahrscheinlich, dass deine Beziehung zu Aaron von intimer und/oder sexueller Natur ist.«

Tory verzog keine Miene. Sie war nicht der Typ, dem man ansah, wenn er sich gekränkt fühlte.

»Als ich drei war …«, Sloane unterbrach sich und wandte den Blick ab, um Tory nicht direkt ansehen zu müssen, »kam Grayson Shaw zu meiner Mutter, um mich kennenzulernen.« Es kostete Sloane Mühe, die Worte auszusprechen, aber Tory schien es noch schwerer zu fallen, sie anzuhören. »Meine Mutter zog mir ein weißes Kleid an, setzte mich ins Schlafzimmer und sagte mir, wenn ich ein braves Mädchen sei, würde mein Vater uns haben wollen.«

Das weiße Kleid, dachte ich, während sich mir der Magen umdrehte und ich einen Stich in meinem Herz spürte. Ich wusste, wie die Geschichte endete.

»Er wollte mich nicht.« Sloane ging nicht näher darauf ein, was an diesem Nachmittag geschehen war. »Und meine Mutter hat er danach auch nicht mehr gewollt.«

»Glaub mir, Kleines«, erwiderte Tory mit stählerner Stimme, »ich weiß, was es heißt, mit einem Shaw ins Bett zu gehen.«

»Nein«, sagte Sloane mit Nachdruck. »Das habe ich nicht gemeint. Ich bin nicht gut in solchen Dingen. Ich bin nicht gut darin, mit Leuten zu reden, aber …«

Sie sog scharf die Luft ein. »Aaron hat dem FBI Beweise geliefert, dass Beau in Notwehr gehandelt hat – Beweise, die sie sonst nie gesehen hätten. Mir wurde gesagt, dass er das höchstwahrscheinlich für dich getan hat. Ich dachte, Aaron wäre wie sein Vater. Ich dachte …«

Sie hatte gedacht, Tory wäre wie ihre Mutter.

»Aaron kämpft für dich«, sagte Sloane heftig. »Du sagst, ich bedeute ihm etwas, aber du bedeutest ihm auch sehr viel.«

»Beau wurde heute Morgen von allen Vorwürfen freigesprochen«, sagte Tory schließlich heiser. »Das war Aaron?«

Sloane nickte.

Bevor Tory etwas erwidern konnte, klingelte mein Handy in meiner Tasche. Ich überlegte, ob ich es ignorieren oder den Anruf wieder ablehnen sollte, aber was hätte das gebracht? Jetzt, wo wir von dem Fall abgezogen worden waren, gab es nichts mehr, was mich ablenken konnte. Ich konnte nirgendwo mehr hin.

»Hallo.« Ich wandte mich von der Gruppe ab, als ich den Anruf entgegennahm.

»Cassie.«

Mein Vater hatte eine Art, meinen Namen auszusprechen, als wäre er ein Wort in einer Fremdsprache, die er zwar so einigermaßen verstand, aber nie fließend sprechen würde.

»Die Testergebnisse sind da.« Ich sagte es, damit er es nicht aussprechen musste. »Das Blut, das sie gefunden haben. Das ist doch ihres, oder?« Er antwortete nicht. »Die Leiche, die sie gefunden haben«, fuhr ich fort. »Es ist ihre.«

Am anderen Ende der Leitung hörte ich ihn scharf einatmen. Dann stieß er den Atem ruckartig wieder aus.

Während ich darauf wartete, dass mein Vater seine Stimme wiederfand und mir erzählte, was ich bereits wusste, ging ich zum Ausgang. Ich trat hinaus in die Sonne und in eine leichte Januarkälte. Vor dem Gebäude war ein Brunnen – er war riesig und hatte die Farbe von Onyx. Ich stellte mich an den Rand und schaute hinein. Mein Spiegelbild bewegte sich auf der Oberfläche, dunkel und wie ein Schatten.

»Ja, sie ist es.«

Ich merkte, dass mein Vater weinte, als er diese Worte sagte. *Wegen einer Frau, die du kaum kanntest?*, kam mir in den Sinn. *Oder wegen einer Tochter, die du auch nicht besser kennst?*

»Nonna will, dass du nach Hause kommst«, sagte mein Vater. »Ich kann einen längeren Urlaub bekommen. Wir kümmern uns um die Beerdigung und bestatten sie hier …«

»Nein«, sagte ich. Ich hörte das Getrappel kleiner Füße, als ein Kind neben mir an den Brunnen rannte. Ein kleines Mädchen, dasselbe, das ich an jenem Tag im Süßwarenladen gesehen hatte. Heute trug das Mädchen ein lila Kleid und hatte sich eine weiße Origami-Blume hinter ein Ohr gesteckt.

»Nein«, stieß ich hervor. »Ich kümmere mich um alles. Sie ist meine Mutter.«

Meine. Die Halskette und das Leichentuch, in das sie gewickelt war, die blutbespritzten Wände, die Erinnerungen, die guten und die schlechten – das war *meine* Tragödie, die große unbeantwortete Frage *meines* Lebens.

Meine Mutter und ich hatten nie ein Zuhause gehabt, waren nie lange irgendwo geblieben. Aber ich dachte, es würde ihr vielleicht gefallen, in meiner Nähe begraben zu sein.

Mein Vater widersprach mir nicht. Das tat er nie. Ich beendete das Telefonat. Neben mir stand das kleine Mädchen und blickte feierlich auf einen Penny in ihrer Hand. Ihre hellen Haare glänzten in der Sonne.

»Wünschst du dir etwas?«, fragte ich sie.

Sie starrte mich einen Moment an. »Ich glaube nicht an Wünsche.«

»Laurel!« Eine Frau Mitte zwanzig tauchte neben dem kleinen Mädchen auf. Ihr erdbeerblondes Haar hatte sie zu einem lockeren Pferdeschwanz zurückgebunden. Misstrauisch beäugte sie mich, dann zog sie ihre Tochter an sich. »Hast du deinen Wunsch geäußert?«, fragte sie.

Ich hörte die Antwort des Mädchens nicht mehr. Ich hörte gar nichts mehr, nahm nur noch das Rauschen des Brunnens wahr.

Meine Mutter war tot. *Seit fünf Jahren* war sie nun tot. Ich hätte etwas fühlen müssen. Ich hätte um sie trauern sollen, damit ich endlich weiterleben und nach vorne schauen konnte.

»Hey.« Dean trat neben mich. Er flocht seine Finger in meine. Und auch Michael kam, warf einen Blick auf mein Gesicht und legte eine Hand auf meine Schulter.

Seit ich mich für Dean entschieden hatte, hatte er mich nicht mehr berührt – kein einziges Mal.

»Du weinst ja.« Sloane blieb dicht vor uns stehen. »Nicht weinen, Cassie.«

Tu ich nicht. Mein Gesicht war feucht, aber ich hatte nicht das Gefühl zu weinen. Ich fühlte nichts.

»Du bist eine schreckliche Heulsuse«, sagte Lia. Sie strich mir leicht die Haare aus dem Gesicht. »Ekelhaft.«

Ich stieß ein ersticktes Lachen aus.

Meine Mutter ist tot. Sie ist nur noch Staub und Knochen, und die Person, die sie mir weggenommen hat, hat sie begraben. Der Mörder hat sie in ihrer Lieblingsfarbe begraben.

Auch sie hat er mir genommen.

Ich ließ mich wegführen. Ich ließ es zu, dass ich wieder ein Teil wurde von Dean und Michael und Lia und Sloane. Aber als der Parkservice unsere Autos vorfuhr, konnte ich es mir nicht verkneifen, einen Blick über die Schulter zu werfen.

Zu dem kleinen rothaarigen Mädchen und seiner Mutter. Zu dem Mann, der sich zu ihnen gesellte und seine eigene Münze in den Brunnen warf, bevor er das Mädchen wieder auf seine Schultern hob.

KAPITEL 46

Der Privatflugplatz war leer, bis auf unseren Jet. Er stand auf der Piste bereit, um uns in Sicherheit zu bringen. *Es ist noch nicht zu Ende. Es ist noch nicht vorbei.* Doch diesmal war der Einwand nur ein Flüstern in meinem Kopf, übertönt von einem dumpfen Dröhnen in meinen Ohren und gedämpft von einem tauben Gefühl, das sich in meinem ganzen Körper ausgebreitet hatte.

Die Qual, nicht zu wissen, was mit meiner Mutter geschehen war, dieses letzte Fünkchen Hoffnung, das ich trotz allem immer noch gehabt hatte, all das hatte mich so lange begleitet, dass es mir in Fleisch und Blut übergegangen war. Und nun war mir dieser Teil genommen worden. Nun wusste ich es. Nicht nur aus dem Bauch heraus. Nicht nur als logische Schlussfolgerung.

Ich hatte Gewissheit.

Ich fühlte mich dort, wo sich früher die Ungewissheit eingenistet hatte, hohl und leer. *Sie hatte mich über alles geliebt.* Ich versuchte mich daran zu erinnern, wie sie mich in die Arme genommen hatte, wie sie gerochen hatte. Aber alles, woran ich denken konnte, war, dass Lorelai Hobbes an einem Tag noch meine Mutter und eine Hellseherin und die schönste Frau der Welt gewesen war – und am nächsten Tag nur noch ein toter Körper.

Und inzwischen nur noch Knochen.

»Los«, rief Michael. »Wer zuletzt im Flugzeug ist, bekommt seine Initialen auf Deans Schädel rasiert.«

Jedes Mal, wenn ich spürte, dass ich unterzugehen drohte, zogen die anderen mich wieder hoch.

Dean bestieg das Flugzeug als Letzter. Ich war vor ihm, kämpfte mich mit jedem Schritt durch den Nebel. Ja, ich würde es schaffen – ich durfte der Taubheit nicht nachgeben und innerlich leer werden, nur weil ich etwas erfahren hatte, das ich schon längst gewusst hatte.

Ich habe es gewusst. Ich zwang mich, die Worte zu denken. *Ich habe es schon immer gewusst. Hätte sie überlebt, wäre sie zu mir zurückgekehrt. Irgendwie, auf irgendeine Weise. Hätte sie überlebt, hätte sie mich nicht alleine gelassen.*

Als ich in den Gang einbog, hatten Lia, Michael und Sloane bereits ihre Plätze im hinteren Teil eingenommen. Auf dem ersten Platz zu meiner Linken lag ein Umschlag, auf dem in fein säuberlicher Schreibschrift Judds Name stand. Ich hielt inne.

Irgendwo unter der Betäubung und dem Nebel spürte ich etwas.

Es ist noch nicht zu Ende, dachte ich. *Es ist noch nicht vorbei.*

Ich nahm den Umschlag hoch. »Wo ist Judd?«, fragte ich. Meine Stimme klang heiser.

Dean starrte auf den Umschlag in meiner Hand. »Er redet mit dem Piloten.«

In der ganzen Zeit, die Dean brauchte, um sich umzudrehen und zum Cockpit zu gehen, schlug mein Herz genau einmal.

Das war nicht Agent Mullins' Handschrift. Es war auch nicht die von Agent Briggs. Ich hatte schon vor Monaten gelernt, mir nicht mehr einzureden: *Es ist nichts, wahrscheinlich ist es nichts,* wenn sich mir die Nackenhaare aufstellten.

»Judd.« Deans Stimme erreichte mich eine Sekunde, bevor ich mich zum Cockpit umdrehte.

»Nur ein kleines elektrisches Problem«, versicherte Judd Dean. »Wir kümmern uns darum.«

Es ist noch nicht zu Ende. Es ist noch nicht vorbei.

Wortlos hielt ich Judd den Umschlag hin. Meine Hand zitterte nicht. Judd betrachtete ihn einen Augenblick, dann sah er mich an.

»Er lag auf dem Sitz.« Dean war meine Stimme, weil ich keine mehr hatte.

Judd nahm den Umschlag. Er wandte uns den Rücken zu, um ihn zu öffnen. Fünfzehn Sekunden später drehte er sich wieder um.

»Raus aus dem Flugzeug.« Judds Stimme klang streng, sachlich und ruhig.

Michael reagierte, als hätte Judd gebrüllt. Er griff nach seiner und Sloanes Tasche, schob Sloane sanft vor sich her und schaute Lia an. Er sagte nichts – doch was sie in seinem Gesicht sah, reichte völlig aus.

Raus aus dem Flugzeug. Rein in Judds Mietwagen. Michael verlor kein Wort darüber, dass er sein eigenes Auto zurücklassen musste.

»Der Umschlag«, fragte Dean, als wir die Landebahn verließen. »Von wem war er?«

Judd knirschte mit den Zähnen. »Er hat ihn mit ›ein alter Freund‹ unterschrieben.«

Ich erstarrte und mein Atem stockte.

»Der Mann, der Ihre Tochter getötet hat.« Lia war die Einzige, die den Mut hatte, es laut auszusprechen. »Nightshade. Was hat er gewollt?«

Ich zwang mich, wieder Atem zu holen.

»Uns warnen«, antwortete ich unwillkürlich. »Uns bedrohen. Diese elektrischen Probleme mit dem Flugzeug. Die waren doch kein Zufall, oder?«

Judd telefonierte bereits mit Mullins und Briggs.

Nightshade ist hier in Vegas, dachte ich. *Und er will nicht, dass wir gehen.*

Ich hatte befürchtet, dass allein der Gedanke an Scarletts Mörder ihn wie ein Gespenst im Spiegel heraufbeschwören könnte. Ich wusste, dass unser UNSUB versuchte, Nightshade und andere seiner Art auf sich aufmerksam zu machen. Ich hatte nicht darüber nachgedacht, was es bedeuten würde, wenn das UNSUB Erfolg hätte. *Diese Organisation – Gruppe – Sekte –*

Sie war hier.

Fünf Minuten später stand Judd am Ticketschalter des Flughafens und versuchte, uns auf den nächsten Linienflug *irgendwohin* zu buchen.

Doch als die Frau hinter dem Schalter seinen Namen in den Computer tippte, runzelte sie fragend die Stirn.

»Hier sind bereits Tickets auf Ihren Namen reserviert«, sagte sie. »Sechs Stück.«

Noch bevor ich richtig verstand, was sie sagte, wusste ich, dass auch das Nightshades Werk war. *Du hast Scarlett als deine Neunte ausgewählt,* dachte ich, unfähig, meine Gedanken zu bremsen. *Du hast sie ausgewählt, weil sie für Mullins und Briggs wichtig war und sie ernsthaft vorhatten, dich aufzuhalten. Du hast sie ausgewählt, weil sie eine Herausforderung war.*

Von allen Opfern Nightshades war Scarlett sein größter Coup. Wahrscheinlich war sie unvergesslich für ihn. Diese Tat würde er wieder und wieder zum Leben erwecken wollen. *Du hast Judd beobachtet, nicht wahr? Von Zeit zu Zeit erinnerst du dich gerne daran, was du ihm genommen hast – ihnen allen.*

Ich wünschte, ich läge mit meiner Vermutung falsch. Ich wünschte, ich hätte mich getäuscht. Aber die Tatsache, dass Nightshade wollte, dass wir in Vegas blieben – die Tatsache, dass Nightshade überhaupt wusste, dass es ein *Wir* gab …

Sechs Tickets. Die Frau hinter dem Schalter druckte sie aus und reichte sie Judd. Noch bevor ich hinsah, wusste ich, dass unsere Namen daraufstanden.

Vornamen. Nachnamen.

Der Flug ging nach D.C.

Du weißt, wer wir sind. Du weißt, wo wir wohnen. Diese meine Schlussfolgerungen waren beängstigend. Nightshade hatte uns im Visier, wahrscheinlich seit er Scarlett Hawkins getötet hatte und Judd mit Dean zusammengezogen war.

Serienkiller hören nicht einfach auf, dachte ich, aber in dieser Sekte taten sie es. *Neun und damit Schluss.* Das waren die Regeln. *Manche Mörder nehmen sich Trophäen,* dachte ich. *Um das, was sie getan haben, noch einmal zu erleben, um einen Teil des Rausches zu spüren.*

Wenn Nightshade uns beobachtet hatte, immer dann wenn er einen

Kick brauchte – und wenn er jetzt in Vegas war –, dann wusste er über alles hier Bescheid.

Du hast Judd nicht getötet – und du hast uns nicht getötet, weil die Regeln besagen, dass man bei neun aufhört. Aber eine Organisation wie die eure – eine Sekte wie die eure – hat sicher einen Weg, mit potenziellen Bedrohungen umzugehen.

Lia hatte es selbst gesagt: Wenn das Vegas-UNSUB Teil dieser Gruppe gewesen wäre, wäre es längst tot. Und wenn die Sekte merkte, dass wir eine Verbindung zu ihnen hergestellt hatten, wenn sie uns als Bedrohung ansahen …

Nightshade würde es höchstwahrscheinlich gefallen, wenn die Jugendlichen, um die sich Judd kümmerte, die Ausnahme von der Regel wären.

Judd knallte die Tickets auf den Tresen. Er drehte sich um und war im Nu wieder am Telefon. »Ich brauche einen Transport, ein Sicherheitsteam und ein Safehouse.«

KAPITEL 47

Das Safehouse befand sich hundertzwanzig Kilometer nordöstlich von Las Vegas. Ich wusste das, weil Sloane sich verpflichtet fühlte, mir diese Entfernung mitzuteilen – ebenso wie mindestens ein halbes Dutzend weiterer Berechnungen.

Wir waren alle nervlich am Ende.

In dieser Nacht, in einem fremden Bett, mit schwer bewaffneten Bundesagenten im Nebenzimmer, starrte ich an die Decke und versuchte gar nicht erst zu schlafen. Briggs und Mullins waren immer noch in Vegas und arbeiteten gegen eine tickende Uhr, um das UNSUB zu stoppen, bevor es wieder zuschlagen konnte. Ein weiteres Team war beauftragt worden, Judds Aussage über seine Kommunikation mit Nightshade aufzunehmen. Seine Aussage hatte jedoch keinerlei Informationen über eine Sekte von Serienmördern enthalten, die seit mehr als sechzig Jahren unentdeckt geblieben war.

Diese Information war als »streng geheim« deklariert worden.

Außer unserem Team waren nur zwei Personen darüber informiert: FBI-Direktor Mullins, Agent Mullins' Vater, und der Direktor des Nationalen Geheimdienstes.

Zwei Tage, dachte ich, als die Uhr Mitternacht anzeigte. Zwei Tage, bis unser UNSUB wieder mordet – es sei denn, Nightshade tötet ihn vorher.

Du bist hier, um das Chaos zu beseitigen. Ich spürte, wie mir das Herz bis zum Hals schlug, trotzdem zwang ich mich, tiefer in Nightshades Psyche einzudringen. *Deine Arbeit ist sorgfältig. Ordentlich. Gift ist ein wirksames Mittel, um Schädlinge zu vernichten.*

Ich wollte nicht darüber nachdenken, ob Nightshade der Einzige war, der auf unser UNSUB aufmerksam geworden war.

Ich wollte nicht darüber nachdenken, ob auch andere Mitglieder der Sekte von uns wussten.

Du hättest dieses UNSUB töten können, dachte ich und konzentrierte mich auf Nightshade, das Böse, das ich benennen konnte. *Sobald du hier eingetroffen warst, hättest du diesen Hochstapler töten können, der sich über etwas lustig macht, das er nicht versteht. Der euch höhnisch ins Gesicht lacht. Der versucht, sich zu etwas Größerem aufzublasen.*

Warum also warten? War Nightshade bei der Identifizierung des UNSUBs nicht erfolgreicher gewesen als wir? Oder wartete er auf den richtigen Moment?

Das war die Frage, die mich in der ersten Nacht im Safehouse verfolgte. In der zweiten Nacht konzentrierten sich meine Gedanken auf die Art, wie Nightshade seine Nachricht an Judd unterschrieben hatte.

Ein alter Freund.

Es fühlt sich wahr für dich an, oder?, dachte ich. *Der Mord an Scarlett hat eine Verbindung zwischen dir und Judd geschaffen. Du hast sie als das gesehen, was sie war – eine Herausforderung, ein Schlag ins Gesicht von Mullins und Briggs. Aber danach …*

Als er aufhörte – als er sein neuntes Opfer getötet hatte und vom Radar des FBI verschwand –, brauchte er etwas, um diese Lücke zu füllen.

Es gab Tage, an denen ich nicht zwischen Profiling und Rätselraten unterscheiden konnte. In meinem Dämmerzustand, kurz vor dem Einschlafen, wusste ich nicht, wie viel von dem, was mir über Nightshade durch den Kopf ging, Intuition und wie viel bloße Einbildung war. Meine Gedanken kamen mir vor wie Maulwurfshügel, wobei ich niemals erkennen konnte, wer oder was diese Hügel aufwarf.

Selbst jetzt, nach allem, was passiert war, erlaubte Judd uns nicht, die Nightshade-Akte zu öffnen.

Die Erschöpfung nagte an mir wie die Verwesung an einer Leiche. Seit fast achtundvierzig Stunden hatte ich nicht mehr geschlafen. In dieser Zeit hatte ich die Bestätigung für den Tod meiner Mutter erhalten und erfahren, dass der Mann, der Judds Tochter getötet hatte, uns alle im Visier hatte.

Ich schlief ein wie eine Ertrinkende, die sich bewusst gegen ein erneutes Auftauchen und Luftholen entscheidet.

Diesmal begann der Traum auf der Bühne. Ich trug das königsblaue Kleid. Die Kette meiner Mutter lag wie eine Schlinge um meinen Hals. Der Saal war leer, aber ich spürte, dass sie da waren – Augen, Tausende von Augen, die auf mich gerichtet waren.

Es kribbelte auf meiner Haut.

Ich fuhr herum, als ich Schritte hörte. Sie klangen weit entfernt, wurden aber lauter. *Sie kamen näher.* Ich wich zurück, erst langsam, dann immer schneller.

Auch die Schritte wurden schneller.

Ich drehte mich um und rannte. Eben war ich noch auf der Bühne und im nächsten Moment hastete ich mit nackten, blutenden Füßen durch den Wald.

Webber. Daniel Reddings Lehrling. Er jagte mich wie ein Reh.

Hinter mir knackte ein Zweig und ich wirbelte herum. Ich spürte ein leises Flüstern in meinem Nacken und eine Hand, die sanft über meinen Arm strich.

Ich taumelte zurück und stolperte. Fiel zu Boden und stürzte in ein tiefes Loch – tiefer und tiefer. Oben am Rand sah ich Webber stehen, der ein Jagdgewehr hielt. Eine zweite Person trat neben ihn. *Agent Locke.*

Lacey Locke, geborene Hobbes, schaute auf mich herab, ihr rotes Haar hochgesteckt, ein freundliches Lächeln im Gesicht.

In der Hand hielt sie ein Messer. »Ich habe ein Geschenk für dich«, sagte sie.

Nein. Nein, nein, nein …

»Du wurdest lebendig begraben, in einem gläsernen Sarg.« Diese Worte ertönten rechts von mir. Ich fuhr herum. Es war dunkel in dem Loch, aber ich konnte gerade noch die Gesichtszüge des Mädchens neben mir erkennen.

Sie sah aus wie Sloane, aber tief in mir wusste ich, dass sie es nicht war.

»Auf deiner Brust schlummert eine Kobra«, sagte das Mädchen mit Sloanes Körper. »Was tust du?«

Scarlett. Scarlett Hawkins.

»Was tust du?«, fragte sie noch einmal.

Dreck schlug mir ins Gesicht. Ich schaute auf, aber alles, was ich sah, war nur das Glitzern einer Schaufel.

»Du bist lebendig begraben«, flüsterte Scarlett. »Was tust du?«

Die Erde fiel jetzt schneller auf mich herab. Ich konnte nichts mehr sehen. Ich konnte nicht mehr atmen.

»Was tust du?«

»Aufwachen«, flüsterte ich. »Ich wache auf.«

KAPITEL 48

Ich erwachte am Ufer des Potomac. Ich brauchte einen Moment, bis mir klar wurde, dass ich wieder in Quantico war, und einen weiteren, um zu bemerken, dass ich nicht allein war.

Auf meinem Schoß lag ein dicker schwarzer Ordner.

»Genießt du ein bisschen leichte Lektüre?«

Ich blickte zu der Person auf, die mir diese Frage gestellt hatte, konnte aber ihr Gesicht nicht erkennen.

»So in der Art«, sagte ich und merkte, dass ich diese Worte schon einmal gesagt hatte. *Der Fluss. Der Mann.*

Die Welt um mich herum veränderte sich schlagartig – wie bei einem harten Filmschnitt. »Du wohnst bei Judd, oder?«, sagte der gesichtslose Mann. »Er und ich kennen uns schon seit ewigen Zeiten.«

Seit ewigen Zeiten.

Meine Augen öffneten sich. Ich fuhr hoch – diesmal im Bett. Meine Hände krallten sich ins Laken. Ich hatte mich darin verheddert und zitterte.

Endlich wach.

Meine Hände fuhren über meine Beine, meine Brust, meine Arme, als wollte ich mich vergewissern, dass nicht ein Teil von mir im Traum am Potomac zurückgeblieben war.

Die Erinnerung.

Die Bühne, die Flucht, das Lebendig-begraben-Sein – all das war das Werk meines verdrehten Unterbewusstseins. Aber das Gespräch am Flussufer? Das war real. Es war wirklich passiert, kurz nachdem ich dem Programm beigetreten war.

Ich hatte den Mann nie wiedergesehen.

Ich schluckte und dachte an den Umschlag, den Nightshade für Judd im Flugzeug zurückgelassen hatte. Ich dachte an die Nachricht, die er mit »ein alter Freund« unterschrieben hatte. Nightshade kannte alle unsere Namen. Er hatte die Tickets besorgt, weil er Judd eine Botschaft zukommen lassen wollte: *Du könntest jeden von uns jederzeit erwischen.*

Wenn ich mit meinen Vermutungen richtiglag, warum Nightshade die Nachricht hinterlassen hatte, warum er auf Scarlett als sein Meisterstück fixiert war und durch sie auf Judd, dann war es nur logisch, dass er vorbeikam, um Hallo zu sagen, wenn eine neue Person in Judds Leben trat.

Die Regeln sind klar. Neun Opfer, getötet an Fibonacci-Tagen. Normale Killer töteten, bis sie gefasst wurden – aber diese Gruppe war anders. Diese Gruppe wurde nicht gefasst.

Weil sie aufhörten.

Judd war in der Küche. Bei ihm waren zwei der Agenten, die zu unserem Schutz abgestellt waren. »Könnten Sie uns kurz allein lassen?«, bat ich sie. Ich wartete, bis sie gegangen waren, bevor ich weitersprach. »Ich muss Sie etwas fragen«, sagte ich zu Judd. »Sie werden mir die Antwort bestimmt nicht geben wollen, aber ich brauche sie trotzdem.«

Judd hatte ein Kreuzworträtsel vor sich ausgebreitet. Er legte den Bleistift weg. Ich verstand das als eine Einladung, fortzufahren.

»Angesichts dessen, was Sie über den Fall Nightshade wissen, was Sie über Nightshade selbst wissen und was auch immer in dem Umschlag im Flugzeug war, glauben Sie, dass er wegen unseres Killers hier war und Sie zufällig entdeckt hat, oder glauben Sie …« Mein Mund wurde trocken. Ich schluckte. »Glauben Sie, dass er uns die ganze Zeit beobachtet hat?«

Theorien waren nur Theorien. Meine Intuition war gut, aber sie war nicht wasserdicht, und ich hatte so wenig konkrete Hinweise, dass ich möglicherweise weit danebenlag.

»Ich will nicht, dass du am Nightshade-Fall arbeitest«, sagte Judd.

»Ich weiß«, antwortete ich. »Aber ich brauche eine Antwort auf diese Frage.«

Judd saß wie versteinert da und starrte mich über eine Minute lang an. »Nightshade hat den Menschen, die er getötet hat, etwas geschickt«, sagte Judd. »Bevor er sie tötete, schickte er ihnen eine Blume. Eine Blüte, die von einem weißen Nachtschattengewächs stammte.«

»So kam er zu seinem Namen«, sagte ich. »Wir gingen davon aus, dass er Gift benutzt hat …«

»O ja, das hat er«, sagte Judd. »Aber es war nicht das Gift einer Nachtschattenpflanze. Das Gift, das er benutzt hat, war nicht nachweisbar, es gab kein Gegengift.« Ein Schatten huschte über Judds Gesicht. »Und es war sehr schmerzhaft.«

Du hast ihnen etwas geschickt, damit sie wissen, was sie erwartet. Du hast sie beobachtet. Du hast sie auserwählt. Du hast sie markiert.

»Ich hätte nie gedacht, dass er uns noch beobachtet.«

Judds Stimme klang nun härter. »Wir dachten damals, dass Scarletts Mörder im Gefängnis sitzt oder tot ist. Aber nach dem, was ich jetzt weiß?« Judd lehnte sich in seinem Stuhl zurück und sah mir unverwandt in die Augen. »Ich glaube, der Mistkerl hat zugesehen. Ich glaube, er hätte ein Dutzend mehr getötet, wenn sie ihn gelassen hätten. Aber wenn er sich mit neun hatte begnügen müssen …«

Er hatte das Maximum herausgeholt.

Ich schloss die Augen. »Ich glaube, ich bin ihm begegnet«, sagte ich. »Letzten Sommer.«

KAPITEL 49

Ich konnte keine Beschreibung des Mannes liefern. Und Michael, der an jenem Tag mit mir am Fluss gewesen war, ging es nicht viel anders.

Drei Minuten, vor einem halben Jahr. Mein Gehirn speicherte alle möglichen Informationen über Menschen, aber nicht einmal im Traum hätte ich das Gesicht des Phantoms heraufbeschwören können.

Michaels Stimme unterbrach meine Überlegungen. »Jetzt ist der richtige Zeitpunkt für eine Ablenkung.«

Ich saß auf der Couch und starrte ins Leere. Michael setzte sich ans andere Ende der Couch und ließ Dean zwischen uns einen Platz frei.

Was auch immer zwischen uns vorgefallen war, unser aktueller Fall war so viel wichtiger.

»Tja«, sagte Michael, entschlossen, die düstere Stimmung ein wenig aufzuhellen, »ich war vor Kurzem selbst in einen ziemlich *heftigen* Schlammringkampf verwickelt.« Er warf Lia einen anzüglichen Blick zu. »Daher dachte ich, wir könnten vielleicht …«

»Auf keinen Fall.« Dean setzte sich zwischen Michael und mich.

»Ausgezeichnet«, erwiderte Michael lächelnd. »Dann bleiben nur noch Lia, Cassie, Sloane und ich für den Ringkampf übrig. Du kannst als Schiedsrichter fungieren.«

»Morgen ist der Zwölfte.« Sloane setzte sich vor uns auf den Boden, zog die Beine an die Brust und schlang die Arme darum. »Wir reden die ganze Zeit übers Schlammcatchen und … Nightshade und woher er wusste, dass wir hier sind und was er vorhat – aber morgen ist der Zwölfte.«

Morgen, fügte ich stumm hinzu, *wird jemand sterben.*

Judd hatte uns immer noch nicht in die Nightshade-Akte schauen lassen – als würde uns Unwissenheit schützen. Dabei wusste er genauso gut wie wir, dass dieser Zug längst abgefahren war. Aber Sloane hatte recht – obwohl wir uns in einem Safehouse befanden und bewaffnete Wachen jeden unserer Schritte überwachten, konnten wir uns nicht einfach zurücklehnen und abwarten.

»Wir wissen, wo das Vegas-UNSUB zuschlagen wird«, sagte ich und sah von Sloane zu den anderen. »Wir wissen, dass er ein Messer benutzen wird.« Bei dem Wort *Messer* schossen mir Bilder durch den Kopf. Ich versuchte, die schrecklichen Erinnerungen einfach auszublenden, und fuhr fort. »Wir brauchen mehr Informationen.«

»Komisch, dass du das sagst«, sagte Lia. Sie griff nach der Fernbedienung und schaltete den Fernseher auf den Sportkanal.

Auf dem Bildschirm saßen fünf Leute um einem Pokertisch. Ich kannte nur zwei davon – den Professor und Thomas Wesley.

»Beau Donovan ist in der anderen Gruppe«, erklärte Lia. »Vorausgesetzt, sie lassen ihn wieder spielen, nachdem er kürzlich mit dem Gesetz in Konflikt geraten ist. Die beiden besten Spieler jeder Gruppe und ein Joker werden morgen Mittag gegeneinander antreten.«

»Wo?« Sloane kam mir mit der Frage zuvor.

»Das Turnier zieht von Casino zu Casino«, erklärte Lia. »Aber das Finale findet im Majesty statt.«

»Wo im Majesty?«, fragte ich.

Lia sah mir in die Augen. »Rate mal.«

Zwölfter Januar. Der Große Ballsaal.

»Für die Öffentlichkeit zugänglich?«, fragte Dean.

Lia nickte. »Auf jeden Fall.«

Grayson Shaw musste sich den Wünschen des FBI widersetzt haben und war wieder zur Tagesordnung übergegangen.

»Mein Vater hätte auf mich hören sollen.« Diesmal klang Sloane nicht kleinlaut oder traurig. Sie war wütend. »Ich bin nicht normal«, sagte sie. »Ich bin nicht die Tochter, die er wollte, aber ich habe recht, und *er hätte auf mich hören sollen.*«

Weil er es nicht getan hatte, würde jemand sterben.

Nein. Ich war es leid zu verlieren. Ein Killer hatte mir meine Mutter genommen. Jetzt hatte der Mann, der Judds Tochter getötet hatte, uns unser Zuhause genommen. Er hatte uns beobachtet und bedroht und wir konnten nichts dagegen tun.

Ich würde nicht einfach hier sitzen bleiben.

»Morgen wird niemand sterben«, sagte ich zu den anderen. »Niemand.«

Ich starrte auf den Bildschirm und suchte nach einer Antwort. Ich wollte, dass mein Verstand das tat, wozu mich meine genetische Veranlagung und das frühe Training meiner Mutter befähigten.

»Wer ist zufriedener mit seinem Blatt?«, fragte Lia Michael. »Der Schmunzelnde oder der Nachdenkliche?«

Ich nahm Michaels Antwort kaum zur Kenntnis. Wesley hatte sich so gekleidet, wie es seinem Image entsprach. *Millionär. Exzentriker. Lebemann.* Im Gegensatz dazu wirkte der Professor in sich gekehrt und war gekleidet wie ein gewöhnlicher unauffälliger Geschäftsmann.

Präzise. Zielstrebig. Beherrscht.

Wir suchten jemanden, der zehn Schritte vorausdachte. *Du brauchst neun, und du weißt, dass mit jedem weiteren Opfer der Druck steigt.* Jemand, der so akribisch plante wie dieser Killer, der sich so grandios fühlte wie dieser Killer, der sich damit brüstete, besser zu sein, *überlegen* zu sein, musste einen Plan haben, um jeden Verdacht von sich abzulenken.

Du hast ein Alibi, dachte ich, während ich Thomas Wesley anstarrte. *Du bist derjenige, der das FBI über Torys Hypnosefähigkeiten informiert hat.*

Auf dem Bildschirm gewann der Professor die Runde. Ein kaum wahrnehmbares Lächeln umspielte seine Lippen. *Du gewinnst, weil du es verdienst*, dachte ich und schlüpfte aus Wesleys Perspektive in die des Professors. *Du gewinnst, weil du deine Gefühle beherrschst und die Chancen analysierst.*

In beiden konnte ich Teile des Profils unseres UNSUBs erkennen, aber ich wurde das Gefühl nicht los, dass da etwas fehlte, ein Puzzlestück, das mich endgültig *Ja* oder *Nein* sagen ließe.

Ich schloss die Augen und versuchte mich zu konzentrieren, um herauszufinden, was es sein könnte.

»Sloane hat die Fibonacci-Daten entdeckt, weil sie wusste, dass unser UNSUB von der Fibonacci-Folge besessen war«, sagte ich schließlich. »Wie hat unser UNSUB sie dann entdeckt?«

Wenn das Muster so ungewöhnlich war, dass die Behörden es übersehen hatten, und die Fälle, die wir jetzt dieser Gruppe zuordnen konnten, nie damit in Verbindung gebracht wurden, wie war unser UNSUB dann darauf gestoßen?

Ich war entschlossen, mich bis zu einer Antwort auf diese Frage durchzukämpfen. *Du weißt, was die Mitglieder dieser Gruppe getan haben und immer noch tun. Du willst ihre Aufmerksamkeit.* Aber es war mehr als das. *Du willst, was dir zusteht.* Diese Morde dienten nicht nur dazu, Aufmerksamkeit zu erregen. Aus der Perspektive einer Gruppe, die Wert auf ihre Unsichtbarkeit legte, waren das Angriffe.

»Sag Briggs und Mullins, sie sollen nach einer traumatischen Vorgeschichte suchen«, erklärte ich. »Wir müssen schauen, ob wir jemanden aus diesem Fall mit einem Opfer aus einem der früheren Fälle in Verbindung bringen können.«

Um das Muster, das die Fibonacci-Folge vorgibt, zu entdecken, musstest du besessen sein. Ich kannte diese Art von Besessenheit, ich kannte sie nur zu gut. *Vielleicht haben sie dir etwas genommen. Vielleicht holst du es dir jetzt zurück.*

»Sie sollten auch die Familienmitglieder der Verdächtigen überprüfen.« Dean kannte diese Besessenheit genauso gut wie ich, nur aus anderen Gründen. »Es ist möglich, dass wir einen Verwandten eines Sektenmitglieds suchen – ein Kind oder ein Geschwisterkind, dem die Aufnahme in die Sekte verweigert wurde.«

Das alles zu tun, so viel Zeit, Mühe und Berechnungen zu investieren, um die Aufmerksamkeit der Gruppe zu bekommen ... *Da muss etwas Persönliches dahinterstecken,* dachte ich. *Auf jeden Fall.*

Du willst wie sie sein, du willst sie zerstören. Du willst Macht haben, wo du vorher keine hattest.

Du willst alles haben.

»Es ist immer persönlich«, sagte Dean, und seine Gedanken stimmten mit meinen überein. »Auch wenn es das scheinbar nicht ist.«

»Es gibt andere Fälle«, sagte Sloane leise, die Hände vor dem Körper verschränkt. »Andere Opfer.«

»Die Fälle, die dein Programm nicht gefunden hat«, sagte ich. Es folgte ein längeres Schweigen.

»Es ist möglich«, murmelte Sloane, »dass ich mich gestern gelangweilt und ein anderes Programm geschrieben habe.«

Ein kalter Schauer lief mir über den Rücken. Ein Profil des Vegas-UNSUBs zu erstellen, war eine Sache, aber die Sekte war eine ganz andere. Die Nachricht Nightshades an Judd – was auch immer sie enthielt – hatte durch ihre bloße Existenz eines klar zum Ausdruck gebracht: *Egal, wer du bist und wo du hingehst, egal, wie gut du geschützt bist, wir werden dich finden.*

Judd hatte recht, als er versuchte, uns von dem Fall abzuziehen. Er hatte recht, uns aufhalten zu wollen, bevor wir zu tief in die ganze Geschichte verstrickt wurden.

Aber es ist zu spät, dachte ich. *Wir können nicht einfach ignorieren, was wir gesehen haben. Wir können uns nicht verstellen. Wir können nicht aufhören zu suchen, und selbst wenn wir es könnten …*

»Was hat dein Programm gefunden?«, fragte Lia Sloane.

»Anstatt die Datenbanken der Strafverfolgungsbehörden zu durchsuchen, habe ich es Zeitungen scannen lassen.« Sloane setzte sich in den Schneidersitz. »Einige der großen Zeitungen arbeiten daran, ihre Archive zu digitalisieren. Wenn man auch die Datenbanken historischer Gesellschaften, Bibliotheksdokumente und virtuelle Depots für Sachtexte berücksichtigt, gibt es eine Fülle von Informationen, die man durchsuchen kann.« Sie verschränkte die Hände. »Ich konnte nicht dieselben Parameter verwenden, also habe ich einfach nach Fibonacci-Daten gesucht. Ich habe sie manuell durchforstet.«

»Und?«, fragte Dean.

»Ich habe einige unserer fehlenden Fälle gefunden«, sagte Sloane.

»Die meisten wurden nicht als Serienmorde identifiziert, aber das Datum, das Jahr und die Art der Tötung passen ins Muster.«

Einige UNSUBs waren besser darin, ihre Arbeit zu vertuschen, als andere.

»Wir müssen Mullins und Briggs von diesen Fällen erzählen«, sagte ich. »Wenn wir glauben, dass das UNSUB in Las Vegas mit einem dieser Fälle in Verbindung steht …«

»Da ist noch etwas«, unterbrach mich Sloane. »Das Muster reicht viel weiter zurück als bis in die fünfziger Jahre. Ich habe mindestens einen Fall bis ins späte 19. Jahrhundert zurückverfolgt.«

Mehr als ein Jahrhundert.

Worum es dabei auch gehen mochte, wer auch immer diese Leute waren – sie machten das schon sehr lange.

Überliefert, dachte ich. *Seit Jahrzehnten, seit Generationen.*

Ohne Vorwarnung drückte Lia Michael mit dem Rücken gegen die Wand und hielt ihm die Arme über dem Kopf.

»Jetzt ist wirklich nicht die Zeit und der Ort dafür«, sagte Michael zu ihr.

»Was zum Teufel ist los mit dir?«, fragte Lia, ihre Stimme war wütend und leise.

»Lia?«, sagte ich. Sie ignorierte mich, und als Dean ihren Namen rief, ignorierte sie auch ihn.

»Wo warst du?«, fragte Lia Michael. Sie umklammerte seinen rechten Arm mit der linken Hand und griff mit der rechten Hand an den unteren Rand seines Ärmels. Seine Augen blitzten auf, doch bevor er sich wehren konnte, hatte sie den Ärmel grob zurückgezogen.

»Du musstest ja unbedingt mitkommen«, fauchte Lia. »Du wolltest mich nicht allein aus dem Hotelzimmer lassen. Ich habe dich nicht gebraucht. Ich *wollte* dich nicht dabeihaben.«

Mein Blick fiel auf den Arm, den Lia entblößt hatte. Ich atmete aus, als hätte mich ein Zementblock auf die Brust getroffen.

Vier Zahlen prangten wie rote Striemen auf Michaels Haut.

7761.

DU

Du planst für alle Eventualitäten. Du denkst zehn Schritte voraus. Das hätte nicht passieren dürfen.

Deine Zielperson hatte ein Zimmer bis Ende der Woche gebucht. Sie hätte nicht abreisen dürfen.

Neun.

Neun.

Neun.

Deine Schläfen pochen. Dein Herz rast vor Aufregung. Du fühlst, dass dein Plan in sich zusammenfällt.

Das hast du davon, wenn du auf Nummer sicher gehst. Das hast du davon, wenn du dich zurückhältst. Bist du der, der du zu sein vorgibst, oder bist du es nicht?

»Ich bin es.« Du sprichst die Worte laut aus. Es kostet dich Mühe, sie nicht zu schreien. »Ich bin es!«

Eine Komplikation ist nur eine Komplikation. Eine Gelegenheit. Um dir zu nehmen, was dir zusteht. Um das zu tun, was du willst. Um das zu sein, was du immer sein wolltest.

Du drückst die Messerspitze gegen deinen Bauch. Blut perlt an die Oberfläche.

Nur eine kleine Komplikation.

Nur ein wenig Blut.

Kreis. Kreis. Kreis. Rundherum. Auf und ab. Links und rechts.

Tu es, flüstert eine Stimme aus deiner Erinnerung. Bitte, Gott, tu es einfach.

Alles außer der wahren Unendlichkeit hat ein Ende. Alle Sterblichen müs-

sen sterben. Aber du warst nie dazu bestimmt, sterblich zu sein. Du wurdest für solche Dinge geboren.

Morgen ist der Tag und der Tag wird vollkommen sein.

»So wurde es beschlossen«, murmelst du, »und so soll es sein.«

KAPITEL 50

Wie lange schon?«, fragte ich Michael, den Blick auf sein Handgelenk gerichtet.

Er wusste genau, was ich meinte. »Es ist heute Morgen aufgetaucht und hat wie verrückt gejuckt.«

Mehr als sechsunddreißig Stunden, nachdem wir Vegas verlassen hatten. »Toxicodendron.« Sloane zog ihre Beine an die Brust, während ihre Hände nervös auf den Knien ihrer Jeans zuckten. »Pflanzen der Gattung Toxicodendron produzieren Urushiol. Das ist ein klebriges Öl, ein starkes Allergen. Wenn Michael schon einmal damit in Berührung gekommen ist, dauert es beim zweiten Mal vierundzwanzig bis achtundvierzig Stunden, bis der Ausschlag beginnt.«

»Das wüsste ich aber, wenn ich damit schon einmal in Berührung gekommen wäre«, sagte Michael.

»Gift-Efeu und Gift-Eiche sind Toxicodendren.«

Michael drehte sich um die eigene Achse und nickte bedächtig. »Ja … ich war schon einmal exponiert.«

Lia verstärkte ihren Griff um seinen Arm, sodass es schmerzhaft sein musste. »Findest du das lustig?« Dann lockerte sie den Griff und stieß ihn weg. »Du wirst morgen sterben. Zum Totlachen, was?«

»Lia …«, begann Michael.

»Ist mir egal«, fuhr Lia ihn an. »Ist mir egal, dass du das bekommen hast, weil du mir hinterhergelaufen bist. Ist mir völlig schnurz, dass du lange Ärmel getragen hast, um es vor uns zu verstecken. Oder dass du einen krankhaften Todeswunsch hast …«

»Ich wollte das nicht«, unterbrach Michael sie.

»Du hast also nicht vor, dich morgen alleine nach Vegas zu schleichen, um dieses UNSUB herauszulocken?« Lia verschränkte die Arme, legte den Kopf auf die Seite und wartete.

Michael antwortete nicht.

Morgen. Zwölfter Januar. Der Große Ballsaal. Das Messer.

»Das habe ich mir gedacht«, sagte Lia. Ohne ein weiteres Wort drehte sie sich um und verließ den Raum.

»Tja«, kommentierte Michael, »das hat gesessen.«

»Du gehst nicht zurück, um den Köder zu spielen.« Dean stand auf und baute sich vor Michael auf. »Du wirst dieses Haus nicht verlassen.«

»Ich bin echt gerührt, Redding«, sagte Michael und legte eine Hand auf sein Herz. »Du machst dir Sorgen um mich.«

»Du wirst dieses Haus nicht verlassen«, wiederholte Dean. In seiner Stimme schwang eine leise Entschlossenheit mit.

Michael beugte sich vor, Auge in Auge mit Dean. »Ich lasse mir von dir nichts befehlen.«

Es gab einen kurzen Moment, in dem keiner von beiden nachgeben wollte.

»Ich verstehe. Du läufst nicht gerne weg.« Deans Stimme war leise, seine Augen fixierten Michael unverwandt. »Du rennst nicht weg. Du versteckst dich nicht. Du verkriechst dich nicht. Du bettelst nicht.«

Weil nichts davon jemals funktioniert hat. Dean sprach es nicht aus. Er musste es auch nicht.

»Geh mir aus dem Weg.« Michaels Gesichtsausdruck glich dem, den er hatte, bevor er diesem Vater am Pool die Faust ins Gesicht gedonnert hatte.

»Dean«, sagte ich. »Lasst uns einen Moment allein.«

Mit einem letzten strengen Blick auf Michael tat Dean, worum ich ihn gebeten hatte, verließ den Raum und nahm Sloane mit sich.

Bedrückendes Schweigen breitete sich zwischen Michael und mir aus.

»Du hättest es uns sagen sollen«, sagte ich leise.

Michael studierte meinen Gesichtsausdruck, und ich machte keine Anstalten, ihm meine Gefühle zu verheimlichen. *Ich bin wütend und ich habe Angst. Ich ertrage das nicht. Ich kann nicht hier sitzen und darauf warten, dass sie auch deine Leiche identifizieren.*

»Du kennst mich, Colorado«, sagte er mit sanfter Stimme. »Ich war noch nie besonders gut darin, Dinge zu tun, die ich tun *sollte*.«

»Streng dich mehr an«, sagte ich mit Nachdruck.

»Und schau, was dabei herauskommt.« Michael hatte das vielleicht nicht so sagen wollen, aber er meinte es so. Er sprach von mir. Und von Dean. Er hatte die letzten Monate so getan, als hätte er sich nie für mich interessiert. Er hatte seine Gefühle verborgen, als hätte ich ihm nie etwas bedeutet.

Schau, was dabei herauskommt.

»Das darfst du nicht«, sagte ich und fühlte mich, als hätte er mir einen Schlag ins Gesicht versetzt. »Du darfst mich nicht zum Grund dafür machen, warum du etwas tust oder unterlässt. Ich bin kein Grund, Michael. Ich bin nicht etwas, um das du dich *bemühen sollst*.« Ich trat einen Schritt vor. »Ich bin deine Freundin.«

»Früher hast du mich angesehen und etwas gefühlt«, sagte Michael. »Das weiß ich.«

Michael war vom Tod markiert worden. Ein Serienmörder aus Judds Vergangenheit hatte es auf uns alle abgesehen. Aber wir, wir führten dieses Gespräch – genau hier und genau jetzt.

»Ich hatte nie Freunde«, sagte ich. »Als ich aufwuchs, gab es nur mich und meine Mutter. Es gab nie jemand anderen. Sie hat nicht zugelassen, dass es jemand anderen gab.«

Zum ersten Mal seit dem Anruf meines Vaters *fühlte* ich etwas im Zusammenhang mit dem Tod meiner Mutter. *Wut* – nicht nur auf die Person, die sie getötet hatte. Sie hatte mich verlassen. Und obwohl sie es sich nicht ausgesucht hatte, war *sie* der Grund dafür, dass es sonst niemanden gegeben hatte – keine Freunde, keine Familie, *niemanden*, bis das Sozialamt meinen Vater aufgespürt hatte.

»Als ich zum Programm kam«, fing ich an zu erzählen, »hatte ich keine Ahnung vom Umgang mit Menschen. Ich konnte nicht …« Mir fehlten die Worte. »Ich habe alle auf Distanz gehalten – und dann warst du da und hast alle Mauern durchbrochen. Ich habe etwas gespürt«, sagte ich und sah Michael an. »Du hast mich etwas fühlen lassen und dafür bin ich dir dankbar. Denn du warst der Erste, Michael.«

Eine Weile herrschte Stille.

»Der erste Freund«, sagte Michael schließlich, »den du je hattest.«

»Das bedeutet dir vielleicht nicht viel.« Es schmerzte mich, mir das einzugestehen. »Für dich bin ich vielleicht nichts wert, wenn ich mit Dean zusammen bin. Aber mir bedeutet es etwas.«

Es folgte eine noch längere Stille.

»Ich will nicht weglaufen.« Michael schaute vom Boden auf und sah mir in die Augen. »Ich laufe nicht weg, ich verstecke mich nicht, ich ducke mich nicht, ich bettle nicht, Cassie, denn weglaufen, verstecken und betteln – das funktioniert nicht. Das funktioniert nie.«

Michael wiederholte die Worte, die Dean zu ihm gesagt hatte. Er gab es offen zu. Mir gegenüber.

Ich betrachtete die entzündeten roten Zahlen auf seinem Arm. *7761.* *Zwölfter Januar. Der Große Ballsaal. Das Messer.*

»Wir rennen nicht weg«, sagte ich zu Michael, »wenn wir ihn vorher erwischen.«

KAPITEL 51

Uns blieben noch elf Stunden und siebenundzwanzig Minuten bis Mitternacht.

Zuerst riefen wir Mullins und Briggs an. Es dauerte zwei Stunden, bis sie sich in Vegas von dem Fall losgemacht hatten und bei uns eingetroffen waren. Sie befragten Michael und Lia zu ihrem kleinen Abstecher ins Desert Rose. Was hatten sie dort gemacht? Wen hatten sie gesehen?

»Du erinnerst dich an nichts Ungewöhnliches?«, fragte Briggs Michael. »Hast du jemanden getroffen? Mit jemandem gesprochen?«

»Habe ich mir von jemandem mit unsichtbarer, giftiger Tinte eine Zahl auf den Arm schreiben lassen?«, schlug Michael verschmitzt vor. »Schockierenderweise nicht. Ich erinnere mich, dass ich etwas fallen ließ. Und ich habe mich gebückt, um es aufzuheben.« Er schloss die Augen. »Ich habe etwas fallen lassen«, wiederholte er. »Ich habe mich gebückt, um es aufzuheben. Und dann …«

Nichts.

»Unterbrechung des Musters«, bemerkte Sloane. »Das ist die zweitschnellste Methode, um eine Hypnose herbeizuführen.«

Um hypnotisiert zu werden, muss man es wollen. Torys Worte hallten in meinem Kopf nach. Entweder log sie oder Michael war in der Nähe des UNSUBs nicht auf der Hut gewesen.

Oder beides.

»Du erinnerst dich an nichts anderes?«, sagte Dean.

»Nun, wenn du so fragst, dann erinnere ich mich genau an das, was passiert ist. Bingo. Damit hast du den Mörder entlarvt, Redding. Wie schaffst du das nur immer wieder, du Profiling-Ass?«

»Du weißt, wer der Killer ist?« Sloane riss die Augen weit auf.

»Das war Sarkasmus«, erklärte ihr Dean und warf Michael einen bösen Blick zu.

»Was ist mit dem Zeitraum unmittelbar vor der Erinnerungslücke?«, fragte Agent Mullins, um das Gespräch in eine andere Richtung zu lenken. »Du hast gesagt, du hast Poker gespielt, Lia?«

»Mit einer Gruppe, zu der auch Thomas Wesley gehörte«, fügte Lia hinzu. »Ich habe sie alle geschlagen. Michael war nur mein attraktiver Begleiter. Danach haben wir uns getrennt. Er ging die Jetons einlösen und ich meldete ihn gegen seinen Willen zum Schlammcatchen an.«

Ich versuchte, es mir vorzustellen – *Lia am Pokertisch, Michael neben ihr. Lia gewinnt. Ihre Finger spielen mit den Spitzen ihrer dunklen Haare. Neben ihr knöpft Michael den obersten Knopf seines Blazers auf und wieder zu.*

Was hat unser UNSUB dazu gebracht, innezuhalten und auf sie aufmerksam zu werden? *Warum Michael?*

»Was passiert, wenn das vorgesehene Opfer am zwölften Januar nicht im Großen Ballsaal ist?« Briggs stellte die Frage an uns alle.

»Vier Variablen.« Sloane tippte mit dem Daumen der rechten Hand auf jeden einzelnen Finger und zählte sie auf. »Datum, Ort, Methode und Opfer.«

»Wenn sich die Gleichung ändert, muss sich das UNSUB anpassen.« Mullins ging die Logik laut durch. »Das Datum und die Methode sind notwendig, um das Hauptziel des UNSUBs zu erreichen. Der Ort und die Nummer am Handgelenk des Opfers sind psychologisch wichtig, Symbole der Meisterschaft. Um sich anzupassen, müsste das UNSUB einen Teil der Macht und Kontrolle aufgeben, für die diese Meisterschaft steht.«

»Ich will sie zurück«, sagte Dean. »Die Macht. Die Kontrolle.«

Zwölfter Januar. Das Messer. Das waren die Konstanten in der Gleichung. Und was den Ort und das Opfer betraf …

Die Spirale ist dein größter Stolz. Ein Zeichen der Rebellion. Ein Zeichen der Hingabe. Sie ist vollkommen.

»Du würdest eher das Opfer als den Ort austauschen«, sagte ich, weil ich mir dessen ziemlich sicher war.

»Ich werde mich anpassen«, murmelte Dean. »Ich werde mir jemand Neuen aussuchen – und wen auch immer ich auswähle, er wird dafür bezahlen, dass ich dazu gezwungen war.«

Ich wollte nicht darüber nachdenken, auf welche verschiedenen Arten ein Killer mit einem Messer Macht und Kontrolle zurückgewinnen könnte.

»Mein Vater wird das Finale morgen nicht absagen?«, fragte Sloane mit belegter Stimme. »Er denkt nicht einmal daran, es in einen anderen Teil des Casinos zu verlegen?«

Briggs schüttelte den Kopf.

Macht. Kontrolle. Darauf würde Sloanes Vater genauso wenig verzichten wie das UNSUB.

»Wenn ich morgen zum Turnier gehen würde«, meldete sich Michael zu Wort, »dann wüssten wir nicht nur, wo dieser Kerl ist oder was er vorhat. Wir wüssten auch, wer sein Ziel ist.« Er wandte sich an Briggs. »Sie haben Cassie als Köder im Fall Locke benutzt. Sie haben sie einem UNSUB ausgesetzt, weil ein Leben auf dem Spiel stand und Sie dachten, Sie könnten sie beschützen. Was ist hier anders?«

Meine Eingeweide krampften sich zusammen, denn die Situationen glichen sich aufs Haar.

»Wenn ich nicht dort bin«, fuhr Michael unbeirrt fort, »sucht sich der Kerl einfach jemand anderen aus. Vielleicht erwischt man ihn, vielleicht auch nicht.« Er hielt inne. »Aber die Chancen stehen gut, dass jemand ein blutiges Ende findet.«

Ich wollte nicht, dass Michael recht hatte. Aber das hatte er ganz bestimmt.

Jemand wird morgen sterben. Zur festgelegten Zeit. Am festgelegten Ort. Durch dein Messer.

»Dieses UNSUB ist nicht das Einzige, das morgen dort lauern wird.« Judd tauchte in der Tür auf. »Wenn du gehst, Michael, wirst du mehr als nur eine Zielscheibe auf deinem Rücken tragen.«

Ich hörte keine Spur von Zweifel in den Worten des alten Mannes. *Er ist überzeugt, dass Nightshade dort sein wird.*

Agent Mullins begegnete Judds Blick. »Ich möchte die Nachricht sehen, die er dir geschickt hat.«

Judd nickte einem der Agenten zu, die Wache hielten, der daraufhin verschwand und einen Augenblick später mit einem Beweismittelbeutel zurückkehrte. Darin befand sich der Umschlag aus dem Flugzeug.

Agent Mullins zog ein Paar Handschuhe aus der Tasche. Sie griff in den Umschlag und holte ein Foto heraus. Nach einem kurzen Moment drehte sie es um, um die Rückseite zu lesen.

Sie schaute zu Briggs. »Eine Blume«, sagte sie heiser. »Eine weiße.«

Ich erinnerte mich, dass Judd mir erzählt hatte, dass Nightshade jedem seiner Opfer eine Blume geschickt hatte – die Blüte eines weißen Nachtschattengewächses. Und jetzt hatte er Judd ein Foto davon geschickt.

»Er hat Ihnen eine Blume geschickt?«, fragte ich Judd, während Panik meine Wirbelsäule hinaufkroch und mein Herz bis zum Hals schlug. *Nicht Judd. Nicht hier, nicht jetzt, nicht noch einmal.*

»Stimmt«, gab Judd zu. Ich erinnerte mich daran, was er über Nightshades Lieblingsgift gesagt hatte. *Nicht nachweisbar. Es gibt kein Gegengift. Extrem schmerzhaft.* »Vielleicht ist es für mich zu spät«, fuhr Judd mit harter Stimme fort, »vielleicht auch nicht. Aber ich sage euch, er wird morgen dort sein.«

Nightshade hatte nicht gewollt, dass wir Las Vegas verließen. Er hatte sich am Flugzeug zu schaffen gemacht. Er hatte dafür gesorgt, dass Judd wusste, dass wir nirgendwohin konnten.

Wusste er auch, dass das UNSUB Michael markiert hatte? Hatte Nightshade uns beobachtet? Beobachtete er uns immer noch?

Hör auf, ermahnte ich mich selbst. *Gib ihm nicht diese Art von Macht. Lass nicht zu, dass dein Verstand ihn als etwas anderes als einen Menschen betrachtet.*

»Nightshade hat alle seine Opfer vorher markiert«, sagte ich und versuchte, ihm keine größere Bedeutung zu geben als jedem anderen UNSUB. »Er hat ihnen Blumen geschickt.«

Als Warnung. Als Geschenk.

»Stalking-Verhalten«, bemerkte Dean knapp. »Das deutet nicht auf einen Gelegenheitsmörder hin. Wenn ich Nightshade wäre, wenn ich es auf Judd abgesehen hätte? Wenn ich von der Sekte die Erlaubnis bekommen hätte, alle Probleme aus dem Weg zu räumen, oder wenn ich endlich den Punkt erreicht hätte, an dem diese Erlaubnis keine Rolle mehr spielt? Dann würde ich lieber *hier* bei Judd zuschlagen als morgen im Majesty.«

Nightshade hatte Scarlett in den FBI-Labors überrascht. Er musste wissen, dass wir in ein Safehouse gebracht worden waren. Und für einen Mann wie ihn könnte es geradezu eine Herausforderung sein, dass wir unter Schutz standen.

»Dann ist es abgemacht«, sagte Michael, obwohl es alles andere als das war. »Kein Ort ist sicher, also gehe ich.«

KAPITEL 52

Michaels Einsatz war als letzter Ausweg geplant. Um zwei Uhr morgens schien es unsere einzige verbleibende Option zu sein.

Sooft ich das Profil auch durchging, es änderte sich nichts. Die ritualisierten Elemente der Verbrechen machten es schwierig, auch nur die grundlegendsten Aspekte der Identität des UNSUBs zu bestimmen. *Ertränken. Verbrennen. Durchbohren. Erdrosseln.* Die Methoden verrieten nichts über den Killer, außer dass er in einer bestimmten Reihenfolge vorging.

Jung oder alt? Auf jeden Fall war er intelligent, aber gebildet? Schwer zu sagen. Wenn wir es mit einem Täter zwischen einundzwanzig und dreißig Jahren zu tun hatten, würde ich sagen, dass diese Person eine ähnliche Rolle erfüllte wie Webber für Deans Vater. Ein Lehrling. Sofern ein jüngeres UNSUB diese Morde beging, wollte es sich beweisen. Es spielte sich auf und suchte Anerkennung – es war begierig danach. Wenn das UNSUB älter war, würde es sich nicht als Lehrling betrachten. Für ein älteres UNSUB ginge es weniger um Anerkennung als um die Demonstration der eigenen Dominanz. Wenn es diesen Plan perfekt ausführte, würde es sich über die Sekte erheben – wahrscheinlich aus einer Machtposition heraus.

Du willst Macht – entweder weil du schon auf den Geschmack gekommen bist und mehr davon willst oder weil du dich schon zu lange machtlos fühlst.

Ich wandte mich gedanklich wieder den Opfern zu. In den früheren Fibonacci-Fällen war die Viktimologie eines der Unterscheidungsmerkmale gewesen, anhand derer wir die Killer auseinanderhalten konnten.

Da muss es etwas geben, dachte ich immer wieder. *Ich muss etwas übersehen haben.*

Ertränken. Erwürgen. Die Opfer waren jung, weiblich. Die grausameren Tode waren den Männern vorbehalten.

Du tust Frauen nicht gerne weh. Ich dachte darüber nach. *Natürlich tust du es, wenn es dem übergeordneten Ziel dient. Aber wenn du die Wahl hättest, würdest du es lieber sauber und unblutig machen.* Das brachte mich dazu, über die anderen Beziehungen des UNSUBs nachzudenken. *Eine Mutter? Eine Tochter? Eine Liebe?*

Meine Schläfen pochten. *Was noch?* Ich konnte nicht aufhören, ich durfte nicht nachlassen. Uns blieben noch fünf Stunden, bevor Michael zum Majesty aufbrechen würde. Egal, wie schwer bewacht er sein würde, egal, wie viel wir wussten, dieses Risiko wollte ich nicht eingehen.

Zwölfter Januar. Der Große Ballsaal. Das Messer.

Ich musste weitermachen. Ich musste nachdenken. Ich musste herausfinden, was wir übersehen hatten.

Denk nach. Wir suchten jemanden, der hochintelligent, organisiert und charmant genug war, um das Vertrauen von Menschen zu gewinnen. *Alexandra Ruiz. Das Mädchen in Torys Show. Michael.* Das UNSUB hatte mindestens drei Leute hypnotisiert.

»Cassie.« Michaels Stimme unterbrach meine Gedanken. »Geh ins Bett.«

»Mir geht's gut«, erwiderte ich.

»Lügnerin.« Lia lag halb schlafend auf der Couch. Sie öffnete nicht einmal die Augen, während sie mit mir sprach. Sie war die Vernehmungen noch einmal durchgegangen, auf der Suche nach allem, was ihr beim ersten Mal entgangen sein mochte.

Sloane starrte schon seit Stunden auf das Muster.

»Briggs und Mullins rufen die Kavallerie«, sagte Michael. »Nicht weniger als ein Dutzend bis an die Zähne bewaffnete Agenten werden jeden meiner Schritte überwachen. Sobald sie ein Messer sehen, geht der Unbekannte zu Boden.«

So sollte es ablaufen, aber trotzdem sollte dieser Plan nur die allerletzte Möglichkeit sein.

Viktimologie, dachte ich. *Vier Opfer.* Ich konnte nicht aufhören. Nicht, bis am nächsten Morgen die Agenten kamen, um Michael abzuholen.

KAPITEL 53

Sie zogen Michael eine kugelsichere Weste an. Sie verkabelten ihn. Video, Audio – was immer er sah, was immer er hörte, Mullins und Briggs würden es ebenfalls mitbekommen.

Auch die anderen Agenten waren mit Kameras ausgestattet, allerdings nur mit Video. Und nicht nur Briggs, der die Aktion koordinierte, hatte Zugriff auf diese Aufnahmen, sondern auch der Rest von uns im Safehouse.

Es braucht nur ein Detail, dachte ich. *Ein Moment, eine Erkenntnis und alles wird sich zusammenfügen.*

Aber ich konnte den Gedanken nicht abschütteln, dass es gleichzeitig nur eines Moments, eines winzigen Fehlers bedurfte, damit alles schiefging.

Dean, Lia, Sloane und ich saßen zusammengekauert auf dem Sofa und warteten. Lia zeigte keine Anzeichen von Nervosität. Sloane dagegen schaukelte nervös vor und zurück.

Dean neben mir schüttelte den Kopf. »Das gefällt mir gar nicht«, sagte er. »Townsend ist unberechenbar. Er denkt nicht an seine eigene Sicherheit. Er ist tendenziell unfähig, einem Kampf aus dem Weg zu gehen.«

»Ich sag dir was, Dean«, erwiderte Lia. »Wenn Michael zurückkommt, besorgen wir euch ein gemeinsames Zimmer. Offensichtlich sind da *Gefühle* im Spiel.«

»Wir machen uns alle Sorgen«, sagte ich zu Dean und ignorierte Lia. »Mir gefällt das Ganze genauso wenig wie dir.«

Neben uns flüsterte Sloane etwas Unverständliches.

»Sloane?«, fragte ich.

»Dreiundzwanzigster Januar«, flüsterte sie. »Erster Februar, dritter Februar, dreizehnter Februar.«

Ich brauchte eine Sekunde, um zu begreifen, dass sie die folgenden vier Fibonacci-Daten aufzählte.

Ich brauche neun.

Wir hatten uns auf den nächsten Mord konzentriert – den zwölften Januar. Aber wenn wir das UNSUB nicht schnappten, waren das die nächsten Schritte.

»Das Parkhaus«, sagte Sloane. »Dann das Büfett, dann der Wellness-Bereich.« Die Spirale drehte sich um das Majesty.

Sie bewegte sich von außen nach innen – und als sie es umkreist hatte, drehte sie sich weiter und weiter und näherte sich ihrem Zentrum.

»Wo endet sie?«, fragte ich. Wir hatten uns so sehr auf das konzentriert, was das UNSUB bereits getan hatte, dass ich mir keine Gedanken über den Rest des Musters gemacht hatte. Mein Herz pochte.

Ein Detail. Es braucht nur ein Detail.

Michael war noch unterwegs. Er war noch nicht am Einsatzort. Es würde noch einige Minuten dauern, bis das Ganze starten würde.

Bitte, dachte ich und war mir nicht sicher, wen oder was ich da anflehte – und auch nicht, worum ich genau bettelte.

»Es endet im Theater«, sagte Sloane, überrascht, dass wir anderen es nicht wussten. »Am dreizehnten Februar.«

»Das Pokerturnier endet heute.« Lia wies auf das Offensichtliche hin. »Die meisten Spieler werden dann kaum erklären können, warum sie noch länger in Vegas bleiben.«

Wesley. Der Professor.

»Ich habe mich aus einem bestimmten Grund für das Majesty entschieden«, sagte Dean. »Es war immer klar, dass es hier enden würde. Und ich wusste von Anfang an, wie das Ende aussehen würde.«

Warum das Majesty? Meine Augen waren so trocken, dass sie brannten. Auch meine Kehle schmerzte. Und mein Herz drohte zu zerspringen.

Auf dem Couchtisch erwachten die Tablets, die Briggs für uns zurückgelassen hatte, nach und nach zum Leben, die Bildschirme leuchteten auf.

Die Videostreams gingen jetzt live.

Der Große Ballsaal. Zwölfter Januar. Michael war da.

»Das Theater.« Ich sprach die Worte laut aus, die Augen auf die Displays gerichtet, auf der Suche nach etwas, nach irgendeinem Hinweis, dass sich jemand auf Michael zubewegte. »Es endet im Theater mit Opfer Nummer neun.«

Und dann sah ich es.

Alexandra Ruiz. Sylvester Wilde. Camille Holt.

Was hatten sie gemeinsam?

»Viktimologie«, sagte ich zu Dean. »Wir haben nicht vier Opfer. Wir haben fünf.«

Michael ist kein Opfer. Nicht Michael. Nicht unser Michael. Ich verdrängte die Stimmen in meinem Kopf. Fakt war: Das UNSUB hatte ihn ausgesucht.

Warum Michael?

»Wenn du Michael in das Profil aufnimmst«, sagte ich, »dann sind vier der fünf Opfer unter fünfundzwanzig.«

Die meisten Serienkiller haben einen bevorzugten Opfertypus. Mit Ausnahme von Eugene Lockhart war der Typus unseres UNSUBs jung. Schön. Auf irgendeine Weise *privilegiert.*

»Ein College-Mädchen, das Silvester in Las Vegas feierte. Ein Bühnenzauberer mit einer Show in Wonderland. Eine Schauspielerin, die nebenbei professionell Poker spielt.« Es tat weh, Michael auf dem Display anzusehen. »Ein Junge aus reichem Hause.«

»Ein Durchschnittsalter von zweiundzwanzig«, warf Sloane ein.

Die Spirale endet im Majesty Theater, dachte ich. »Alexandra hatte langes, dunkles Haar.« Die Worte purzelten nur so aus meinem Mund. »Wie würde sie aussehen, wenn du sie von hinten ansiehst?«

Dean antwortete zuerst. »Wie Tory«, sagte er. »Sie würde aussehen wie Tory Howard.« Er wandte sich zu mir um. »Sylvester Wilde war ein Bühnenmagier.«

Wie Tory.

Camille war an dem Abend gestorben, als sie mit Tory etwas trinken gegangen war. Und Michael?

Du hast ihn neben Lia am Pokertisch gesehen. Sie hat lange dunkle Haare. Wie Tory. Und Michael? Er knöpft den obersten Knopf seines Blazers auf und zu und ist sich seines Platzes in dieser Welt völlig sicher.

In meinem Kopf fügten sich die Teile langsam zusammen. Wieder und wieder hatte ich gedacht, dass wir jemanden suchen, der zehn Schritte im Voraus denkt. *Jemand, der so akribisch plante wie dieser Mörder, der so arrogant war, der sich rühmte, besser zu sein, mehr zu sein, hätte sicher einen Plan, um jeden Verdacht zu zerstreuen.*

Ich fragte mich, wie die Beziehungen unseres UNSUBs aussahen, warum es Frauen nur tötete, wenn es sie sauber und unblutig töten konnte.

Das Muster endet im Majesty Theater. Der letzte Mord. Das größte Opfer.

Nightshades neunter Mord war Scarlett gewesen.

»Deiner«, sagte ich laut, »sollte immer Tory sein.«

Das Majesty. Tory. Zehn Schritte im Voraus planen …

Ich wusste, wer der Mörder war. Meine Finger krampften sich um das Handy. Mit zitternden Händen wählte ich Agent Mullins' Nummer.

DU

Du bahnst dir deinen Weg durch die Menge zur Bühne. Als ob du hierhergehörst. Als ob dieser Ort dir gehört.

Das Messer steckt in deinem Ärmel.

Überall Kameras. Überall Agenten. Sie denken, du bemerkst sie nicht. Aber du erkennst sie viel leichter als sie dich.

Dein Blick fällt auf dein Ziel. Er trägt einen Blazer. Seine Finger spielen mit dem obersten Knopf.

Alles ist zählbar. Die Schritte, bis du ihn erreichst. Die Sekunden, die deine Klinge braucht, um ihm die Kehle aufzuschlitzen. Und beinahe wäre es anders gekommen.

Fast hättest du dich für einen Stellvertreter entschieden.

Drei.

Dreimal drei.

Dreimal drei mal drei.

1/1.

1/2.

1/3.

1/4.

1/12.

Neun Plätze am Tisch. Drei Sekunden, bis es losgeht.

Drei … zwei … dann – fällt der Strom aus. Genau wie geplant. Kein Licht. Chaos. Genau wie du es vorherberechnet hast.

Du gehst zielstrebig vor. Du schleichst dich an Nummer fünf heran. Du nimmst ihn in den Würgegriff und setzt ihm die Klinge an die Kehle.

Dann schneidest du.

KAPITEL 54

Die Displays wurden schwarz. Ich presste das Telefon ans Ohr. *Keine Antwort. Keine Antwort. Keine …*

»Cassie.« Agent Mullins meldete sich. »Es ist alles in Ordnung. Das UNSUB hat den Strom abgeschaltet, aber wir haben Michael in Sicherheit gebracht.«

Etwas in mir löste sich, aber ich hatte keine Zeit, aufzuatmen. Der Name des Täters lag mir auf der Zunge. Dann platzte es aus mir heraus: »Was, wenn er es gar nicht auf Michael abgesehen hatte?«

Wir waren davon ausgegangen, dass das UNSUB zu seinem ursprünglichen Plan zurückgreifen und Michael ins Visier nehmen würde. Aber wenn es seinen Plan geändert hätte, als es herausgefunden hatte, dass das Opfer, auf das es abzielte, Las Vegas verlassen hatte, wenn es bereits einen neuen Weg gefunden hätte, seine Macht und Kontrolle wiederzuerlangen …

»Aaron«, sagte ich zu Agent Mullins.

Am anderen Ende der Leitung wurde es still.

»Das UNSUB ist Beau Donovan und es ist hinter Aaron Shaw her«, fuhr ich fort. »Michael war immer nur sein Stellvertreter. Beau hat ihn mit Lia gesehen, und das war, als würde er Aaron mit Tory sehen. Aber offenbar hat Beau irgendwann beschlossen, dass Michael nicht infrage kommt, und hat sich wieder dem Original zugewandt.«

»Briggs«, hörte ich Mullins mit gedämpfter Stimme rufen. »Wir suchen Beau Donovan, der es auf Aaron Shaw abgesehen hat.«

Die Displays leuchteten wieder auf. Ein durchdringender Schrei gellte aus dem Handy. Meine Augen huschten von einem Videofeed zum nächsten. Neben mir rutschte Sloane vom Sofa und ging vor dem Couchtisch auf die Knie, beide Hände an einem der Tablets.

Ein Agent mit Kamera rannte los. Das Bild wackelte. Eine Menschentraube bildete sich. Es wurde an der Kamera herumgefummelt, dann kniete sich der Agent hin.

Direkt neben Aaron Shaws Leiche.

Ein hohes, keuchendes Geräusch erfüllte den Raum. Lia sank zu Boden und schlang die Arme um Sloane.

»Ich habe es ihm gesagt«, flüsterte Sloane. »Ich habe es meinem Vater gesagt. Am zwölften Januar. Im Großen Ballsaal. Ich habe es ihm gesagt. *Ich habe es ihm gesagt. Ich habe es ihm gesagt.*«

Er hätte auf sie hören sollen. Aber er hatte es nicht getan und jetzt lag Aaron blass und reglos und blutüberströmt da. *Ermordet.*

»Cassie?« Agent Mullins' Stimme ertönte aus dem Telefon. Ich hatte vergessen, dass ich es überhaupt in der Hand hielt. »Bist du dir sicher in Bezug auf die Identität des UNSUBs?«

Auf einem der anderen Monitore sah ich Beau Donovan in der Nähe der Bühne stehen. Er sah nicht aus, als hätte er gerade jemanden umgebracht. Ohne Michaels Hilfe konnte ich nicht erkennen, ob sich auf seinem Gesicht Genugtuung abzeichnete.

Sie müssen nichts sagen, hatte Agent Mullins zu Beau während des Verhörs gesagt. *Aber ich glaube, Sie wollen es. Ich glaube, Sie haben uns etwas mitzuteilen.*

Michael hatte angedeutet, dass Agent Mullins recht hatte. Es gab etwas, das Beau ihnen mitteilen wollte, aber nicht verraten durfte. *Du wolltest sie wissen lassen, wie überlegen du bist – besser als das FBI, besser als die Sekte, die du nachahmst.*

»Er hat das Potenzial, gewalttätig zu werden«, hatte Dean uns erklärt. Deans Einschätzung hallte in meinem Kopf nach. *»Ich vermute, dass er die meiste Zeit seines Lebens wie Dreck behandelt wurde. Wenn er die Chance hätte, würde er gerne ein Spiel spielen, aus dem er als Sieger hervorgeht.«*

Wir wussten, dass das Vegas-UNSUB Morde so arrangieren konnte, dass sie wie Unfälle aussahen. Daher war er sicher auch in der Lage, einen Angriff so zu planen, dass er wie Selbstverteidigung aussah. *Du hast einen Streit mit Aaron angezettelt. Danach war der Sicherheitschef des Majesty hinter dir her. Das war es, was du wolltest. Du hast den Streit mit Aaron so geplant, dass Victor McKinney keine andere Wahl hatte.* Beau hatte das Mädchen wahrscheinlich hypnotisiert, damit sie Aaron zu Torys Show begleitete, um ihm einen Vorwand für den Streit zu liefern. *Du hast Victor McKinney nicht getötet. Du hattest nie vor, ihn zu töten, weil er nicht Nummer fünf war.*

Er war deine Tarnung.

Gibt es einen besseren Weg, jeden Verdacht von sich abzulenken, als verhaftet, entlastet und wieder freigelassen zu werden?

Du hast ihm die falsche Nummer aufs Handgelenk geschrieben. Irreführung.

»Cassie?«, wiederholte Agent Mullins.

Sloane wiegte sich auf dem Boden hin und her, zitternd in Lias Armen.

Ich sagte Agent Mullins, was sie hören wollte. »Ich bin mir sicher.«

KAPITEL 55

Das FBI nahm Beau Donovan in Gewahrsam. Er unternahm keinen Versuch, sich der Festnahme zu entziehen. Er leistete keinerlei Widerstand.

Das musste er auch nicht.

Du weißt, wir haben keine Beweise. Du hast dir deine Verteidigungsstrategie schon zurechtgelegt.

Du wirst es genießen.

Zum Zeitpunkt der Festnahme trug Beau keine Waffe bei sich. Dank des Stromausfalls hatte ihn niemand in der Nähe der Leiche beobachtet. *Dafür bist du zu clever.* Ich hatte genug Zeit im Kopf unseres UNSUBs verbracht, um zu wissen, dass Beau einen Plan hatte, wie er die Waffe loswerden würde. *Du hast nicht damit gerechnet, verhaftet zu werden, aber was macht das schon? Sie können dir nichts beweisen. Sie können dir nichts anhaben.*

Nichts kann dir jetzt etwas anhaben.

»Zweiundsiebzig Stunden.« Sloanes Stimme war nur noch ein heiseres Flüstern. Die Videoübertragung war unterbrochen worden, aber sie starrte immer noch auf das schwarze Display und sah Aarons Leiche, so wie ich mit geschlossenen Augen die blutbespritzte Garderobe meiner Mutter sehen konnte. »In den meisten Bundesstaaten können Verdächtige bis zu zweiundsiebzig Stunden festgehalten werden, bevor Anklage erhoben wird«, stammelte Sloane weiter. »In Kalifornien sind es achtundvierzig. Bei … Bei … Bei Nevada bin ich mir nicht sicher.« Ihre Augen quollen über vor Tränen. »Ich sollte mir sicher sein. *Ich sollte es sein.* Ich kann nicht …«

Ich ließ mich neben sie auf den Boden gleiten. »Es ist okay.«

Sie schüttelte den Kopf – wieder und wieder. »Ich habe meinem Vater gesagt, dass das passieren wird.« Sie starrte weiter auf das leere Display. »Zwölfter Januar. Der Große Ballsaal. Ich habe es ihm gesagt und jetzt bin ich mir nicht mehr sicher. Sind es achtundvierzig Stunden in Nevada oder zweiundsiebzig?« Sloane wedelte mit zitternden Händen in der Luft. »Achtundvierzig oder zweiundsiebzig? *Achtundvierzig oder …«*

»Hey.« Dean kniete vor ihr nieder und nahm ihre Hände in seine. »Sieh mich an.«

Sloane schüttelte nur den Kopf. Ich sah hilflos zu Lia, die nicht von Sloanes Seite gewichen war.

»Wir werden ihn schnappen«, sagte Lia, ihre Stimme war so leise wie Sloanes, aber sie klang unheilvoll und tödlich.

Irgendwie drangen die Worte so tief in Sloanes Gehirn ein, dass das jüngere Mädchen aufhörte, den Kopf zu schütteln.

»Wir werden Beau Donovan an die Wand nageln«, fuhr Lia leise fort, »und er wird den Rest seines Lebens in einer Zelle schmoren, während die Wände auf ihn zurücken. Ohne Hoffnung. Ohne Ausweg. Nichts als die Erkenntnis, dass er verloren hat.« Lia sprach jedes dieser Worte mit hundertprozentiger Überzeugung aus. »Wenn wir es in achtundvierzig Stunden schaffen müssen, dann schaffen wir es in achtundvierzig Stunden, und wenn es zweiundsiebzig sind, dann schaffen wir es trotzdem in achtundvierzig. Weil wir gut sind, Sloane, *und wir kriegen ihn.«*

Langsam beruhigte sich Sloanes Atem. Schließlich blickte sie Dean an, während ihr die Tränen über die Wangen strömten.

»Ich war Aarons Schwester«, sagte sie. »Und jetzt bin ich es nicht mehr. Ich bin nicht mehr seine Schwester.«

Meine Kehle war wie zugeschnürt und ich brachte die Worte nicht heraus. *Du bist noch immer seine Schwester, Sloane*, wollte ich sagen. Doch bevor ich etwas erwidern konnte, hörte ich, wie die Haustür geöffnet wurde. Einen Augenblick später erschien Michael auf der Schwelle zum Wohnzimmer.

Plötzlich erfasste mich die ganze Dimension der Situation mit voller Wucht. *Es hätte Michael erwischen können. Wenn wir Vegas nie verlassen hätten, wenn Beau den Plan nicht geändert hätte, hätte es Michael treffen können.* Daran durfte ich nicht denken. Aber ich tat es trotzdem. *Michaels Kehle, durchtrennt mit einem Messer. Michael, mit einem Schlag ausgelöscht …*

Michael blieb stehen, den Blick auf Sloane gerichtet. Er bemerkte die Tränen auf ihrem Gesicht, ihre gebeugten Schultern und tausend andere Hinweise, die ich nicht einmal wahrnehmen konnte. Als Naturtalent konnte Michael seine Fähigkeit nicht abschalten. Er konnte nicht aufhören zu sehen, was Sloane fühlte. Er sah es, er fühlte es, und ich kannte ihn gut genug, um zu wissen, dass er dachte: *Es hätte besser mich treffen sollen.*

»Michael.« Sloane stammelte seinen Namen mit erstickter Stimme. Sekundenlang starrte sie ihn nur an. Ihre Hände ballten sich zu Fäusten. »Du darfst nicht noch einmal weggehen«, fuhr sie ihn an. »Michael. Du darfst mich nicht auch noch verlassen.«

Michael zögerte einen Moment, dann trat er einen Schritt vor und noch einen und sank neben uns auf den Boden. Sloane schlang ihre Arme um ihn und klammerte sich an ihn, als ginge es um ihr Leben. Ich spürte die Wärme ihrer Körper. Ich fühlte, wie sich ihre Schultern vor Schluchzen krümmten.

Und alles, woran ich denken konnte, während ich mit ihnen auf dem Boden kauerte, war, dass Beau Donovan dachte, er hätte gewonnen. Er dachte, er könnte nehmen und töten und Leben zerstören, und nichts und niemand könnte ihm etwas anhaben.

Du hast falsch gedacht.

KAPITEL 56

Die Uhr tickte. Instinkt und Theorien genügten nicht. Sich-sicher-Sein reichte nicht.

Wir brauchten Beweise.

Du planst. Du wartest ab und du planst voraus und du führst diese Pläne mit mathematischer Präzision aus. Ich sah Beau vor mir, wie er die Lippen zu einem Grinsen verzog. Er wartete darauf, dass unsere Zeit ablief. Er wartete darauf, dass das FBI ihn gehen ließ.

Sloane saß vor dem Fernseher, ein Tablet war an der Seite angeschlossen. Jetzt weinte sie nicht mehr. Sie blinzelte nicht einmal. Immer wieder sah sie sich den Moment an, in dem die Leiche ihres Bruders entdeckt worden war.

»Sloane.« Judd stand in der Tür. »Liebes, schalte das aus.«

Sloane schien ihn nicht einmal zu hören. Sie beobachtete, wie die Kamerabilder wackelten, während der Agent auf Aarons Leiche zulief.

»Cassie. Schalte es aus.« Diesmal erteilte Judd mir den Befehl.

Du willst uns beschützen, dachte ich und wusste genau, woher Judds Bedürfnis kam. *Du willst, dass wir sicher und geborgen sind.*

Aber vor dem hier konnte Judd Sloane nicht beschützen.

»Dean.« Judd wandte sich an meinen Profiler-Kollegen. Bevor Dean antworten konnte, ergriff Sloane das Wort: »Sechs Kameras, aber keine davon ist stationär. Ich kann Beaus Position extrapolieren, aber die Fehlerquote bei der Berechnung seiner Bewegungen ist höher, als mir lieb ist.« Sie stoppte das Video bei Aarons Leiche. Für einen Moment verlor sie sich in dem Bild ihres blutüberströmten Bruders, ihr Blick war leer. »Der Mörder war Rechtshänder. Die Blutspritzer deuten auf eine einzige Wunde hin, die von links nach rechts über den Hals des Opfers verlief. Die Klinge war leicht nach oben geneigt. Der Mörder ist etwa einen Meter neunundsiebzig groß, plus oder minus einen halben Zentimeter.«

»Sloane«, sagte Judd scharf.

Sie blinzelte und wandte den Blick vom Bildschirm ab. *Es ist leichter,* dachte ich und wechselte von Judds Perspektive zu der von Sloane, *wenn die Leiche einfach »das Opfer« ist. Es ist leichter, wenn man dabei nicht Aarons Namen im Kopf hat.*

Sloane schaltete den Fernseher aus. »Ich schaffe es nicht.«

Für einen Moment wirkte Judd erleichtert. Dann holte Sloane ihren Laptop hervor. »Ich brauche Bilder einer stationären Kamera. Mit höherer Auflösung.« Sekunden später flogen ihre Finger über die Tasten.

»Nur mal rein hypothetisch gefragt«, sagte Lia zu Judd, »wenn Sloane sich in die Sicherheitsdaten des Majesty hacken würde, würden Sie das wissen wollen?«

Judd starrte Sloane ein paar Sekunden lang an. Dann ging er zu ihr und drückte ihr einen Kuss auf den Kopf. *Sie wird nicht aufhören. Sie kann nicht. Das weißt du.*

Den Mund zu einer schmalen Linie verzogen, wandte Judd sich wieder Lia zu. »Nein«, stöhnte er. »Wenn Sloane sich illegal in das Casino ihres Vaters hackt, will ich das nicht wissen.« Dann schaute er wieder Dean, Michael und mich an. »Aber rein hypothetisch gefragt, was kann ich tun, um zu helfen?«

Du hattest weniger als eine Minute, um zu tun, was getan werden musste.

Während Sloane sich das Überwachungsvideo ansah, das sie gehackt hatte, und Zahlen vor sich hin murmelte, versetzte ich mich in Beaus Lage und versuchte mir vorzustellen, was er in diesen Momenten gedacht und gefühlt hatte.

Du wusstest genau, wo sich dein Ziel befand. Du wusstest, dass Aaron nicht in Panik geraten würde, wenn die Lichter ausgingen. Aaron Shaw stand an der Spitze der Nahrungskette. Du wusstest, dass es ihm nie in den Sinn kommen würde, dass er deine Beute werden könnte.

»Der Verdächtige näherte sich der Bühne mit einer Geschwindigkeit von eins Komma sechs Metern pro Sekunde. Das Opfer war vierundzwanzig Meter entfernt und befand sich in einem Winkel von zweiundvierzig Grad zur letzten markierten Bewegungsrichtung des Verdächtigen.«

Du wusstest genau, wohin du wolltest und wie du dort hinkommst.

Sloane stoppte die Aufnahme, eine Sekunde, bevor das Licht ausging, und machte einen Screenshot. In der Sekunde, als das Licht wieder anging, wiederholte sie den Vorgang. *Vorher. Nachher. Vorher. Nachher.*

Sloane wechselte zwischen den Standbildern hin und her. »In neunundfünfzig Sekunden bewegte sich der Verdächtige sechseinhalb Meter vorwärts, immer noch mit dem Gesicht zur Bühne.«

»Seine Pupillen waren geweitet«, fügte Michael hinzu. »Bevor das Licht ausging, waren seine Pupillen schon vergrößert – Wachsamkeit, psychische Erregung.«

»Wenn ich das schaffe«, murmelte Dean, »bin ich unbesiegbar. Wenn ich das vollbringe, bin ich würdig.«

Aaron war der Thronfolger, der designierte Erbe des Majesty. Ihn zu töten, war eine Machtdemonstration. *Das ist dein Vermächtnis. Das zeigt, was du bist. Das ist es, was dir zusteht.*

»Beaus Haltung hat sich verändert«, fuhr Michael fort. »Es ist subtil, aber es ist da, unter dem Pokerface.« Michael zeigte erst auf das eine, dann auf das andere Bild. »Vorher: Vorfreude. Und danach: Euphorie.« Er wandte sich wieder dem ersten Bild zu. »Schaut, wie er die Schultern hält.« Er warf Sloane einen Blick zu. »Spiel das Material ab.«

Sloane rief das Video auf und ließ es laufen.

»Eingeschränkte Beweglichkeit«, sagte Michael. »Er kämpft mit Verspannungen in den Schultern. Er geht, aber seine Arme sind unbeweglich.«

»Das Messer«, murmelte Dean neben mir, die Augen auf dem Bildschirm festgeklebt. »Ich hatte es bei mir. Ich konnte es spüren. Deshalb bewegen sich meine Arme nicht. Das Messer zieht mich nach unten.«

Dean schluckte und richtete seinen Blick auf mich. »Ich habe das Messer«, sagte er mit unnatürlich tiefer Stimme. »Ich bin das Messer.«

Auf dem Bildschirm wurde alles schwarz. Die Sekunden vergingen in Stille.

Adrenalin schoss durch deine Adern. Ich versetzte mich in Beaus Lage. Ich stellte mir vor, wie ich mich in der Dunkelheit von hinten an Aaron heranschlich. *Ohne zu zögern. Er ist stärker als du. Größer. Du hast nur das Überraschungsmoment auf deiner Seite.*

Und du hast eine heilige Mission.

Ich stellte mir vor, wie ich die Klinge durch Aarons Kehle gleiten ließ. Wie ich sie zu Boden fallen ließ. Wie ich mich im Schutz der Dunkelheit zurückzog. Wie ich mit überwältigender Gewissheit wusste, dass der Tod Macht bedeutete. *Meine Macht.*

Auf dem Bildschirm ging das Licht wieder an und riss mich aus dem kurzen Moment, in dem ich aufgehört hatte, mit Beau zu sprechen und ganz in ihn geschlüpft war. Neben mir spürte ich Deans Wärme – und den dunklen Ort, an dem er eben noch gewesen war.

Der Ort, an dem auch ich gewesen war.

»Schaut euch seine Arme an«, sagte Michael und zeigte auf Beau.

Sie schwingen leicht, wenn du gehst. Du fühlst dich jetzt leichter. Ausbalanciert. Perfekt.

»Ich habe getan, was getan werden musste.« Dean sah auf seine Hände. »Und ich bin das Messer losgeworden.«

»Das Messer wurde weniger als einen Meter von der Leiche entfernt gefunden.« Sloane sprach in einem stockenden, gestelzten Tempo. »Der Mörder hat es fallen gelassen. Er muss zurückgewichen sein. Er konnte es nicht riskieren, in Aarons Blut zu treten.« In ihrer Stimme lag etwas Brüchiges, Zerbrechliches. »Aarons Blut«, wiederholte sie.

Sloane analysierte gewohnheitsmäßig Tatorte und entdeckte Zahlen, Muster, Wahrscheinlichkeiten und Anzeichen von Leichenstarre. Aber sosehr sie sich auch bemühte, Aaron würde für sie nie nur *Nummer fünf* sein.

»Der Verdächtige trägt keine Handschuhe.« Diese Feststellung kam von Lia. »Ich bezweifle, dass er Fingerabdrücke auf dem Messer hinterlassen hat. Wie geht das?«

Sloane schloss die Augen. Ich spürte, wie sie die Möglichkeiten katalogisierte, wie sie die Beweise wieder und wieder durchging, wie es ihr wehtat und sie nicht losließ …

»Plastikfolie.« Judd hatte sich noch nie in einen unserer Fälle eingemischt. Er war nicht beim FBI. Er war kein Naturtalent. Aber er war ein ehemaliger Elitesoldat. »Etwas Wegwerfbares. Man wickelt das Messer darin ein und entsorgt es separat.«

Das war's. Mein Herz setzte einen Schlag aus. *Das war das entscheidende Beweisstück.*

»Und wo habe ich es entsorgt?«, fragte Dean.

Nicht in einen Mülleimer, da könnte es die Polizei finden. Ich zwang mich, Abstand zu gewinnen und Schritt für Schritt den Ablauf durchzugehen. *Du bahnst dir einen Weg durch die Menge zu Aaron. Du stellst dich hinter ihn. Du schneidest ihm mit dem Messer die Kehle durch – schnell. Kein Zögern. Keine Reue. Du ziehst die Plastikfolie ab und lässt die Klinge fallen.*

Dreißig Sekunden.

Vierzig Sekunden.

Wie lange hat es gedauert? Wie viel Zeit bleibt dir, bis du wieder da bist, wo du warst, als das Licht ausging?

Du drängst dich durch die Menge.

»Die Menge«, sagte ich laut.

Dean begriff schneller als die anderen. »Wenn ich ein Killer bin, der an alle Eventualitäten denkt, dann werfe ich kein belastendes Material weg. Das lasse ich von jemand anderem machen.«

»Vorzugsweise, nachdem der Betreffende wieder zu Hause ist«, schloss ich.

»Er hat das Beweisstück jemandem untergeschoben«, übersetzte Lia. »Wenn ich die Person wäre und beim Nach-Hause-Kommen eine Plastiktüte in meiner Tasche finden würde? Dann würde ich sie einfach wegwerfen.«

»Es sei denn, es wäre Blut daran«, sagte Sloane. »Ein Spritzer, ein Schmierer …«

Ich sah das Netz der Möglichkeiten, das sich daraus ergab. »Je nachdem, wer du bist, würdest du die Polizei verständigen.« Ich dachte über eine zweite Möglichkeit nach. »Oder du würdest es verbrennen.«

Für einen Moment herrschte eine angespannte Stille, in der keiner von uns seine Gedanken aussprechen wollte. *Wenn wir es nicht finden, wenn wir die Person nicht finden, die es hat …*

Dann hatte unser Killer gewonnen.

KAPITEL 57

»Wir brauchen Beaus Bewegungsprofil.« Sloane tippte mit der Daumenkuppe auf jeden ihrer Finger, auf einen nach dem anderen, immer wieder, während sie sprach.

»Punkt A zu Punkt B zu Punkt C. Wie ist er dorthin gekommen? An wem ist er vorbeigekommen?«

Vorher. Nachher. Vorher. Nachher. Wieder wechselte Sloane von einem Standbild zum nächsten. »Es gibt mindestens neun verschiedene Wege mit einer Wahrscheinlichkeit von mehr als sieben Prozent. Wenn ich die Länge und den Winkel des Schritts des Verdächtigen isoliere, nachdem das Licht wieder anging …« Sloane verstummte und verlor sich in den Zahlen in ihrem Kopf.

Der Rest von uns wartete.

Und wartete.

Tränen stiegen in Sloanes Augen. Ich kannte sie, ich wusste, dass ihr Gehirn raste, und ich wusste, dass sie nach jeder Zahl, nach jeder Berechnung nur noch Aarons Gesicht sah. Seine leeren Augen. Das Oberteil, das er ihr gekauft hatte.

Ich wollte, dass er mich mag, hatte sie mir gestanden.

»Sieh Beau nicht an.« Lia durchbrach das Schweigen. Sie fing Sloanes Blick auf und hielt ihm stand. »Wenn du nach einer Lüge suchst, siehst du manchmal den Lügner an und manchmal alle anderen. Je besser der Lügner ist, desto wahrscheinlicher ist es, dass das, was die Lüge aufdeckt, von jemand anderem kommt. Wenn du es mit einer Gruppe zu tun hast, schaust du nicht immer die Person an, die gerade spricht. Du schaust auf den schlimmsten Lügner im Raum.« Lia stützte sich auf ihre

Handflächen ab, ihre lässige Haltung passte nicht zu der Intensität, mit der sie sprach. »Sieh den Verdächtigen nicht an, Sloane.«

Vielleicht wollte Lia Sloane davon abhalten, immer wieder zu Beau zu schauen, weil sie wusste, was er Aaron angetan hatte, aber es war auch so ein guter Rat. Ich konnte genau sehen, wie er sich in Sloanes Kopf festsetzte.

Sieh nicht den Verdächtigen an. Sieh auf die anderen.

»Menschenmengen bewegen sich«, sagte Sloane, und ihre Stimme wurde lauter, je mehr sie in Fahrt kam. »Wenn sich jemand durch eine Menschenmenge drängt, bewegen sich die Menschen. Wenn ich die einzelnen Bewegungsmuster während des Stromausfalls isolieren kann …« Ihre Augen huschten hin und her. Sie scannte das Filmmaterial und schickte die Standbilder an den Drucker. *Vorher. Nachher.* Ihre Finger suchten nach einem Stift. Sie blickte von den Videoaufnahmen zu den Bildern und wieder zurück, zog die Kappe des Stifts ab und umkreiste die Menschengruppen. »Wenn man die Grundbewegungsrichtungen – mit einer Fehlertoleranz für individuelle Unterschiede als Reaktion auf das Chaos – betrachtet, sieht man *hier, hier* und *hier* Lücken, die zeigen, dass es in der einen Gruppe eine leichte, aber durchgängige Bewegung nach Nordwesten und in der anderen Gruppe eine nach Südosten gab.« Sloane zeichnete einen Weg von Aarons Leiche zu Beaus Endposition und fuhr dann mit dem Finger den gezeichneten Weg entlang.

Du lässt das Messer fallen. Du bahnst dir einen Weg durch die Menge, leichtfüßig, ohne zu zögern, ohne anzuhalten.

»Stell dir vor, du wärst eine Taschendiebin«, sagte Dean zu Lia und richtete seinen Blick auf den Weg, den Sloane vorgezeichnet hatte. »Wo sind deine bevorzugten Opfer?«

»Es beleidigt mich, dass du denkst, ich wüsste das«, erwiderte Lia, ohne im Mindesten beleidigt zu klingen. Sie näherte ihre Fingerspitze dem Bild und tippte mit einem langen, lackierten Fingernagel erst auf eine Person, dann auf zwei weitere. »Eins, zwei, drei«, sagte Lia, »wenn ich eine Taschendiebin wäre, wären das meine Ziele.«

Du schlängelst dich durch die Menge. Es ist dunkel. Chaotisch. Die Leute fummeln an ihren Handys herum. Du hältst den Kopf gesenkt. Jedes Zögern, jeder kleinste Fehler wäre verhängnisvoll.

Ich studierte die drei Personen, auf die Lia gezeigt hat. *Du hast gerade einen Mann getötet und überlässt es jemand anderem, die Beweise zu vernichten.* Von Anfang an hatte ich in unserem UNSUB einen Planer und Manipulator gesehen. *Du wusstest genau, wen du wählen musstest.*

»Den da.« Ich deutete auf die zweite der drei Personen. *Ende zwanzig. Männlich. Jackett. Der Mund vor Schreck und Abscheu verzogen.*

Ein bekanntes Gesicht.

»Thomas Wesleys Assistent.« Auch Michael erkannte ihn wieder. »Er ist kein großer Fan des FBI, oder?«

»Wir kommen.« Agent Briggs war sofort im Bilde. Er und Agent Mullins waren bereits unterwegs, bevor wir sie vollständig auf den neuesten Stand gebracht hatten.

»Wird es reichen?«, fragte ich. Neben mir war Sloane verstummt. Sosehr sie auch nach Antworten verlangte, sie brachte die Frage nicht über ihre Lippen, also stellte ich sie für sie.

»*Wenn* Wesleys Assistent es noch hat, *wenn* Beaus Fingerabdrücke darauf sind und *wenn* die Spurensicherung es entweder mit dem Messer oder mit Aarons Blut in Verbindung bringen kann …« Briggs ließ die Anzahl der nötigen Bedingungen in diesem Satz für sich sprechen. »Dann vielleicht.«

Spurensicherung. Darauf kam es an. Die Spurensicherung hatte bestätigt, dass auf dem Tuch das Blut meiner Mutter war. Die Spurensicherung hatte festgestellt, dass diese Knochen von ihr stammten.

Das schuldet mir das Universum, dachte ich – ein wütender und irrationaler Gedanke. Die Spurensicherung hatte mir meine Mutter genommen. Also konnte sich die Spurensicherung dieses eine Mal bei mir – und Sloane – revanchieren.

»*Vielleicht* ist nicht genug.« Lia sprach für Sloane, genau wie ich zuvor. »Ich will, dass er sich windet. Ich will, dass er sich hilflos fühlt. Ich will, dass er zusieht, wie alles zusammenbricht.«

»Ich weiß.« In Briggs' Stimme lag ein Unterton, der mir verriet, dass er dasselbe wollte, was er einst für Deans Vater gewollt hatte. »Die örtliche Polizei arbeitet daran, Videomaterial zu beschaffen – von Michael im Desert Rose und von den Stunden vor dem Kampf zwischen Beau und dem Sicherheitschef des Majesty. Irgendetwas wird schon auftauchen.«

Es muss etwas geben, dachte ich verzweifelt. *Damit kommst du nicht durch, Beau Donovan. Du darfst nicht einfach so davonkommen.* Wenn wir hieb- und stichfeste Beweise und Videoaufnahmen bekommen könnten, fehlte uns nur noch eine Zeugenaussage.

»Tory Howard.« Ich warf den Namen in die Runde, obwohl Briggs und Mullins sicher längst daran gedacht hatten.

»Wir haben es versucht«, antwortete Briggs knapp. »Das ist das zweite Mal, dass wir Beau festgenommen haben. Sie glaubt, dass er unschuldig ist.«

Natürlich würde Tory nicht wahrhaben wollen, dass Beau das getan hatte. Ich dachte an die junge Frau, von der ich mehrfach ein Profil erstellt hatte. *Du hast Aaron geliebt. Beau darf einfach nicht derjenige gewesen sein, der ihn dir geraubt hat.*

»Wir sind in ihren Augen die Bösen«, fuhr Briggs fort. »Tory will nicht mit uns reden.«

Du hast Aaron geliebt, dachte ich wieder, immer noch auf Tory konzentriert. *Du trauerst.* Ich dachte an das letzte Mal, als ich Tory gesehen hatte, und atmete tief durch. »Sie wird nicht mit *Ihnen* reden«, sagte ich laut, »aber vielleicht mit Sloane.«

KAPITEL 58

Tory ging beim ersten Anruf nicht dran. Auch nicht beim zweiten. Und auch nicht beim dritten. Aber Sloane besaß eine unheimliche Hartnäckigkeit. Sie konnte ein und dasselbe in Endlosschleife immer und immer wieder tun, bis sich das Ergebnis änderte und sie aus dem monotonen Muster riss.

Du wirst nicht aufhören anzurufen. Du wirst niemals aufhören anzurufen.

Sloane tippte jedes Mal die vollständige Nummer ein, die Mullins und Briggs ihr gegeben hatten. Ich kannte sie gut genug, um zu wissen, dass sie den gleichmäßigen Rhythmus, die Bewegung und die Zahlen tröstlich fand.

»Hört auf anzurufen.« Eine Stimme meldete sich, laut genug, dass ich jedes Wort verstehen konnte, während ich neben Sloane stand. »Lasst mich einfach in Ruhe.«

Für den Bruchteil einer Sekunde stand Sloane wie gelähmt da, unsicher, weil das Muster plötzlich durchbrochen worden war. Lia schnippte mit dem Finger vor ihrem Gesicht und Sloane blinzelte.

»Ich habe es ihm gesagt. Ich habe es meinem Vater gesagt.« Sloane ging direkt von einem Muster zum nächsten über. Wie oft hatte sie diese Worte gesagt? Wie oft mussten sie sich in ihrem Kopf wiederholt haben, dass sie sie jedes Mal mit solcher Verzweiflung ausstieß?

»Wer ist da?« Torys Stimme klang brüchig.

Mit zitternden Händen stellte Sloane das Handy auf laut. »Ich war einmal Aarons Schwester. Jetzt bin ich es nicht mehr. Und du warst einmal seine Bezugsperson und jetzt bist du es nicht mehr.«

»Sloane?«

»Ich habe meinem Vater gesagt, dass das passieren würde. Ich habe ihm gesagt, dass es ein Muster gibt. Ich habe ihm gesagt, dass der nächste Mord am zwölften Januar im Großen Ballsaal geschehen wird. *Ich habe es ihm gesagt*, Tory, und er hat nicht auf mich gehört.« Sloane holte tief Luft. Am anderen Ende der Leitung konnte ich hören, wie Tory dasselbe tat. »Aber *du* wirst zuhören«, fuhr Sloane fort. »Du wirst zuhören, weil du es *weißt*. Du weißt, dass etwas nicht verschwindet, nur weil du es ignorierst. Wenn man so tut, als wäre etwas nicht wichtig, wird es deswegen nicht weniger wichtig.«

Schweigen am anderen Ende der Leitung. »Ich weiß nicht, was du von mir willst«, sagte Tory nach einer Ewigkeit.

»Ich bin nicht normal«, sagte Sloane nur. »Ich war noch nie normal.« Sie hielt inne, dann brach es aus ihr heraus: »Ich bin die Art von nicht-normal, die für das FBI arbeitet.«

Diesmal klang Torys Einatmen schärfer.

Ein Funkeln in Michaels Augen verriet mir, dass er starke Emotionen in diesem Einatmen wahrnahm.

»Er war mein Bruder«, wiederholte Sloane. »Und du musst mir zuhören.« Sloane stockte immer wieder, während sie sprach. »Bitte.«

Erneutes Schweigen, das eine gefühlte Ewigkeit dauerte, diesmal noch angespannter. »Also gut.« Tory spuckte die Worte förmlich aus. »Sag, was du zu sagen hast.«

Ich spürte, wie Tory von einem Modus in den anderen wechselte, von abgrundtiefer Trauer in eine Abwehrhaltung und dann in eine Art Lässigkeit, die ich von Lia kannte. *Dinge sind nur wichtig, wenn du es zulässt.* Menschen *haben nur Bedeutung, wenn du sie an dich heranlässt.*

»Cassie?« Sloane legte das Handy beiseite. Ich trat einen Schritt vor. Auf der anderen Seite von Sloane tat Dean dasselbe, bis wir uns beide gegenüberstanden, das Handy auf dem Couchtisch zwischen uns.

»Wir werden Ihnen jetzt von dem Mörder erzählen, den wir suchen«, sagte ich.

»Ich schwöre bei Gott, wenn es um Beau geht …«

»Wir werden Ihnen von unserem Killer erzählen«, fuhr ich ruhig fort.

»Und dann erzählen Sie uns etwas.« Tory war so still am anderen Ende der Leitung, dass ich nicht sicher war, ob sie nicht aufgelegt hatte. Ich warf Dean einen Blick zu. Er nickte leicht und ich begann. »Der Mörder, den wir suchen, hat seit dem ersten Januar fünf Menschen getötet. Vier der fünf Opfer waren zwischen achtzehn und fünfundzwanzig Jahre alt. Das könnte bedeuten, dass unser Mörder aufgrund einer früheren Erfahrung in seinem Leben auf diese Altersgruppe fixiert ist, aber wir glauben, dass die wahrscheinlichste Erklärung – und die, die am besten zu der Art der Verbrechen passt – darin besteht, dass der Mörder ebenfalls jung ist.«

»Wir suchen nach jemandem, der Anfang zwanzig ist«, fuhr Dean fort. »Jemandem, der einen Grund hatte, es auf Casinos im Allgemeinen und das Majesty im Besonderen abgesehen zu haben. Wahrscheinlich hat unser Mörder viel Erfahrung in Las Vegas und ist darin geübt, unerkannt zu bleiben. Das ist sowohl sein größter Vorteil als auch das, was ihn in seiner Wut antreibt.«

»Unser Mörder ist es gewohnt, zurückgewiesen zu werden«, fuhr ich fort. »Er hat mit ziemlicher Sicherheit einen IQ auf Genie-Level, aber in der Schule hat er wahrscheinlich schlecht abgeschnitten. Unser Mörder kann sich an Regeln halten, aber er fühlt sich nicht schuldig, wenn er sie bricht. Er ist nicht nur klüger, als man ihm zutraut – er ist auch schlauer als die Leute, die die Regeln aufstellen, schlauer als die Leute, die die Jobs vergeben, schlauer als die Leute, für die und mit denen er arbeitet.«

»Töten ist ein Akt der Dominanz.« Deans Stimme war leise und zurückhaltend, aber es lag eine Überzeugung in ihr – die Art von Überzeugung, die aus eigener Erfahrung spricht. »Dem Mörder, den wir suchen, ist körperliche Dominanz egal. Er würde vor keinem Kampf zurückschrecken und dabei hat er schon einige verloren. Dieser Mörder beherrscht seine Opfer mental. Sie verlieren nicht, weil er stärker ist – sie verlieren, weil er klüger ist.«

»Sie verlieren«, fuhr ich fort, »weil er sehr gläubig ist.«

»Beau ist nicht religiös.« Tory schaltete sich ein – was ich als Zeichen dafür wertete, dass sie erkannte, wie sehr alles, was wir gesagt hatten, auf ihren Pflegebruder zutraf.

»Unser Mörder glaubt an die Macht. Er glaubt an Schicksal.« Dean hielt inne. »Er glaubt, dass ihm etwas genommen wurde.«

»Er glaubt«, sagte ich leise, »dass es an der Zeit ist, es sich zurückzuholen.«

Wir erzählten Tory nichts von der Sekte. Da Nightshade sich auf Las Vegas konzentrierte, könnte das Wissen sie in Gefahr bringen. Statt Tory weiter etwas über den aktuellen Geisteszustand unseres Killers zu sagen, ließ ich sie in die Vergangenheit blicken.

»Unser Mörder ist jung«, wiederholte ich, »aber die Art und Weise, wie die Morde durchdacht sind, lässt darauf schließen, dass sie seit Jahren geplant sind.«

Es gab einen Grund, warum wir das Alter des UNSUBs nicht hatten bestimmen können, bevor wir Michael als das fünfte geplante Opfer identifiziert hatten. Vieles an diesen Morden deutete auf Planung hin – Erfahrung, Meisterschaft, *Kunstfertigkeit*. Mit einundzwanzig Jahren schon so weit zu sein …

»Es ist sehr wahrscheinlich, dass unser Mörder ein oder mehrere traumatische Erlebnisse in seiner Vergangenheit hatte – höchstwahrscheinlich vor seinem zwölften Lebensjahr. Diese Ereignisse können physischen oder psychischen Missbrauch beinhalten, aber wenn man bedenkt, wie weit der Mörder geht« – *um ihre Aufmerksamkeit zu erregen.* Ich sprach diese Worte nicht laut aus –, »um sich als würdig zu erweisen, so ist es wahrscheinlich, dass wir nach jemandem suchen, der einen plötzlichen Verlust und schwere emotionale oder körperliche Vernachlässigung erlebt hat.«

»Das Ende einer Missbrauchssituation«, sagte Dean mit herzerweichender, ruhiger Stimme, »kann genauso traumatisch und prägend gewesen sein wie das, was davor geschehen ist.«

»Hört auf!« Tory flüsterte dasselbe wie zuvor, als sie den Anruf entgegengenommen hatte, aber diesmal klang ihre Stimme rau, tief und verzweifelt. »Bitte, hört auf.«

»Er tötete nach einem bestimmten Muster.« Sloane meldete sich plötzlich zu Wort, ihr Flüstern ähnelte dem Torys. »Es sollte im Theater des Majesty enden. Der dreizehnte Februar, das Theater – dort sollte es sein Ende finden.«

»Sie sind wichtig für unseren Mörder, Tory.« Dean senkte den Kopf. »Es war immer klar, dass Sie es sein würden – genauso wie es einer Ihrer größten Rivalen sein musste, genauso wie es Camille sein musste, genauso wie es ein junges, dunkelhaariges Mädchen in der ersten Nacht sein musste.«

»So wie es Aaron sein musste«, warf Tory ein, und ihre Stimme war nicht mehr nur ein Flüstern.

Michael fing meinen Blick auf. Er hielt einen Block Papier hoch. *Kipppunkt*, stand darauf. Mit einem Nicken signalisierte ich ihm, dass ich verstanden hatte. Was immer wir als Nächstes sagten, hatte das Potenzial, sie in die eine oder andere Richtung zu treiben – uns zu vertrauen oder gegen uns zu kämpfen, uns dabei zu helfen, Beau festzunageln, oder eine Mauer zu errichten.

Ich wählte meine Worte mit Bedacht. »Haben Sie jemals gesehen, dass Beau eine Spirale gezeichnet hat?«

Es war riskant, aber die Gewalt, die wir in den letzten Tagen erlebt hatten, hatte sich über Jahre aufgebaut. Wenn unser Profil stimmte, wenn Beau tatsächlich jahrelang darauf hingearbeitet hatte, wenn seine kranken Bedürfnisse und sein Plan auf ein frühes Trauma zurückgingen … *Du hast geplant, du hast geträumt, du hast geübt. Du hast nie vergessen.*

»Oh Gott.« Tory brach zusammen, ich konnte es genau hören. Ich sah sie vor mir, wie sie auf den Boden sank, die Knie an die Brust gezogen, die Hand mit dem Handy zur Seite gefallen.

Dean schaute mir in die Augen. Seine Hand legte sich auf meine Schulter. Ich schloss die Augen und genoss seine Berührung.

Ich habe dir das angetan, dachte ich, und Torys Bild ging mir nicht aus dem Kopf. *Ich habe dich gebrochen. Ich habe dich zerstört, weil ich es konnte. Weil ich es musste.*

Weil wir dich brauchen.

»Er hat sie immer in den Staub gezeichnet.« Torys Stimme klang heiser.

Ich wollte ihr sagen, dass ich wusste, wie es sich anfühlte, wenn einem das Innerste herausgerissen wurde. Ich wollte ihr sagen, dass ich wusste, wie es sich anfühlte, innerlich wie ausgehöhlt zu sein – als gäbe es keine Trauer mehr. »Beau hat nie auf Papier gemalt, aber er hat immer Spiralen in den Staub gezeichnet. Niemand außer mir hat sie je gesehen – er hat sie nie jemandem außer mir gezeigt.«

Es ging immer nur um dich. Beau hätte sie umgebracht. Sie war seine Familie. Er liebte sie und hätte sie trotzdem ermordet. Er *musste* es tun, aus Gründen, die ich nicht verstehen konnte.

»Sie müssen mit dem FBI reden«, sagte Dean sanft. »Sie müssen ihre Fragen beantworten.« Er gab ihr einen Moment, um seine Worte zu verarbeiten. »Ich weiß, was wir von Ihnen verlangen, Tory. Ich weiß, wie schwer das für Sie ist.«

Aus Erfahrung. Er wusste es aus eigener Erfahrung. Dean hatte gegen seinen Vater ausgesagt. Wir baten Tory, dasselbe bei Beau zu tun.

»Ich habe gehört, wie unsere Pflegemutter einmal über ihn gesprochen hat«, sagte Tory nach längerem Schweigen. »Ich habe gehört, wie sie sagte …« Ich hörte, wie sie um Worte rang. »Sie haben Beau halb tot in der Wüste gefunden. Er war sechs Jahre alt und jemand hat ihn einfach dort ausgesetzt. Kein Essen, kein Wasser. Er lag schon tagelang da draußen.« Ihre Stimme zitterte leicht. »Niemand wusste, woher er kam oder wer ihn dort ausgesetzt hatte. Beau konnte es ihnen nicht sagen. Er hat zwei Jahre lang kein Wort gesprochen, zu niemandem.«

Niemand wusste, woher er kam. Wie Dominosteine, die einer nach dem anderen fallen, begann sich alles, was ich über die Motive Beaus und die Morde wusste, zu verschieben.

DU

Sie glauben, sie können dich verhaften. Sie denken, sie können dich wegen Mordes anklagen. Sie denken, sie können dich einsperren. Sie haben keine Ahnung, wer du bist, wer du geworden bist.

Sie haben keine Beweise.

Es gibt Gerüchte über Überwachungsvideos im Desert Rose, an dem Tag, als du den gesalbt hast, der dein Fünfter werden sollte. Dasselbe Pfandhaus, das Victor McKinney bei seinem Angriff auf dich gefilmt hat, hat auch Aufnahmen von dir zur Verfügung gestellt, auf denen zu sehen ist, wie du Stunden zuvor den Ziegel gelöst hast. Das FBI behauptet, sie hätten eine Plastiktüte mit deinen Fingerabdrücken darauf. Sie behaupten, sie würden sie auf Aaron Shaws Blut untersuchen.

Tory hat geplaudert. Darüber, wie sie dir Hypnose beigebracht hat. Über das Wenige, was sie über deine Vergangenheit weiß.

Du wirst nicht ewig hier drinbleiben. Du wirst beenden, was du angefangen hast.

Du wirst deinen Platz am Tisch einnehmen. Den neunten Platz.

Neun.

Neun.

Neun.

Noch vier, dann hast du es vollendet. Noch vier, dann kannst du nach Hause gehen.

KAPITEL 59

Agent Mullins und Agent Briggs saßen im Verhörraum Beau Donovan gegenüber. Er trug einen orangefarbenen Overall. Seine Handgelenke waren mit Handschellen gefesselt.

Neben Beau hatte ein Pflichtverteidiger Platz genommen, der seinen Mandanten immer wieder zum Schweigen ermahnte.

Im Safehouse verfolgten Lia, Michael, Dean und ich das Geschehen. Sloane hatte anfangs auch versucht zuzusehen, aber es überstieg ihre Kräfte.

Sie trug seit drei Tagen das Oberteil, das Aaron ihr geschenkt hatte.

Wir brauchten ein Geständnis. Wir hatten genug Beweise vorgelegt, um den Staatsanwalt zu überzeugen, Anklage zu erheben, aber um einen langwierigen Prozess zu vermeiden und um sicher zu sein, dass Beau zur Rechenschaft gezogen würde, brauchten wir ein Geständnis.

»Mein Mandant«, sagte der Anwalt eindringlich, »beruft sich auf den Fünften Verfassungszusatz.«

»Sie haben nichts in der Hand«, sagte Beau zu Briggs und Mullins, seine Augen waren gleichzeitig emotionslos und seltsam leuchtend.

»Das ist das zweite Mal, dass Sie versuchen, mich einzusperren. Es wird nicht funktionieren. Wie sollte es auch?«

»Mein Mandant«, wiederholte der Anwalt, »plädiert auf den Fünften.«

»Neun Leichen.« Agent Briggs beugte sich vor. »Alle drei Jahre. Jeweils zu Daten, die sich aus der Fibonacci-Folge ergeben.«

Das war die letzte Karte, die wir ausspielen konnten.

»Weiter«, sagte Michael zu den Agenten über die Headsets, die die beiden trugen. »Er ist überrascht, dass Sie von den anderen wissen. Und wie seine Augen gerade zu seinem Anwalt gewandert sind? Erregung. Zorn. Angst.«

Beaus Anwalt hatte keine Ahnung. Er wusste nicht, warum sein Mandant diese Taten begangen hatte und was ihn zum Töten getrieben hatte. Wir vermuteten, dass Beau verhindern wollte, dass der Mann es erfuhr.

Briggs zog ein Foto nach dem anderen aus seiner Akte. Mordopfer – aber nicht die von Beau. »Ertränken. Verbrennen. Durchbohren. Erwürgen.«

Beau wurde sichtlich unruhig.

»Messer.« Briggs hielt inne. Weiter war Beau nicht gekommen. »Ihr sechstes Opfer hätten Sie erschlagen.« Noch ein Bild.

Das kommt überraschend. Du hättest niemals damit gerechnet, dass das FBI davon wusste. Beau wurde blass. *Das war unmöglich.*

Du wolltest nur auf alte Geheimnisse anspielen. Um ihre Aufmerksamkeit zu erregen. Damit sie dich wahrnehmen.

Du wolltest nie, dass es so weit kommt.

»Nummer sieben wäre Gift gewesen«, fuhr Briggs fort. Er legte das letzte Bild auf den Tisch. Es zeigte eine Frau mit blonden Haaren, grünen Augen und einem Gesicht, das eher komisch als niedlich war. Ihr Mund war blutverschmiert. Ihr Körper war verkrümmt. Sie hatte sich die Fingernägel abgerissen.

Ich schluckte, als ich mich daran erinnerte, was Judd über Nightshades Gift gesagt hatte. *Nicht nachweisbar. Es gibt kein Gegengift. Extrem schmerzhaft.*

»Sie war meine beste Freundin.« Agent Mullins strich mit den Fingern über den Rand von Scarletts Foto. »Haben die Ihnen auch jemanden genommen?«

»Die?«, fragte der Anwalt. »Wer sind ›die‹?« Er gestikulierte ärgerlich in Richtung der Bilder. »Was hat das zu bedeuten?«

Briggs fixierte Beau mit den Augen. »Soll ich darauf antworten?«, fragte er. »Soll ich ihm sagen, warum wir Ihnen diese Bilder zeigen?«

»Nein!« Beau stieß das Wort knurrend aus.

Mit Außenstehenden redet man nicht. Lias Erkenntnisse über die Mentalität von Sekten gingen mir durch den Kopf. *Man verrät ihnen nicht, was Uneingeweihte nicht wissen dürfen.*

»Lassen Sie uns allein«, sagte Beau zu seinem Anwalt.

»Ich kann nicht einfach gehen ...«

»Ich bin der Klient«, sagte Beau. »Und ich habe gesagt: raus. *Und zwar sofort.*«

Der Anwalt verließ den Raum.

»Sie sind nicht verpflichtet, mit uns zu sprechen, wenn Ihr Anwalt nicht hier ist«, sagte Briggs. »Andererseits bezweifle ich, dass Sie wollen, dass er davon erfährt. Ich bezweifle, dass *irgendjemand* davon erfahren soll.« Briggs hielt inne. »Sie haben recht damit, dass wir vielleicht nicht genug für eine Verurteilung haben.«

Mullins machte da weiter, wo Briggs aufgehört hatte. »Aber wir haben genug für einen Prozess.«

»Zwölf Leute in der Jury«, sagte Mullins. Ich erkannte ihre Strategie, die Zahlen hochzuspielen und sich damit in sein Denkmuster einzufügen. »Dutzende von Reportern. Die Familien der Opfer werden dabei sein wollen.«

»Die werden Sie ausschalten«, sagte Beau.

»Werden sie das?«, fragte Mullins. »Oder werden die *Sie* ausschalten?«

Die Worte trafen ins Schwarze. Ich konnte sehen, wie Beau sich gegen die Handschellen stemmte, um sich nicht umzudrehen und über die Schulter zu schauen.

»Erzählen Sie ihm eine Geschichte«, wies Dean die Agenten an. »Beginnen Sie mit dem Tag, an dem er in der Wüste gefunden wurde.«

Dean und ich waren es gewohnt, unsere Fähigkeiten einzusetzen, um Mörder zu fassen. Aber das Erstellen von Profilen half ebenso dabei, sie zu knacken.

»Ich erzähle Ihnen eine Geschichte«, sagte Briggs auf dem Bildschirm. »Sie handelt von einem kleinen Jungen, der im Alter von sechs Jahren halb tot in der Wüste gefunden wurde.«

Beaus Atem ging merklich schneller.

»Niemand wusste, woher er kam«, fuhr Briggs fort.

»Niemand wusste, wer er war«, sagte ich. Briggs wiederholte meine Worte.

Wir wussten nicht genau, wie Beau seine ersten sechs Jahre verbracht hatte, aber Dean hatte eine Theorie. Ich hatte mich schon seit Tagen gefragt, ob Dean in Beau einen Teil von sich selbst wiedererkannt hatte. Ich war davon ausgegangen, dass das Profil des UNSUBs, sofern es jung war, dem eines Lehrlings von Daniel Redding nicht unähnlich sein dürfte.

Du bist nicht einfach über das Muster gestolpert. Du wusstest, wonach du Ausschau halten musstest. Du hast dein ganzes Leben danach gesucht. Und der Grund dafür liegt in diesen ersten sechs Jahren.

»Sie wissen nicht, wovon Sie reden.« Beaus Stimme war nicht lauter als ein Flüstern, aber sie war schneidend. »Sie können es nicht wissen.«

»Wir wissen, dass die Sie nicht wollten.« Mullins ging zum Angriff über. Die Morde Beaus hatten das Muster der Sekte auf die nächste Stufe gehoben. Er hatte sie herausgefordert, angegriffen und ihnen gezeigt, wie würdig er war. »Sie haben Sie zum Sterben zurückgelassen. Sie waren nicht gut genug für die.« Mullins hielt inne. »Und die hatten recht. Sehen Sie sich doch an. Sie haben sich erwischen lassen.« Ihr Blick wanderte über seinen orangefarbenen Overall und die Handschellen. »Die hatten recht.«

»Sie haben keine Ahnung, was ich bin«, sagte Beau, und seine Stimme zitterte vor Aufregung. »Sie haben keine Ahnung, wozu ich fähig bin. Die anderen auch nicht. Niemand weiß es.« Mit jedem Wort wurde seine Stimme lauter. »Ich bin für diese Aufgabe geboren. Die anderen werden als Erwachsene rekrutiert, aber *Nummer Neun* wird immer innerhalb ihrer Mauern geboren. Das Kind der Bruderschaft und der Pythia – Blut von ihrem Blut. Neun.«

»*Neun* ist für ihn ein Name«, erklärte Dean. »Ein Titel. Sagen Sie ihm, er hat ihn nicht verdient. Er ist seiner nicht würdig.«

»Sie sind nicht Neun«, sagte Mullins. »Sie werden nie Neun sein.«

Beau hob die gefesselten Hände an seinen Kragen. Er krallte die Finger in sein Hemd und riss es sich grob von der Schulter. Auf seiner nackten Brust war eine Reihe von gezackten Schnitten zu sehen, die halb verheilt und auf dem Weg der Narbenbildung waren.

Sieben kleine Kreise, die ein Siebeneck um ein Kreuz bildeten.

Ich hielt den Atem an. Dieses Symbol – ich kannte es.

»Sieben Meister.« Beaus Gesicht war angespannt, seine Stimme voller Zorn. Er fuhr mit den Fingern an der Außenkante des Siebenecks entlang. *Sieben Kreise.* »Die Pythia.« Er drückte den Finger in die Wunde und fuhr die senkrechte Linie des Kreuzes entlang. Seine Hand zitterte, als er dasselbe mit der Horizontalen tat. »Und Neun.«

Das Symbol. Ich kenne das Symbol. Sieben Kreise um ein Kreuz.

Es war in den Deckel eines einfachen Holzsarges geritzt, der an einer Wegkreuzung eines Feldwegs ausgegraben worden war.

»Sie *wünschen* sich, die Neun zu sein«, drängte Agent Mullins weiter. Ich spürte, wie meine Glieder taub wurden. Mir wurde schwarz vor Augen.

»Dean«, keuchte ich.

Im Nu war er bei mir. »Ich sehe es«, sagte er. »Du musst weiteratmen, tu es für mich, Cassie. Ich sehe es.«

Das Symbol, das Beau in sein eigenes Fleisch geritzt hatte, war auch in den Sarg meiner Mutter geritzt worden. *Unmöglich. Der 21. Juni. Kein Fibonacci-Datum. Meine Mutter war im Juni gestorben.*

Auf dem Bildschirm zitterten Beaus Hände immer noch. Seine Finger verkrampften sich. Sie krallten sich in seinen Hals. Sein Rücken krümmte sich. Dann fiel er zu Boden und wälzte sich in Krämpfen.

Schreie. Ich nahm das Geräusch wahr, als käme es von weit her. *Er schrie.*

Dann röchelte er und verschluckte sich an dem Blut, das ihm über die Lippen lief. Seine Fingernägel kratzten heftig an seinem Körper und am Boden.

Gift.

»Atme«, wiederholte Dean.

»Wir brauchen Hilfe«, schrie Mullins. *Beau schreit, Mullins schreit* – und endlich, endlich hörten die Krämpfe auf. Endlich war Beau still.

Sieben kleine Kreise bildeten ein Siebeneck um ein Kreuz.

Ich zwang mich, Luft zu holen. Noch einen Atemzug und noch einen.

Beaus aufgeplatzte Lippen bewegten sich. In einem letzten Moment der Klarheit sah er Briggs an. »Ich will nicht«, sagte er mühsam. »Ich wünsche mir nicht, Neun zu sein.« Er klang wie ein Kind.

»Sie sind vergiftet worden«, sagte Briggs zu ihm. »Sagen Sie uns bitte …«

»Ich glaube nicht an Wünsche«, murmelte Beau. Dann verdrehten sich seine Augen nach oben und er war tot.

KAPITEL 60

B*eau ist vergiftet worden.* Ich dachte die Worte, aber ich verstand sie nicht. *Die Sekte hat ihn umgebracht. Nightshade hat Beau getötet.* Beau, der ein Symbol in seine Brust geritzt hatte – ein Symbol, das jemand anderes in die Kiste geritzt hatte, in der die sterblichen Überreste meiner Mutter lagen.

»Meine Mutter ist nicht an einem Fibonacci-Datum gestorben«, sagte ich. »Es war im Juni. Im Juni gibt es kein Fibonacci-Datum und im Juli auch nicht …«

Langsam drang in mein Bewusstsein, dass Michael und Lia mich anstarrten, dass Dean seine Arme um mich geschlungen hatte und dass mein Körper gegen den seinen gesunken war.

Meine Mutter war vor fünf Jahren verschwunden – im Juni wurden es sechs. Der Täter hatte ein Messer benutzt. *In diesem Jahr war Gift an der Reihe gewesen. Dem Muster zufolge hätte es Gift sein müssen. Nightshade war der Killer. Das Messer war in New York dran gewesen, sechs Jahre zuvor. Einundzwanzig Jahre lang sollte es danach nicht mehr zum Einsatz kommen.*

Nichts am Tod meiner Mutter passte in das Muster – warum war dann das Symbol in ihren Sarg geritzt?

Ich löste mich aus Deans Armen und ging zu meinem Computer. Ich rief die Bilder auf – das königsblaue Leichentuch, die Knochen, die Halskette meiner Mutter. Immer wieder tippte ich auf die Tasten, bis das Symbol erschien.

Lia und Michael tauchten hinter uns auf. »Ist das …«

»Sieben Meister«, sagte ich und legte meine Hand um die Kreise am Rand des Symbols. »Die Pythia.« Die vertikale Linie. »Und Neun.«

»Sieben Meister.« Sloane erschien in der Tür, als hätte die bloße Erwähnung der Zahlen sie zu uns gerufen. »Sieben Kreise. Sieben Arten zu töten.«

Ich löste meinen Blick vom Bildschirm und sah zu Sloane.

»Ich habe mich immer gefragt, warum es nur sieben Methoden gibt«, sagte sie mit verquollenen Augen und blassem Gesicht. »Statt neun.«

Drei.

Dreimal drei.

Dreimal drei mal drei – aber nur sieben Arten zu töten.

Denn diese Gruppe – was immer sie war, wie lange sie auch existierte – hatte jeweils neun Mitglieder. *Sieben Meister. Die Pythia. Und Neun.*

»Beau Donovan ist tot«, sagte Lia zu Sloane. »Vergiftet. Wahrscheinlich von Nightshade.«

Sloanes Hände glitten über die Vorderseite des Oberteils, das Aaron ihr geschenkt hatte. Sie zitterte leicht, aber sie sagte nur: »Vielleicht war die Blume für ihn.«

Die weiße Blume auf dem Foto, das Nightshade Judd geschickt hatte. *Weiße Blume.* In meinem Hinterkopf blitzte ein Gedanke auf. Nightshade schickte seinen Opfern immer die Blüte eines weißen Nachtschattengewächses. *Weiß. Weiße Blüten.*

Ich ging in die Küche und wühlte herum, bis ich fand, was ich suchte. Ich zog den Umschlag mit den Beweismitteln hervor, öffnete ihn und nahm das Foto heraus.

Keine weiße Nachtschattenblüte. Das Foto, das Nightshade Judd geschickt hatte, stammte nicht von einem weißen Nachtschattengewächs. Es war das Bild einer Papierblume. *Origami.*

Ich stolperte rückwärts, hielt mich an der Thekenkante fest und dachte an Beaus letzte Momente, an die Worte, die er gesagt hatte.

Ich glaube nicht an Wünsche.

Ich sah das kleine Mädchen im Süßwarenladen vor mir, das auf einen Lutscher starrte. Ich sah, wie ihr Vater kam und sie auf die Schultern hob. Ich sah sie am Brunnen, wie sie den Penny hielt.

Ich glaube nicht an Wünsche, hatte sie gesagt.

Hinter ihrem Ohr hatte eine weiße Origami-Blume gesteckt.

In meiner Erinnerung sah ich, wie ihre Mutter kam, um sie zu holen. Ich sah, wie ihr Vater einen Penny ins Wasser warf. In meiner Erinnerung sah ich sein Gesicht. Ich sah das Wasser und ich sah sein Gesicht …

Und plötzlich saß ich wieder am Ufer des Potomac, einen dicken schwarzen Ordner auf dem Schoß.

»Genießt du ein bisschen leichte Lektüre?« Die Stimme hallte durch mein Gedächtnis und diesmal erkannte ich das Gesicht des Sprechers. *»Du wohnst bei Judd, richtig? Er und ich kennen uns schon seit ewigen Zeiten.«*

»Nightshade«, ich zwang mich, den Namen auszusprechen, »ich habe ihn gesehen.«

Lia sah gegen ihren Willen fast besorgt aus. »Das wissen wir.«

»Nein«, sagte ich. »In Vegas. Ich habe ihn hier gesehen. Zweimal. Ich dachte … Ich dachte eigentlich, ich beobachte ihn.«

Aber vielleicht – vielleicht hat er mich beobachtet.

»Er hatte ein Kind dabei«, sagte ich. »Und eine Frau. Das Mädchen kam zu mir an den Brunnen. Sie war klein – drei, höchstens vier Jahre alt. In der Hand hielt sie einen Penny. Ich fragte sie, ob sie sich etwas wünsche, und sie sagte …«

Ich brachte die Worte nicht über die Lippen.

Dean sprach sie für mich aus. »Ich glaube nicht an Wünsche.« Sein Blick sprang zu Michael, dann zu Lia. »Dasselbe, was Beau Donovan sagte, als Mullins ihm auf den Kopf zusagte, er würde sich wünschen, Neun zu sein.«

Kurz bevor er gestorben war.

»Du hast gesagt, dass Nightshade eine Frau bei sich hatte«, fragte Dean. »Wie hat sie ausgesehen, Cassie?«

»Erdbeerblond«, sagte ich. »Mittelgroß. Schlank.«

Ich dachte an die Leiche meiner Mutter, die bis auf die Knochen entblößt und an der Kreuzung begraben worden war. Ehrenvoll. Sorgfältig.

Vielleicht wollten sie dich nicht töten. Vielleicht warst du nicht dazu bestimmt zu sterben. Vielleicht warst du dazu bestimmt, wie diese Frau zu sein …

»Beau hat gesagt, dass die Neun immer dazu geboren wird. Wie hat er das noch mal ausgedrückt?«

Dean starrte auf einen Punkt direkt links neben meiner Schulter und wiederholte dann genau Beaus Worte. »Das Kind der Bruderschaft und der Pythia. Blut von ihrem Blut.«

Sieben Meister. Ein Kind. Und die Mutter des Kindes.

Die Frau am Brunnen hatte erdbeerblondes Haar. Bei bestimmten Lichtverhältnissen wäre es rot – wie das meiner Mutter.

Neun Mitglieder. Sieben Meister. Eine Frau. Ein Kind.

»Pythia war der Name des Orakels von Delphi«, sagte Sloane. »Eine Priesterin im Tempel des Apollo. Eine Hellseherin.«

Ich dachte an die Familie – die perfekte Familie, die ich mir immer vorgestellt hatte und von der ich genau wusste, dass ich sie nie haben würde.

Mutter. Vater. Kind.

Ich wandte mich an Dean. »Wir müssen Briggs verständigen.«

KAPITEL 61

Der Mann, den wir als Nightshade kannten, starrte mich an. Der Polizeizeichner hatte seine Gesichtszüge skizziert: ein kräftiger Kiefer, dichte Augenbrauen, dunkles Haar mit gerade so vielen Locken, dass sein übriges Gesicht leicht knabenhaft wirkte. Die Fältchen in den Augenwinkeln verrieten mir, dass er älter war, als er aussah; ein Anflug von Bart verdeckte seine vollen Lippen.

Du bist nach Vegas gekommen, um ein Problem zu lösen. Mich zu beobachten, Judd zu quälen – das hast du genossen.

Ich spürte, wie sich jemand neben mir am Küchentisch niederließ. Das FBI hatte sich das Phantombild geschnappt und sofort zur Fahndung rausgegeben. Sie überwachten den Flughafen, die Busbahnhöfe, die Verkehrskameras und – dank Sloane – auch die Sicherheitskameras der Casinos.

Du schaust aus wie tausend andere Menschen auch. Du siehst nicht gefährlich aus.

Der Mann auf dem Phantombild sah aus wie ein netter Nachbar, ein Arbeitskollege, der Trainer einer Jugendmannschaft. *Ein Vater.* Ich dachte daran, wie er das kleine rothaarige Mädchen auf seine Schultern gehoben hatte.

»Du hast alles getan, was du konntest.«

Ich riss mich von der Polizeiskizze los und sah Judd an. *Dieser Mann hat deine Tochter umgebracht,* dachte ich. *Dieser Mann weiß vielleicht, was mit meiner Mutter passiert ist.*

»Verlass dich darauf, Ronnie und Briggs tun, was *sie* können«, fuhr Judd fort.

Eine Menschenjagd war nicht Aufgabe der Naturtalente. Sobald das FBI herausgefunden hatte, wer der Mann auf dem Foto war, sobald wir einen Namen, eine Geschichte, weitere Informationen hatten, konnten wir vielleicht wieder von Nutzen sein, aber bis dahin blieb uns nur zu warten.

Bis dahin, flüsterte eine Stimme in meinem Hinterkopf, *könnte es zu spät sein*. Nightshade könnte abtauchen. Wenn er Vegas verließ, würden wir ihn vielleicht nie wieder finden.

Judd würde keine Gerechtigkeit für Scarletts Tod erfahren. Ich würde keine Antworten auf den Tod meiner Mutter erhalten.

Judd warf einen Blick auf das Phantombild – *zwang sich*, es anzuschauen.

»Da tut man sein Möglichstes«, sagte er nach langem Schweigen, »um seine Kinder zu beschützen. Von der Sekunde an, in der sie geboren werden ...« Er starrte auf Nightshades Gesicht, das so gewöhnlich war. »Man will sie bewahren. Vor aufgeschürften Knien, vor verletzten Gefühlen, vor Rowdys, die Kleinere in den Dreck schubsen, vor den schlimmsten Seiten deiner selbst und vor den schlimmsten Seiten dieser Welt.«

Dieser Mann hat deine Tochter umgebracht. Sie starb qualvoll, ihre Fingernägel waren abgerissen, ihr Körper verrenkt ...

»Briggs hat mir das Leben gerettet.« Judd wandte den Blick von dem Mann auf dem Foto ab und sah mich an. »An dem Tag, als er mir Dean gebracht hat.«

Judds rechte Hand ballte sich langsam zu einer Faust. Er schloss für einen Moment die Augen, dann griff er nach dem Bild des Mörders seiner Tochter und drehte es um.

Man tut sein Möglichstes, um seine Kinder zu beschützen.

Judd wollte mich beschützen. Judd wollte, dass ich die Sache auf sich beruhen ließ. Ich dachte an das kleine rothaarige Mädchen, an Beau Donovan, an *Sieben* und *Neun*, an das Symbol, das in den Sarg meiner Mutter geritzt war, an das Muster der Morde, die sich über Jahre und Generationen hinzogen.

Ich wollte nicht beschützt werden. *Ich wollte Nightshade. Ich wollte Antworten.*

Judd reagierte, als hätte ich die Worte laut ausgesprochen. »Du musst etwas anderes mehr wollen.«

»Zuhause ist kein Ort, Cassie. Zuhause sind die Menschen, die dich am meisten lieben.« Als ich auf der hinteren Veranda des Safehouse stand und in den Garten blickte, ließ ich die Erinnerungen zu. Ich verlor mich in ihnen. Ich wollte mich erinnern. Ich brauchte meine Mutter als lebendigen Menschen – keine Leiche, keine Knochen, kein Opfer –, *einfach meine Mutter.*

Wir tanzen, dort am Straßenrand. Ihr rotes Haar löst sich aus dem Kopftuch. Es umrahmt ihr Gesicht, während sie sich bewegt – wild und frei und völlig ungezügelt. Ich drehe mich im Kreis und strecke die Hände seitlich aus. Die Welt ist eine Mischung aus Farben und Dunkelheit und Schnee. Sie wirft den Kopf in den Nacken und ich tue es ihr gleich und strecke die Zunge heraus.

Wir können die Vergangenheit abschütteln. Wir können sie wegtanzen. Wir können lachen und singen und uns drehen – für immer und ewig.

Egal, was passiert.

Egal, was passiert.

Egal, was passiert.

Ich wollte das Lächeln auf ihrem Gesicht nicht vergessen, die Art, wie sie sich bewegte, wie sie tanzte, als ob niemand zuschaute, egal, wo wir waren.

Ich atmete tief durch und wünschte mir sehnlichst, nicht verstehen zu können, wie ein Fremder sie ansehen und denken konnte: *Sie ist es.*

Sie haben dich beobachtet, dachte ich. *Sie haben dich ausgewählt.*

Ich hatte mich nie gefragt, *warum* der Mörder meiner Mutter sie ausgewählt hatte. Ich dachte an die Frau, die ich mit Nightshade gesehen hatte, die Mutter des kleinen Mädchens. *Weißt du, wer er ist?,* fragte ich die Frau, ihr Bild vor Augen. *Gehörst du zu dieser Sekte? Bist du eine Killerin?*

Sieben Meister. Die Pythia. Und Neun. Ich dachte an die vielen Menschen, die die Shows meiner Mutter besucht hatten. *Sieben Meister.* War einer von ihnen dort gewesen? Hatten sie im Publikum gesessen?

Habt ihr erwartet, dass meine Mutter freiwillig mitkommt?, fragte ich sie im Stillen. *Habt ihr versucht, sie mit Gewalt zu zwingen? Hat sie sich gegen euch gewehrt?*

Ich blickte auf meine Handgelenke und erinnerte mich daran, wie sich die Kabelbinder angefühlt hatten. Wie es war, verfolgt, gejagt und gefangen worden zu sein. Ich erinnerte mich an Lockes Messer. Ich erinnerte mich, wie ich gekämpft hatte – mit allen Mitteln. Ich hatte gelogen, getrickst, war weggerannt, hatte mich versteckt und *gekämpft.*

Ich war die Tochter meiner Mutter.

Sie hatten keine Ahnung, worauf sie sich mit dir einließen, dachte ich, während meine Mutter in meiner Erinnerung weitertanzte, furchtlos und frei. Meine Mutter und Locke waren bei einem gewalttätigen Vater aufgewachsen. Als meine Mutter mit mir schwanger wurde, brach sie aus. Sie verließ das Haus ihres Vaters mitten in der Nacht und schaute nie wieder zurück.

»Tanz dich frei.«

Meine Mutter war eine Überlebenskünstlerin.

Die Tür zur Veranda öffnete sich. Nach einem kurzen Moment der Stille trat Dean hinter mich. Ich lehnte mich an ihn, hob meine Hände und betrachtete meine Handgelenke. Webber hatte sie hinter meinem Rücken zusammengebunden. *Haben sie deine Arme gefesselt, Mama? Haben sie dir eine Chance gegeben, um deine Freiheit zu kämpfen? Haben sie dir gesagt, dass du zu Höherem bestimmt warst?*

Haben sie dich getötet, weil du dich gewehrt hast?

Wolltest du sterben zu dem Zeitpunkt, als sie dich getötet haben?

»Ich habe versucht, mir vorzustellen«, sagte Dean, »wie das für dich sein muss. Aber stattdessen …« Er stockte. »Ich stelle mir immer vor, wie ich sie sehe, wie ich sie auswähle, wie ich sie …« Dean verstummte abrupt.

Du hasst dich dafür, dass du dir das vorstellst. Du hasst es, wie leicht es dir fällt, dich in die Gedankenwelt des Mörders meiner Mutter zu versetzen – oder von Killern überhaupt.

Du hasst es, dass du ihr Handeln nachvollziehen kannst.

»Ich stelle mir vor, wie es war, sie zu überwältigen«, sagte ich zu ihm. »Ich stelle mir vor, selbst überwältigt zu werden.« Ich schluckte. »Was auch immer diese Sekte ist, sie funktioniert nach bestimmten Regeln. Es gibt ein Ritual, eine knallharte Tradition …«

Sieben Meister. Die Pythia. Und Neun.

Dean legte seine Arme um mich. Er nahm meine rechte Hand in seine. Sein Daumen streifte über mein Handgelenk, genau dort, wo sich Webbers Kabelbinder in mein Fleisch gegraben hatten.

Wie die Mutter, so die Tochter …

Meine Gedanken verstummten, als Dean mein Handgelenk an seine Lippen hob und sanft meine geschundene Haut küsste. Er schloss die Augen. Ich schloss meine. Ich spürte, wie er atmete. Ich passte meinen Atemrhythmus dem seinen an.

Ein. Aus. Ein. Aus.

»Du musst jetzt nicht stark sein«, sagte Dean.

Ich drehte mich um, öffnete die Augen und presste meine Lippen auf seine. *Doch, ich muss.*

Wie die Mutter, so die Tochter – ich war eine Kämpferin.

Ich bog den Kopf nach hinten und löste mich von Dean. Mein Gesicht war immer noch weniger als einen Zentimeter von seinem entfernt.

»Ihr solltet wirklich ein Schild vor die Tür hängen, oder so.« Lia schlenderte auf die Veranda, ohne sich für die Unterbrechung zu entschuldigen. »Wir haben schon eine Killersekte und eine stadtweite Fahndung, da wäre ein bisschen weniger Pärchen-Terror echt schön.«

Ich schloss daraus, dass Lia nichts Neues über den Fall erfahren hatte. Weder Briggs noch Mullins hatten angerufen. *Nightshade ist immer noch da draußen. Das FBI fahndet immer noch nach ihm.*

»Lia.« Deans Tonfall forderte sie unmissverständlich dazu auf zu verschwinden.

Lia ignorierte ihn und konzentrierte sich auf mich. »Ich habe Michael gebeten, endlich ein großer Junge zu sein«, informierte sie mich. »Ich glaube, die Nahtoderfahrung hat seine Abwärtsspirale etwas gebremst und außerdem …« Lia fixierte mich. »Ich habe ihm erklärt, dass du jetzt an der Reihe bist.«

Einen Moment herrschte Stille, während ich die volle Bedeutung von Lias Worten erfasste. Sie war wegen mir hier. Michael war hier. Sloane – die erschütterte, trauernde Sloane – war hier.

»Briggs hat mein Leben gerettet«, hatte Judd gesagt. *»An dem Tag, als er Dean zu mir brachte.«*

Ich wollte Nightshade hinter Gitter bringen. Ich wollte Antworten – aber wenn ich tief in mich hineinhorchte, wollte ich das hier noch viel mehr. Dean und Lia und Michael und Sloane – *Zuhause, das sind die Menschen, die dich am meisten lieben.*

Für immer und ewig.

Egal, was passiert …

»Leute.« Michael stand wie angewurzelt an der Hintertür. Hinter ihm bemerkte ich Sloane mit dunklen Augenringen.

Da wusste ich, dass es Neuigkeiten gab. Das Klopfen meines Herzens, das Dröhnen in meinen Ohren – ich hatte Angst vor dem, was Michael verkünden würde.

»Sie haben ihn.«

Nightshade.

Den Mann auf dem Phantombild.

Sie haben ihn geschnappt.

»Und die Frau?«, hörte ich mich wie aus weiter Ferne fragen. »Das kleine Mädchen?«

Michael schüttelte den Kopf, was ich als Zeichen dafür deutete, dass die beiden nicht bei Nightshade gewesen waren.

Die Pythia. Das Kind.

Ich dachte an den Mann, den ich damals gesehen und an den ich mich erinnert hatte. Mein Herz raste.

Du hast Judds Tochter getötet. Du hast Beau getötet. Du weißt, warum das Symbol in den Sarg meiner Mutter geritzt war.

»Was verschweigst du uns?«, fragte Lia leise. *»Michael.«*

Ich konnte Michael nicht so lesen, wie er mich hätte lesen können, aber sein Gesichtsausdruck ließ das Blut in meinen Adern gefrieren.

»Nightshade hat Briggs mit einer Art Nadel gestochen.« Michael sah von Lia zu Dean und dann zu mir. »Er hat ihm etwas injiziert. Sie wissen nicht, was.«

Mein Mund wurde trocken und das Rauschen in meinen Ohren schwoll an. *Gift.*

KAPITEL 62

Nightshades letzter Coup. *Dein großes Finale. Dein* Au-revoir. Ich hatte mir Sorgen gemacht, das FBI könnte ihn nicht schnappen. Keine Sekunde hatte ich daran gedacht, was passieren könnte, falls sie ihn erwischten.

Nicht nachweisbar. Es gibt kein Gegengift. Extrem schmerzhaft. Ich wollte gar nicht daran denken, was Judd über Nightshades Gift gesagt hatte, aber die Worte bildeten eine Endlosschleife in meinem Kopf.

»Cassie.« Judd kam herein und blickte grimmig. »Wir müssen reden.«

Was gab es jetzt noch zu sagen?

Nicht nachweisbar. Es gibt kein Gegengift. Extrem schmerzhaft.

Sloanes Lippen bewegten sich, während sie stumm eine Liste aller bekannten Gifte durchging. Dean war aschfahl geworden.

»Er behauptet, es gibt ein Gegenmittel«, sagte Judd. Unser Beschützer führte nicht näher aus, wer »er« war. Das brauchte er auch nicht.

Nightshade.

»Und was will er?«, fragte Dean heiser. »Für das Gegenmittel?«

Ich kannte die Antwort – wegen der Art, wie Judd meinen Namen ausgesprochen hatte, wegen meiner Begegnungen mit Nightshade und der vielen Stunden, die er mich beobachtet hatte.

Meine Mutter hat sich mit Händen und Füßen gewehrt. Sie hat sich gegen alles gewehrt, was ihr von ihr verlangt habt, was ihr aus ihr machen wolltet.

Ich sah von Dean zu Judd. »Er will mich.«

Ich stand vor einem Einwegspiegel und beobachtete, wie Polizisten den Mann, den ich als Nightshade identifiziert hatte, in den Raum auf der anderen Seite eskortierten. Seine Hände waren mit Handschellen hinter dem Rücken gefesselt. Sein Haar war zerzaust. Auf einer Gesichtshälfte hatte sich ein dunkler Bluterguss gebildet.

Er wirkte nicht gefährlich. Er wirkte nicht wie ein Killer.

»Er kann dich nicht sehen«, erinnerte mich Agent Mullins. Sie warf mir einen Blick zu, ihre Augen lagen im Schatten. »Er kann dich nicht berühren. Er bleibt auf der anderen Seite der Scheibe und du bleibst hier.«

Hinter uns stand Judd und legte mir eine Hand auf die Schulter. *Du würdest mich nie mit Scarletts Mörder in einen Raum stecken*, dachte ich. *Nicht einmal, um Briggs zu retten.*

Ich versuchte, nicht an Briggs zu denken, sondern mich auf den Mann auf der anderen Seite des Spiegels zu konzentrieren. Er sah älter aus, als ich ihn in Erinnerung hatte – jünger als Judd, aber deutlich älter als Agent Mullins.

Älter als meine Mutter, wenn sie noch am Leben gewesen wäre.

»Lass dir ruhig Zeit«, sagte Nightshade. Obwohl ich wusste, dass er mich nicht sehen konnte, hatte ich das Gefühl, dass er mich direkt ansah.

Seine Augen sind freundlich.

Mein Magen verkrampfte sich, und mir wurde plötzlich übel, als er fortfuhr. »Ich bin da, wenn du bereit bist, Cassandra.«

Judd packte meine Schulter unwillkürlich ein wenig fester. *Du würdest ihn umbringen, wenn du könntest*, dachte ich. Judd hätte dem Mann, ohne mit der Wimper zu zucken, den Hals umgedreht. Aber er machte keine Anstalten, sich zu rühren. Stattdessen stand er ruhig neben mir.

»Ich bin bereit«, sagte ich zu Agent Mullins. Ich war es nicht, aber Zeit war ein Luxus, den wir uns nicht leisten konnten.

Judd erwiderte Agent Mullins' Blick und nickte knapp. Mullins trat zur Seite und drückte auf einen Knopf, der den Einwegspiegel vor uns in eine durchsichtige Scheibe verwandelte.

Du kannst mich sehen, dachte ich, als Nightshades Augen meinen begegneten. *Du siehst Judd. Deine Lippen verziehen sich leicht.* Ich versuchte so ausdruckslos wie möglich zu schauen. *Dir bleibt noch eine letzte Trumpfkarte. Ein letztes Spiel.*

»Cassandra.« Nightshade schien es zu genießen, meinen Namen auszusprechen. »Judd. Und die unbesiegbare Agentin Mullins.«

Du hast uns beobachtet. Du genießt Judds und Mullins' Qual.

»Sie wollten mit mir reden?«, sagte ich mit unnatürlich ruhiger Stimme. »Dann reden Sie.«

Ich hatte erwartet, dass der Mann auf der anderen Seite der Scheibe etwas über Scarlett oder meine Mutter oder Beau erzählen würde. Stattdessen sagte er etwas in einer mir unverständlichen Sprache. Ich schaute zu Mullins. Der Mann uns gegenüber wiederholte das eben Gesagte. »Das ist eine seltene Schlange«, übersetzte er nach einem Moment. »Ihr Gift wirkt langsamer als das der meisten anderen. Findet einen Zoo, der eine hält, und ihr bekommt das Gegengift. Hoffentlich rechtzeitig.« Sein Lächeln ließ mir das Blut in den Adern gefrieren. »Ich hatte schon immer eine gewisse Vorliebe für euren Agenten Briggs.«

Was sollte das? Dieser Mann – dieser Killer – hatte mich hierherbeordert. Er hatte sein einziges Druckmittel eingesetzt, damit ich kam, und jetzt, nachdem er mich gesehen hatte, gab er es aus der Hand?

Und warum? Wenn es dir Spaß macht, Judd und Mullins zu quälen, wenn es dir Freude bereitet, sie in einem schrecklichen Gefühl der Angst leben zu lassen, dass die Menschen, die sie lieben, niemals in Sicherheit sein werden, warum rettest du dann Briggs?

»Sie lügen«, sagte Agent Mullins.

Wir hätten Lia mitnehmen sollen, dachte ich. Und eine Sekunde später: *Ich sollte gar nicht hier sein.* Das Gefühl begann in meinem Bauch und schlängelte sich bis in meine Glieder, die bleischwer wurden.

»Wirklich?«, entgegnete Nightshade.

»Es gibt kein Gegengift. Schmerzhaft.« Ich sprach die Worte gegen meinen Willen laut aus, bremste mich aber nicht, als sie über meine Lippen kamen. »Sie würden Ihr Geheimnis nicht einfach preisgeben. Nicht so ohne Weiteres. Nicht so schnell.«

Nightshades Blick verweilte noch einen Moment auf mir. »Es gibt Grenzen«, gab er zu, »was man preisgeben darf. Manche Geheimnisse sind heilig. Manche Dinge nimmt man mit ins Grab.« Seine Stimme klang jetzt tief und sonor. »Aber ich habe nie behauptet, dass dein Agent Briggs mit *diesem Gift* in Berührung gekommen ist.«

Dieses Gift. Dein Gift. Dein Vermächtnis.

»Los.« Judd ergriff zum ersten Mal das Wort, seit der Mörder seiner Tochter in den Raum gebracht worden war. Er drehte sich zu Mullins. »Er sagt die Wahrheit. Geh.«

Geh und hol das Gegengift.

Geh und rette Briggs.

»Wir sind hier fertig«, sagte Mullins und langte nach dem Knopf an der Wand.

»Stopp.« Das Wort brach aus mir heraus. Ich konnte meinen Blick nicht von dem Killer abwenden. *Du hast mich aus einem bestimmten Grund hergebracht. Du tust alles aus einem bestimmten Grund – ihr alle aus der Sekte tut das.*

Nightshade lächelte. »Ich dachte«, sagte er, »du hättest vielleicht ein paar Fragen an mich.«

Jetzt verstand ich, nach welchen Regeln er spielte. Er hatte mich hierherbeordert. Aber hier bleiben? Ihm zuhören? Ihn um Antworten bitten?

Das lag bei mir.

»Geh«, befahl Judd erneut. Nach einem weiteren kurzen Zögern folgte Mullins seiner Anweisung und zückte auf dem Weg nach draußen ihr Handy. Judd drehte sich wieder zu mir um. »Ich möchte, dass du kein Wort mehr sagst, Cassie, nicht zuhörst und nicht hinsiehst.«

Er tat jedoch nichts, um mich daran zu hindern. Er würde mich nicht zwingen zu gehen. Ich war mir nicht einmal sicher, ob er selbst gehen könnte. *Du kannst dir die Akten ansehen*, hatte Judd gesagt, als alles anfing, *aber du tust es nicht allein.*

Keiner von uns beiden ging jetzt alleine da durch.

»Beau Donovan.« Ich drehte mich wieder zu dem Monster, das geduldig auf der anderen Seite der Scheibe wartete. Ich brachte es nicht fertig, nach meiner Mutter zu fragen, noch nicht. Und ich konnte und *wollte* Scarlett nicht erwähnen. »Sie haben ihn umgebracht.«

»War das eine Frage?«, fragte Nightshade.

»Ihre Leute haben ihn vor fünfzehn Jahren in der Wüste ausgesetzt.«

»Wir töten keine Kinder.« Nightshades Stimme klang teilnahmslos.

Ihr tötet keine Kinder. Das war eine Regel, nach der sie lebten. Ein heiliges Gesetz. *Aber ihr habt kein Problem damit, sie in der Wüste auszusetzen, damit sie dort elend zugrundegehen.*

»Was war Beau für Sie? Warum haben Sie ihn überhaupt aufgezogen, wenn Sie ihn aussetzen wollten?«

Nightshade lächelte leicht. »Jede Dynastie braucht einen Erben.«

Mein Kopf schwirrte. »Sie sind nicht so erzogen worden wie Beau.«

Die anderen, hatte Beau gesagt, *werden als Erwachsene rekrutiert.*

»Der Begriff ›Meister‹ deutet auf eine Art Ausbildungsmodell hin«, fuhr ich fort. »Wahrscheinlich wählen die Meister ihre Nachfolger selbst aus – aber Erwachsene und keine Kinder. Der Zyklus wiederholt sich alle einundzwanzig Jahre. Aber das neunte Mitglied, das Sie Neun nennen …«

»Neun ist der Größte unter uns. Die Konstante. Die Brücke von Generation zu Generation.«

Euer Anführer, fügte ich hinzu. Beau war nicht nur in ihrem Kreis geboren worden. Er war auf die Welt gekommen, um sie anzuführen.

»Sie haben ihn dem Tod überlassen«, sagte ich.

»Wir töten keine Kinder«, wiederholte Nightshade, seine Stimme so ausdruckslos wie beim ersten Mal. »Auch wenn sie sich als unwürdig erweisen. Auch wenn sie nicht tun, was man von ihnen verlangt, auch wenn klar wird, dass sie niemals in der Lage sein werden, das Amt zu übernehmen, für das sie geboren wurden. Auch wenn der Weg für einen wahren Erben freigemacht werden muss.«

Was wollten sie von dir, Beau? Was für ein Monster wollten sie aus dir machen? Darüber durfte ich im Augenblick nicht nachdenken. Ich musste mich auf das Hier und Jetzt konzentrieren.

Auf Nightshade.

»Und das kleine Mädchen?«, fragte ich. »Das, mit dem ich Sie gesehen habe. Ist *sie* würdig? Ist sie die neue Erbin? Eine *wahre* Erbin?« Ich trat einen Schritt vor, auf die Glasscheibe zu. »Was machen Sie mit ihr?«

Ich glaube nicht an Wünsche.

»Sind Sie ihr Vater?«, fragte ich.

»Das Mädchen hat viele Väter.«

Die Antwort ließ mir einen Schauer über den Rücken laufen. »Sieben Meister«, sagte ich, in der Hoffnung, dass er mir etwas verraten würde, das ich noch nicht wusste. »Die Pythia. Und Neun.«

»Alle werden geprüft. Alle müssen für würdig befunden werden.«

»Und die Frau, die ich bei Ihnen gesehen habe? Ist sie würdig?« Die Frage brach mit sanfter Gewalt aus mir hervor. *Meine Mutter war nicht würdig gewesen.*

Meine Mutter hat gekämpft.

»Haben Sie sie auch entführt?«, fragte ich und dachte an die Frau am Springbrunnen. »Haben Sie sie angegriffen, sie verletzt?«, fuhr ich fort, während mein Herz in meiner Brust laut pochte. »Haben Sie sie gefoltert, bis sie eine von Ihnen wurde? Ihr *Orakel*?«

Nightshade schwieg einen Moment. Dann beugte er sich vor und schaute mir tief in die Augen. »Ich betrachte Pythia eher als unsere Justitia«, sagte er. »Sie ist unsere Anwältin, unsere Richterin und unsere Jury, bis ihr Kind volljährig wird. Sie lebt und stirbt für uns und wir für sie.«

Lebt und stirbt.

Lebt und stirbt.

Lebt und stirbt.

»Ihr habt meine Mutter getötet«, sagte ich. »Ihr habt sie entführt. Ihr habt ihr wehgetan …«

»Du verstehst nicht.« Nightshade ließ die Worte vernünftig, sogar sanft klingen, während der Raum um ihn herum von einer unheiligen Energie erfüllt war.

Macht. Grausame Spiele. Schmerz. Das waren die Methoden der Sekte.

Ich griff nach einem Stück Papier und zeichnete das Symbol, das ich auf Beaus Brust gesehen hatte. Ich knallte es gegen die Scheibe. »Das war auf dem Sarg meiner Mutter«, sagte ich. »Ich habe mich nicht geirrt. Sie war nicht Teil des Musters. Sie wurde nicht an einem Fibonacci-Datum ermordet. Sie wurde im selben Jahr mit einem Messer getötet, in dem Sie sich mit Gift als ›würdig‹ erwiesen haben.« Meine Stimme zitterte. »Sagen Sie mir nicht, dass ich das nicht verstehe. Ihr – ihr alle oder einer von euch, ich weiß es nicht –, ihr habt *sie ausgewählt*. Ihr habt *sie getestet* und für unwürdig befunden.«

Sie hatten keine Kinder umgebracht. Sie hatten sie dem Tod überlassen. Aber meine Mutter?

»Ihr habt sie getötet«, rief ich, die Worte klangen rau in meiner Kehle und schmeckten bitter. »Ihr habt sie getötet, ihr habt ihr das Fleisch von den Knochen geschnitten und sie begraben.«

»*Wir* haben nichts dergleichen getan.« Die Betonung des ersten Wortes durchdrang irgendwie den Schleier aus Wut und Trauer, der meinen Verstand vernebelte. »Es kann nur eine Pythia geben.«

Mein Instinkt verriet mir, dass Nightshade mich hergebracht hatte, damit ich das erfuhr. Dafür hatte er seinen letzten verbliebenen Trumpf ausgespielt.

»Eine Frau, die uns mit ihrer Weisheit zur Seite steht. Eine Frau, die ein Kind gebärt. Ein Kind, ein *würdiges* Kind, das die Tradition fortsetzt.«

Eine Frau. Ein Kind.

Ihr habt sie getötet.

Wir *haben nichts dergleichen getan.*

Alle werden geprüft. Jeder muss für würdig befunden werden.

Meine Mutter war mit Würde begraben worden. In Reue. Ich dachte an die Frau, die ich mit dem kleinen Mädchen gesehen hatte.

Eine Frau. Ein Kind.

Ich dachte darüber nach, wie eine Gemeinschaft Hunderte von Jahren überleben konnte, indem sie Frauen entführte und gefangen hielt, bis sie zu Monstern wurden. *Justitia. Die Pythia.*

Ich dachte darüber nach, dass die Frau, die ich am Brunnen gesehen hatte, ihr Kind nicht an sich gerissen hatte. Sie war nicht weggerannt. Sie hatte nicht um Hilfe gerufen.

Sie hatte Nightshade angelächelt.

Es kann nur eine Pythia geben.

»Sie lassen sie gegeneinander kämpfen.« Mir war nicht ganz klar, ob ich ein Profil erstellte oder mit ihm redete. Vermutlich spielte es keine große Rolle. »Sie wählen eine neue Frau, eine neue Pythia, und …«

Es kann nur eine geben.

»Die Frau«, sagte ich. »Die ich mit Ihnen gesehen habe.« Ich flüsterte nur noch, trotzdem klangen meine Worte für mich ohrenbetäubend laut. »Sie hat meine Mutter getötet. Sie haben *sie dazu gebracht*, meine Mutter zu töten.«

»Wir können alle Entscheidungen treffen«, erwiderte Nightshade. »Die Pythia entscheidet sich für das Leben.«

Warum wollte er, dass ich herkam?, dachte ich, und mir wurde bewusst, dass ich am ganzen Leib zitterte. Meine Augen waren feucht. *Warum erzählst du mir das? Warum machst du diese Andeutungen, obwohl ich keine Eingeweihte bin?*

»Vielleicht«, sagte Nightshade, »wirst du dich eines Tages auch so entscheiden, Cassandra.«

Judd hatte stocksteif neben mir gestanden, doch in diesem Moment stürzte er nach vorn. Er hämmerte mit der flachen Hand gegen den Schalter an der Wand und die Scheibe verdunkelte sich.

Du kannst uns nicht sehen. Ich sehe dich, aber du siehst uns nicht.

Judd fasste mich an den Schultern. Er zog mich an sich, versperrte mir die Sicht und hielt mich fest, sosehr ich mich auch wehrte. »Ich halte dich«, flüsterte er. »Alles ist gut. Ich halte dich, Cassie. Mach dir keine Sorgen. Alles wird gut.«

Ein Befehl. Eine Bitte.

»Zwei, eins, eins, sieben.« Erst als Nightshade wieder etwas sagte, wurde mir klar, dass der Lautsprecher noch eingeschaltet war. Zuerst hielt ich es für eine Fibonacci-Zahl, aber dann fuhr er fort. »Wenn du die Frau sehen willst, findest du sie in Zimmer zwei, eins, eins, sieben.«

»Die Pythia entscheidet sich für das Leben.« Seine Worte hallten in meinem Kopf nach.

Vielleicht wirst du dich eines Tages auch so entscheiden.

Zimmer 2117.

KAPITEL 63

Die Stunden nach Nightshades Verhör verschwammen in einer Art undurchdringlichem Nebel. Mullins rief an, um uns mitzuteilen, dass Briggs das Gegengift bekommen hatte. Vermutlich würde er wieder vollständig genesen, wenn auch langsam. Und sie hatten die Frau gefunden.

Das kleine Mädchen war bei ihr gewesen.

Keine zwanzig Stunden, nachdem Nightshade die Mörderin meiner Mutter benannt hatte, betrat ich Zimmer 2117 im Dark Angel Hotel Casino. Auf fünfzig Meter Entfernung konnte man das Blut riechen. *An den Wänden. Auf dem Boden.* Die Szene war mir vertraut.

Blut. An den Wänden. Auf meiner Hand. Ich fühle es. Ich rieche es …

Aber diesmal gab es eine Leiche. Die Frau – erdbeerblondes Haar, jünger, als ich sie in Erinnerung hatte – lag in ihrem eigenen Blut, ihr weißes Kleid war durchtränkt. Sie war mit einem Messer getötet worden.

Hatte Nightshade das getan, bevor er gefangen genommen worden war? Einer der anderen Meister? Eine neue Pythia? Ich wusste es nicht. Und zum ersten Mal, seit ich dem Naturtalente-Programm beigetreten war, war ich mir nicht sicher, ob ich es überhaupt wissen *wollte*. Diese Frau hatte meine Mutter auf dem Gewissen. Ob sie eine Wahl hatte, ob es für sie Töten oder Getötetwerden hieß, ob sie es genossen hatte …

Jedenfalls empfand ich kein Bedauern über ihren Tod.

Das kleine Mädchen saß auf einem Stuhl, ihre Beinchen baumelten über dem Boden. Sie starrte ausdruckslos vor sich hin.

Ihretwegen war ich hier.

Das Kind hatte kein Wort gesagt, es schien die Agenten nicht einmal zu bemerken, die den Raum betreten hatten. Die Beamten hatten Angst, sie zu berühren, Angst, sie von hier wegzubringen.

Ich erinnere mich, wie ich die Garderobe meiner Mutter betrete. Erinnere mich an das viele Blut.

Ich ging durch das Zimmer. Ich kniete mich neben den Stuhl.

»Hallo«, sagte ich.

Das kleine Mädchen blinzelte. Ihr Blick begegnete meinem. Ich sah einen Hauch, nur einen Hauch, von Wiedererkennen.

Beau Donovan war sechs Jahre alt gewesen, als ihn die Leute, die ihn aufgezogen hatten, in der Wüste ausgesetzt hatten, weil sie ihn für ihre Zwecke für ungeeignet hielten.

Was auch immer diese Zwecke sein mochten.

Du bist drei, dachte ich und nahm die Perspektive des Mädchens ein. *Vielleicht auch vier.*

Zu jung, um zu verstehen, was geschehen ist. Zu jung, um so viel durchmachen zu müssen.

Du weißt Dinge, dachte ich. *Vielleicht weißt du gar nicht, dass du sie weißt.*

Beau hatte mit sechs Jahren schon genug erfahren, um später das Muster zu erkennen.

Vielleicht kannst du uns zu ihnen führen.

»Ich bin Cassie«, sagte ich.

Das Kind schwieg.

»Wie heißt du?«, fragte ich.

Sie sah nach unten. Neben ihr auf dem Boden lag eine blutgetränkte weiße Origami-Blume.

»Neun«, flüsterte sie. »Mein Name ist Neun.«

Ein kalter Schauer lief mir über den Rücken und in seinem Gefolge kroch kalte Wut in mir hoch. *Du gehörst nicht zu ihnen*, dachte ich und hatte den Wunsch, sie zu beschützen. Sie war fast noch ein Baby, nur ein kleines Mädchen.

»Deine Mama hat dich anders genannt«, sagte ich und versuchte mich an den Namen zu erinnern, den die Frau an jenem Tag am Brunnen benutzt hatte.

»Laurel. Mami nennt mich Laurel.« Sie drehte sich um und sah zu der Frau am Boden. Keine Regung war auf ihrem Gesicht zu sehen. Nicht einmal vor dem Blut schreckte sie zurück.

»Sieh Mami nicht an, Laurel.« Ich bewegte mich, um ihr die Sicht zu versperren. »Sieh mich an.«

»Das ist nicht meine Mami.« Der Tonfall des kleinen Mädchens war leidenschaftslos.

Mein Herz klopfte in meiner Brust. »Nein?«

»Der Meister hat sie eingestellt, als wir hierherkamen. Um auf mich aufzupassen.«

Laurels pummelige Babyhände wanderten zu einem altmodischen Medaillon, das sie um den Hals trug. Sie ließ es mich öffnen. Darin war ein Bild.

»Das ist meine Mami«, sagte Laurel.

Unmöglich. Die Kette. Die Knochen. Das Blut – es war ihr Blut. Die Tests hatten ergeben, dass es ihr Blut war.

Ich fühlte, wie die Welt um mich herum zusammenbrach. Es waren zwei Menschen auf dem Foto und Laurel sah darauf genauso aus wie heute.

Es war also erst vor Kurzem aufgenommen worden.

»Das ist meine Mami«, hatte Laurel gesagt. Aber die Frau auf dem Foto war auch meine Mutter.

Ich war mir immer sicher gewesen, wenn sie überlebt hätte, wäre sie zu mir zurückgekommen. Irgendwie hätte sie einen Weg gefunden.

»Für immer und ewig«, flüsterte Laurel und jedes Wort war ein Messerstich in meinen Bauch. »Egal, was passiert.«

»Laurel«, flüsterte ich heiser. »Wo ist Mami?«

»In dem Raum.« Laurel starrte mich an und durch mich hindurch. »Meister kommen und gehen, aber Pythia lebt in dem Raum.«

EPILOG

Ich stand vor dem Grabstein. Dean war bei mir, wir berührten uns leicht. Die anderen bildeten einen Halbkreis hinter uns. *Michael und Lia und Sloane. Mullins, Briggs und Judd.*

Die sterblichen Überreste, die die Polizei neben dem Feldweg gefunden hatte, waren der Familie übergeben worden. Meinem Vater. Und mir. Mein Vater wusste nicht, dass sie nicht von meiner Mutter stammten. Er hatte keine Ahnung, dass sie noch lebte.

Meister kommen und Meister gehen, aber die Pythia lebt in dem Raum.

Wir hatten keine Anhaltspunkte, wer die Frau war, die wir gerade in das Grab meiner Mutter gelegt hatten. Aber die Halskette, mit der sie begraben worden war, die Blutspritzer auf dem Schal – sie waren von meiner Mutter.

»Die Pythia wählt das Leben«, hatte Nightshade gesagt, in dem Wissen, dass meine Mutter diese Entscheidung getroffen hatte.

Ich wusste nicht, wie lange es nach der Entführung meiner Mutter gedauert hatte, bis sie wieder um ihr Leben hatte kämpfen müssen. Ich wusste nicht, ob es zur Standardprozedur dieser Leute gehörte, den Tod einer Frau zu inszenieren, wenn sie eine weitere entführten.

Alle werden geprüft. Jeder muss für würdig befunden werden.

Immerhin wusste ich, dass meine Mutter noch lebte.

Meister kommen und Meister gehen, aber die Pythia lebt in dem Raum.

Meine Mutter war nicht ermordet worden. Sie war nicht würdevoll an der Kreuzung bestattet worden. Stattdessen hatte sie ihre Vorgängerin begraben. *Die Lieblingsfarbe meiner Mutter. Ihre Halskette. Spuren ihres Blutes.* Von Anfang an hatten Dean und ich so etwas wie

Reue an dem Beerdigungsritual wahrgenommen. *Es war die Reue meiner Mutter.*

»Bist du bereit?«, fragte Dean und legte seine Hand auf meine Schulter.

Noch einen kurzen Augenblick starrte ich auf den Grabstein mit dem Namen meiner Mutter. Um Laurels willen sollte die Sekte glauben, dass wir das Puzzle noch nicht zusammengesetzt hatten. Sie sollten glauben, dass ich überzeugt war, meine Mutter begraben zu haben. Und dass wir keine Schlüsse daraus zogen, dass die Frau, die ich für Laurels Mutter gehalten hatte, in Wirklichkeit nur eine Einheimische aus Las Vegas war, die Nightshade als Kindermädchen angeheuert hatte.

Sie sollten davon ausgehen, dass das FBI Laurel wegen ihrer Verbindung zu Nightshade in Schutzhaft genommen hatte, nicht wegen ihrer Verbindung zu mir.

Wir töten keine Kinder.

Ich dachte an Beau und wie er allein durch die Wüste gewandert war und verdrängte den bitteren Nachgeschmack in meinem Mund. »Ich bin bereit«, sagte ich zu Dean.

Ich drehte mich um und sah allen in die Augen, einem nach dem anderen. *Dein Zuhause sind die Menschen, die dich lieben.*

Ich war bereit, nach Hause zu gehen. Ich wollte alles tun, um die Meister aufzuspüren. Und um Laurel zu beschützen. *Für immer und ewig.* Ich wollte meine Mutter suchen. Pythia finden. Und diesen Raum.

Egal, was passiert.

© Kim Haynes

JENNIFER LYNN BARNES hat bereits mehr als 20 hochgelobte Jugendromane geschrieben und die New-York-Times-Bestsellerliste erklommen. Mit ihrer »The Inheritance Games«-Reihe landete sie einen internationalen Sensationserfolg, der sie auch in Deutschland auf die SPIEGEL-Bestsellerliste katapultierte. Sie war Fulbright-Stipendiatin, studierte Psychologie und Kognitionswissenschaften an der Yale University und arbeitet heute als Professorin für Psychologie und Kreatives Schreiben.

Von Jennifer Lynn Barnes sind bei cbj erschienen:

Die »Cold Case Academy«-Reihe
Cold Case Academy – Ein mörderisches Spiel (Band 1: 31574)
Cold Case Academy – Ein tödliches Rätsel (Band 2: 31575)
Cold Case Academy – Eine riskante Entscheidung (Band 3: 31587)
Cold Case Academy – Eine gefährliche Enthüllung (Band 4: 31588)

Die »Inheritance Games«-Reihe und Spin-Offs
The Inheritance Games (Band 1: 31432)
The Inheritance Games – Das Spiel geht weiter (Band 2: 31433)
The Inheritance Games – Der letzte Schachzug (Band 3: 31538)
The Brothers Hawthorne (Band 4: 31604)
Games Untold – Die The-Inheritance-Games-Geschichten (31720)

The Grandest Game (Spin-off, Band 1: 31608)
Glorious Rivals – Ein Inheritance-Games-Roman (Spin-off, Band 2: 31609)
The Gilded Blade (Spin-off, Band 3: 31778 *in Vorbereitung*)

Die »Little White Lies«-Reihe
Little White Lies (Band 1: 31689)
Deadly Little Scandals (Band 2: 31735)

SASCHA WANDER ist in Deutschland und den USA aufgewachsen, liest leidenschaftlich gerne und findet, Übersetzen ist einer der schönsten Berufe der Welt.

Mehr zu unseren Büchern auch auf Instagram